中國古代文學批評要籍叢書

滄浪詩話校箋

上

[宋]嚴羽 著
張健 校箋

上海古籍出版社

圖書在版編目(CIP)數據

滄浪詩話校箋 /（宋）嚴羽著；張健校箋. —上海：上海古籍出版社，2022. 6（2023.6 重印）
（中國古代文學批評要籍叢書）
ISBN 978-7-5732-0275-8

Ⅰ. ①滄… Ⅱ. ①嚴… ②張… Ⅲ. ①詩話—文學研究—中國—南宋 Ⅳ. ①I207. 22

中國版本圖書館 CIP 數據核字(2022)第 091386 號

中國古代文學批評要籍叢書
滄浪詩話校箋
（全二册）
［宋］嚴 羽 著
張 健 校箋
上海古籍出版社出版發行
（上海市闵行区号景路 159 弄 1-5 号 A 座 5F 邮政编码 201101）
（1）網址：www. guji. com. cn
（2）E-mail：guji1@guji. com. cn
（3）易文網網址：www. ewen. co
常熟人民印刷厂印刷
開本 850×1168 1/32 印張 26. 125 插頁 12 字數 550,000
2022 年 6 月第 1 版 2023 年 6 月第 2 次印刷
印數：2,101—3,150
ISBN 978-7-5732-0275-8
I·3630 定價：138. 00 元

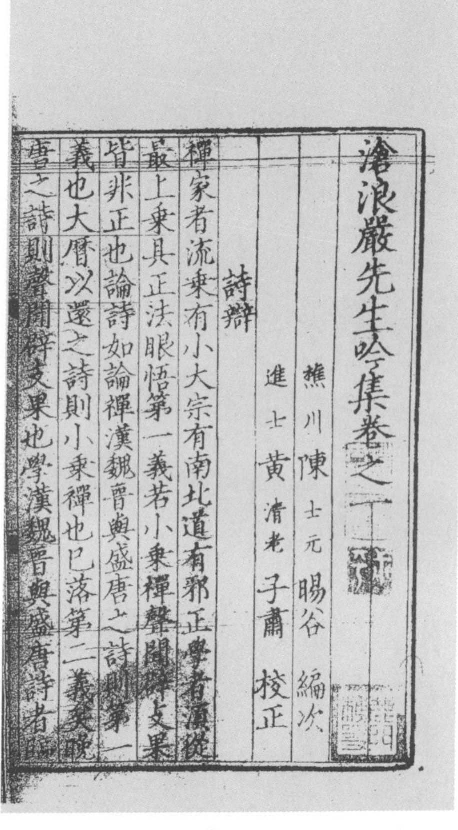

滄浪嚴先生吟集卷之一

樵川陳士元暘谷編次

進士黃清老子肅校正

詩辯

禪家者流乘有小大宗有南北道有邪正學者須從最上乘具正法眼悟第一義若小乘禪聲聞辟支果皆非正也論詩如論禪漢魏晉與盛唐之詩則第一義也大曆以還之詩則小乘禪也已落第二義矣晚唐之詩則聲聞辟支果也學漢魏晉與盛唐詩者臨

元刊本《滄浪嚴先生吟卷》

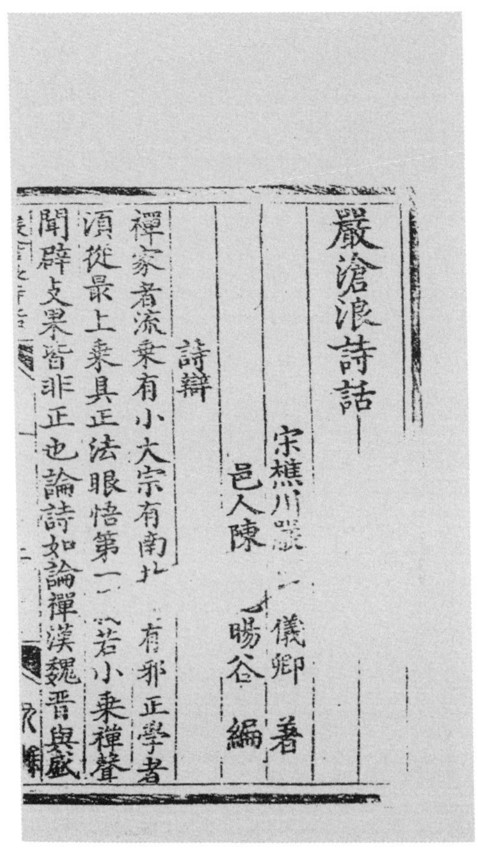

嚴滄浪詩話

宋樵川嚴　儀卿　著

邑人陳　暘谷　編

詩辯

禪家者流乘有小大宗有南北道有邪正學者須從最上乘具正法眼悟第一義若小乘禪聲聞辟支果皆非正也論詩如論禪漢魏晉與盛

明正德九峯書屋刊本《嚴滄浪詩話》

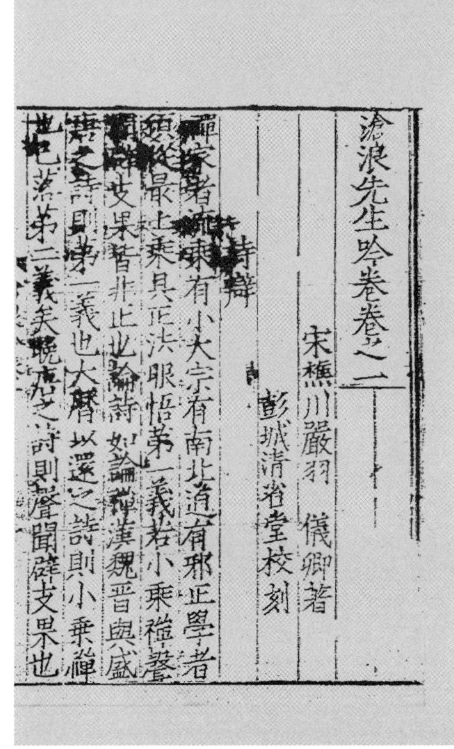

滄浪先生吟卷卷之一

宋樵川嚴羽　儀卿著

彭城清省堂校刻

詩辯

禪家者流乘有小大宗有南北道有邪正學者
須從最上乘具正法眼悟第一義若小乘禪聲
聞辟支果皆非正也論詩如論禪漢魏晉與盛
唐之詩則第一義也大曆以還之詩則小乘禪
也落第二義矣晚唐之詩則聲聞辟支果也

明嘉靖清省堂刊本《滄浪先生吟卷》

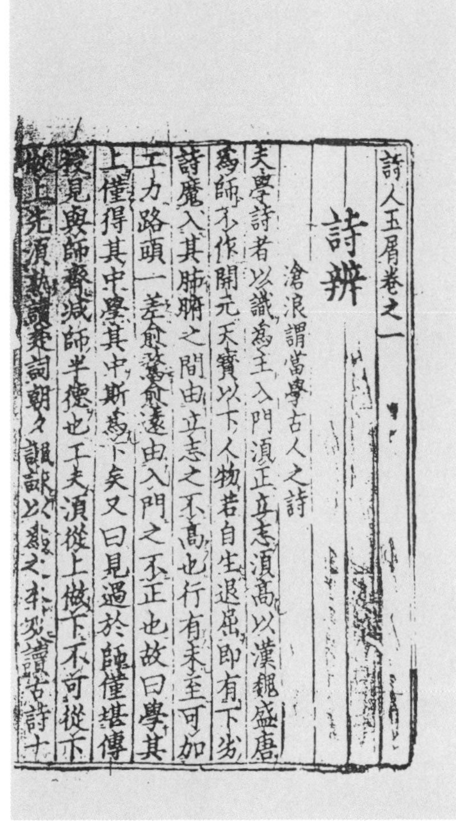
詩人玉屑卷之一

詩辨

滄浪謂當學古人之詩

夫學詩者以識爲主入門須正立志須高以漢魏盛唐爲師不作開元天寶以下人物若自生退屈即有下劣詩魔入其肺腑之間由立志之不高也行有未至可加工力路頭一差愈騖愈遠由入門之不正也故曰學其上僅得其中學其中斯爲下矣又曰見過於師僅堪傳授見與師齊減師半德也工夫須從上做下不可從下做上先須熟讀楚詞朝夕諷詠以爲之本然後讀古詩十

宋刊本《詩人玉屑》

前言

一

嚴羽，字儀卿，號滄浪逋客，邵武（今屬福建）人，生卒年不詳，生活在南宋寧宗朝及理宗朝前期。他早年就放棄科舉，曾師事理學家包揚，與著名的江湖詩人戴復古有密切交往。他在家鄉頗有詩名，淳熙年間，他的論詩著作被同爲閩人的魏慶之編入《詩人玉屑》；卒後，其著作多有散佚，所存者在元初被編成《滄浪嚴先生吟卷》刊行。

嚴羽的論詩著作有《詩辯》、《詩體》、《詩法》、《詩評》、《考證》（又名《詩證》）及《答出繼叔臨安吴景僊書》（以下簡稱《答吴景僊書》）。其中，前五篇被後人稱爲「滄浪詩話」，《答吴景僊書》作爲附録，但實質上也已成爲《滄浪詩話》不可分離的一部分。

嚴羽論詩著作流傳至今者有三種文本系統：一是《詩人玉屑》所載的文本，二是《滄浪嚴先生吟卷》中的文本，三是單行的文本。現存單行本係從《吟卷》分離出來。後兩者同出一源，其文本被稱爲「通行本」，以區别於《玉屑》的文本。兹分述之。

第一個文本系統是《詩人玉屑》所載文本。嚴羽論詩著作最早被魏慶之收入其所編《詩人玉屑》，此書有黄昇淳祐甲辰（一二四四）序。這是流傳至今的最早文本。《詩人玉屑》將嚴羽論詩著作分别編入不同的卷次門目當中，《詩辯》篇被編入卷一「詩辨」門中，題「滄浪謂當學古人之詩」；《詩法》篇在卷一「詩法」門中，題「滄浪詩法」；《詩評》篇在卷二「詩評」門中，題「滄浪詩評」；《詩體》篇在卷二「詩體」門中，篇末題「滄浪編」；《考證》篇在卷十一「考證」門中，未題編撰者。《玉屑》卷十三「楚詞」門中有「滄浪論楚詞」三條，這些内容在通行本中被編入《詩評》篇，爲五條。而《答吴景僊書》一文《詩人玉屑》則未載。

《詩人玉屑》自宋元以來有多種刊本。現存最早爲宋刊本，二十卷。王國維先生曾以宋本校日本寬永十六年（一六三九）刊本。此本雖避宋諱，但又避諱不嚴，故王國維先生推定爲宋末或宋亡後刊本。現藏臺灣「中央圖書館」，著録爲元刊本的《詩人玉屑》與王國維先生所見版本完全相同，實即王國維所謂宋本。北京大學圖書館藏有殘本四卷，與臺灣藏本爲同一版本，著録爲宋刻。此後各種版本之《玉屑》均源自宋本。其中二十一卷本系統雖多出一卷，然其源頭仍在宋本，多出的内容乃是後人所增補。

另一個文本系統是《滄浪吟卷》所載文本。《滄浪吟卷》是嚴羽卒後李南叔所編的嚴羽著作集。現存最早刊本是元世祖前至元二十七年（一二九〇）黄公紹序刊本，三卷，題「樵川陳士元暘谷編次，進士黃清老子肅校正」。陳、黃皆邵武人，陳氏元初隱居於鄉，黃清老（一二九〇—一三四八）乃嚴羽門人嚴斗巖之弟子，泰定四年（一三二七）進士，他曾彙集嚴羽論詩著作（張以寧《翠屏集》卷三《黃子肅詩集序》），《滄浪吟卷》中所載嚴羽論詩著作或即黃氏所彙編的文本。由於黃公紹序《滄浪吟卷》的前至元二十七年乃是黃清老的生年，而現存元刊本又題黃清老校正，故可以斷定，此本不是《滄浪吟卷》的初刊本。元刊本《滄浪吟卷》卷二、卷三爲嚴羽詩詞作品，卷一爲論詩著作，目録列《詩辯》、《詩體》、《詩法》、《詩評》、《詩證》五篇，附《答吳景僊書》。其中目録中的「詩證」在卷一正文中題「考證」。

王士禛云曾見宋本《滄浪吟卷》，其實並不存在。他當是受到明末何望海編本及清順治間周亮工刊本《滄浪吟卷》的影響，何本及周本於黃公紹序末題「咸淳四年進士同郡後學黃公紹序」，咸淳乃宋度宗年號，四年爲公元一二六八年。按此題署在元刊本中作「歲在尚章攝提格十月之望後學同郡黃公紹序」，尚章於天干爲庚，攝提格於地支爲寅，根據黃公紹所處之時代，庚寅年乃元前至元二十七年，即公元一二九〇年。據黃序，嚴羽作品身後散失，李南叔乃蒐集所存者爲《滄浪吟卷》，是「滄浪吟卷」乃李南叔所題，其刊更在黃公紹序後。王士禛不可能見到宋刊的《滄浪吟卷》。考周亮工本是從何望海本而來，而其源頭乃在元刊本，何本、周本的「咸淳四年」云云乃是後來改題。王士禛所見或是元刊本，而誤以爲宋刻。

明正德年間，有胡重器刻本三卷、尹嗣忠刻本兩卷，胡刻本基本上保持了元刊本文字的原貌，尹刻本則對元刊本文字有校改。胡刻本在明代有數次重刻，明末何望海編本在胡本基礎上加以校勘重刻，清順治年間周亮工刻本、康熙年間朱霞刻本、光緒年間徐榦刻本都是屬於何望海本系統。尹嗣忠刻本在明代亦有重刻，嘉靖清省堂刻本即是其一。民國間張鈞衡《適園叢書》本則是直接出元刊本而又加以校訂的本子。

第三個文本系統是單行本。據張以寧稱，黄清老「裒嚴氏詩法」，但黄氏所裒集的嚴氏著作是否單行，已不可考。惟在元代嚴氏論詩著作已有單行本流傳。明人懷悦於成化二年（一四六六）刊行的元人詩法彙編《詩家一指》中載有《嚴滄浪先生詩法》，題注云：「《嚴滄浪先生詩法》，亦有印本。」但是，這個單行本已經不傳。《詩家一指》中所編入的《嚴滄浪先生詩法》，據題注言乃是「摘寫」。這個「摘寫」的《嚴滄浪先生詩法》分「詩體」、「以人論家數」、「體製名目」、「用韻」、「總論」諸目，前四目出《詩體》篇，「總論」絕大部分出《詩評》篇，極小部分出《詩辯》篇，文字上與《詩人玉屑》及元刊本《滄浪吟卷》中所載頗有差異，其中一條云：「李杜韓三公詩，如金翅擘海，香象渡河，龍奮虎咆，濤翻鯨擲，長槍大劍，君王親征之氣象，自是各别。」此條在《玉屑》及《吟卷》中作：「李、杜數公，如金鳷擘海，香象渡河，下視郊、島輩，直虫吟草間耳。」兩者差别甚大。然明初高棅《唐詩品彙·五言古詩叙目》中引嚴羽語曰：「嚴滄浪有云：李杜韓三公之詩，如金鵰擘海，香象渡河，龍吼虎哮，鼉翻鯨躍，大槍大刃，君王親征，氣象各別。」高氏所引在文字上顯然與《嚴滄浪先生詩法》更爲接近。《唐詩品彙》所引還有一些與今傳本文字不同之處（詳見本書之相關校勘部分），這些表明在元代及明初確實流傳著與今存本不同的文本。

元明之際還流傳著一部李嚴《詩辨》，最早見於明洪武年間趙撝謙所編《學範》。《學範》於「作範」部分中列「當看詩評」十二種，其中有「李嚴《詩辨》」一種。此書又見於《文淵閣書目》卷二及《祕閣書目》著録，原書已佚，但《學範》之「作範」部分引其書兩條，其一條云：「詩貴三多：讀多，記多，講明多。」另一條云：「詩去五俗：一俗體，二俗意，三俗句，四俗字，五俗韻。」後注明：「詩辨」。前條不見於今傳本中，而後條見於今傳本《詩法》篇。根據此兩條文字，我推測，李嚴《詩辨》可能既包括嚴羽的諸篇論詩著作，也包括另一人的論詩文字，而以《詩辨》爲書名，李嚴的「嚴」當是指嚴羽，而「李」則可能指嚴羽的友人李賈，此書可能是二人論詩著作的合編（詳見拙文《關於嚴羽著作幾個問題的再考辨》，《北京大學學報》人文社會科學版，二〇〇一年第四期）。

明人所刊的單行本現知最早的是正德二年（一五〇七）刊刻的《滄浪嚴先生詩談》，這個刊本包括《詩辯》、《詩體》、《詩法》、《詩評》、《考證》五篇，而沒有《答吳景僊書》。此本現已不存，根據黄丕烈跋《滄浪嚴先生吟卷》，它乃是從《滄浪吟卷》中分離出來的。高儒《百川書志》卷十八著録《滄浪詩談》，當即此書。

正德十一年（一五一六）序刊本《嚴滄浪詩話》，乃是最早以詩話命名嚴羽論詩著作的刊本。此本有胡瓊序稱：「乃獨取其詩辯、體、法、評、證諸篇，正其訛而傳之，總其名曰『詩話』。」此是「滄浪詩話」得名之始。自此以「滄浪詩話」名者漸多，其尤著者如毛晉《津逮祕書》本《滄浪詩話》、《説郛》本《滄浪詩話》，至清代，「滄浪詩話」遂成定名。

單行本中，《津逮祕書》本、《寶顔堂祕笈》本、《説郛》本在文字上屬於尹嗣忠刻本《滄浪吟卷》系統；《歷代詩話》本則更接近胡重器刻本。

二

嚴羽論詩的主張，用一句話來概括，就是「以盛唐爲法」。在他看來，宋初以來的詩歌史經歷了從繼承唐詩傳統到背離唐詩傳統再到回歸唐詩傳統的過程。宋初詩人是繼承唐詩的，蘇、黄則背離了唐詩傳統，而「四靈」及江湖詩人又回歸唐詩傳統。這是嚴羽關於宋代詩史的大論斷。嚴羽認爲，回歸唐詩傳統是正確的，但是唐詩又有不同的傳統，其價值有高低之分，「四靈」及江湖詩人選擇的是晚唐詩的傳統，在嚴羽看來是錯誤的，他主張應該回歸盛唐詩歌傳統，故「截然謂當以盛唐爲法」。

從宋代詩學史的角度看，批評蘇、黄詩風及主張回歸唐詩傳統，都不自嚴羽始。嚴羽的突出之處是他旗幟鮮明地主張「以盛唐爲法」，並且作了比較系統的理論論述。如果從當時的學術背景看，這種系統的理論論述的出現與嚴羽時代理學的盛行有一定關係。自南宋寧宗嘉定時期(一二〇八—一二二四)以來,理學受到官方的肯定,影響日益擴大,逐漸成爲官方的學術。理學強調「窮理」,嚴羽本人曾師從與朱、陸都有密切關係的理學家包揚,他與當時最著名理學家真德秀的門人王埜也有密切的交往,因而對理學自不陌生。當時學術界盛行「窮理」之風,影響所及,嚴羽亦欲窮詩歌之理。不過,儘管嚴羽與理學家同是「窮理」,但他所窮之理與理學家並不一致,他認爲詩歌有自己的理,詩學並不從屬於理學。

嚴羽窮詩歌之理,認爲詩歌有其自身之道,即是詩道。其《詩辯》篇説:「天下有可廢之人,無可廢之言,詩道如是也。」其所謂詩道,是詩歌的普遍真理,也是嚴羽整個詩歌理論系統的最根本的基石和邏輯起點。詩歌應該合乎詩道,這是嚴羽詩學理論系統所隱含的最基本的理論命題。他論詩歌史、論當代詩、論如何學詩,從理論邏輯上説,都是基於此一命題。他論詩歌史,以爲各代有高下之分;其所以如此論述,正因爲在他有判斷的標準;有了標準,才可以判斷高下。這個標準就是詩道。他之所以能用詩道作爲判斷的標準,正是基於詩歌應該合乎詩道這一命題。他批評宋代自蘇、黄以來的詩歌道路是錯誤的,其依據也是詩道,也是基於詩歌應該合乎詩道這一命題。也正是基於這一命題,他主張學詩就是要把握詩道,認爲把握了詩道,就能創作出符合詩道的作品。在他看來,要把握詩道,就要學習最能體現詩道的作品,而漢魏晉與盛唐之詩最符合詩道,因而學詩就要以漢魏晉盛唐爲法。因爲漢魏晉只有古體，盛唐則古體、近體兼備，可以代表漢魏晉，故簡言之即以盛唐爲法。這就是嚴羽主張「以盛唐爲法」的最基本的理論邏輯。

嚴羽要論述以上道理，如果按照儒家詩學理論傳統的話，本來可以説《詩經》是經典，漢魏晉是《詩經》的最佳繼承者，盛唐是漢魏晉的最佳繼承者，由此肯定漢魏晉詩歌的地位，再論述學詩應該取法漢魏盛唐。但嚴羽在整體上没有採用這種理路。就像理學家借鑒禪學的理論邏輯來建立其理論一樣，嚴羽也借用了禪學的理論邏輯論述其詩學。嚴羽對其借用禪學並不諱言，明確聲稱是「以禪喻詩」。禪之所以能够喻詩，必須有一個前提：禪學與詩學具有某種可以類比的相同或相似的邏輯，或者説相同或相似的道理。

在嚴羽看來，禪有禪道，詩亦有詩道；禪道是禪家的真理，詩道是詩家的真理。習禪者要通過妙悟把握禪道，學詩者也要通過妙悟把握詩道。在禪家，悟道有淺深層次的不同，因而所悟得的道在真理性上也有層次的差異，所謂大乘禪、小乘禪之别，大乘禪中亦有第一義、第二義之分，所體現出的正是真理性的層次上的差異。真理層次的差異也是價值層次的分别。在詩家，由於詩人對詩道領悟的層次有深淺，體現在詩歌創作上，其作品符合與體現詩道的程度也有差異，這種差異也就是價值層次的區别，借用禪家的術語説，也有大乘、小乘之别，有第一義、第二義之異。評定高下的標準就是詩道。

嚴羽將禪學中的道、悟關係架構運用到詩歌史上，也運用到當下的學詩方法上。道與悟是嚴羽借用禪學論詩的兩個核心範疇。

從歷史的角度説，詩歌史就是詩道呈現的歷史。詩道是通過詩人的創作呈現的。從詩人的角度言，有創作中自發地符合詩道（不假悟也）與悟得詩道兩種形態。但是，在嚴羽看來，前一種形態只屬於特定的歷史時代，即漢魏。漢魏詩人的創作不靠悟而自發地完全合乎詩道，就符合詩道的角度而言是最高的，即第一義。其後的詩人則是要靠悟來把握詩道。這樣，在嚴羽的論述中，詩歌史可以分爲「不假悟」而合道與因悟而合道的兩個時代。因爲悟有淺深層次的不同，詩人對詩道的把握也有層次的差别，這種差别體現在創作上，其作品就會有符合詩道與否以及符合程度的區别。嚴羽認爲，謝靈運至盛唐詩是「透徹之悟」，深得詩道，故其作品是第一義；大曆、元和之詩在其次，是第二義；晚唐之詩再次，是小乘禪。至於宋詩則是背離詩道的，屬於野狐外道。上述分别既是符合與體現詩道程度的不同，也是詩歌在價值層次的差異。嚴羽有其詩歌史論，但是從其理論邏輯上説，詩歌史就是詩道的歷史呈現過程，詩歌史是統攝在詩道與悟的觀念之下的。

對於學詩者來説，嚴羽認爲，關鍵是妙悟詩道。嚴羽借用了禪學的工夫論來論述把握詩道的方法與過程。禪家講悟道成佛，有一套方法步驟，通過特定的方法，經由一定的步驟，而至成佛，這一套方法步驟即工夫。在嚴羽看來，詩家學詩，把握詩道，成爲詩人，也有一套方法步驟，這是詩家的工夫。嚴羽所謂「做工夫」云云，正是指此而言。工夫論是嚴羽詩論的非常重要的内容。工夫是達到詩道的途徑與過程，詩道是工夫的目的與歸宿。僅論詩道而無工夫，則詩道不能落實到詩人的創作中；僅有工夫而無詩道，則工夫缺乏目的，詩人創作就没有審美理想與方嚮。學詩者必須經由一系列的工夫而悟入，由悟而把握詩道，然後落實在創作過程裏，體現於作品中。在嚴羽看來，作爲工夫的方法與途徑對於達到把握詩道的目的來説至關重要，方法途徑的正確與否直接關係到是否能够達到目的。嚴羽所謂「入門須正」，所謂「路頭一差，愈騖愈遠」，都是指此。

嚴羽借用禪學的工夫論，主張「工夫須從上做下」。學禪要從最高的真理入手，即「從最上乘」，「悟第一義」；在詩家，學詩者也要從最能體現詩道的作品入手，悟詩家的第一義，具體來説就是以漢魏晉與盛唐爲師，簡言之就是以盛唐爲法。嚴羽所謂詩學工夫的另一個重要内容就是熟讀第一義的作品，他列出了具體的次序。他對熟讀工夫的論述與理學家的工夫論有相通之處。

工夫要從上做下，要悟第一義，但如何能够判定誰是第一義呢？這就需要鑒别，需要判斷力，要有「識」，用禪家的術語説就要「具正法眼」。如何培養識，具有判斷力？嚴羽指出的途徑是「熟參」，即反復深入研究歷代的詩歌作品。熟參乃是達到識的工夫。經過熟參而有識，就具有了鑒别力：有了鑒别力，就能够辨别高下是非，就能確定漢魏晉盛唐爲第一義，然後以之爲法。

嚴羽「以禪喻詩」，本來意在論述其「以盛唐爲法」的詩學主張，但其借用禪學的理論邏輯來論述，由此建立了一套與禪學理論邏輯相類的詩學理論架構。在這個架構中，詩道是最高範疇。詩要合乎詩道，就要把握詩道；把握詩道，要靠妙悟；妙悟要工夫，做工夫須從上做下，從第一義入手，熟讀作品；要判定第一義，需要識；通過熟參，反復研究歷代作品，可以培養識力。如果從學詩者爲出發點展開其邏輯，則是學詩者通過熟參前人作品而具有識，有了識而具有鑒別力，可以判斷高下，從而確定第一義；確定了第一義，然後從上做下，以第一義爲師；再熟讀第一義的作品而達到悟，而達到了悟的境界就把握了詩道；把握了詩道，就能在創作中「七縱八橫，頭頭是道」，創作出合乎詩道的作品。以上就是嚴羽「以禪喻詩」所建立起來的詩學理論的基本架構。

嚴羽借用禪學理論建立了詩學理論的基本架構，但這個架構並非爲嚴羽白手起家，獨自建成。嚴羽之前的詩學，尤其是江西詩派詩學關於禪學與詩學關係的論述，爲嚴羽的理論建構提供了重要的思考方向以及建築部件。如韓駒對詩道與佛法的比較論述，吕本中對悟入與工夫的論述，都對嚴羽的詩學建構有重要影響。但是，嚴羽吸收了他們的論述，構成了一個更完整的系統，更重要的是，嚴羽的整個理論系統服務於他的根本詩學主張，即「以盛唐爲法」。這與江西詩派詩學有著根本的差異。

儘管嚴羽的詩學理論架構借用了禪學，但其所討論的畢竟是詩學問題，當他討論詩學問題時，不可避免地要涉及傳統的詩學理論内容，比如詩體、詩法、詩評、考證的許多内容都是詩學的内部問題，這些內部問題大都與禪學無涉。這些詩學內部的問題如何與上述的基本架構銜接？或者說，這些問題如何納入上述的基本理論架構當中？嚴羽本人沒有論述。不過，沿著嚴羽的理論邏輯也可以加以梳理。

嚴羽說詩有詩道，詩道這一範疇可以將詩學本身的各層次問題組織起來。在嚴羽的論述中，有普遍的詩道，有歷史的詩道。普遍的詩道是超越於歷史之上的一切詩歌的普遍真理。嚴羽所謂「詩道如是也」，即是指這種意義上的詩道。這實質上是嚴羽的詩歌理想，是所有詩歌應該有的樣子。普遍的詩道也有不同的層次。有各種詩體共有的普遍性特徵，如「詩者，吟詠情性也」；有不同詩體所各自具有的特徵，如嚴羽所論古體、近體各自的特徵。這些可以組織成一個有層次的系統。所謂歷史的詩道，是指普遍的詩道在歷史當中的呈現，不同時代詩人作品中所體現的時代的、個人的特徵。唐詩有唐詩之道，宋詩也有宋詩之道，這種意義上的詩道是有歷史性的。它們之間有是非之分，高下之別。嚴羽所謂「道有邪正」，就詩歌範圍而言，所指的正是歷史的詩道。但是，在嚴羽看來，漢魏晉與盛唐之詩是最符合普遍詩道的，是「第一義」，因而漢魏晉與盛唐之詩道便超越了歷史，具有了普遍的意義。在這裏，普遍真理的詩道與歷史時空中的詩道就重合爲一。嚴羽在論述普遍性的詩道時，其詩歌史的範本便是漢魏晉與盛唐之詩；他在討論漢魏晉與盛唐之詩的特徵時，實是以其作爲所有時代詩歌都應具有的普遍性特徵。我們可以站在當代的立場上說，不存在所謂普遍的詩道，只有歷史的詩道，但是，按照嚴羽的理論論述邏輯，普遍的詩道是存在的。如果否定了普遍的詩道，就不會有普遍性的標準，則詩歌史的高下就無從判別，嚴羽的整個詩學論述就無從建立。

嚴羽自稱自己是經過「實證實悟」的，因而他的見解就是他所悟得的詩道。嚴羽對自己所悟的結果極爲自信，自認爲是「至當歸一之論」，是詩歌的最高真理，也就是其所謂「第一義」。對於嚴羽的詩論，當時的著名詩人戴復古稱其「持論傷太高，與世或齟齬」（《祝二嚴》），這是現在所知的最早評論。所謂「持論高」，是指嚴羽所論「第一義」即詩歌的最高真理，但戴復古認爲「傷太高」。因爲古人講理論是與創作密切相關的，嚴羽也是如此，在戴復古看來，嚴羽所論在創作中難以實現。這是戴復古本人的評價。「與世或齟齬」，是説嚴羽的詩論不大受時人的認可。

但是，禪家主張學禪要悟第一義，理學家主張學道也要學最高真理，嚴羽主張學詩就要學第一義，在理路上與禪學、理學是一致的。隨著「取法乎上」在明清時代成爲思想學術乃至文學藝術的共同乃至主流的觀念，嚴羽的詩學觀念在明清時代受到重視乃至被尊奉爲圭臬也就可以理解了。

三

《滄浪詩話》雖在明清兩代極受重視，但自清中期以後始有注本。

第一個注本是王瑋慶的《滄浪詩話補注》。王瑋慶（？—一八四二），諸城（今屬山東）人，嘉慶十九年(一八一四)進士,歷任吏部主事、福建道監察御史、内閣侍讀學士、禮部右侍郎等職,有《藕塘詩集》。王氏《補注》,僅注《詩體》一篇,因《滄浪詩話·詩體》原本有小注,故稱補注。

第二個注本是胡鑑《滄浪詩話注》。胡鑑,福建長汀人,咸豐三年(一八五三)進士,歷任廣東新安、海陽、順德、永安等縣知縣。是書有光緒七年(一八八一)汪瑔序,胡欽後序,當刊於是年。臺灣廣文書局一九七二年影印。此書將《滄浪詩話》所涉及的詩歌作品全篇注出,對《滄浪詩話》所涉及詩人之時代、仕履亦有簡介。

第三個注本是胡才甫《滄浪詩話箋注》,一九三七年中華書局出版。此本前有夏承燾一九三六年序。胡氏注除徵引《滄浪詩話》所涉詩篇外,在詩人仕履方面,也較胡鑑注爲詳。胡才甫《箋注》另一特色就是徵引多家詩話作爲《滄浪詩話》理論内容的箋釋,他本人間亦略有詮釋。胡才甫在箋注《滄浪詩話》之《詩體》篇的基礎上,又於一九三六年撰成《詩體釋例》一書,一九三七年中華書局初版,一九五八年臺灣中華書局重版。此書可以與《滄浪詩話箋注》之《詩體》篇參看。

第四個注本是郭紹虞先生的《滄浪詩話校釋》,一九六一年人民文學出版社初版,一九八三年二版。這是迄今爲止最具權威性的注本。

《校釋》的特點與貢獻主要在文本的校勘與理論的詮釋方面。

在文本方面,《校釋》所據版本主要有兩個:一是《詩人玉屑》所載文本,一是正德尹嗣忠刻《滄浪吟卷》文本,以後者爲代表的文本,郭先生稱爲「通行本」。《校釋》以正德本爲主,以《詩人玉屑》校訂。郭先生極爲重視《詩人玉屑》所載文本與「通行本」之間的差異,更強調《玉屑》本的可靠性與合理性,因而《校釋》於《詩辯》篇總體上採用了《詩人玉屑》的文本。其他各篇雖主要依尹嗣忠本,但也特別注意用《玉屑》加以校勘。除以上兩個本子之外,《校釋》也廣引《説郛》及《津逮祕書》及《歷代詩話》、《談藝珠叢》等本,校勘文字。

郭先生注意到,《玉屑》本與通行本的文本差異,不僅對理解嚴羽的詩學理論具有重要影響,而且與嚴羽詩論的評價也關係甚大。明末以降批評嚴羽詩論者,多譏其以禪喻詩存在禪學知識的錯誤,然而批評者所依據的文本都是通行本,郭先生指出,依《玉屑》所載文本,嚴羽没有這方面的錯誤。

在理論詮釋方面,《校釋》廣徵博引,用力尤巨。歸納起來,其特點有三:一、注出嚴羽諸説之文獻及理論來源;二、對其理論内涵加以詮釋;三、對嚴羽詩學觀點在後來的展開及影響加以梳理,尤其是揭示了嚴羽詩論與明清復古、性靈、神韻諸説之間的關係,使得嚴羽詩説在中國詩學史上的地位清晰地呈現了出來。

郭先生《校釋》出版後,在學術界立即引起巨大反響。一九六二年《光明日報》「文學遺産」專欄曾圍繞郭注展開討論,這一討論延伸到《光明日報》之外,涉及嚴羽詩學中的諸多問題。

郭紹虞先生《校釋》大量引用了陶明濬《詩説雜記》，此書見者甚少，其著者亦罕有人知，竟至有以其爲明清時人者。陶明濬（一八九〇—一九六〇），字犀然，遼寧瀋陽人。一九一七年入讀北京大學中文系。曾任東北大學教授、遼寧《新亞日報》社社長、河北省政府秘書、遼寧省圖書館副館長等職。一九五二年被聘爲北京市文史研究館館員。著有《沈南叢書》、《紅樓夢別本》等。《校釋》所引《詩説雜記》，出自陶氏所著《文藝叢考初編》，此書共兩卷兩册，由盛京時報社發行，卷一於一九二六年出版，卷二於一九二七年出版。此書擷取古人論詩著作之内容，加以闡發，其中涉及《滄浪詩話》者甚多。陶著議論縱横，有時不免逞才炫博。

中文第五個注本是黄景進先生注《滄浪詩話》，臺灣金楓出版社初版於一九八六年，重版於一九九九年。黄先生著有《嚴羽及其詩論研究》（臺北：文史哲出版社，一九八六），是嚴羽詩學研究方面的重要著作。黄氏注本在《滄浪詩話》文本方面採用了郭紹虞《滄浪詩話校釋》，另有「注釋」、「解説」，簡明扼要。

《滄浪詩話》日語譯注本有兩個：一是荒井健譯注的《滄浪詩話》，收入吉川幸次郎、小川環樹監修的《中國文明選》叢書中，朝日新聞社昭和四十七年（一九七二）出版。荒井氏只譯注《詩辯》、《詩法》、《詩評》三篇及《答吳景僊書》，三篇文本依據的是《詩人玉屑》，而其所據《詩人玉屑》是日本京都大學所藏的五山版（正中本）。此刊本是朝鮮本及日本寬永本《詩人玉屑》的祖本。荒井氏譯本有日語的直譯，有典故、人名的注釋，並有内容的解説。另一個日文譯注本《滄浪詩話》的撰者是市野澤寅雄。他譯注了全部五篇及《答吳景僊書》，明德出版社昭和五十一年（一九七六）出版。

《滄浪詩話》的西文全譯本，據宇文所安《中國文學思想讀本》所附書目，有德本（Debon，Gunther）一九六二年的德文全譯本，宇文所安《中國文學思想讀本》則英譯《詩辯》、《詩法》兩篇，有詳細的解説及評論，一九九二年由哈佛大學出版。

英文的全譯及注釋則有陳瑞山（Ruey-shan Sandy Chen）《滄浪詩話英譯及注釋》（*An annotated Translation of Yan Yu's Canglang Shihua: An Early Thirteenth-Century Chinese Poetry Manual*），此書是作者在美國德州大學（奥斯汀郊區）的博士論文，撰成於一九九六年。

四

自郭紹虞先生《滄浪詩話校釋》出版迄今已有五十年，《滄浪詩話》乃至整個中國古典文學的研究都有很大的進展。本書力圖在郭紹虞等前輩學者之研究基礎上，吸收新的成果，體現新的進展。

在文本方面，本書以現存最早的元刊本《滄浪吟卷》爲底本，用更多的參校本加以校勘，力求使《滄浪詩話》的文本具有更加堅實的文獻版本基礎。

郭紹虞先生《校釋》依據的主要是明正德尹嗣忠本《滄浪吟卷》，而以嘉靖本《詩人玉屑》爲主要的校本。但是，郭先生於《滄浪吟卷》及《詩人玉屑》兩書都没有能够追溯到最早的版本。郭先生所用的底本及校本是否可靠？人們或有懸疑。郭先生《校釋説明》稱：「凡《玉屑》所無而今傳各本所有者，雖疑出後人增益，亦不删除。」由於没有追溯到最早的版本，郭先生所謂「後人增益」之説究竟是否可信？如出後人增益，究竟是明人增益，還是出乎明以前？要回答這些問題，必須追溯與考察《滄浪吟卷》及《詩人玉屑》的版本源流。

郭先生認爲，《詩人玉屑》的文本是現存最早的文本，因而最爲可靠。基於這一判斷，郭先生《校釋》於《詩辯》篇更總體採用了《玉屑》的文本。郭先生這樣處理，從版本學的角度言，自有其道理。但是，《玉屑》文本的可靠性要建立在如下的前提之上：即《玉屑》所採録的文本没有經過編者的改動，而且《玉屑》在流傳過程中也没有被改動。但《玉屑》是摘編各種論詩著作而成，不能確證編者收入嚴羽論詩著作時没有任何的改動。從《玉屑》的版本流傳看，現存宋本《玉屑》也不是初刻，不能保證現存宋本完全是符合初刻原貌。事實上即便是郭先生本人有時也覺得《玉屑》的文本不合理，而改從正德本。如《詩辯》篇中「詩有别材，非關書也；詩有别趣，非關理也」兩句，「關」字在《玉屑》中作「�」，顯然作「關」字更合理。故《詩人玉屑》也不是完全無誤可以盡信的。

陳定玉輯校《嚴羽集》中對《滄浪詩話》也作了文字校勘。他採用的底本是民國張鈞衡《適園叢書》本。陳先生未見到元刊本，但他依據清人胡珽校元本的校記，判定《適園叢書》本更近元本，故捨棄時代更早的版本而以之作底本。但《適園叢書》本較之元刊本，也有改動。陳先生也用《詩人玉屑》作爲校本，不過他用的只是王仲聞的點校本。總起來看，陳校在郭校的基礎上更加細密，但由於陳氏没能用元刊本做底本，於《詩人玉屑》也没有能以最早的版本作校勘，終是缺憾。

我們以元刊本《滄浪吟卷》與後來各本對勘，發現元刊本以後各種《吟卷》本及單行本《滄浪詩話》的文本都是源自元刊本，郭紹虞先生所説的後人增益的内容皆爲元刊本所有。通過對勘，我們還發現，郭先生所據的尹嗣忠本雖然源自元刊本，但已經對元刊本作了校改。儘管校改部分多處是合理的，但已非元刊本的原貌。本書以元刊本爲底本，可以還原嚴羽論詩著作在元代流傳文本的面貌。元刊本雖然標明是陳士元編次、黄清老校正，出自名家之手，尤其是黄清老又爲嚴羽的再傳弟子，曾蒐集嚴羽的論詩著作，但因爲所用俗字甚多，故從校勘學的角度説，卻也不是一個非常理想的底本。明清諸本多已改從正字，本書也遵從明清版本作了校改。

本書的參校本有三個系統：一、《滄浪吟卷》系統，二、《詩人玉屑》系統，三、《滄浪詩話》單行本系統。單行本系統係從《吟卷》系統分離出來，元刊本以後各本《吟卷》之間的差異不大，多是由傳抄、刊刻過程中校改及訛誤造成的。《詩人玉屑》不同的版本系統之間，文字上也存在一些差異。現存宋本《玉屑》是其他各本的源頭，元刊本、朝鮮本、日本寛永本與宋本文字上更接近，而十卷本、嘉靖本、《四庫全書》本、古松堂本《玉屑》則有竄改。本書於以上各種版本都盡量利用，加以校勘。此外，本書還採引宋人詩話、元人詩法以及明初高棅《唐詩品彙》等著作引述該書的資料，以期呈現嚴羽論詩著作文本在宋末至明初流傳的另外面貌。

本書之箋注部分包括四個方面的内容：一、解釋詞語典故；二、於所涉人物，簡介其爵里及生平著述；三、於所涉作品，録其文本；四、對於具有理論内涵的詞句加以詮釋。《滄浪詩話》所涉作品甚多，胡鑑注本、胡才甫注本全部徵引注出，有些過於繁多，郭本删去了大部分作品，只保留了很少的詩例，對於當代讀者來說，又顯得過少。本書則在兩胡注本及郭注之間斟酌取中，於篇幅過長且今人比較熟悉者則不録，如屈原《離騷》等；於所涉作品篇數過多者則列數首以爲例，如阮籍《詠懷》等。

本書對於《滄浪詩話》的理論内涵分兩部分加以詮釋。「箋注」部分重點解釋具體辭句的理論内涵，「總説」部分則側重整體理路的解説。明清以降乃至當代學者對此詩話之理論内涵多有闡發，本書在闡明本人理解之同時，亦對前人理解加以梳理，借以呈現《滄浪詩話》的詮釋歷史，而這種詮釋歷史正是中國文學批評史的重要構成部分。本書於各條箋注之後，摘要附録古今相關論述，以方便讀者參照。

凡例

一、本書以元刊本《滄浪吟卷》爲底本，校以其他各本《滄浪吟卷》，宋本、寬永本及他本《詩人玉屑》，諸單行本《滄浪詩話》等。明初以前總集、詩文評著作中有引述其内容者，亦並作參校。凡屬郭紹虞先生、陳定玉先生的校勘成果，本書分别逐録注明；本書增校各本，凡同於郭校、陳校者，不另出校記。

二、元刊本《滄浪吟卷》多俗體、異體字，他本或改易正體，或一存其舊。本書改從正體，如「体」、「躰」改作「體」，「偹」改作「備」，「派」改作「派」，「与」改作「與」，「関」改作「關」等，不一一出校。

三、本書根據底本所分段落，於各段標以序號。《詩辯》篇某些段落較長，涉及文本及理論問題甚多，今於底本所分段落之内復分若干小節，分節校箋，以便閲讀。

四、本書於《滄浪詩話》所涉及人物、典故及難解詞語，加以注釋；於詩話所列舉之詩文作品録其原文；於其所提出之理論問題亦加以闡述。又徵引前人有關論述作爲附録。對某些部分所涉及理論問題加以綜合論述，是爲總説。

五、底本及校本簡稱如下：

元刊本《滄浪嚴先生吟卷》，簡稱「底本」。

明正德胡瓊序、九峯書屋刊《嚴滄浪詩話》，簡稱「九峯書屋本」。

明正德胡重器刻本《滄浪嚴先生吟卷》，簡稱「胡重器本」。

明正德尹嗣忠刻本《滄浪嚴先生吟卷》，簡稱「尹嗣忠本」。

明嘉靖鄭絅序、清省堂刊本《滄浪先生吟卷》，簡稱「清省堂本」。

明嘉靖吳銓跋刻本《滄浪嚴先生吟卷》，簡稱「吳銓本」。

明陳繼儒輯《寶顔堂祕笈》本《滄浪嚴先生詩談》（又題《滄浪詩話》），明萬曆刻本，簡稱「《寶顔堂祕笈》本」。

明天啓程至遠校刊本《滄浪吟卷》，實僅含論詩著作五篇，簡稱「程至遠本」。

明何望海編《滄浪詩集》、《滄浪詩話》，明末刊本，簡稱「何望海本」。

明毛晉輯《津逮祕書》本《滄浪詩話》，明崇禎毛氏汲古閣刻本，簡稱「《津逮秘書》本」。

明陶宗儀纂、陶珽重輯《説郛》本《滄浪詩話》，上海古籍出版社影印《説郛三種》本，簡稱「《説郛》本」。

清順治周亮工訂刻本《滄浪吟》、《滄浪詩話》，簡稱「周亮工本」。

清康熙朱霞編《樵川二家詩》附《滄浪詩話》，《四庫存目叢書》影印清康熙綏安雙笏山房刻本，簡稱「朱霞本」。

清乾隆何文煥輯《歷代詩話》本《滄浪詩話》，中華書局一九八一年排印點校本，簡稱「《歷代詩話》本」。

清光緒徐榦輯《樵川二家詩》本《滄浪詩話》，簡稱「徐榦本」。

清光緒許印芳輯《詩法萃編》本《滄浪詩話》，一九一九年《雲南叢書》本，簡稱「《詩法萃編》本」。

舊鈔本《嚴滄浪先生吟卷》三卷，民國張鈞衡《適園叢書》本，簡稱「《適園叢書》本」。

日本享保十一年（一七二六）嵩山房刻《三家詩話》本《滄浪詩話》，影印收入長則規矩也編《和刻漢籍隨筆集》第二十集，簡稱「三家詩話本」。

日本明治間刊近藤元粹評訂《螢雪軒叢書》本《滄浪詩話》，簡稱「《螢雪軒叢書》本」。

宋刻本《詩人玉屑》二十卷，簡稱「宋本《玉屑》」。

元刻本《詩人玉屑》十八卷，簡稱「元本《玉屑》」。

明刻本《詩人玉屑》十卷補遺一卷，臺灣「中央圖書館」臺北分館藏，著録宋淳祐四年（一二四四）刊本，實爲明刻，簡稱「十卷本《玉屑》」。

清道光古松堂刻本《詩人玉屑》二十卷，簡稱「古松堂本《玉屑》」。

日本寬永刻本《詩人玉屑》二十一卷，簡稱「寬永本《玉屑》」。

王仲聞點校本《詩人玉屑》，上海古籍出版社一九七八年新一版，簡稱「點校本《玉屑》」。

目録

詩辯

【解題】

本篇編入《詩人玉屑》卷一「詩辨」門，題「滄浪謂當學古人之詩」。《詩人玉屑》「詩辨」門下僅有此篇，故其「詩辨」之名當取自嚴羽原篇名。元刊本《滄浪嚴先生吟卷》卷一載此篇，篇名同，惟「辨」作「辯」。自此凡從《詩人玉屑》系統來者作「詩辨」，從元刊本系統來者作「詩辯」。「辨」有分辨義，「辯」有論辯意，如果沿著兩者相異的方向解釋，「詩辨」是詩之辨析，「詩辯」是詩之辯說，兩者的意義存在著差異。然「辨」、「辯」古通，分辨之「辨」可以作「辯」，論辯之「辯」也可以作「辨」，如果沿著兩字相通的方向解釋，兩者没有意義上的分别。但「辯」又是一種文體，韓愈有《諱辯》，柳宗元有《桐葉封弟辯》。明徐師曾《文體明辨序説》謂：「漢以前，初無作者，故《文選》莫載，而劉勰不著其説。至唐韓、柳，乃始作焉。……其題或曰某辯，或曰辯某，則隨作者命之，實非有異議也。」嚴羽的這篇文字論辯色彩非常明顯，正符合「辯」的文體特徵。故所謂「詩辯」者，就是關於詩的辯説。當然，辯説之中自然也會有辨析。

《滄浪詩話》原本不是嚴羽本人生前所著的一部詩話著作，而是後人將其論詩文字編集而成，故《詩辯》乃是一篇獨立的文字。嚴羽在《答吴景僊書》中提到這篇文字説：「僕之《詩辯》，乃斷千百年公案，誠驚世絶俗之談，至當歸一之論。」可見他對這篇文字非常自負。關於這篇論辯文字所針對的對象，學者一般都指出一是針對江西詩派，二是針對四靈及江湖詩派，這些其實都是嚴羽本人明説的，自無疑問。但這篇文字論辯色彩很强，作者於篇末云「雖獲罪於世之君子，不辭也」，這些暗示出，他的這篇論辯文字不僅有理論上針對的對象，也有現實中所針對的人物，甚至有他所熟識並一起論詩的交往圈内的人物。正因爲如此，所以他本人非常清楚，他的這篇文章可能得罪人，但爲了真理，他在所不辭。

那麽，他所與論辯的現實中的人物究竟是哪些人？明人徐𤊹《嚴滄浪集序》説：「時郡太守王子文與先生論詩不合，式之作十絶解之。」王子文即王埜（字子文，號潛齋），乃是理學家真德秀的門人，於理宗紹定（一二二八—一二三三）、端平（一二三四—一二三六）年間在邵武任縣令、通判、知軍事。王埜是個詩人，有詩集二十卷，劉克莊爲作序（《後村先生大全集》卷九四《王子文詩》）。嚴羽與王埜有交往，《滄浪吟卷》中有《早春寄潛齋王使君》，又有《平寇上史君王潛齋》，都可證明。嚴羽曾與王埜及戴復古、李賈一起論詩，戴復古有《昭武太守王子文日與李賈嚴羽共觀前輩一兩家詩及晚唐詩因有論詩十絶子文見之謂無甚高論亦可作詩家小學須知》。其論詩的時間，根據我的考證，當在端平元年（一二三四）。因爲王埜端平元年知邵武軍，端平二年戴復古則離開邵武。嚴羽《詩辯》，或許與他們之間的論詩有關。徐㶿説嚴羽與王埜論詩不合，不知何據，或許是出於推測，但恐怕也不是全無依據。王埜論詩與真德秀一樣，主張明義理、切世用。他也批評當時的晚唐詩潮，其序戴復古詩謂：「近世以詩鳴者，多學晚唐，致思婉巧，起人耳目，終乏實用。所謂言之者無罪，聞之者足以戒，要不專在風雲月露間也。」（《石屏詩集》卷首）這是以政教説批評晚唐體；他跋朱子《感興詩》，稱「蓋先生此詩，凡太極陰陽之理，天理人欲之機，古今治亂之分，異端末學之辨，精粗本末，兼該並貫，加以興致高遠，音節鏗鏘，足以追儷風雅。」（見《南溪筆録羣賢詩話後集》，《全宋文》失收）王埜的這種評價正體現出以詩明理的詩學主張，與嚴羽「詩有别趣，非關理也」之説顯然有矛盾。徐㶿説嚴羽與王埜論詩不合，當然不是完全不合，因爲在批評當時晚唐詩風上二人具有一致性，但在詩與理的關係上，二人看法迥異，確實不合。錢鍾書先生《談藝録》指出，嚴羽「詩有别趣，非關理也」云云，其實針對的是理學家，只是他懾於當時理學的聲勢，不敢明目張膽地説。錢先生説他只是推測，但他的推測也是準確的（訂補本五四五頁）。朱東潤在《滄浪詩話探故》一文中論證嚴羽批評江西末流實是針對劉克莊，這也是值得重視的意見。

《詩辯》的文本有兩個系統：一是《詩人玉屑》系統，一是通行本系統。通行本系統又包括兩個系列：一是《滄浪吟卷》，二是單行本《滄浪詩話》。單行本其實是從《滄浪吟卷》分離出來的，兩者文字一致，其源頭就是元刊本《滄浪嚴先生吟卷》。《詩人玉屑》所載《詩辯》，順序分合有很大不同，文字上也存在差異。文字上的差異具體見本篇校記中，這裏主要説一説次序分合上的差異。這篇文字《詩人玉屑》本分五節，元刊本分七節，茲列表對比如下：

	《詩人玉屑》	元刊本
一	「夫學詩者以識爲主」云云	「禪家者流」云云、「夫學詩者以識爲主」云云
二	詩之法有五	詩之法有五
三	詩之品有九、用工有三、大概有二、極致有一	詩之品有九
四	「禪家者流」云云	用工有三
五	「夫詩有別材」云云	大概有二
六		極致有一
七		「夫詩有別材」云云

從次序上説，《詩人玉屑》以「學詩者以識爲主」開篇，詩禪説在倒數第二節；而元刊本以詩禪説開篇，「以識爲主」云云緊接在詩禪説之後。就分合上説，兩個本子的差異有二：一、《詩人玉屑》本

論識一節與詩禪說一節分開，而元刊本兩節合一；二、《詩人玉屑》「詩之法有五」至「極致有一」分兩節，而元刊本分五節，各自獨立。元刊本以後，明刊諸本《滄浪吟卷》所載《詩辯》篇皆同元刊本，而從《滄浪吟卷》分離出來的單刻本《滄浪詩話》也都基本上遵從元刊本。這也就是所謂的通行本。

郭紹虞先生注意到並且極爲重視兩個本子的差異，他認爲兩個本子的差異不僅影響到對《詩辯》篇內容的理解，也影響到對嚴羽整個詩學理論的理解，故有《試測〈滄浪詩話〉的本來面貌》一文，專門討論這一問題。他認爲《詩人玉屑》所引可能出自原本，符合原貌；明刻本經過竄改，不符合原貌。（郭先生没有見到過元刊本，他不知道明刊本《詩辯》篇的面貌在元刊本已然。）建立在這種認識基礎上，郭先生《滄浪詩話校釋》於《詩辯》篇就主要採用了《詩人玉屑》的次序及文字。但是，郭先生所依據的《詩人玉屑》的文本未見得就是嚴羽原本的原貌，因爲《詩人玉屑》是一部詩話彙編，他引嚴羽的文字也可能有所調整改動，而且，我們今天所能見到的《詩人玉屑》的最早本子也是宋末元初的刻本，這個刻本的文字也有一些問題，如「非關書也」、「非關理也」的「關」字，現存最早的《詩人玉屑》刻本及日本的寬永本系統都作「閱」字，又如「不落言筌」的「筌」字，《詩人玉屑》作「鑒」，這些都説明《詩人玉屑》所引的文本並非没有問題，絕對可靠。

郭紹虞先生《校釋》採用《詩人玉屑》本，故全篇分五個部分，本書採用元刊本，故全篇分七個部分。因第一、第七部分文字較長，胡才甫已經再分節注釋，爲方便讀者閱讀，本書亦採用這種辦法。

【附録】

郭紹虞《試測〈滄浪詩話〉的本來面貌》：

就《詩辨》一章的次序來講，《詩人玉屑》和現行各本就很有出入。滄浪詩論强調藝術性而忽於思想性，這是無庸諱言的。正因他偏於藝術性方面，所以在這方面熟參的結果約略體會到形象思維和邏輯思維的分别，總覺得蘇、黄詩風和漢、魏、盛唐有所不同，於是要求學古，要入門正，要立志高，要從上做下，不要從下做上。這是他反對蘇、黄詩風提倡唐音的中心主張。因此，《詩人玉屑》於《詩辨》一章以「夫學詩者以識爲主」云云，作爲這一章的第一節，可能是根據《滄浪詩話》的原本，所以，《詩人玉屑》以「滄浪謂當學古人之詩」作爲標題，是符合滄浪意旨的。後人因爲重視他的詩禪説，於是把「禪家者流」云云移到前面來，而與「夫學詩者以識爲主」云云合爲一節，那就變得先後次第不很分明了。

《詩辨》一章共分五節：第一節説明學古宗旨，針對蘇、黄詩風提出了以漢、魏、盛唐爲師的主張。第二節論詩法，第三節論詩品。第四節從對於他所謂「法」和「品」的認識，説明漢、魏、盛唐之詩所以爲第一義的原因，於是以禪喻詩，涉及「透徹之悟」的問題。第五節纔專從「透徹之悟」發揮，提出别才别趣的主張，於是滄浪詩論，不僅反對蘇、黄，同時也針對四靈之所謂唐音而加以批判了，這是五節一貫相承的觀點。假使把「禪家者流」云云移作最前一節的第一段，那麽論法論品兩節的插入，便覺得有些勉强了。（原載一九六一年六月十日《文匯報》，收入《照隅室古典文學論集》下編，第一三二、一三三頁）

一

禪家者流〔一〕，乘有小大〔二〕，宗有南北〔三〕，道有邪正〔四〕。學者須從最上乘〔五〕，具正法眼〔六〕，悟第一義〔七〕。若小乘禪，聲聞、辟支果，皆非正也〔八〕。論詩如論禪〔九〕。漢、魏、晉與盛唐之詩，則第一義也〔一〇〕。大曆以還之詩〔一一〕，則小乘禪也，已落第二義矣〔一二〕。晚唐之詩，則聲聞、辟支果也〔一三〕。學漢、魏、晉與盛唐詩者，臨濟下也〔一四〕。學大曆以還之詩者，曹洞下也〔一五〕。

【校勘】

〔學者須從最上乘〕　郭紹虞《校釋》：「《玉屑》無『學者須從最上乘』七字。」按郭氏所據爲嘉靖本、日本寬永本《玉屑》。宋本、元本、十卷本、古松堂本《玉屑》亦無此七字。以下諸本《玉屑》凡同郭校本者不另注明。

〔具正法眼悟第一義〕　宋本、元本、寬永本《玉屑》作「具正法眼者，是謂第一義」，十卷本、古松堂本《玉屑》作「具正法眼看，是謂第一義」。

〔若小乘禪〕　郭紹虞《校釋》:「《玉屑》無『小乘禪』三字,是。」

〔漢魏晉與盛唐之詩〕　郭紹虞《校釋》:「《玉屑》『晉』下有『等作』二字。」

〔大曆以還之詩〕　「曆」,徐榦本、《適園叢書》本作「歷」。

〔則小乘禪也已落第二義矣〕　郭紹虞《校釋》:「《玉屑》無『小乘禪也』四字,是。」

〔學大曆以還之詩者〕　郭紹虞《校釋》:「《玉屑》無『之詩』二字。」「曆」,徐榦本、《適園叢書》本作「歷」。

【箋注】

〔一〕禪家:即禪宗,與「教家」相對。禪是梵文「禪那」的簡稱,中譯佛經或作「思惟修」,或作「靜慮」,是一種運用思維的修持方式。禪的學説原本是佛教學説的一部分,到後來逐漸獨立出來,形成一個宗派,稱作禪宗。其他諸派皆有所依據的經典,所傳的是佛語,故稱「教家」,而禪宗自稱是「以心傳心,教外别傳」,區别於「教家」,稱「禪家」。根據禪宗典籍裏的説法,如來佛在靈山會上拈花,迦葉微笑,如來就將正法傳給迦葉,此後代代相傳,其第二十八祖爲菩提達摩。梁武帝時,達摩來到中國傳法,爲中國禪宗之初祖。

〔二〕乘有小大:乘,乘載、運載,佛經中將佛法比喻成渡船,言其能把衆生運載至涅槃之彼岸。佛法有大乘、小乘之分,以自我解脱爲目標者謂之小乘,以普度衆生爲目標者謂之大乘。佛教中,大、小乘有高下之分,以大乘高於小乘。禪家論禪法,也有大乘禪、小乘禪之分。宗密《禪源諸詮集都序》卷上之一:「悟我空偏真之理而修者,是小乘禪。悟我法二空所顯真理而修者,是大乘禪。」嚴羽所謂乘有小大，指的就是禪宗的大、小乘禪法。

〔三〕宗有南北：禪宗在中國傳至五祖弘忍，弟子中有神秀、慧能二人，弘忍傳衣於慧能，是爲六祖。其後神秀傳法於北方，爲北宗；慧能布化於南方，爲南宗。北宗主漸修，南宗主頓悟，故有「南頓北漸」之稱。南宗後世興盛，又有「五家七宗」之分（參見《景德傳燈録》卷一至卷五）。後人以南宗爲禪宗之正宗，嚴羽亦持此見。

〔四〕道有邪正：禪家有種種法門，以符合禪家真理者爲正道，反之爲邪道。然不同宗派對於正道邪道往往有不同之判斷標準。在南宋，臨濟宗代表人物宗杲抨擊曹洞宗代表人物正覺之默照禪，謂之「邪禪」，即是以默照禪爲邪道。

〔五〕學者句：禪家認爲禪有淺深層次之不同，宗密《禪源諸詮集都序》卷上之一：「禪則有淺有深，階級殊等。」他將其分爲五等：外道禪、凡夫禪、小乘禪、大乘禪、最上乘禪。他稱：「頓悟自心本來清淨，元無煩惱，無漏智性，本自具足，此心即佛，畢竟無異，依此而修者，是最上乘禪。」達摩所傳者乃最上乘禪。學禪要從最上乘悟入，要把握最高的真理。嚴羽以爲學詩也如學禪一樣，應從最高格的作品入手學習。

〔六〕具正法眼：正法眼，又稱清淨法眼，它不是指一般的肉眼，而是指能够徹見佛家真理的智慧心眼。這裏指辨别詩道即詩歌之真理的認識能力。具正法眼，即具有辨别能力，可以徹見正理，邪見不生。宗杲序《正法眼藏》云：「正法眼藏者，難言也。請以喻明。譬如淨眼洞見森羅，取之無窮，用之無盡，故名曰藏。夫藏者，含藏最廣，邪正相雜，涇渭難辨。甚至邪能奪正，正反爲邪。故似泉眼不通，泥沙立壅；法眼不正，邪見層出。剔抉泥沙，而泉眼通；剪除邪見，而法眼正。」詩人具有正法眼，面對古今詩作，即可以辨别其是否合乎詩道，判斷其價值高下，從而作出正確選擇，以第一義爲師。

〔七〕悟第一義：第一義，至高無上的真理。丁福保《佛學大辭典》：「以名究竟之真理，是爲最上，故云第一。深有理由，故云義，聖智之自覺也。」禪家以達摩所傳者爲第一義，與第二義相對。《五燈會元》卷七：「福州南禪契璠禪師，上堂。……僧問：『如何是第一義？』師曰：『何不問第一義？』曰：『見問。』師曰：『已落第二義也。』」禪家認爲第一義不可言説，問第一義，就是要求對方有所言説，這正反映出問者認爲第一義可以言説，這種認識已經落入第二義。

悟第一義有兩層涵義：一是説悟的對象是第一義，即把握的對象是最高的真理。禪道有淺深之不同，真理的層次亦不同，學禪就要學最高的真理，即所謂悟第一義。就這一層涵義而言，與前面「從最上乘」同意。二是説悟所要達到的目標是第一義。學習者學的是第一義的内容，是最高的真理，但對象内容是第一義，並不等於説學習者就能把握到第一義，這就是後面所説的悟有淺深的問題。

〔八〕若小乘禪三句：小乘包括辟支乘、聲聞乘。聲聞者，謂聽佛之講教而覺悟者。辟支者，指自己覺悟而成道，故又名獨覺。聲聞、辟支，皆是自我解脱，故爲小乘。修習不同教法所證得者稱果，果有層次之不同，是爲果位或果地。皆非正也，言聲聞、辟支都不是正道。

此句《詩人玉屑》作「若聲聞、辟支果，皆非正也」，元刊本作「若小乘禅，聲聞、辟支果，皆非正也」，因此句有一「皆」字，意味著兩項以上事物並列，故元刊本「小乘禪」與「聲聞、辟支果」就成爲並列的内容，但聲聞、辟支即是小乘禅，兩者是從屬關係。這樣並列，從語義上説，似乎在小乘禪之外，還有聲聞、辟支，造成了禪學知識上的錯誤，故後來有人批評嚴羽不知禪。然根據《玉屑》，無「小乘禪」三字，即不誤。

〔九〕論詩如論禪：范季隨《陵陽室中語》述韓駒語：「詩道如佛法，當分大乘小乘，邪魔外道，惟知者可以語此。」韓駒以佛法的價值層次爲喻來談論詩歌的價值高低，嚴羽亦是如此。

以禪論詩並非始於嚴羽，郭紹虞、錢鍾書都曾列舉大量資料指出嚴羽實有所本（郭有《滄浪詩話以前之詩禪説》，見《照隅室古典文學論集》上編，錢説見《談藝録》八四，補訂本，二五七、二五八頁）。

〔一〇〕漢魏二句：此謂漢魏晉與盛唐詩比之於禪家，相當於第一義，最符合詩道，在價值上屬於最高層次。前面説學禪要悟第一義，學詩如學禪，也應該學習第一義的作品，此處説漢魏晉與盛唐之詩是第一義，故學詩就要學漢魏晉與盛唐之詩。

嚴羽論唐詩，分唐初體、盛唐體、大曆體、元和體、晚唐體，其《詩體》篇於「盛唐體」下注「景雲以後，開元、天寶諸公之詩」，據此，唐睿宗景雲以前（六一八—七〇九）爲唐初體的範圍，盛唐體的範圍乃是景雲以後至開元、天寶間（七一〇—七五六）。明高棅《唐詩品彙》以初唐的範圍至開元初（高祖武德元年至玄宗開元元年，六一八—七一三），盛唐自開元至唐代宗大曆初（七一三—七六六），與嚴羽有所不同。

〔一一〕大曆：唐代宗年號，公元七六六年至七七九年。嚴羽没有提出「中唐體」的概念，其《詩體》篇只有「大曆體」、「元和體」，其後即爲「晚唐體」，此處「大曆以還之詩」與「晚唐詩」相對，包括「大曆體」與「元和體」（元和，唐憲宗年號，公元八〇六至八二〇年）。高棅《唐詩品彙》所謂中唐是指大曆、貞元（唐德宗年號，公元七八五至八〇五年）時期，元和體被高棅歸入晚唐。見《唐詩品彙總序》。

〔一二〕第二義：相對於第一義而言，又稱向下門，指假借名言而引人悟道之法門。理學家亦以指第二次第、等級之意。《朱子語類》卷一三七：「韓文公第一義是去學文字，第二義方去窮究道理，所以看得不親切。」又卷一四〇：「因林擇之論趙昌父詩，曰：『今人不去講義理，只去學詩文，已落第二義。』」

學禪要悟第一義，學詩也要學第一義的詩歌，大曆以還之詩既然是第二義，就不應是學詩者學習的對象。如果學大曆以還之詩，就不是悟第一義。

「則小乘禪也，已落第二義矣」，《玉屑》無「小乘禪也」四字。按此言大曆以還之詩是小乘禪，下句說晚唐之詩是聲聞、辟支果，這就將小乘禪與聲聞、辟支果並列，而聲聞、辟支即是小乘，故有禪學知識的錯誤。又第一義、第二義都是就大乘禪而言的，第二義雖非最高的真理，但也並非小乘禪法，如果按照元刊本，則以第二義指小乘禪，也有禪學知識方面的錯誤。故當以《玉屑》所引爲是。

〔一三〕晚唐之詩：嚴羽《詩體》篇於元和體以後列晚唐體，故知其所謂晚唐是指元和時代以後，高棅《唐詩品彙》晚唐則包括元和時代。

元刊本前面說「若小乘禪，聲聞、辟支果，皆非正也」，此上句說「大曆以還之詩，則小乘禪也」，這裏又謂「晚唐之詩，則聲聞、辟支果也」，有禪學知識方面的錯誤。其後各本《滄浪吟卷》及單行本《滄浪詩話》大體上都沿元刊本，成爲《滄浪詩話》通行的文本。清人錢謙益、馮班等皆據通行本抨擊嚴羽不知禪。

錢謙益《有學集》卷十五《唐詩英華序》：「嚴氏以禪喻詩，無知妄論，謂漢魏、盛唐爲第一義，大曆爲小乘禪，晚唐爲聲聞、辟支果，不知聲聞、辟支即小乘也。」

馮班《鈍吟雜録》卷五《嚴氏糾繆》：「乘有大小，是也。聲聞、辟支，則是小乘。今云大曆已還是小乘，晚唐是聲聞、辟支，則小乘之下，别有權乘，所未聞一也。」

大、小乘之分原本是佛學常識，若據通行本，嚴羽犯了常識性錯誤；若依《詩人玉屑》，則嚴羽並没有錯誤。

王夢鷗先生以爲通行本「小乘禪」及「小乘禪也」二語當是嚴羽自注，其《嚴羽以禪喻詩試解》曰：

聲聞、緣覺、菩薩，三乘以後者爲大乘，是教門的常識，無關禪學。嚴羽縱甚無知，相信關於這點常識亦不至落於人後。唯是可疑的是，滄浪詩話流傳了三百多年，竟没有個先覺者覷出破綻，這上面便很可能是流傳的版本走了樣，使後人讀來覺得支吾不通。今驗以原文：嚴氏寫這詩話，常於本文自行加注。……至於「小乘禪」及「小乘禪也」二語，本皆與「聲聞辟支果皆非正也」及「則聲聞辟支果也」之聲聞辟支有關。但前者既被抄爲正文，而後者又錯在「大曆以還之詩」句下。遂成爲後人所見的樣子。（《中華文化復興月刊》十四卷八期，一九八一年，第六八頁。）

但王先生所言只是推測，並没有版本上的依據。此二句也可能是後人所加的注，在流傳過程中被混入正文。

〔一四〕臨濟：南宗禪的一個宗派，開宗者爲義玄（？—八六七）。南宗六祖慧能傳宗給神會（六六八—七六〇），是爲七祖。與神會同時跟慧能學禪的，除了神會有影響以外，還有南嶽系與青原系的禪師。南嶽系指住在衡山般若寺的懷讓（六七七—七四四），其説經馬祖道一（七〇九—七八八）、百丈懷海（七二〇—八一四）等發揚光大。百丈懷海的禪法經黄檗希運（？—八五〇）再傳至臨濟義玄，形成一個宗派，是爲臨濟宗。南宋高宗時代，臨濟宗大慧宗杲（法號妙喜，一〇八九—一一六三）大倡宗風，在當時影響極大。

「臨濟下」及下句「曹洞下」之「下」是禪門用來表示宗派傳承關係的術語，臨濟下意謂臨濟宗的繼承者，曹洞下即是曹洞宗的繼承者。王夢鷗《嚴羽以禪喻詩試解》曰：「『下』字是宗門常用語，如《五燈會元》稱云門、曹洞爲『青原下』，臨濟、溈仰爲『南嶽下』，本非高下之下。」嚴羽這裏是説學漢魏晉與盛唐詩者，比之學禪者屬於臨濟宗一系。

〔一五〕曹洞：也是南宗禪的一個宗派。出自青原系行思（？—七四〇），經由石頭希遷（七〇〇—七九〇）傳至洞山良价（八〇七—八六九）、曹山本寂（八四〇—九〇一），形成曹洞宗。南宋時代，曹洞宗的正覺禪師（一〇九一—一一五七）影響很大。嚴羽此句言學大曆以還之詩者，擬之學禪者屬於曹洞宗一系。

嚴羽前面説學禪應該悟第一義，學最高的真理，接下來説漢魏晉與盛唐之詩是第一義，大曆以還之詩是第二義，前者高於後者，按照嚴羽的理論邏輯，學詩就應該學第一義的漢魏晉盛唐之詩。在嚴羽看來，學習的對象本身有高下之别，這種高下意味著真理性的高低，學詩者選擇不同的學習對象，對於其所達到的境界具有直接的影響，换言之，學習對象的高下直接影響學習者水平的高下。沿此邏輯，學習漢魏晉盛唐之詩者就高於學習大曆以還之詩者。嚴羽説學漢魏晉與盛唐詩者是臨濟下，而學大曆以還之詩者是曹洞下，所要表明的就是此意。

但是，嚴羽如此説，就意味著臨濟宗高於曹洞宗。這又遇到了禪學知識方面的問題。臨濟、曹洞二宗都屬南宗，從禪宗史上看，並屬第一義，無高下之别。而嚴羽却以爲其有高下，於是後人就以爲嚴羽犯了禪學知識方面的錯誤，加以抨擊。

李維楨《大泌山房集》卷一二九《讀蘇侍御詩》云：「嚴滄浪曰：『學漢魏晉與盛唐詩者，臨濟下也；學大曆以還詩，曹洞下也。』論詩則是，論禪則非。臨濟、曹洞，有何高下？」

陳繼儒《偃曝談餘》卷下：「嚴滄浪云：『學漢魏晉與盛唐詩者，臨濟下也；學大曆以還詩者，曹洞下也。』此老以禪論詩，瞠目霄外，不知臨濟、曹洞有何高下？而乃剿其門庭影響之語，抑勒詩法，可謂杜撰禪。」

錢謙益《牧齋有學集》卷十五《唐詩英華序》：「嚴氏以禪喻詩，無知妄論，……謂學漢魏盛唐爲臨濟宗，大曆以下爲曹洞宗，不知臨濟、曹洞初無勝劣也。」

馮班《鈍吟雜録》卷五《嚴氏糾繆》：

> 初祖達摩自西區來震旦，傳至五祖忍禪師，下分二枝。南爲能禪師，是爲六祖，下分五宗。北爲秀禪師，其徒自立爲六祖，七祖普寂以後無聞焉。滄浪雖云宗有南北，詳其下文，都不指喻何事，卻云臨濟、曹洞。按臨濟元禪師，曹山寂禪師，洞山价禪師，三人並出南宗，豈滄浪誤以二宗爲南北乎？……臨濟、曹洞，機用不同，俱是最上一乘。今滄浪云：「大曆已還之詩，小乘禪也」，又云：「學大曆已還之詩，曹洞下也」，則以曹洞爲小乘矣。……
>
> 凡喻者，以彼喻此也。彼物先了然於胸中，然後此物可得而喻。滄浪之言禪，不惟未經參學，南北宗派，大小三乘，此最是易知者，尚倒謬如此，引以爲喻，自謂親切，不已妄乎？至云單刀直入，云頓門，云活句死句之類，剽竊禪語，皆失其宗旨，可笑之極。

嚴羽以臨濟、曹洞二宗作比説明學漢魏晉盛唐詩者高於學大曆以還之詩者，禪學知識本身是一個問題，他借以説明什麼樣的詩學道理則是另一問題，李維楨認爲，嚴羽所表達的詩學觀點是正確的，但借以表達詩學觀點的禪學知識則是錯誤的。但到錢謙益、馮班抨擊其禪學知識的錯誤，則是要證明其詩學觀點的錯誤。

當代學者試圖將嚴羽的論述放回到當時的背景中去分析其原因。王夢鷗《嚴羽以禪喻詩試解》：

曹洞臨濟之於時人心目中，恰不全是錢謙益説的「無優劣」。……與宗杲同時並世而中興曹洞宗的明州天童宏智正覺禪師其法席之盛，恰與徑山不相上下。……曹洞、臨濟兩家的徒弟確懷有論定二師優劣的意思。其於宗門的意見如此相忤，可信其影響於當時士大夫亦自有其分别觀。……臨濟、曹洞宗風，於當時士大夫的心目中確有高下不同的觀感。可信嚴滄浪所説的禪喻，是受到這樣觀感所左右，而但服臨濟宗的妙喜爲參禪精子。（《中華文化復興月刊》十四卷八期，六九、七〇、七一頁。）

王達津《論滄浪詩話》：

禪宗分派很多，講道也有高下。嚴羽是：「晚唐之詩，則聲聞辟支果也。學漢魏晉與盛唐之詩者，臨濟下也。學大曆以還之詩者，曹洞下也。」後來學者認爲臨濟、曹洞都是禪宗，嚴羽不應這樣區别，却不知在南宋臨濟宗地位高，而曹洞宗已經衰落。曹洞宗講道用的句偈較俚俗，已不够藝術高水平，而黄庭堅《書曹洞山价禪師〈新牛吟〉後》云：「余舊不喜曹洞言句，常懷涇渭不同流之意，近日偶味此文，皆吾家日用事，乃知此老人作百衲被，歲久天寒，方知用處。」這段話可以證明曹洞講禪瑣碎，無很高境界的語言，所以嚴羽説大曆以後，是好比出身曹洞宗門下的。（《文學評論叢刊》第十六輯，一九八二年，《王達津文粹》，一三六頁）

張伯偉《禪學與詩學》：

嚴羽的禪學趣向是偏於以宗杲爲代表的臨濟宗的，而宗杲與代表曹洞宗「默照禪」的正覺正處於對立的位置。……嚴羽既然偏向宗杲的門風，那麽，在他的心目中，宗杲的「公案禪」就是正宗，正覺的「默照禪」便是邪道。更推而廣之，臨濟宗自然比曹洞宗優勝。……儘管從禪宗史上看，臨濟、曹洞本來並無高低之分，但就當時而言，臨濟宗和曹洞宗在嚴羽心目中的位置則顯然是有上下之别的。後人對南宋禪學未加細究，僅據禪學史上的常識詬病嚴羽，甚至呵斥嚴羽根本不知禪，這顯然是不符合事實的。（六七、六八頁）

根據王夢鷗、張伯偉諸先生所言，南宋時代，臨濟宗的代表宗杲與曹洞宗的代表正覺法席並盛，但是兩家宗旨不同，宗風相異，互相攻訐，宗杲對正覺「默照禪」的抨擊更是不遺餘力。兩家門徒欲對兩師之優劣作出評判，當時士大夫受其影響對兩派也有高下的見解。嚴羽自比妙喜(即宗杲)，顯然是受臨濟影響，在他心目中自然臨濟高於曹洞。這就對嚴羽分臨濟、曹洞之高下做了合理的解釋。

但是，嚴羽是否僅僅是借其心目中臨濟、曹洞的高下以説明學漢魏晉盛唐與學大曆以還詩的高下呢？臨濟、曹洞宗風不同、方法不同，嚴羽這樣説是否還有另外一層意義，即學漢魏晉盛唐的方法與臨濟禪的方法一致，而學大曆以還之詩的方式與曹洞禪的方式相同？杜松柏即是如此理解，其《禪學與唐宋詩學》曰：

後人於滄浪「學漢魏晉與盛唐詩者，臨濟下也，學大曆以還之詩，曹洞下也」，力肆譏彈，實未達滄浪之意……臨濟不主理入，不主行入，無證無修，當下薦取，滄浪以喻漢魏晉與盛唐詩之渾成無迹，僅能以當下薦取之直感法求之；而曹洞則立君臣正偏五位，偏於理入，以比論大曆以後之詩，人巧發露，可由格律及章句等之詩法求之，能依理索解，二宗之成就相等，難分高下，其參禪之方法，則各有别……了然曹洞、臨濟之異後，方知滄浪譬説之精義，在以二宗機用之不同，顯二家直薦與理入之異，以爲不同學詩之法，非判曹洞爲小乘也。（臺北：黎明文化事業股份有限公司，一九七六，四二五頁）

杜先生以臨濟比論學漢魏晉與盛唐、以曹洞比論學大曆以還之詩，實際上是説學漢魏晉盛唐詩要用臨濟宗的直薦直感的方式，不能以理入，没有途徑可尋；而學大曆以還之詩，則要用曹洞宗的以理入的方式，從字句、詩法等方面入手。這種看法雖然新穎，但恐怕並非嚴羽原意。因爲嚴羽是主張從第一義入手學漢魏晉盛唐詩的，但他同時也有不少論及字句、詩法的文字，如果按照杜先生的説法，學漢魏晉盛唐無途徑可尋，則這些有關字句、詩法的論述都不是針對學漢魏晉與盛唐詩而論，而是就學大曆以還之詩而言的，這就與其主張以漢魏晉盛唐爲師之説相抵牾。

【總説】

此一節的核心在論述以漢魏晉盛唐爲師。以漢魏晉盛唐爲師之理，本來也可以用傳統的詩學理論去闡説，但嚴羽卻借用了禪學的道理去論述，用嚴羽本人的話説就是「以禪喻詩」。

禪家有大小乘之分，有南北宗之别，宗派既分，法門亦異，説有不同，各倡其道。站在不同的宗派立場上，對於各派的道理有著不同的認識及評價，於是就有了價值評判的問題。他們要對各家的法門、學説或者説禪道作真理性的判斷，所謂「乘有小大，宗有南北，道有邪正」，就是價值評判。大乘、小乘之間，大乘高於小乘，所謂聲聞、辟支就是小乘；南宗、北宗兩者，南宗高於北宗。南宗内部又分若干的宗派，學説也有差異，各以自己宗派的學説爲最正確，於是也有高下的分别。既然不同宗派學説有邪正之分，高下之别，那麽學禪的人就要加以鑒别，所謂「具正法眼」，就是要有鑒别力，能够鑒别邪正高下。在鑒别之後，要選擇最高的真理去學習，由此而悟得最高的真理，即第一義。總之，各家之道在真理性上有差異，學禪者應該加以鑒别，應該學習最高的真理。這就是嚴羽所借用的禪學的基本道理。

嚴羽以禪家的理論邏輯來論述詩歌，認爲學詩與學禪，在道理上是一樣的。嚴羽説「論詩如論禪」，即是此意。這個類比並不始於嚴羽，江西詩派的韓駒就有類似的説法。禪有禪道，詩有詩道。從詩歌史看，各個時代詩人的詩歌作品就像禪家的各宗各派的學説一樣也有真理性的差異，而因價值上也有高下的分别，也要作出評判。就像學禪者應該「具正法眼」、具有鑒别力一樣，學詩者也應該具有詩家的「正法眼」即「識」，對各代各家的詩歌是否符合詩道作出鑒别與判斷，確定其價值上的高下。就像學禪者應該從最高的真理即「第一義」入手學習一樣，學詩者也應該入手就學習最高格的作品。師法最高格作品者較之於學習較低層次作品者，其创作自然會更符合詩道，因而作品價值更高。這就是嚴羽借用禪學的道理推論出的詩學的基本道理。他借禪家的價值等級來論詩歌的價值高下，以爲漢魏晉、盛唐之詩是第一義，是最高格的；大曆以還詩歌是第二義，低於前者；晚唐詩是小乘禪，又低一級。學詩要學第一義，就是要學漢魏晉與盛唐之詩。學漢魏晉與盛唐詩較之學大曆以還之詩，其創作更符合詩道，因而前者在價值上高於後者。這是嚴羽以禪喻詩所得出的結論。

嚴羽「以禪喻詩」的論述涉及三個方面的問題：一是詩學本身的問題；二是禪學本身的問題；三是禪與詩關係的問題，也就是以禪喻詩的問題。

就詩學本身的問題而言，嚴羽説漢魏晉與盛唐之詩最高，是「第一義」，背後涉及到價值標準，而價值標準的確立涉及到一套價值系統。在傳統詩學的價值系統中，《詩經》既是詩歌的源頭，也是最高的價值標準。如果按照傳統詩學的理路，嚴羽的觀點可以這樣來論證：將漢魏晉與盛唐之詩放到《詩經》的傳統中，確認其是《詩經》傳統的最好繼承者。但嚴羽並没有這樣論證。他説詩有詩道，這個詩道是詩歌的真理，也是詩歌的價值標準。他没有説詩道源自《詩經》，或者説《詩經》就是詩道的最高體現。如果説詩道源自《詩經》，那麽詩歌原理就建立在《詩經》的基礎之上，就是《詩經》的傳統，價值標準也是《詩經》。詩道與《詩經》分離，詩歌原理就不一定是《詩經》的傳統，評詩就不一定要以《詩經》作爲價值標準，這在某種程度上會危及《詩經》在中國詩歌價值系統中至高無上的地位。正是因爲這一點，後來一些正統的詩論家對嚴羽提出了嚴厲的批評。

嚴羽主張以漢魏晉盛唐爲師，亦涉及唐詩的分期問題。在嚴羽的詩學理論中，關於唐詩的時代劃分涉及三個層次的問題：一是事實問題，即唐代詩歌史上是否存在幾個具有各自時代審美特徵的歷史階段；二是價值問題，即這幾個階段的作品有無高下之分；三是創作問題，即是否應該以價值最高的作品爲學習對象。

根據錢謙益《唐詩英華序》的説法，初、盛、中、晚四唐説創始於嚴羽，成於明初高棅《唐詩品彙》。但嚴羽論唐詩，分唐初體、盛唐體、大曆體、元和體、晚唐體，没有提出「中唐」這一概念，現代學者則追溯從嚴羽到高棅的四唐説的成立過程。朱東潤先生《滄浪詩話參證》説：「宋人論詩，往往言盛唐、晚唐，至《滄浪詩話》始斷然劃爲五體。」元代的楊士弘輯《唐音》，「分列唐代作家爲唐初、盛唐、中唐、晚唐，即隱宗滄浪之説」。到明初高棅，「更推大曆爲中唐，而合元和於晚唐，於是有初、盛、中、晚之説。」還有學者指出，「中唐」的概念出自方回《瀛奎律髓》。其實，四唐之分，到嚴羽時代已經成形。劉克莊《後村先生大全集》卷九十四《中興五七言絶句》：「昔人有言，唐文三變，詩然亦（當作「亦然」），故有盛唐、中唐、晚唐之體。」劉克莊《後村詩話》中亦有「唐初王、楊、沈、宋擅名，然不脱齊梁之體，獨陳拾遺首倡高雅冲澹之音，一掃六代之纖弱，趨于黄初、建安矣。」根據程章燦《劉克莊年譜》，《中興五七言絶句》選於淳祐二年（一二四二）或次年，此時嚴羽當還在世。故至嚴羽時，唐詩之初、盛、中、晚之分已具，只是當時尚未有將「唐初」稱作「初唐」，與盛唐、中唐、晚唐相並列對應而已。

嚴羽對唐詩作出的時代劃分，不止是客觀的詩歌史分期，而且是帶有價值判斷的。他認爲盛唐詩高於大曆、元和，而大曆、元和又高於晚唐。不僅如此，他在作出高下的價值判斷之後，又主張在創作上應當以盛唐爲法。嚴羽對唐詩分期、辨别高下，其歸結就在於創作上。

嚴羽的理論對明初高棅及七子派影響甚大，最終形成從理論到創作上的復古思潮。錢謙益抨擊七子派的復古，認爲七子派創作上摹擬盛唐，與其所尊奉的錯誤理論有關，而其理論的源頭便是嚴羽。本來錢謙益的中心旨意在價值問題上，即反對獨尊盛唐而貶斥中、晚，但他卻從事實問題立論，否定這四個階段的存在。其實，唐詩分期乃謂一定時期的作品體現出某種共同的風格特徵，當然各時期之間並不涇渭分明，總存在着過渡階段。他舉出張説、張九齡等詩人跨越兩個時代，認爲所謂四唐的界限在詩歌史上並不存在。嚴羽本人也明確説只是論其大概。錢謙益的抨擊缺乏足够的説服力，也引來後人的反批評。

嚴羽以禪喻詩，自然涉及到禪學問題。就禪學本身而言，嚴羽所説原本是基本的常識。但是，由於流傳中版本的不同，其文本所涉禪學出現了知識性問題。通行本將小乘禪與聲聞、辟支果並列，屬於知識性錯誤。於是陳繼儒、錢謙益、馮班等就批評嚴羽不知禪，譏諷他是杜撰禪。其實，正如郭紹虞等學者所已指出的那樣，這不能説是嚴羽本人的錯誤，而是後來的版本造成的，因爲《詩人玉屑》的文本就没有問題。嚴羽原本是以禪喻詩，要借禪學來説明詩學問題，其目的不在説禪，而在論詩。即便其禪學知識出現錯誤，只要不影響説詩，後人就應該分開來看。一方面固然可以指出禪學知識方面的錯誤，另一方面對其所借以論述的詩學觀點應作出獨立的評價。明人李維楨謂其「論詩則是，論禪則非」，正是作了如此的區分。但在錢謙益、馮班，以上兩者卻糾結在一起。按照錢、馮二氏的邏輯，嚴羽「以禪喻詩」，應該建立在對禪學的正確瞭解之基礎上；嚴羽在禪學常識上出現了錯誤，可見他對禪學缺少基本的瞭解；對禪學缺乏基本瞭解，出現知識錯誤，那麽，其以禪喻詩，所論之詩歌的道理就會出錯誤。

以禪喻詩還涉及禪與詩的關係。首先，作爲文人儒者是否可以借禪來談詩。這一問題是嚴羽的表叔吳景僊提出的。吳氏認爲「説禪非文人儒者之言」（見《答吳景僊書》），既然文人、儒者不應談禪，那麽以禪來談詩也就不可。但是，前代的文人儒者不是常常説禪嗎？吳景僊之所以有如此觀點，乃與宋理宗時代程朱理學的逐漸官學化有關。儘管後世學者認爲程朱理學吸收了禪學，但程朱本身在理論上是排斥禪學的。吳景僊對嚴羽的質疑應與當時的主流思想排斥禪學有關。嚴羽回應説：「本意但欲説得詩透徹，初無意於爲文，其合文人儒者之言與否，不問也。」當時的主流思想主張文與道的統一，主張文人與儒者的統一。文人儒者作文自然應該言儒家之道，而不應説禪。嚴羽的回答首先承認其合理性。但他辯解説，借用禪學只是爲了透徹説明詩歌的道理，而不是在作文，所以可以不管其是否合乎文人儒者之言。也就是説，正式的作文，自然要顧及文章的價值取向是否合乎儒家之道，但自己只是在技術層面上借用某些禪理來説明詩歌的道理，並不等於認同禪家一套出世的價值觀。

其次，拋開人生價值的内涵不言，禪和詩有没有共同性？禪的道理能不能借用來説明詩的道理？禪道有邪有正，其價值有高下之不同，但爲什麽可以用它來證明詩歌也是如此？學禪要悟第一義，要學最高的真理，但爲什麽用它可以證明學詩也是一樣？其實，這背後有一個前提性的預設：詩道與禪道之間具有相通性，正是由於這種相通性，所以才可以用禪學的道理來説明詩學的道理。但是，嚴羽並不將之視爲一個需要證明的預設，在他看來，詩禪相通是已明的真理，不須再證明。不僅對嚴羽來説是如此，對嚴羽之前以禪喻詩的人來説都是如此。但劉克莊卻對此提出質疑："詩家以少陵爲祖，其説曰：『語不驚人死不休』；禪家以達摩爲祖，其説曰：『不立文字』。詩之不可爲禪，猶禪之不可爲詩。"（《跋何秀才詩禪方丈》，《後村先生大全集》卷九十九）劉克莊認爲，詩家與禪家關於語言文字的價值取向是相反的，一個是語欲驚人，一個是不立文字，因爲在價值取向上相反，故兩者不能相通。沿著這種理路，兩者之理亦不同。劉克莊此論雖然不是直接針對嚴羽而發，但他提出的問題同樣可以適用於嚴羽。

再次，是方法論上的問題，借禪説詩，能不能像嚴羽所説的那樣把詩説透徹？在方法上是否恰當？吴喬就對以禪喻詩提出質疑。其《答萬季野詩問》："道理之深微難明者，以事之粗淺易見者譬而顯之。禪深微，詩粗淺，既已顛倒，而所引臨濟、曹洞等語，全無本據，亦何爲哉？"在他看來，闡明道理的正確方法應該是以淺顯的譬喻説明深微的，而嚴羽則恰恰相反，在方法上是錯誤的。

【附録】

徐增《而庵詩話》：

嚴滄浪以禪論唐初、盛、中、晚之詩，虞山錢先生駁之甚當。愚謂滄浪未爲無據，但以宗派硬爲分配，妄作解事。滄浪病在不知禪，不在以禪論詩也。恐人不解錢先生意，特下一轉語。

夫詩一字不可亂下；禪家著一擬議不得，詩亦著一擬議不得；禪須作家，詩亦須作家；學人能以一棒打盡從來佛祖，方是個宗門大漢子；詩人能以一筆掃盡從來窠臼，方是個詩家大作者。可見作詩除去參禪，更無別法也。

李重華《貞一齋詩説》：

嚴滄浪以禪悟論詩……試思詩教自尼父論定，何緣墮入佛事？

日本近藤元粹《螢雪軒叢書》評「學者須從最上乘」至「悟第一義」數句云：「自嚴羽一有是論，爲後人多少套語。」評「漢魏晉與盛唐之詩，則第一義也」：「確論不可動。」

郭紹虞《中國文學批評史》下卷第二章「南宋之詩論」第六目「嚴羽」：

（馮班、李重華）都以爲禪與詩，絕對不生關係，絕對不能比喻。但是我覺得此説亦不免稍偏。杜甫不是説過嗎？「老去詩篇渾漫與」，漫與云者便非語必驚人之謂，何得據杜氏一端之説，便以爲詩禪絶對是二事呢？……以禪論詩，確有相當的長處。蓋一般人只知求詩於詩内，不是論其内容，以道德繩詩，便是論其辭句以規律衡詩。惟以禪論詩則可以超於迹象，無事拘泥，不即不離，不黏不脱，以導人啟悟。所以詩禪之説，其本身原無可非議。（《中國文學批評史》下册之一，六九—七〇頁，上海：商務印書館，一九四七年。）

大抵禪道惟在妙悟〔一〕，詩道亦在妙悟〔二〕。且孟襄陽學力下韓退之遠甚，而其詩獨出退之之上者，一味妙悟而已〔三〕。惟悟乃爲當行，乃爲本色〔四〕。然悟有淺深〔五〕，有分限之悟〔六〕，有透徹之悟〔七〕，有但得一知半解之悟〔八〕。漢魏尚矣，不假悟也〔九〕。謝靈運至盛唐諸公，透徹之悟也〔一〇〕。他雖有悟者，皆非第一義也〔一一〕。

【校勘】

〔且孟襄陽學力〕　陳定玉輯校《嚴羽集》：「徐（榦）本無『且』字。『學力』，周（亮工）本作『力學』。」按何望海本、朱霞本、徐榦本「學力」亦作「力學」。程至遠本誤作「學加」。

〔一味妙悟而已〕　郭紹虞《校釋》：「《玉屑》『而已』作『故也』。」

〔有分限之悟〕　底本作「有分限」，各《吟卷》本及單行本同，唯《玉屑》作「有分限之悟」，兹從之。

〔謝靈運至盛唐諸公〕　范晞文《對牀夜語》引作「陶、謝至盛唐諸公」。

【箋注】

〔一〕大抵禪道惟在妙悟：禪道，達摩所傳的禪宗之道，禪家認爲達摩所傳的是最高的真理。在禪家看來，佛性人人本有具足，就在人心中，只要明心見性，就能成佛。所謂妙悟禪道，就是明心見性。妙悟，殊妙之覺悟，是對禪道即本有的佛性的覺悟。悟是開悟、覺悟，妙是對悟的讚美形容。本篇中或言妙悟，或單稱悟。當泛言悟時，兩者並無分別，但悟有深淺層次之不同，當具體説到低層次之悟即一知半解之悟時，就不能用妙悟來指稱。

學禪是要獲得禪道，得到應付生死的智慧，達到解脱之目的。但對於獲得禪道的方式與途徑，禪宗不同的宗派有不同的主張。禪家對方法極爲重視，認爲方法的正確與否直接影響到學禪者能否真正把握到真理。所謂「禪道惟在妙悟」，乃是説把握禪道的方式只能是妙悟。妙悟無論是在教門還是在宗門都是一個重要的術語，但是，放到南宋禪宗史的背景中去看，正是臨濟宗代表人物宗杲的主張（關於宗杲的禪學思想，參見楊曾文《宋元禪宗史》，北京：中國社會科學出版社，二〇〇六年，頁四三〇—四四七）。他之主張妙悟，在當時是有針對性的。《大慧普覺禪師語録》卷二十《示真如道人》：「今時學道人，不問僧俗，皆有二種大病。一種多學言句，於言句中作奇特想；一種不能見月亡指，於言句悟入，而聞説佛法禪道，不在言句上，便盡撥棄，一向閉眉合眼，做死模樣，謂之靜坐觀心默照。……去得此二種大病，始有參學分。」宗杲所批評的兩種大病都與對待「言句」的態度有關。宗杲所謂「言句」乃是指經教語録之類，涉及禪佛的知識傳統。其所謂大病之一是以曹洞宗正覺爲代表的默照禪。《大慧普覺禪師語録》卷二十六《答陳少卿》一：「近年以來，有一種邪師，説默照禪，……更不求妙悟，只以默然爲極則。」《大慧普覺禪師語録》卷二十六《答宗直閣》：「默照邪師輩，只以無言無説爲極則，……不信有悟門，以悟爲誑，以悟爲第二頭，以悟爲方便語，以悟爲接引之辭。」在宗杲看來，禪道固然不在言句，但是可以通過言句作手段而指向禪道。言句就如指月的手指，禪道就如月亮，手指的作用只是指示月亮，看到了月亮，手指的作用就完成了。指是工具，月是目的，達到目的，工具的使命就完成了，就必須捨棄，此即所謂「見月亡指」。但是，言句作爲工具雖然不是目的，雖然不能以工具代替目的，但是在達到目的之前，工具還是必需的。禪家對於這種工具與目的的關係還有另一個比喻性説法：「捨筏登岸」。岸是彼岸，是目的，筏是工具，筏的作用就在於幫助登岸，等達到彼岸，筏就應捨去，但是，在登岸之前，筏是不能捨去的。在宗杲看來，默照禪的廢棄言句，其病在於認識到工具不是目的，便根本否定工具，拋棄工具。

宗杲批評的第二種傾向與默照禪相反，不是拋棄言句，而是執著言句：「多學言句，於言句中作奇特想」(《大慧普覺禪師語録》卷二十《示真如道人》)。這種傾向是追求博學，運用知解力在語言文字中求得真理，這是一種做學問式的理性方式。宗杲認爲，這也是一種錯誤的方法。他説：「士人博覽羣書，本以資益性識，而返以記持古人言語，蘊在胸中，作事業，資談柄，殊不知聖人設教之意，所謂終日數他寶，自無半錢分。」(《大慧普覺禪師語録》卷十九《示清淨居士》)宗杲並非排斥知識，知識對於悟道來説，具有工具的意義，用宗杲的話説是「資性識」，即助益根性、心識，但它本來只是輔助性的工具，而不是目的。《大慧普覺禪師語録》卷二十八《答吕郎中(隆禮)》：「措大家一生鑽故紙，是事要知。博覽羣書，高談闊論，孔子又如何，孟子又如何，莊子又如何，《周易》又如何，古今治亂又如何，被這些言語使得來，七顛八倒，諸子百家，纔聞人舉著一字，便成卷念將去，以一事不知爲恥，及乎問著他自家屋裏事，並無一人知者，可謂終日數他寶，自無半分錢。」博學對於悟道來説，不僅没有幫助，反成爲滯礙：「士大夫學此道，不患不聰明，患太聰明耳。不患無知見，患知見太多耳。」(《大慧普覺禪師語録》卷二十九《答李郎中(似表)》)宗杲所主張的妙悟既不排斥言句，也不執著言句，而是以言句爲媒介和工具達到悟道的目的。

禪家的悟，一些現代學者用西方的哲學理論將其詮釋爲一種特别的直覺。鈴木大拙説：「悟，……應該是具體的全部被原原本本地直覺。靠部分的累積是不能理解全體的。靠累積而獲得的全體只不過是疊加起來的部分而已。……完整的全體，作爲具體的全體，必須直接地把握。」(《禪的生活》，《鈴木大拙全集》第十二卷，三一二頁。東京：岩波書店，一九六一年初印，一九八一年重印)

【附録】

劉壎《隱居通議》卷一「論悟」二：「兒童初學，蒙昧未開，故懵然無知。及既得師啓蒙，便能讀書認字，馴至長而能文，端由此始，即悟之謂也。然此却止是一重麤皮，特悟之小者耳。學道之士，剥去幾重，然後逗徹精深，謂之妙悟。釋氏所謂慧覺，所謂六通，儒家所諱言也。世之未悟者，正如身坐窗内，爲紙所隔，故不睹窗外之境。及其點破一竅，眼力穿逗，便見得窗外山川之高遠，風月之清明，天地之廣大，人物之雜錯，萬象橫陳，舉無遁形，所爭惟一膜之隔，是之謂悟。而儒家不言者，懼其淪於虛寂，不合於帝王之大經大法，而無以成天下之務也。惟禪學以悟爲則，於是有曰頓宗，有曰教門別傳，不立文字，有曰一超直入如來地，有曰一棒一喝，有曰聞鶯悟道，有曰放下屠刀，立地成佛。既入妙悟，謂之本地風光，謂之到家，謂之敵生死。而老莊氏亦有所謂致虛極，守靜篤，虛室生白，宇定光發，皆悟之義。儒家之學，亦有近之者。顏之如愚獨樂，曾之浴沂詠歸，《孟子》之自得，《大學》之自明，以至如濂溪之庭草不除，明道之前川花柳，橫渠所謂聞悟，亦悟之義。水心又提出憤悱舉隅，與夫四端四海諸說，以爲近悟。是邪非與？」

〔二〕詩道亦在妙悟：詩道，詩歌之道，詩歌的真理。就本體論方面說，是詩歌的本質、原理；就創作論方面說，是創作的法則；就批評論方面說，是評價的標準。而從詩歌史角度說，則是詩歌的審美傳統。嚴羽認爲詩道是詩歌的普遍真理，所以他在下文強調「詩道如此」，不是他個人的主觀意見。但實質上，嚴羽所謂詩道，乃是他本人所理解的詩歌的真理，不可能不帶有其個人的色彩。在他看來，並非詩歌史上所有的作品都符合詩道，即便是符合詩道的作品也有符合程度之不同，因而有價值高下之分別。嚴羽認爲漢魏晉與盛唐之詩最符合詩道，價值最高。

嚴羽稱「詩道亦在妙悟」，意謂就像禪道要靠妙悟而得一樣，詩道也要靠妙悟而把握。所謂妙悟詩道，首先是對詩道的覺解，也就是「了然於心」；一旦覺悟了詩道，詩道就化爲詩人的創作能力，也就是「了然於口與手」；覺悟了詩道，在創作狀態上說是自由而又合乎詩道的狀態，也就是「七縱八橫，信手拈來，頭頭是道」；而上面所説的一切最終都體現在作品當中。透過作品，讀者可以感受到作品的創作狀態，可以判斷作者對詩道的覺悟與否以及覺悟的程度。正因爲如此，嚴羽才可以談論詩歌史各時代的詩人及作品是否妙悟詩道及悟道淺深的問題。

妙悟詩道是一種獨特的把握詩道的方式。在禪家，不同宗派對把握禪道的方式有不同的主張，臨濟宗的宗杲是主張妙悟的，認爲妙悟是唯一正確的方式。嚴羽受宗杲影響，認爲在「不假悟也」的漢魏時代以後，妙悟也是唯一正確的把握詩道的方式。禪家認爲，把握禪道的方式直接影響到所把握禪道的正確與否及深淺的程度；嚴羽認爲，把握詩道的方式也直接影響到對詩道理解的正確與否以及深淺的層次，從而直接影響到創作。在禪家，妙悟是超越知識的；嚴羽認爲，在詩家也是如此。在禪家，知識對悟道只具有工具與媒介的作用；嚴羽認爲，在詩家也是如此。嚴羽並不排斥詩人讀書窮理，他承認知識的作用，但是，讀書窮理，具有廣博的知識，與把握詩道沒有必然的聯繫。一個具有廣博知識的人並不一定能寫出好詩，因爲知識廣博不意味著就能把握詩道，詩道是要通過妙悟來把握的。嚴羽以韓愈與孟浩然爲例正是爲了説明這一道理。韓愈學問廣博，但不是妙悟詩道；孟浩然學力不及韓愈，卻妙悟詩道；二人作品相較，孟詩更合乎詩道，所以價值在韓愈之上。

妙悟是超越知識的，如果妙悟了詩道，其創作也必然是超越了知識的。嚴羽後面説「不涉理路，不落言詮」，正是妙悟的特徵。如果涉理路，落言詮，就是還執著於知識，没有超越知識而達到妙悟。按照嚴羽的理論邏輯，是否妙悟詩道，可以從作品的特徵來判斷。如果詩歌説理，多用典，言盡意盡，那是涉理路，落言筌，不是妙悟；如果詩歌有興趣，言有盡而意無窮，那是不涉理路，不落言筌，就是妙悟。

對於妙悟問題，現代學者從不同的角度作了論述，現舉要分述於下。

一、從學詩方式與過程看

張少康《試談〈滄浪詩話〉的成就與局限》：「妙悟是對藝術特殊性的心領神會，融會貫通；妙悟的過程就是認識藝術和掌握藝術表現能力的過程。」（原載《光明日報》一九六二年十一月四日《文學遺產》第四三八期，收入作者《古典文藝美學論稿》，北京：中國社會科學出版社，一九八八年）這種解釋將妙悟理解爲對藝術特徵的一種把握方式與過程，涉及認識上的把握與創作能力的獲得兩個方面。

郁沅《嚴羽詩禪説析辨》：「所謂的『妙悟』，也就是通過漸修而達到詩歌創作上運用自如、豁然無礙的境地。」（《學術月刊》一九八二年第七期，六五頁）此乃從能、從創作方面解釋妙悟，認爲妙悟是一種通過學習過程所達到的自由的創作境界。

龔鵬程《詩史本色與妙悟》第四章論妙悟：「參詩參禪是一種活動或工夫，參而一旦頓悟、一夕悟入，則悟是指境界。詩道惟在妙悟，是説作詩必須參、必須悟，才能掌握詩的本質。」（一三七頁。臺北：學生書局，一九八六年）此是從知、從認識詩道方面的解釋，認爲妙悟是通過參詩過程所達到的對詩歌本質的把握。

如果僅就悟指涉學詩者通過參學工夫所達到的一種質的變化而言，那麽這種過程也可以不用禪家的話語來表示，而用另外的話語來描述。錢鍾書《談藝録》八四：「宋人多好比學詩於學禪。……然諸家皆著重詩學之工夫，比之參禪可也，比之學道學仙，亦無不可也。」（補訂本，二五八頁。）黄庭堅《贈陳師道》：「陳侯學詩如學道。」陳師道《答秦少章》：「學詩如學仙，時至骨自换。」「時至」説的是工夫，而「换骨」説的是質的變化，相當於禪家的悟。以學道學仙喻詩，也是説學詩過程中有一個質的變化。錢先生認爲，比喻雖然不同，但其所説的道理則相同。

若將這一過程展開分析，從參到悟的過程因人而異，有的遲，有的速，這涉及到主客觀諸方面的因素。錢鍾書《談藝録》二八云：

> 夫「悟」而曰「妙」，未必一蹴即至也；乃博采而有所通，力索而有所入也。學道學詩，非悟不進。……悟有遲速，係乎根之利鈍、境之順逆，猶夫得火有難易，係乎火具之良楛、風氣之燥濕。速悟待思學爲之後，遲悟更賴思學爲之先。……禪人論悟最周匝圓融者，無過唐之圭峰，其《禪源諸詮集都序》卷下之一詳説有「因悟而修」之「解悟」，有「因修而悟」之「證悟」，終之曰：「若遠推宿世，則惟漸無頓。今頓見者，已是多生漸熏而發現也。」夫遠推宿生，則漸熏者今人所謂天才遺傳是也；僅限一事，則漸熏者西人所謂伏卵（Incubation）是也。嚴滄浪《詩辨》曰：「詩有别才非書，别學非理，而非多讀書窮理，則不能極其至。」曰「别才」，則宿世漸熏而今生頓見之解悟也；曰「讀書窮理以極其至」，則因悟而修，以修承悟也。可見詩中「解悟」，已不能舍思學而不顧；至於「證悟」，正自思學中來，下學以臻上達，超思與學，而不

能捐思廢學。（補訂本，九八—九九頁。）

悟之遲速與習禪、學詩者的天分及環境有關，天分優者、環境順者其悟速，反之，其悟遲。錢先生引圭峰宗密之説，將悟分爲「因悟而修」之「解悟」與「因修而悟」之「證悟」兩類。「解悟」者天分高，一點便悟，悟往往在工夫之先，但悟之後，也需要修持的工夫；證悟者，天分不及解悟者，需要通過修習的工夫而悟。錢先生將此引申到嚴羽詩論上，以爲嚴羽「詩有别才」之説相當於「解悟」。照錢先生的理解，「别才」是一種特别的天分，亦即天生的詩才，此種人對詩有一種天生的悟性，宜於作詩；嚴羽所謂「多讀書」、「多窮理」以極其至之説，乃是因悟而修，也就是説雖然有詩人的天分，但也還是需要後天的工夫。

錢先生將「詩有别材」理解爲「别才」，即天才之才，因而將嚴羽之悟理解爲解悟，其實未必符合嚴氏原意。從本篇下文嚴羽强調熟讀然後悟入來看，嚴羽所强調的其實正是所謂證悟，是「因修而悟」。至於錢先生「别才」之理解，詳見後面之解説。

二、從創作狀態看

這種解釋著眼於達到悟的境界後在創作狀態上的體現。錢鍾書認爲悟在創作上具有俯拾即是的特徵。《談藝録》二八：「若夫俯拾即是之妙悟，如《梁書·蕭子顯傳》載《自序》所謂：『每有製作，特寡思功，須其自來，不以力構』；李文饒外集《文章論》附《箴》所謂：『文之爲物，自然靈氣，惝怳而來，不思而至。』」（補訂本，一〇二頁）創作達到妙悟之境後，其創作狀態上固有俯拾即是之特徵，然二者尚有分别。妙悟境界中的自來、不思都是必然合乎詩道的，即嚴羽在《詩法》篇所説的「及其透徹，則七縱八横，信手拈來，頭頭是道」，而在未悟的狀態下也可以有這種境界，如陸機所謂天機駿利，劉勰所云神思之通暢，亦有可能率爾造極，符合文章之道，但其符合具有偶然性，並不是必然合乎詩道的。

葉嘉瑩以感興釋妙悟。其《王國維及其文學批評》：「滄浪詩論所重視者……是詩歌中的基本生命，也就是詩人内心深處的一種興發感動的力量。但可惜滄浪對此種體悟恰又缺乏反省思辨的析説能力，於是遂把這種難以詮釋的感發作用，喻之爲禪家之妙悟。」（三二二頁。香港：中華書局香港分局，一九八〇年）在嚴羽，興發感動是悟後創作狀態的特點，但興發感動並不等於妙悟。

有些學者將妙悟理解爲西方文學理論中的靈感。來祥、秀山《讀郭紹虞同志的〈滄浪詩話校釋〉》：「『妙悟』就是指詩歌（藝術）認識現實的特殊的思維過程中的重要一環，一般説來，相當於我們平常説的『靈感』。」（《光明日報》一九六二年八月五日《文學遺産》第四二六期）

吴調公《讀〈滄浪詩話〉詩札》：「《詩話》中的妙悟似乎有兩種不同含義：一指創作而言，偏於靈感。一指鑒賞而言，能設身處地、體貼入微地領略古人詩歌意境的，就算妙悟。」（《古代文論今探》，一六〇頁。）

周裕鍇《宋代詩學通論》：「禪悟具有突發性和偶然性的特點，在出其不意的瞬間突然領悟到佛性的永恒和普遍。詩悟也如此……這近似藝術思維中的靈感現象。……『悟』雖涉及到靈感現象，但與靈感並非同義詞。僅就藝術構思而言，『悟』也比靈感的涵義更寬泛且更深刻。詩悟是構思過程中的恍然大悟與豁然貫通，儘管它像靈感一樣瞬間迸發和不可捉摸，但絕不像靈感那樣稍縱即逝。它是迷惑的清醒，隔膜的消除，通過直覺的形式在瞬間領悟理性的內容，並隨之完成構思過程的一切細節。可以說，悟是詩人之思由必然王國走向自由王國的一次神秘的飛躍。所以悟後的詩人，詩思不會馬上消失，而是化爲一種藝術創造能力。」（三八八—三九九頁。成都：巴蜀書社，一九九七年）

悟的境界在創作狀態上帶有某些靈感的特徵，但與靈感又有不同。靈感是偶發的，不一定是在對詩歌規律之深入理解的基礎上出現的，故不必然合規律，不一定「頭頭是道」，而妙悟後的感興化狀態則一定是在深入理解詩歌規律基礎之上的，故必然是合規律的，一定「頭頭是道」。

三、從思維方式看

郭紹虞將妙悟理解爲與邏輯思維相對的形象思維。其《校釋》云：「滄浪論詩，本受時風影響，偏於藝術性而忽於思想性，故約略體會到形象思維和邏輯思維的分別，但沒有適當的名字可以指出這種分別，所以只好歸之於妙悟。不借助於才學，不借助於議論，而孟襄陽之詩能在退之之上，在他看來，這就是妙悟的關係。再有，同樣是形象思維的表現，但自然和雕琢，活句和死句，還是有分別。模山範水精心刻劃之作，並不是不好，但沒有興趣，在句則有眼可舉，在篇則有句可摘，這也不是無迹可求，所以還須恰到好處，使表現的形象不是死的形象，所以要『如空中之音，相中之色，水中之月，鏡中之象』。」（二〇頁）

這種解釋在二十世紀六十年代至八十年代影響甚大。當時文學理論以形象思維爲文學的基本特徵，郭先生將之運用到古代文論中，但郭先生的解釋還不能令人信服。嚴羽説「漢魏尚矣，不假悟也」，按照郭先生的説法，難道漢、魏詩不用形象思維？

陳伯海認爲「『妙悟』最近似於西方美學家所講的『藝術直覺』，而又結合了中國古典美學對於興象、韻味等的關注和探求」（《嚴羽和滄浪詩話》，九二頁。上海：上海古籍出版社，一九八七年），「『妙悟』是人們從長時期潛心地欣賞、品味好的詩歌作品中養成的一種審美意識活動和藝術感受能力，它的特點在於不憑藉理性的思考而能够對詩歌形象内含的情趣韻味作直接的領會與把握，這種心理活動和能力便構成了詩歌創作的原動力。」（同上書，九二頁）

葉維廉《嚴羽與宋人詩論》：「當嚴羽以禪相喻詩時，他是把『悟』這一直覺的活動挑出來以作爲詩與禪的共同點。」（《中國詩學》，一〇七頁。北京：三聯書店，一九九二年）

無論是將妙悟解釋爲形象思維還是直覺，都是强調妙悟的非理性特徵。

四、從詩歌境界特徵看

郭紹虞《滄浪詩話校釋》：「滄浪所謂妙悟，正指下節所謂『羚羊掛角，無迹可求』之意。從這點上講，則王士禛神韻之説爲最合滄浪意旨。」（一九頁）

錢鍾書《談藝録》八四：「宋人多好比學詩於學禪。……然諸家皆著重詩學之工夫，比之參禪可也，比之學道學仙，亦無不可也。……滄浪別開生面……在學詩時工夫之外，另拈出成詩後之境界，妙悟而外，尚有神韻。不僅以學詩之事，比諸學禪之事，並以詩成有神，言盡而味無窮之妙，比於禪理之超絶語言文字。他人不過較詩於禪，滄浪遂欲通禪於詩。」（補訂本，二五八頁。）

在禪家，達到了悟境，悟到了第一義，但第一義不可言傳，超越語言文字，若必欲以言説的方式表達不可言傳之義，則以比喻、暗示、象徵等方式來表達，言在此而意在彼。嚴羽説盛唐惟在興趣，如羚羊掛角，無迹可求，不落言筌，言有盡而意無窮。郭、錢二氏如此解妙悟，實以妙悟通於興趣。

〔三〕且孟襄陽三句：孟浩然（六八九—七四〇），襄陽（今湖北襄樊）人，世稱孟襄陽，有《孟浩然集》。《舊唐書》卷一九〇、《新唐書》卷二〇三有傳。韓愈（七六七—八〇四），字退之，南陽（今河南孟州）人。祖籍昌黎（今屬河北），世稱昌黎先生。有《昌黎先生集》。《舊唐書》卷一六〇、《新唐書》卷一七六有傳。

學力，學問的水平、程度。荒井健日譯《滄浪詩話》：「指學識、教養的程度，並非學習能力之意。」（《文學論集》二八五頁）

嚴羽以孟、韓爲例，旨在説明詩道在妙悟。孟浩然爲妙悟的例子，韓愈是博學的例子。嚴氏認爲孟浩然「一味妙悟」，把握詩道，韓愈雖博學，然不是「一味妙悟」，故其對詩道的把握却不及孟浩然之正確，體現在創作上，孟詩較韓詩更符合詩道，故孟浩然的作品在價值上高於韓愈。

嚴羽對孟、韓的比較評價當自《後山詩話》對兩人的論述中引申而來。《後山詩話》：「子瞻謂孟浩然之詩韻高而才短，如造内法酒手而無材料爾。」又云：「退之於詩本無解處，以才高而好爾。」蘇軾以爲孟浩然對詩歌的本質特徵有深入的瞭解（如造内法酒手。内法酒，按照宫廷方法造的酒。造内法酒手自然是行家，對内法酒之特性及釀造法很熟悉），故其詩之韻高，但蘇氏又謂其才短，其體現是詩歌缺少材料，這裏材料就是詩料，放到蘇軾的詩學中其實是指書本知識。可見所謂才短，就是指讀書少，不能在詩歌中駕馭驅遣書卷詩料。與之相對的是韓愈，他對詩歌「本無解處」，亦即對詩歌的本質特徵缺乏瞭解；但他才高，與孟浩然的才短也正相對。參照孟浩然才短的意義，可知韓愈的才高實際上是指其讀書多，學力厚，能够在詩歌中驅遣學問，就人爲的技巧而言，其詩具有很高的水平，但其以文爲詩，不合詩之體。

嚴羽比較孟、韓二人的學力，説「孟襄陽學力下韓退之遠甚」，此學力相當於《後山詩話》所説的才。嚴羽説孟浩然「一味妙悟」，相當於蘇軾説其如造内法酒手，對詩歌的本質特徵有深入的瞭解。蘇軾以缺少書卷材料爲孟詩的缺點，但在嚴羽看來，「詩有別材，非關書也」，這正是孟詩的優點。嚴羽以悟爲詩歌的特徵，説唯悟是本色、當行，悟是超越書卷學問的，孟詩恰恰體現了詩歌的這種特徵。

對於孟浩然之「一味妙悟」，許學夷有具體的論述。其《詩源辯體》卷十六謂：「李、杜二公詩甚多，而浩然詩甚少。蓋二公才力甚大，思無不獲。浩然造思極深，必待自得，故其五言律皆忽然而來，渾然而就，而圓轉超絶，多入於聖矣。須溪謂『浩然不刻畫，祇似乘興』，滄浪謂『浩然一味妙悟』，皆得之矣。」許氏指出孟浩然五律的特徵是「忽然而來，渾然而就」，其創作狀態用傳統的詩學術語説是「乘興」，是「興會」，借用禪學的術語説是「妙悟」。這實即悟後之感興境界。許學夷認爲，孟浩然這種創作境界是由造思極深而後達到的，是由思而悟，這與傳統所認爲的漢代詩歌的天成是有區別的。

嚴羽説孟浩然「一味妙悟」是與韓愈的學力對言的，這就意味著孟浩然詩不是靠學力得來的。然潘德輿却指出孟詩並非全都是「一味妙悟」，其《養一齋詩話》卷八：「嚴滄浪云：『孟襄陽學力下韓退之遠甚，而其詩獨出退之之上者，一味妙悟故也。』然則盛唐惟孟襄陽，乃可以一味妙悟目之。然襄陽詩如『東旭早光芒，浦禽已警聒。臥聞漁浦口，橈聲暗相撥。日出氣象分，始知江湖闊』，『太虛生月暈，舟子知天風。掛席候明發，渺漫平湖中。中流見匡阜，勢壓九江雄。香爐初上日，瀑布噴成虹』。精力渾健，俯視一切，正不可徒以清言目之。則謂襄陽詩都屬悟到，不關學力，亦微誤耳。」按照潘氏的理解，孟浩然的「清言」一類的詩屬於「一味妙悟」者，而「精力渾健」的詩則是與學力相關的。

〔四〕惟悟乃爲當行二句：當行（háng），本行，行家。每一行業都有其行業規範與傳統，其製作、作品能够遵守行業規範、體現行業傳統者爲當行，其人稱當行家（或稱行家）。王正德《餘師録》卷四：「東坡嘗謂劉壯輿曰：『《三國志》注中好事甚多。道原欲修之而不果，君不可辭也。』壯輿曰：『端明曷不爲之？』坡曰：『某雖工於語言，恐不是當行家。』」劉羲仲（字壯輿）之父劉恕（字道原）是著名的史家，羲仲也長於史學，蘇軾建議羲仲根據《三國志》注修史，而自己却不爲，其理由在於自己雖工於語言（是文人），而不是史家，恐做出來不符合史家的傳統規範。這表明蘇軾認爲文與史各有其傳統規範，必須遵守。在文學範圍内，不同的文類猶如不同的行業，各有其傳統規範，有其獨特的審美特徵，用傳統的文論術語説就是各有其體製，凡作品符合該文類之傳統規範與特徵者爲當行家語，或當行。吳曾《能改齋漫録》卷十六引晁補之語曰：「黄魯直間作小詞固高妙，然不是當行家語，是著腔子唱好詩。」在晁補之看來，黄庭堅詞只是符合詞的音樂形式的詩而已，所以不是當行家語。

本色，本然的顏色，指事物本有的特徵。具體到文學批評上，是指各種文類本有的特徵，亦即體製，凡符合各自文類體製特徵者亦稱本色。《後山詩話》：「退之以文爲詩，子瞻以詩爲詞，如教坊雷大使之舞，雖極天下之工，要非本色。」劉克莊《竹溪詩序》：「唐文人皆能詩，柳尤高，韓尚非本色。」前者是指蘇軾詞不符合詞體特徵，後者是説韓愈詩不符合詩體特徵。本色與當行語源不同，但運用到文學批評上，涵義一致。

嚴羽説「唯悟乃爲當行，乃爲本色」，悟是超越理路與學問的，故嚴羽所謂當行、本色與詩中説理議論及多用典故相對立，是有興趣的詩歌。嚴氏認爲盛唐詩是這種特徵的集中體現，因而他所謂當行、本色實際上是以盛唐詩爲代表，是對盛唐詩歌傳統的總結。

【附録】

龔鵬程《中國文評術語偶釋》：

所謂當行，原先是指唐宋朝各種應官府回買或差事（以征役替代捐税）的行業，從事這些行業的人，我們稱爲當行、行家、本行。而每一行，衣飾各有其特色，就叫本色，故《東京夢華録》卷五云：「士農工商、諸行百户，衣裝各有本色，不敢越外，謂如香鋪裹香人，即頂帽批背。」凡未加入團行組織的職業，即是不當行；既屬當行，便須遵守本色。把這種觀念運用到文學寫作上，則具有職業水準的，是行家是當行；業餘玩票或不太清楚文體内部格律體制的，稱爲外行。某一類文體，亦可視爲一行，有其行規和本色，不能踰越。例如《陳後山詩話》説：「子瞻以詩爲詞，如教坊雷大使之舞，雖極天下之工，要非本色」、《能改齋漫録》卷十六：「黄魯直間作小詞固高妙，然不是當行家語」，都代表了這種看法。這種看法，當然與宋代流行的辨體論有密切的關係。……這是一種體類批評（generic criticism）。通過句法、格律、體製之分析與歸類之後，對作品之風格表現作一界定，以供辨識，並作爲一種規範性的要求。合於本色才對，不合本色則不管作得再好也總是不當行。（《文學批評的視野》，四三九、四四〇頁。臺北：大安出版社，一九九〇年）

〔五〕然悟有淺深：禪家認爲，人的根性有聰明愚鈍之别，故對禪道的領悟有深淺之不同。《圜悟佛果禪師語録》卷九：「只爲羣機有利鈍，所悟有淺深，是故勞他諸聖出來，應機現形，隨機逗教。」

前一節中説「悟第一義」，從悟的對象上説，是要以最高的真理爲對象；從目標上説，是要以悟到最高的真理爲目的；這裏則是從學禪者本人所悟到真理的層次上説，即便都以第一義爲對象，但所悟到真理的層次也有不同。以下所云透徹之悟、分限之悟、一知半解之悟即悟的深淺不同的三個層次。

嚴羽認爲，詩有詩道，詩歌史上各時代作品的價值乃是以其合於詩道的程度來判定的。漢魏詩自然合乎詩道，其後則要靠詩人對於詩道的悟解，悟解的程度有深淺之分，直接體現在創作上，就有符合詩道之程度的不同，隨之就有價值上的差異。當然嚴羽本人認爲他所謂詩道是客觀的真理，實質上則是他本人所認識到的詩道，帶有他本人的主觀色彩。范晞文《對牀夜語》卷一：「文章之高下，隨其所悟之深淺。」言文章價值的高下與其所悟深淺有直接關係，此與嚴羽所云是一致的。

〔六〕有分限之悟：分限之悟是悟的一個層次，即有限的悟，比透徹之悟低，而比一知半解之悟高。透徹之悟對應謝靈運至盛唐詩，分限之悟對應大曆、元和諸人詩，一知半解之悟對應晚唐詩。

此句元刊本作「有分限」，即有程度不同之意，與前「有淺深」同樣是强調悟有層次的差異，而本身並不表示悟的一个層次。下面的「透徹之悟」與「一知半解之悟」則是嚴羽所列舉的淺深之不同，即有兩個層次。嚴羽説謝靈運至盛唐屬於透徹之悟，那麽大曆以還之詩及晚唐詩屬於一知半解之悟。但是嚴羽論唐詩，大曆以還之詩是高於晚唐詩的，如果按照這個兩分法，大曆以還之詩與晚唐詩同是一知半解之悟，就不能顯示出兩者之高下。《玉屑》作「有分限之悟」在意義上更合理。元人詩法著作《詩家一指》抄述此節文字，謂：「禪在妙悟，詩道亦然。其悟有三：有透徹，有分劑（按當作「限」），有一知半解。」可見元人亦理解爲悟有三個層次。

〔七〕透徹之悟：指對禪道的最深刻的領悟，是悟的最高層次，領悟到了最高的真理，也就是悟到了第一義。就詩歌而言，指對詩道的最深刻的領悟，領悟到了詩歌的最高真理。

〔八〕一知半解之悟：在禪家指對禪道領悟甚淺，僅有一知半解，就詩歌而言，謂對詩道悟解甚淺。

黄景進《嚴羽及其詩論之研究》：「就禪而言，悟有深淺，所悟之深淺就決定其屬於第一義第二義或大小乘之等級。如所悟是道之全體（即透徹之悟），則是屬於第一義，此即臨濟禪也；若只悟到道之部分（即分限之悟），則落第二義，此則曹洞禪也；若更差一級，只悟到道之極小部分（即一知半解之悟），則更落入聲聞辟支果之小乘禪也。以禪來比喻詩，則盛唐以上之詩有透徹之悟，爲第一義，可比

臨濟禪；大曆以還之詩，爲第二義，只能比曹洞禪。」（一六四頁）

〔九〕漢魏尚矣二句：尚矣，久遠之意。《史記·五帝本紀》：「學者多稱五帝，尚矣。」司馬貞《索隱》：「尚，上也，言久遠也。」不假悟，不憑藉悟。

嚴羽説詩道在妙悟，説惟悟爲當行、本色，都是强調悟的普遍性，但這裏却説「漢魏尚矣，不假悟也」，漢魏却是例外；前面説漢魏晉與盛唐詩並列爲第一義，這裏却將漢魏分離出來。對此，學者有不同理解。

張健《滄浪詩話研究》第三章原理論：「滄浪的行文並不曾做到十分謹嚴的地步。前面將『漢魏晉與盛唐之詩』並列爲『第一義』；後文突然又來了一則補充意見，把它攔腰切成兩段，而云『漢魏尚矣，不假悟也』。如此，則幾乎又把『惟悟乃爲當行，乃爲本色』那一句肯定的斷語否決了。……其實問題原出在滄浪本身：一方面，他一心要標舉『妙悟』説來作爲他論詩的一大原理；另一方面，他却又擺脱不了崇古卑今的傳統觀念。固然，我們儘可承認漢代有些作品（如古詩十九首）是渾然天成的，也真是『自肺腑中流出』，但作者似乎不可能不經由一種有意無意的醖釀——即妙悟——而遂得之。説它們『不假悟也』，已不免有些虚玄；至於魏代，就曹氏父子及建安七子的代表作家來看，如何能够是『不假悟』的？」（二二頁）張先生將妙悟理解爲詩境的醖釀，按照他的理解，一切的創作都要有醖釀，凡創作都要妙悟，因而他認爲是嚴羽自己的表述出了問題。

葉嘉瑩《王國維及其文學批評》：「從禪家之悟『第一義』來看，則漢魏與盛唐之詩原來都是屬於

『第一義』的作品，也就是説漢魏與盛唐之詩，就『禪悟』的比喻而言，同樣是具有充沛之興感發動作用的詩篇。至於滄浪在後面又提到『漢魏尚矣，不假悟也』的話，那便因爲漢魏之詩與盛唐之詩，雖同屬具興發感動之力量，然而却有著一些根本上的差别。其不同之處，主要蓋在於漢魏之詩更爲質樸真切，無論敘事、抒情、寫景，較之盛唐之詩都更爲直接，更不需要任何妝點或假藉，而且漢魏詩多以情事爲主；純粹寫景的詩並不多見。至於盛唐之詩，則漸重妝點假藉等表現之媒介，而且描寫自然景物之作，在唐代也已經蔚爲大宗。因此如果就興發感動這種作用而言，那麽重視表現之媒介，以及由景物之敘寫而引發言外之意的這一類作品，其興發感動的過程當然更爲明顯易見。至於以情事爲主的質樸直接之作，則在表現上雖然似乎缺少由『此』及『彼』的感發之過程，可是其興發感動的力量却是在早已就存在於其質樸直接的敘寫之中了。這應該才是滄浪之所以説『漢魏尚矣，不假悟也』的真正的緣故。」(三三二頁)葉先生將妙悟理解爲「興發感動的力量」即感興，就此而言，漢魏、盛唐都是妙悟，但唐詩明顯，而漢魏不明顯，故嚴羽説漢魏不假悟。

龔鵬程《詩史本色與妙悟》第四章妙悟論：「實則第一義與小乘、聲聞辟支果等，均指其成就之高下而言，不假悟云云，則指其工夫進境而言。透過工夫修持而悟，其悟有深有淺，謝靈運至盛唐，是悟而透徹的，所以其成就，是大乘的境界。但同屬大乘境界的漢魏詩，乃是本來如斯，自然呈現，不待工夫歷練，故與晉唐不同。」(二二六、二二七頁)

林理章（Richard John Lynn）《正與悟：王士禛的詩論及其淵源》（Orthodoxy and

Enlightenment"：Wang Shih-chen's Theory of Poetry and Its Antecedents）：「漢魏之詩超越了技巧，完全是自發的，没有人爲有意的痕迹。如同禪家的圓悟之境一樣，漢魏詩人能够消除主體自我與客體對象之界限，使自我與表達媒介融爲一體。漢魏詩人處於一種完美的天真與無意識狀態，他們由自然啟迪，而不需要經過任何訓練，因而他們『不假悟』。」（《新儒家的展開》，二二三頁。哥倫比亞大學出版社，一九七五年。）林理章氏認爲漢魏詩人處於天真、無意識狀態，其創作是自發的，没有有意識的人工技巧，所言甚是。但其將漢魏詩比作禪家的圓悟（perfect enlightenment），即最高的悟，在層次上高於謝靈運以下的「透徹之悟」，恐不符合嚴羽本意。

荒井健日譯《滄浪詩話》：「漢魏是詩史上的創生期，其詩渾沌、自然，詩人無自覺意識地獲得至高至善的作品。」（《文學論集》，二八四頁）

宇文所安《中國文學思想讀本》第八章《滄浪詩話》：「習禪與學詩，通過各自的方式，都努力指向這樣一個時刻：獲得一種直覺、前反思的理解。嚴羽所謂漢魏詩人『不假悟也』，即是指這種過程而言。這些詩人没有自覺意識（就像席勒所説的「樸素的」詩人，他們「就是」自然），他們無需一個悟前的修習過程，由此而達到悟境。」（四〇三頁）

健按：嚴羽所謂悟第一義，乃是從學詩的角度而言，謂要學習第一義的即最好的作品；嚴氏稱漢魏晉與盛唐之詩都屬第一義，乃是從價值評判角度言，説它們都是最好的詩。漢魏與謝靈運至盛唐之詩雖然都屬於第一義，但漢魏不是通過悟而達到第一義，而謝靈運至盛唐之詩却是通過透徹之悟而達到第一義的。嚴羽説詩道在妙悟，是從邏輯上説的；説漢魏不假悟是從歷史上説的。嚴格説來，其邏輯表述與歷史表述之間是存在不周密處。從詩歌史的角度説，詩人創作經歷了一個從不靠悟到要靠悟的歷程。按照嚴羽的理解，詩歌史經歷了從無意作詩到有意作詩、從天然到人爲的過程。漢魏詩是無意的、天然的，晉以後詩是有意的、人爲的。其《詩評》説「漢魏古詩，氣象混沌，難以句摘，晉以還方有佳句」，正是指出了這種分别。所謂悟是以有意的、人爲的創作爲前提的，這一階段的詩人已經意識到詩歌有其應有的特徵，這個應有的特徵，用嚴羽的術語説，就是詩道，用現在的術語説，就是詩歌的本質。詩人在創作上有意符合、體現詩歌應有的特徵，於是才有悟的問題。自覺的、有意識的創作會涉及到構思的問題，文章爲什麽要這樣寫而不是那樣寫，爲什麽要這麽修改而不是那麽修改，其背後是有個標準的，這個標準就是所謂法度。對於自覺的、有意識的創作而言，想要文章寫得好，就需要對文章的法度規律有深刻的領悟與瞭解。在無意的、天然的階段，詩人不是有意識地去作詩，而是從心中自然流出，在他們的心裏，没有意識到詩歌有一個應有的特徵，自己要有意去把握其特徵，因而就没有悟的問題，所以説「不假悟」。

但是，從詩歌史上看，有意、無意的時代分界是否在漢魏與晉之間，古人有不同的看法。胡應麟認爲漢是無意，魏已經是有意，故他不同意嚴羽的説法，認爲應該説漢不假悟，不能説魏不假悟。其《詩藪》外編卷二：「嚴氏云：漢魏尚矣，不假悟也。康樂以至盛唐，透徹之悟也。此言似而未核。漢人直寫胸臆，斲削無施，嚴氏所云，庶幾實録。建安以降，稍屬思惟，便應懸解，非緣妙悟，曷極精深？觀魏文《典論》，極贊文章之無窮；陳思書牘，欲以翰墨爲勳績。點竄相屬，筆削不遑，鍛煉推敲，殆同後世，豈直曰悟而已。吾爲易曰：兩漢尚矣，不假悟也。曹、劉以至李、杜，透徹之悟也。」

按照胡應麟的説法，漢、魏詩歌之間有個重要的分别：漢代詩歌直接抒寫胸臆，没有自覺的、有意的創作意識，正因如此，所以是自然天成，毫無人工的雕琢；建安以後的詩歌則是有意識的、自覺的創作，正因爲如此，所以要鍛煉、修改，而有人工的雕琢。在胡應麟看來，只有自覺的、有意識的創作，才有悟的問題，即其所謂「便應懸解」。胡氏認爲，對文章法度規律的透徹理解要靠妙悟，「非緣妙悟，曷極精深」？妙悟必須在有自覺的、有意識的創作出現之後才能存在，故他認爲兩漢不假悟，而曹、劉以來是「透徹之悟」。

許學夷不認同胡應麟的説法，其《詩源辯體》卷四：「滄浪之言（按：指「漢魏尚矣，不假悟也」）本無可疑，元瑞之辯，愈見其惑。蓋悟者，乃由窒而通，故悠然無著，洞然無礙，即禪家所謂解脱也。魏人五言，由天成以變至作用，乃無著而有著，無礙而有礙，而謂之妙悟，可乎？」

按照許學夷的理解，悟是「由窒而通」，即從拘束到自由的變化，所謂「悠然無著，洞然無礙」就是一種自由的境界。在天成的階段，人們對創作没有自覺的意識，故也没有拘束（無礙），没有人爲的痕迹（無著），在人爲的階段，人有自覺的創作意識，也就有了限制與拘束（礙），創作就有了痕迹（著），詩人超越了這種限制拘束，達到了自由之境，也就没有人爲的痕迹，這就是悟境。在許學夷看來，魏詩處於由天然到人爲（「作用」）的變化過程中，並没有達到自由之境，故不能説是悟。

〔一〇〕謝靈運二句：透徹之悟，是最深的悟，指悟到了最高的真理，悟到了第一義。下文言「他雖有悟者，皆非第一義也」，意味著透徹之悟是悟到了第一義。上節言「悟第一義」，是就對象、目標言，即要學習並且要把握到最高的真理，此言「透徹之悟」是就結果言，是悟到了第一義。

嚴羽將透徹之悟的範圍劃在「謝靈運至盛唐諸公」，從字面上理解，「謝靈運至盛唐諸公」是指謝靈運以後至盛唐詩人，但事實上是不包括齊、梁、陳、隋及初唐詩人的。因爲嚴羽所列的第一義是漢魏晉與盛唐之詩，齊、梁、陳、隋並不包括在内。在第一義當中，漢魏是不假悟，謝靈運與盛唐諸公是透徹之悟。

對於嚴羽的透徹之悟説，後人亦有不同意見。胡應麟認爲，透徹之悟的範圍應該向前擴大至曹、劉，説曹、劉至盛唐諸公是透徹之悟。此一説法，許學夷反對，説見前條箋注。在許學夷看來，不僅齊、梁、陳、隋不是透徹之悟，連謝靈運也不是，只有盛唐詩才是透徹之悟。《詩源辯體》卷十七：「嚴滄浪云：詩道惟在妙悟。然有透徹之悟，有一知半解之悟。盛唐諸公，透徹之悟也。愚按：漢魏天成，本不假悟；六朝刻雕綺靡，又不可以言悟；初唐沈、宋律詩，造詣雖純，而化機尚淺，亦非透徹之悟。惟盛唐諸公，領會神情，不仿形迹，故忽然而來，渾然而就，如僚之於丸，秋之於奕，公孫之於劍舞，此方是透徹之悟。」

許學夷引述嚴羽透徹之悟説，未提謝靈運，事實上許氏認爲謝靈運不能算是透徹之悟。《詩源辯體》卷四：「若康樂既極雕刻，而獨以『池塘生春草』爲佳句，斯可爲悟，但謂之透徹之悟，則非矣。」又

《詩源辯體》卷七：「五言至靈運，雕刻極矣，遂生轉想，反乎自然。如『水宿淹晨暮』等句，皆轉想所得也。觀其以『池塘生春草』爲佳句，則可知矣。然自然者十之一，而雕刻者十之九。滄浪謂靈運『透徹之悟』，則予未敢信也。」

按照許學夷的理解，悟是經由有意的人爲的功夫所達到的自由之境，透徹之悟則是人爲創作的極致，這種境界雖然是經由人工的階段，但已經出神入化，「忽然而來」，完全自發，而不再有意識遵循一個規則與模式，渾然而不雕琢。在許學夷看來，漢魏詩天成，在詩歌史上尚未進入自覺人爲的創作階段，故是不假悟。六朝詩整體上雕刻綺靡，不能算是悟。謝靈運詩由雕刻返於自然，可以謂之悟。但自然者十之一，雕刻者十之九，就不能算是透徹之悟。

《玉屑》及通行本「謝靈運至盛唐諸公，透徹之悟也」一句，在《對牀夜語》中引作「陶、謝至盛唐諸公，透徹之悟也」。照前者，透徹之悟不包括陶淵明，而依後者，則包括陶淵明。此一差異關涉到對陶詩的評價，特別值得注意。《詩評》說：「漢魏古詩，氣象混沌，難以句摘。晉以還方有佳句，如陶淵明『采菊東籬下，悠然見南山』，謝靈運『池塘生春草』之句。謝所以不及陶者，康樂之詩精工，淵明之詩質而自然耳。」根據這種說法，晉以後詩與漢魏詩有著明確的分界。正是因爲漢魏古詩氣象混沌，所以《詩辨》說：「漢魏尚矣，不假悟也。」在他看來，陶淵明詩已不屬於氣象混沌一類，所以不屬於「不假悟也」的一類。如果他說謝靈運至盛唐諸公詩是透徹之悟，那麼陶淵明既不屬於「不假悟也」的一類，也不屬於「透徹之悟」的一類。而在他看來陶詩又高於謝詩，所以更不屬於第二義之悟。那麼，陶詩在他的詩禪説中就没有一個適當的位置。如果按照《對牀夜語》的文本，則陶淵明與謝靈運都屬於透徹之悟的一類。荒井健注意到此一問題，稱：「如果從《滄浪詩話》高度評價陶淵明詩的論調來看，『陶謝』並稱是適當的。」（荒井氏日譯《滄浪詩話》，《文學論集》二八五頁。）

郭紹虞先生論嚴羽妙悟説，認爲其中有第一義之悟與透徹之悟之分，並把這種分别與明清詩歌史聯繫起來，以爲格調説得其第一義之悟，神韻説得其透徹之悟。郭先生的這種説法受到一些學者的批評，指出這是强作分别，因爲第一義之悟就是透徹之悟。事實上嚴羽説悟第一義，是就學習對象上説的，就是説要悟最高的真理，而透徹之悟是就結果上説的，是説悟到了最高的真理，兩者確有分别。同樣是從第一義入手，但是所悟的結果則會有深淺之不同。郭紹虞先生注意到兩者的分别，但他卻把悟第一義换成第一義之悟，這種説法易於産生誤會，因爲這樣説就把悟的對象混同於悟的結果了。

漢魏的不假悟與謝靈運及盛唐諸公的透徹之悟有無高下之分？林理章（Richard John Lynn）《正與悟：王士禛的詩論及其淵源》：「謝靈運至盛唐諸公之詩最多只是達到『透徹之悟』，較漢魏爲低。漢魏之後的詩人當中，有些詩人，如李白與杜甫，儘管能够超越有意識的技巧，但他們仍須經過有意的學習訓練的階段，才能達到『忘掉』所有有意的詩藝法則的境地。通過法則的内化，他們最終可以臻及漢魏詩之完美天真及無意識境界。但是，他們永遠不能完全達到漢魏之境，因爲他們還須靠悟。漢魏以後，詩歌形成傳統，有了法則，詩人學習作詩，必然要講之，因而漢魏詩境爲後繼者所不能企及。學詩者可望達到的最高境界乃是『透徹之悟』——壓抑有意的設計，至少在一定程度上唤起天真自然

的自發性。」(《新儒家的展開》,二三四頁)

漢魏詩與謝靈運及盛唐詩的高下其實是隱含在嚴羽詩學當中的問題,嚴羽説漢魏晉與盛唐之詩都是第一義,在價值上都是第一等級的。但嚴羽又説陶淵明詩高於謝靈運,而謝靈運與盛唐詩都屬於透徹之悟,在價值上是同一等級的,那麽這是否意味著陶淵明高於盛唐呢? 從自然質樸的角度説,漢魏詩勝過陶淵明,這是否又意味著漢魏詩高於盛唐詩呢? 這些嚴羽本人没有明確的説明,但如果按照他的理論邏輯去推論的話,確實存在著此類的問題。

【附録】

郭紹虞《校釋》:

大抵滄浪以禪喻詩之旨,不外妙悟。滄浪自言:「禪道惟在妙悟,詩道亦在妙悟。」這就是詩禪相通之處,所以可以用作比喻。不過觸類旁通,所悟的可不止一端,因此即以詩禪相喻,亦可生出種種歧義。不僅如此,即就滄浪所謂妙悟而言,亦可别爲二義。一是第一義之悟,即滄浪所謂「學者須從最上乘,具正法眼,悟第一義」之説。又一是透徹之悟,即滄浪所謂「有透徹之悟,有但得一知半解之悟」之説。昔人論禪,重在圓通,似乎不應這般分析,這般板滯。但經此分析,能使滄浪詩論在後世所生的影響看得更清楚一些,那麽這種分析也還是有必要的。

《陵陽室中語》述韓駒的話,謂「詩道如佛法,當分大乘小乘,邪魔外道,惟知者可以語此。」

(《詩人玉屑》卷五引)范温《潛溪詩眼》也説:「學者先以識爲主,禪家所謂正法眼,直須具此眼目,方可入道。」(《宋詩話輯佚》)此即滄浪第一義之説之所本。曾幾《讀呂居仁舊詩有懷》云:「學詩如參禪,愼勿參死句,縱横無不可,乃在歡喜處。又如學仙子,辛苦終不遇。忽然毛骨换,政用口訣故。」葛天民《寄楊誠齋》詩云:「參禪學詩無兩法,死蛇解弄活潑潑。」(《無懷小集》)這些話都帶些禪家機鋒,與滄浪所謂「須參活句勿參死句」之意固然相近,但並不是滄浪論詩主旨所在。蓋透徹之悟固須參活句,而僅僅參活句,却未必便能做到透徹之悟。此中自有分别,不可混同視之。蘇軾《送參寥師》詩云:「欲令詩語妙,無厭空且静。静故了羣動,空故納萬境。閲世走人間,觀身卧雲嶺。鹹酸雜衆好,中有至味永。詩法不相妨,此語當更請。」(《東坡集》卷十)此意差與透徹之悟相近。蘇氏《次韻葉致遠見贈》云:「一伎文章何足道,要言摩詰是文殊。」(《東坡集》卷十四)此與蘇氏詩風雖不相近,但微旨所在,已逗滄浪先聲。故知透徹之悟之説,滄浪也是有所承受的。此二義有關聯,也有差别。就其有關聯處言之,則滄浪以盛唐爲第一義,而復以盛唐爲透徹之悟,其説原不相枘鑿。就其有差别處言之,則此後格調派即宗滄浪第一義之説,而神韻派所取於滄浪者,又在透徹之悟。此節重在第一義之悟,故欲人於遍觀熟參之後,自辨其真是非;下節重在透徹之悟,故又不欲人以議論才學爲詩,而歎於一唱三歎之音。於第一義中悟到盛唐詩人瑩澈玲瓏之妙,於透徹之悟又以合於古人者爲標準。故此二義在滄浪論旨中不相矛盾,而後人演述,遂有格調神韻之分了。

來祥、秀山《讀郭紹虞同志的〈滄浪詩話校釋〉》：

郭紹虞同志認爲，滄浪的妙悟有兩個意義，「一是第一義之悟」……又一是透徹之悟。……這種分法，並不符合滄浪原意。所謂「透徹之悟」，在滄浪那裏，原本就是第一義之悟。

郭紹虞《討論前的幾點聲明》：

文中（按指來祥、秀山文）對於我第一義之悟與透徹之悟的分法，表示不同意，認爲「這種分法並不符合滄浪原意。……」關於這，我根本没有認爲這種分法是滄浪原意，我只説「經此分析，能使滄浪詩論在後世所生的影響看得更清楚一些」（見頁一八）而已。當然，我也並没有説這樣分法一定不合滄浪原意。問題所在，在後人對於《滄浪詩話》的理解能不能有這樣分歧的理解？假使能，那麼這兩種不同的理解究竟誰是符合滄浪的原意？而要解決這問題恐怕非起滄浪於九泉問個一清二楚不可了。（《光明日報》一九六二年八月五日《文學遺産》第四二六期）

〔一二〕他雖有悟者二句：此言謝靈運至盛唐以外的大曆以還之詩及晚唐詩都未悟到詩歌之最高真理（第一義）。

王夢鷗《嚴羽以禪喻詩試解》：「直觀表現，當是他想像的最上乘，第一義。因爲直觀表現正是心如明鏡臺，不假想索而照見一切，並即以此托於詩語，便是但見性情不睹文字的詩語。他認爲詩騷以下迄於汉魏盛唐，凡是上乘的詩，而詩人都像是在平白的雪地上本着自己的意向所行，此外更無依傍；而大曆以還之詩，因前人的足迹既多，便以前人的足迹作爲詩的軌範，不得不躡着脚步隨迹追蹤，反而忽略了自己的意向。如此寫得像前人之詩的詩，便落於第二義了。」（《中華文化復興月刊》第十四卷第八期，一九八一年，七十二頁、二十七頁）

【總説】

禪有禪道，是禪家的真理；詩有詩道，是詩家的真理。站在詩道的立場上看詩歌史，詩歌史上的作家作品有符合與不符合的差别，也有符合程度的差異。上一節説詩有第一義、第二義、小乘禪，實質上就是以詩道作爲價值標準衡定的，因其體現、符合詩道的程度有不同，故有高低不同的價值層次。

我們站在歷史的立場上，可以説不存在一個超越於詩歌史之上的詩道，詩道是從詩歌史中總結概括出來的。雖然概括出來之後，它具有一定程度的普遍性，帶有超越性，但是從來源上説，它却是源自於詩歌史的。然而，嚴羽以禪學的理論邏輯論詩，却認爲詩道是超越於詩歌史之上的普遍真理，詩歌史是詩道的體現。按照嚴羽的理論邏輯，詩道體現在詩歌史中，是通過詩人來實現的。從理論上説，是詩人把握了詩道，經由創作過程，在作品中體現出來。詩人對詩道的體認與把握有正確、錯誤之分，有程度深淺之别，體現在創作中，其作品體現詩道亦有差異。同一時代的詩人在對詩道的認識與把握上體現出某種共同性，因而在創作上也呈現出共同特徵。

但是，詩人如何把握詩道呢？如何能够符合詩道呢？嚴羽説禪道要妙悟，詩道也要妙悟。把握禪道的方式並非只有妙悟，宗杲批評的默照禪以及誦讀佛經、語録都不是妙悟的方式；把握詩道的方式也並非只有妙悟。從詩歌史看，漢魏詩，不假悟。在嚴羽看來，漢魏詩屬於第一義，是最符合詩道的，但漢魏詩未有自覺的創作意識，其符合詩道是自然的符合。悟是以自覺的創作意識爲前提的，故漢魏詩之合於詩道是不假悟的。

嚴羽認爲，當詩歌史進入有意識的創作階段，詩人都應該悟，這樣才能把握詩道，合乎詩道。嚴羽説惟悟乃爲當行、本色，認爲妙悟才是正確的方式。但是，在詩歌史上，並非晉宋以後各代的所有詩人都能妙悟詩道，嚴羽雖然没有明確指出具體的時代，不過從他整篇的論述看，蘇、黄爲代表的宋詩正屬於當悟而不悟者，正因爲如此，他提出妙悟説才具有現實意義。

在悟的範圍内，又有深淺層次的區别。謝靈運至盛唐諸公是透徹之悟，大曆以還是分限之悟，晚唐是一知半解之悟。這種深淺層次的差異同時也是價值層次的差别，因爲悟的深淺不同，也就意味著把握真理的深淺之不同。透徹之悟所得是第一義，分限之悟所得是第二義，一知半解之悟所得是小乘禪。

從内在邏輯上看，上節以禪喻詩，劃出了詩歌史的價值等級，有第一義、第二義、小乘禪；此節以悟論詩，則是從悟的角度解釋了價值等級劃分的理由，即詩人對於詩道、對於詩歌的真理的把握及體現有不同的層次。歸結下來，還是要學習漢魏晉盛唐。

嚴羽以禪悟的淺深喻詩之等級，但詩之第一義、第二義云云與禪之第一第二義有無意義上之關係？第一、第二義之詩分别有無第一、第二義之禪之特徵？嚴氏本人並未言及，然後人解説則或以爲有關聯，如許學夷、王夢鷗即是。

【附録】

吴可《藏海詩話》：

凡作詩如參禪，須有悟門。少從榮天和學，嘗不解其詩云：「多謝喧喧雀，時來破寂寥。」一日於竹亭中坐，忽有羣雀飛鳴而下，頓悟前語，自爾看詩，無不通者。

吴喬《答萬季野詩問》：

又問：「嚴滄浪之説詩，祟貴妙悟，如何？」答曰：「作詩者於唐人無所悟入，終落宋、明死句，貴悟之言是也。但不言六義，從何處下手而得悟入？彼實無見於唐人，作玄妙恍惚語耳！且道理之深微難明者，以事之粗淺易見者譬而顯之。禪深微，詩粗淺，嚴氏以深微者譬粗淺，既已顛倒；而所引臨濟、曹洞等語，全無本據，亦何爲哉？」

黄生《詩麈》卷二：

陳後山云：「學詩如學仙，時至骨自换。」嚴滄浪云：「禪道在妙悟，詩道亦在妙悟。」一以仙喻詩，一以禪喻詩，並可稱善喻。時至骨换，此以工夫火候言也。至「悟」之一字，則是解黏去縛，單刀直入，第一法門。然禪家求悟，在參話頭；詩家求悟，參個什麼？此須各人自家理會。「踏破鐵鞋無覓處，得來全不廢工夫」，如是如是。

陶明濬《文藝叢考初編》卷一《詩之尚悟》：

宋人嚴羽曰（「禪家者流」至「皆非第一義也」，略）。按嚴氏之説，誠作詩無上之妙法。彼學人之詩，不從中出，而自外作，乞靈類書，矜奇炫異，采色皓汗，繁聲眩耳，可以邀一時之譽，而不足服萬古天下之人之心。韓、蘇之學既博，而詩亦好，論者猶有間言，何況堆疊卷軸，生吞活剥者乎？真正詩人之詩，資於學者少半，而資於悟者多半，俯察仰觀，皆是詩料，淵通妙靈，毫無所滯。此種境界，豈易到哉！

吾評之非僭也〔一〕，辯之非妄也〔二〕，天下有可廢之人，無可廢之言〔三〕，詩道如是也〔四〕。若以爲不然，則是見詩之不廣，參詩之不熟耳〔五〕。試取漢、魏之詩而熟參之，次取晉、宋之詩而熟參之，次取南北朝之詩而熟參之，次取沈、宋、王、楊、盧、駱、陳拾遺之詩而熟參之〔六〕，次取開元、天寶諸家之詩而熟參之〔七〕，次獨取李、杜二公之詩而熟參之〔八〕，又取大曆十才子之詩而熟參之〔九〕，又取元和之詩而熟參之〔一〇〕，又盡取晚唐諸家之詩而熟參之，又取本朝蘇、黄以下諸家之詩而熟參之〔一一〕，其真是非自有不能隱者〔一二〕。儻猶於此而無見焉〔一三〕，則是野狐外道蒙蔽其真識〔一四〕，不可救藥，終不悟也〔一五〕。

【校勘】

〔吾評之非僭也〕「評」，周亮工本誤作「計」。

〔參詩之不熟耳〕「耳」字程至遠本作「爾」。

〔李杜二公之詩〕《適園叢書》本無「之」字。

〔又取大曆十才子之詩而熟參之又取元和之詩而熟參之〕此二句唯《玉屑》有，底本及其他各本均無，茲據補。

〔又盡取晚唐諸家之詩〕郭紹虞《校釋》：「《玉屑》無『盡』字。」

〔本朝蘇黄以下諸家之詩〕郭紹虞《校釋》：「《玉屑》『家』作『公』。」

〔其真是非自有不能隱者〕郭紹虞《校釋》：「《玉屑》『自』作『亦』。」

〔則是野狐外道蒙蔽其真識〕《玉屑》作「則是爲外道蒙蔽其真識」。

【箋注】

〔一一〕僭：僭越，言行超越了自己身份。

〔一二〕妄：非分。

〔三〕天下二句：《論語‧衛靈公》：「子曰：君子不以言舉人，不以人廢言。」

〔四〕詩道如是也：嚴羽這裏强調他所説的是詩歌的真理。嚴羽是布衣，既無官位，在詩壇上地位也不高，但他認爲詩有詩道，那是客觀的真理，而對真理的認識與談論，跟人的身份地位無關，人人都可以言，真理面前人人平等，故他稱自己的談論不是僭越、非分。

〔五〕若以爲不然三句：嚴羽以爲他所説的就是詩道，是詩歌的客觀真理，正因爲是客觀真理，那就應該是人人同以爲然的。在他看來，如果別人不以他所説者爲然，不認同他的觀點，那就是其人自身出了問題，是其見詩之不廣，參詩之不熟——即讀得不多，研究得不透，因而識力不高，認識不到嚴羽所説的真理。這就須要提高識力。於是下面就提出了解決之道。

在禪家，參謂參禪，是爲了開悟所做的工夫。訪師問道，讀經讀公案，聚會講論等等，這些參究禪道以期開悟的活動都是參。這裏指對詩歌作品進行研究探討，以領悟詩道。熟參，謂反復參究，達到精熟之地。

黄景進《嚴羽及其詩論之研究》：「參詩的觀念顯然是受到禪宗的啟發；禪宗不喜憑空講一切抽象的原理……他們喜歡就具體的事物去體會印證，這種體會印證的工夫稱之爲『參』。宋人借用這個觀念來論詩，就是認爲要瞭解詩的有關各種問題，唯有從具體的詩例中才能體會印證，光講一些詩的作法是無用的。」（一七八頁。臺北：文史哲出版社，一九八六年）

〔六〕沈、宋、王、楊、盧、駱、陳拾遺：沈佺期（六五六？—七一六？），字雲卿，相州内黄（今屬河南）人。有

《沈佺期集》。《舊唐書》卷一九〇中、《新唐書》卷二〇二有傳。宋之問（六五六？—七一二），字延清，汾州（今山西汾陽）人。有《宋學士集》。與沈佺期並稱「沈宋」。《舊唐書》卷一九〇中、《新唐書》卷二〇二有傳。王勃（六五〇—六七六），字子安，絳州龍門（今山西河津）人。有《王子安集》。《舊唐書》卷一九〇上、《新唐書》卷二〇一有傳。楊炯（六五〇—六九三？），字不詳，華州華陰（今屬陝西）人。十歲舉神童，官終盈川令。有《楊盈川集》。《舊唐書》卷一九〇上、《新唐書》卷二〇一有傳。盧照鄰（六三四？—六八六？），字昇之，范陽（今河北涿州）人。染風疾，自號幽憂子。有《幽憂子集》。《舊唐書》卷一九〇上、《新唐書》卷二〇一有傳。駱賓王（六二七？—六八四？），字觀光，婺州義烏（今屬浙江）人。有《駱賓王文集》。《舊唐書》卷一九〇上、《新唐書》卷二〇一有傳。王、楊、盧、駱四人並稱「四傑」。陳拾遺：陳子昂（六五一—七〇二），字伯玉，梓州射洪（今屬四川）人。睿宗時舉進士第，武后稱帝，因獻書授麟臺正字，遷右拾遺。有《陳伯玉文集》。《舊唐書》卷一九〇中、《新唐書》卷一〇七有傳。

〔七〕開元：唐玄宗李隆基年號，公元七一三年至七四一年。　天寶：唐玄宗年號，公元七四二年至七五六年。

〔八〕李、杜二公：李白、杜甫。

〔九〕大曆十才子：指李端、盧綸、吉中孚、韓翃、錢起、司空曙、苗發、崔峒、耿湋、夏侯審，見姚合《極玄集》卷上李端小傳。

〔一〇〕元和：唐憲宗李純年號，公元八〇六年至八二〇年。嚴羽《詩體》中有「元和體」，注：「元、白諸公。」

元和之詩，實指元稹、白居易諸人之詩。

〔一一〕蘇、黄：蘇軾、黄庭堅。

〔一二〕其真是非句：詩道是詩歌的真理，合乎真理者爲是，違乎真理者爲非。由於人們對於詩道的見識有正誤、深淺之分，故對於詩歌的是非問題的認識也會存在差異。如果對於詩道的認識膚淺甚至錯誤，則其所以爲是、以爲非者，並非是真正的是非。嚴羽以爲他把握到了詩道，把握到了詩歌的客觀真理，他評論詩歌所講的是與非，是真正的是與非。如果有人不認同，那是由於其識力不够，没有能够領悟到詩道。嚴羽提出了提高識力的途徑——多讀、熟參，識力提高了，領悟了詩道，則詩歌的真正的是非自然就清楚了。所謂「自有不能隱者」，是由於學詩者識力提高了的緣故。

〔一三〕儻猶句：言通過多讀、熟參，還不能認識到嚴羽所説的詩道，不認同嚴羽的觀點。

〔一四〕野狐外道：佛家原稱佛教之外的宗教爲外道，後亦指佛教中違背真理之邪見、邪法。野狐，亦即外道。嚴羽以禪喻詩，當指禪家所謂「外道禪」、「野狐禪」。於詩則指錯誤的詩歌觀念或體現錯誤詩歌觀念的詩歌作品。真識：指自性清淨心，能了別真實自體。真識爲野狐外道蒙蔽，就會喪失辨別力。這裏指對於詩歌的鑒別力，即識。此句説是被錯誤的詩歌觀念所蒙蔽，喪失了鑒別力。

〔一五〕終不悟也：在禪家，識是悟的前提，没有識，便不能辨邪正，就會誤入歧途，不能真正悟得禪道。嚴羽以禪喻詩，認爲詩歌中也有類似的問題。如果没有識，没有鑒別力，便不能辨别各代詩歌的特徵與價值，不能對學習對象作出正確的選擇，終不能悟詩道。

【總説】

前兩節嚴羽提出了其詩學觀點：漢魏晉盛唐是第一義，學詩應該取法第一義，故應以漢魏晉盛唐爲師。但是，這只是嚴羽的一家之説。四靈之學晚唐，也是一家之説。嚴羽以爲他本人所説爲是，四靈所言爲非，但如何論證他本人所説者爲是，四靈所主者爲非呢？從邏輯上説，嚴羽如此立論必須有一個前提，即詩歌有普遍的真理，它是衡量各家學説或主張的客觀標準。合於真理者爲是，違背真理者爲非。嚴羽所謂「詩道」便是詩歌的真理。在此一前提之下，嚴羽便可以稱自己的觀點是真理。他稱「詩道如是也」，即謂詩歌的真理是客觀的，而他所説的就是詩歌的客觀真理。

但是，如何能確認嚴羽所説的就是詩道，就是詩歌的客觀真理呢？事實上嚴羽没有能够提出論證，而是採用了一種獨斷式的論述：詩有詩道，吾所言者即詩道，是詩歌的客觀真理，所有人都應該認同；如果有人不認同，原因就在於其人識力不高，需要培養提高識力；有了識力，自然就會認同。如果再不認同，那就是陷入邪道太深，不可救葯。

從詩學理論角度説，此節提出了如何培養詩歌鑒賞力即識力的問題。嚴羽也是以禪喻詩提出此一問題的。禪宗有所謂參、識與悟的關係。要提高識力，其途徑是熟參，具備了識力，能够辨別正道、邪道，能够分辨大、小乘，第一義、第二義，然後從第一義悟入。由參而有識，由識進而悟入，由悟而識亦有根本提高。嚴羽以禪學理論來論詩，認爲提高詩人的識力的途徑就是參詩，通過參詩，認識詩道，能够分辨高下，然後選擇最高的作品作爲自己的學習對象。

參詩就是研讀作品，其方法有二：一是博，二是熟；其程序是以詩歌史的時代先後爲序。參詩説的詩學理論意義在於其指出通過大量閱讀作品來培養鑒賞力。而這一觀點與劉勰《文心雕龍》相同。《知音》篇説：「凡操千曲而後曉聲，觀千劍而後識器；故圓照之象，務先博觀。」正是此意。

夫學詩者以識爲主〔一〕。入門須正〔二〕，立志須高〔三〕。以漢、魏、晉、盛唐爲師，不作開元、天寶以下人物〔四〕。若自退屈，即有下劣詩魔入其肺腑之間，由立志之不高也〔五〕。行有未至，可加工力〔六〕；路頭一差，愈騖愈遠〔七〕，由入門之不正也。故曰：學其上，僅得其中；學其中，斯爲下矣〔八〕。又曰：見過於師，僅堪傳授；見與師齊，減師半德也〔九〕。

【校勘】

〔立志須高〕　日本《三家詩話》本校記：「志，一作意。」

〔以漢魏晉盛唐爲師〕　郭紹虞《校釋》：「《玉屑》無『晉』字。」

〔若自退屈〕　郭紹虞《校釋》：「《玉屑》『自』下有『生』字。」

〔減師半德〕　〔德〕字九峯書屋本作「得」。

【箋注】

〔一〕夫學詩者以識爲主：禪家强調識對於學禪的重要性，故强調具正法眼。正法眼是一種鑒別力，能够了別正道、邪道，鑒別第一義與第二義，有了這種識力，才能做出正確選擇，從最上乘悟入，而不至於誤入歧途。嚴羽以禪喻詩，認爲詩歌亦有正邪之分、高下之別，學詩應該從第一義的作品入手，只有具備了鑒別力，才能加以辨別。對學詩者來説，識是關鍵，故他以識爲主。

詩家重識之説出自江西詩派。黄庭堅論作詩已經强調識。《山谷別集》卷十八《與元勛不伐書》之三：「足下之詩……如欲方駕古人，須識古人關捩，乃可下筆。」范温更明確提出以識爲主，其《詩眼》：「山谷云：學者若不見古人用意處，但得其皮毛，所以去之更遠。……故學者要先以識爲主，如禪家所謂正法眼者，直須具此眼目，方可入道。」

關於「識」的内涵，張少康《試談〈滄浪詩話〉的成就與局限》：「『識』是指對藝術的見識，它與知識的『識』含義不盡相同。識與悟也不同，識是悟的前提。首先能識別詩歌的邪正高下，然後方有可能真正的由第一義悟入，並進一步達透徹之悟。……識又有兩個基本要求：『入門須正，立志須高。』哪一些詩歌所代表的方向是正確的，是正門大道，哪些詩歌的代表的方向是不正確的，是邪門外道，這是識詩者首先要懂得的。」

郁沅《嚴羽詩禪説析辨》：「『識』本是佛家語……嚴羽用它來借喻欣賞和鑒別詩歌風格的一種能力。……嚴羽認爲詩歌的時代和個人差別是客觀存在的，所謂『識』，首先就是要能够認識這種差別。

如果不具備這種能力，就不能分辨作品的高低優劣，就找不到正確的學習途徑，無法入門，也就達不到『妙悟』的創作境地。……這種識辨詩作差異和優劣的能力，嚴羽認爲只有通過『熟參』各種作品才能得到。所謂『熟參』，也就是反覆閱讀，進行比較，細細體會。所以『識』，就是通過閱讀各家的大量作品培養起來的一種揣摩、辨别的能力。」（《學術月刊》一九八〇年七期）

周勛初《中國文學批評小史》：「嚴羽提出『學詩者以識爲主』，就是説詩人要有很高的見解，才能走上創作的正路。但這識力通過什麼途徑才能培養呢？嚴羽提出的辦法，却又像是江西詩派的所謂『飽參』了。」（一三八頁）

健按：嚴羽所謂識有不同的層次，一是詩歌的技術層面的識，這是對詩歌的技巧的認識，此一層面的識相當所謂鑒賞力；二是詩歌的基本原理層面的識，這是對詩歌的基本原理的認識；三、價值層面的識，是對詩歌的價值判斷。

〔二〕入門須正：學詩與學禪一樣，有不同的門徑，門徑不同，結果各異。學習者必須選擇正確的門徑。具體説來即是一開始就學習最高格的作品。入門正是以有識爲前提的，只有認識到門徑的正與邪，才能有所選擇。

郭紹虞《校釋》：「朱熹謂：『欲抄取經史諸書所載韻語下及《文選》漢魏古詞，以盡乎郭景純、陶淵明之作，自爲一編，而附於《三百篇》、《楚詞》之後，以爲詩之根本準則。』（《答鞏仲至書》）從以前傳統的説法來講，則朱熹之説正是『入門須正』之意，而滄浪於此，亦微有出入。」按朱熹所説的學詩門徑與嚴羽差別甚大。朱熹强調詩人首先要有極高的道德修養，嚴羽則否。

〔三〕立志須高：《禪門諸祖師偈頌》卷二：「立志堅高，不墮凡地。故經云：立志如高山，種德若深海。」理學家亦强調立志高。朱熹說：「學者大要立志。所謂志者，不道將這些意氣去蓋他人，只是直截要學堯舜。」（《朱子語類》卷八）立志高亦以識爲前提。有識才能別高下，才能立志高。

〔四〕以漢魏晉盛唐爲師二句：此二句承上正面申說立志須高。對於學詩者來說，要學習漢魏晉盛唐的詩歌作品，要躋身於漢魏晉盛唐第一流詩人之列，而不與開元、天寶以後詩人爲伍，這就是立志高。

「以漢魏晉盛唐爲師」，《玉屑》作「以漢魏盛唐爲師」，陳伯海謂：「《滄浪詩話》屢以『漢、魏』並提，於晉詩似不甚推許，故當以《玉屑》本爲勝。不過《詩辯》裏也有兩處提到『漢、魏、晉』，則或可包括晉詩中的左思、陶淵明在內。」（《嚴羽和滄浪詩話》，一一〇頁。上海：上海古籍出版社，一九八七年）

〔五〕若自退屈三句：從反面申說立志須高。退屈，郭紹虞主編《中國歷代文論選》：「退縮屈曲的意思。《五燈會元》卷十五：『善暹禪師曰：彼既丈夫我亦爾，孰爲不可！良由諸人不肯承當，自生退屈』」。此句言學詩不立高志，不以漢魏晉盛唐爲師，不去學習最好的作品，那是自己退縮。

下劣詩魔，佛家以妨害人性命或佛法者爲魔，嚴羽借以比喻那些妨害詩道的不正確的見解或作品。根據嚴羽的理論邏輯，要成爲第一流的詩人就要學第一流的作品，如果不立志成爲第一流的詩人，而去學習二流甚至更低的作品，這些作品就會對學詩者產生不良影響，使學詩者在創作上不能達到最高的境界，故曰有下劣詩魔入其肺腑。

嚴羽强調立志須高云云，具體説是針對「四靈」及其追隨者宗法晚唐賈島、姚合而言的。范晞文《對牀夜語》卷二云：「四靈，倡唐詩者也，就而求其工者，趙紫芝也。然具眼尤以爲未盡者，蓋惜其立志未高，而止於姚、賈也。」

許學夷《詩源辯體》卷二十一云：「盛唐諸公五七言律，多融化無迹而入於聖。中唐諸子，造詣興趣所到，化機自在，然體盡流暢，語半清空，其氣象風格，至此而頓衰耳。故學者以初唐爲法，乃可進爲盛唐，以中唐爲法，則退屈益下矣。嚴滄浪云：學者以盛唐爲師，不作開元、天寶以下人物。若自退屈，即有下劣。此不易之論。」此是嚴羽觀點的引申。

〔六〕行有未至二句：此正面申説入門須正。方法途徑正確了，那就是達到目標的正道，剩下就是個人努力的問題，只要沿著這條途徑走下去，肯定能够到達目的地。

〔七〕路頭一差二句：此從反面申説入門須正，强調方法途徑對於實現目標具有極其重要的意義。路頭，禪家語，指成佛的途徑。《五燈會元》卷十三僧問：「十方薄伽梵，一路涅槃門。未審路頭在甚麼處？」乾峯禪師「以拄杖畫，云：在這裏」。

朱熹論學亦强調正路頭。《朱子語類》卷一百一十四：「今須先正路頭，明辨爲己爲人之别，直見得透，却旋旋下工夫，則思慮自通，知識自明，踐履自正。積日累月，漸漸熟，漸漸自然。若見不透，路頭錯了，則讀書雖多，爲文日工，終做事不得。」嚴羽或受其影響。

林理章(Richard John Lynn)《正與悟：王士禛的詩學及其淵源》：「此一節讓人想起新儒家的著

作：『聖人之道，坦如大路，學者病不得其門耳。得其門，無遠之不可到也。求入其門，不由於經乎？……覬足下由經以求道，勉之又勉，異日見卓爾有立於前，然後不知手之舞足之蹈，不加勉而不能自止矣。』（《近思録》卷二程頤語）嚴羽所云的大旨如此接近程頤所説，頗讓人懷疑嚴氏所云是否在某種程度上基於程頤之言。當然，在新儒家的著作中，『大路』都是比喻儒家的正統，其根源則在《孟子》：『夫道若大路然，豈難知哉！人病不求耳。』（《告子下》）此一象喻不限於宋儒，三百年後的王陽明也用之。……以上諸家所説正表明，無論是詩悟還是道德真理之悟都基於對正統的消化吸收，而正統猶如大路。」（《新儒家的展開》，二三〇—二三一頁）

〔八〕學其上四句：唐太宗《帝範後序》：「當擇哲主爲師，毋以吾前爲鑒。取法乎上，僅得乎中；取法乎中，祇爲其下。」（《全唐文》卷十）此本言帝王應該以前世最聖哲的帝王爲師，理由是學上得中，學中得下。但這段話提出了有關學習問題的一個重要觀點：學習者不能窮盡學習對象的全部精華，總會有所遺漏，因而學習者所能學得的總要比對象低一個等級。嚴羽借此來説明學詩者如果立志高的話，必須取法乎上。

謝榛《四溟詩話》卷一：「嚴滄浪曰：『學其上，僅得其中；學其中，斯爲下矣。』豈有不法前賢，而法同時者？李洞、曹松學賈島，唐彥謙學温庭筠，盧延讓學薛能，趙履常學黄山谷。予筆之以爲學者誡。」

〔九〕見過於師四句：《五燈會元》卷三百丈懷海禪師曰：「見與師齊，滅師半德。見過於師，方堪傳授。」又卷七全奯禪師曰：「豈不聞智過於師，方堪傳受；智與師齊，減師半德。」此言在師徒相授受的過程中，徒弟的見識超越了其師，自己才可以爲師授徒；如果見識與其師相當，作師授徒的話，其功德只相當於己師的一半。其背後所隱含的學習上的道理與前學上得中相同，學其師必低於其師。

嚴羽之前已有人借以論文藝，强調超出古人，自成一家。章惇（字子厚）《雜書》曰：「吾每論學書當作意使前無古人，凌厲鍾、王，直出其上，始可即自立少分，若直爾低頭，就其規矩之内，不免爲之奴矣。縱復脱灑至妙，猶當在子孫之列耳，不能鴈行也，况於抗衡乎？此非苟作大言，乃至妙之理也。禪家有云：『見過於師，方堪傳授；見與師齊，減師半德。』悟此語者，乃能曉吾言矣。」（張邦基《墨莊漫録》卷十載）

沈作喆《寓簡》卷七：「學佛者云：『智與師齊，減師半德；智過於師，方堪傳授。』予謂士之學道者亦然。道德識見，以至於文章語言，須向古人中出一頭地，方始立得脚住。」

嚴羽借用此言，用意與前兩人不同。他意在强調因爲學其師必低於其師，所以必須學習最好的老師，自己的水平才能隨之提高，也就是要取法乎上之意。按照禪家的邏輯，學生是可以超越老師之見識的，但嚴羽没有沿著這個理路提出超越漢魏晉盛唐的問題，他只説到要以漢魏晉盛唐爲師。這是因爲嚴羽認爲漢魏晉與盛唐詩就是第一義，是最高的普遍的真理，後人無從超越。

【總説】前一節談到如何通過參詩提高識力的問題，此一節承上提出學詩者以識爲主，論述識在學詩過程中的地位。

學詩者何以要「以識爲主」？這也是嚴羽以禪喻詩、用禪學的理論邏輯推論詩學問題所得出的結論。在禪家，學禪者必須具有鑒別的能力，以辨別最高的真理，即所謂第一義，然後才能悟第一義。嚴羽認爲學詩也有類似的問題。詩歌史上各代各家之詩有邪正高下之不同，學詩者必須具有鑒別力，以確定其高下優劣，然後才能選擇最高格的作品作爲學習對象。有識，才能鑒別；有鑒別，才能分高下；分高下，才能定取捨；取捨之正確與否直接決定學詩者成就的高下成敗，因而識對於學詩者來説極爲關鍵。嚴羽説「學詩者以識爲主」，正是此意。嚴羽以爲，他本人對詩歌史各代各家詩的高下判斷正是基於他的識力。

嚴羽論識的立足點不在理論與批評，而在創作。在他而言，對詩歌本質特徵的認識、對作品優劣的判斷都要落實創作上，爲創作服務；明白什麽是第一義，是爲了在創作上也達到第一義。嚴羽論識落實到創作上或學詩過程中就是門徑的選擇問題。此一問題在現代詩學理論中即是所謂方法論。方法在嚴羽看來十分重要，方法與目標的達成具有密切的關係。學詩的過程就像要去一個目的地，關鍵是路頭要對，走對了路，方向對了，即便是走的慢，最終總可以到達目的地；如果走錯了路，方向錯了，越是跑得快，離目的地越遠。在嚴羽的論述中，方法雖然不等於成敗，但幾乎可以決定成敗。對方向的選擇靠的就是識。那麽，嚴羽所説的正確的學詩方法和途徑是什麽呢？用一句話概括就是「從上做下」，就是學詩要從最高格入手，要學習最好的，以最好的爲範本。

葉燮《原詩》外篇上：「夫羽言學詩須識是矣，既有識，則當以漢、魏、六朝、全唐及宋之詩，悉陳於前，彼自能知所抉擇，知所依歸，所謂信手拈來，無不是道。若云漢、魏、盛唐，則五尺童子、三家村塾師之學詩者，亦熟於聽聞、得於授受久矣。此如康莊之路，衆所羣趨，即瞽者亦能相隨而行，何待有識而方知乎？吾以爲若無識，則一一步趨漢、魏、盛唐，而無處不是詩魔；苟有識，即不步趨漢、魏、盛唐，而詩魔悉是智慧，仍不害於漢、魏、盛唐也。羽之言，何其謬戾而意且矛盾也！」

葉燮的駁論看似雄辯，但他未能歷史地看問題。在葉燮的時代，漢魏盛唐經由明人尤其是七子派的宣揚，已經人人知其爲康莊之路，但在嚴羽的時代則並非如此。四靈與江湖詩人即不以漢魏晉盛唐爲師，嚴羽在當時提出此一問題，具有很强的理論及創作上的針對性。

工夫須從上做下，不可從下做上〔一〕。先須熟讀《楚詞》，朝夕諷詠，以爲之本〔二〕；及讀《古詩十九首》〔三〕，樂府四篇〔四〕，李陵、蘇武〔五〕，漢、魏五言，皆須熟讀；即以李、杜二集枕藉觀之，如今人之治經〔六〕；然後博取盛唐名家，醞釀胸中，久之自然悟入〔七〕。雖學之不至，亦不失正路〔八〕。此乃是從頂顫上做來〔九〕，謂之向上一路〔一〇〕，謂之直截根源〔一一〕，謂之頓門〔一二〕，謂之單刀直入也〔一三〕。

【校勘】

〔李杜二集〕　王仲聞點校本《玉屑》校：「『集』寬永本、古松堂本誤作『習』。」按宋本、元本、十卷本《玉屑》皆作「習」。

〔此乃是從〕　陳定玉輯校《嚴羽集》：「徐（榦）本無『乃』字。」按朱霞本亦無「乃」字。

【箋注】

〔一〕工夫須從上做下二句：禪家稱參禪爲工夫。通過參禪的工夫達到開悟的境界。對於學禪者來説，工夫從上做下，是指要參究最高的真理。

宋代理學家亦主張爲學工夫應該從上做下。《朱子語類》卷一一四：「大凡爲學有兩樣：一者是自下面做上去，一者是自上面做下來。自下面做上者，便是就事上旋尋個道理湊合將去，得到上面極處，亦只一理。自上面做下者，先見得個大體，却自此而觀事物，見其莫不有個當然之理，此所謂自大本而推之達道也。若會做工夫者，須從大本上理會將取，便好。」

對於詩歌來説，工夫是指學詩的方法與過程。所謂從上做下，就是指要從最好的作品入手學習，具體來説就是學習漢魏晉盛唐詩。黃庭堅已有類似從上做下的主張。其《答趙伯充帖》云：「學老杜詩，所謂刻鵠不成尚類鶩也。學晚唐諸人詩，所謂『作法於涼，其弊猶貪；作法於貪，弊將若何！』」（《山谷老人刀筆》卷四）此已經含有取法乎上之意。

許學夷《詩源辯體》卷三十四：「予嘗謂：學詩者必先讀《三百篇》、《楚騷》、漢魏五言及古樂府，次及李、杜五七言古、歌行以至初盛唐之律，如今人誦習經書者，姑不必求其旨趣，誦讀之久，詳予論説，自能有得。否則，學律既久，習於聲韻，熟於俳偶，而於古終不能入矣。滄浪謂『工夫須從上做下』，得之。」此是由嚴羽之説引申者。

羅根澤《中國文學批評史》（三）：「始創江西派的黄庭堅本來學杜，可是年事稍晚的陳師道就以學黄爲學杜楷梯，宋末的江西餘裔更以稍前的江西諸子爲學黄陳楷梯，四靈矯正江西，也止能溯至晚唐，都是下學法。嚴羽卑江西四靈，由是改創上學説。……稍前的朱熹張戒雖也有學上之意，但没有像嚴羽這樣的彰明較著的提出。宋代的詩學本來是模仿，江西派却從脚下做，雖目標在頭，往往做不到頭，嚴羽從頭上做來，却是『直截根源』。這是嚴羽的重要詩説，也是重要貢獻。」（二四七、二四八頁）

陳國球《胡應麟詩論研究》：「爲什麼要先讀最好的詩，而不是不加選擇的廣泛閲讀然後從中探索？從嚴羽的論述中，就可以找到答案：因爲好詩的作者都掌握了成功的表現方法（「最上乘，具正法眼，悟第一義」），最能體現詩的本質。」（一二〇頁。香港：華風書局有限公司，一九八六年）

〔二〕先須熟讀三句：《楚詞》，亦作《楚辭》，漢劉向集屈原《離騷》、《九歌》、《天問》、《九章》、《遠遊》、《卜居》、《漁父》，宋玉《九辯》、《招魂》，景差（或説屈原）《大招》，以及賈誼、淮南小山、東方朔、嚴忌、王褒、劉向本人之作品，共十六篇，定名《楚辭》。王逸補入自己作品《九思》及班固二序，共十七卷，並爲各篇作章句，是爲《楚辭章句》。王逸於屈原作品概稱「離騷」，宋玉以下作品稱「楚辭」。然王逸舊本篇次爲宋人改動，故今存本已非其舊。宋洪興祖爲補注，是爲《楚辭補注》，朱熹則有《楚辭集注》。

熟讀之説非始自嚴羽。《彦周詩話》載蘇軾教人作詩曰：「熟讀《毛詩·國風》與《離騷》，曲折盡在是矣。」黄庭堅《山谷别集》卷十七《與潘邠老帖五》之三：「子瞻論作文法，須熟讀《檀弓》，大爲妙論。」又《山谷外集》卷十《與王立之四帖》之三：「若欲作楚詞，追配古人，直須熟讀《楚詞》，觀古人用意曲折處講學之，然後下筆。譬如巧女，文繡妙一世，若欲作錦，必得錦機乃能成錦爾。」《詩人玉屑》卷五引《漫齋語録》：「學詩須是熟看古人詩，求其用心處。蓋一語一句不苟作也。」所謂熟讀非僅是誦讀要熟，關鍵是在熟讀的過程中反復玩味，瞭解其表現方式及藝術技巧。

朱熹論學亦主張熟讀。《朱子語類》卷十：「大凡讀書，須是熟讀。讀熟了，自精熟；精熟後，理自然見。」俗語所謂書讀百遍，其義自現，就是這個道理。

前文言識力的培養時説熟參，此則言熟讀。張健《滄浪詩話研究》論其分别云：「前文説熟參，後又説熟讀，……『熟參』在於培養純正的鑒賞力；『熟讀』在於醞釀高明的創造力。」（四〇頁）

黄景進《嚴羽及其詩論之研究》亦云：「……嚴羽既説要熟讀，又説要熟參……熟讀熟參的基本工夫都在『熟』，熟讀偏向於創作力的培養，希望藉熟讀而悟入詩法；熟參偏向於鑒賞力的培養，希望藉熟參而分辨各家不同的風格及其所達到的境界。熟參的對象比熟讀的對象廣，除了盛唐以前歷代詩以外，也包括盛唐以後如大曆十才子之詩，元和之詩，甚至也包括晚唐諸家及宋朝蘇黄以下諸家之詩。而熟讀對象則只包括第一義的詩：如楚詞、古詩十九首、樂府四篇，李陵蘇武漢魏五言，李杜二集等，簡言之，是要『以漢魏晉盛唐爲師，不作開元天寶以下人物』，這才是入門正，立志高的正確學習態度。

熟參的目的是辨別家數，而熟讀則是選擇最好的正確家數加以學習，目的是希望自己的寫作能合乎正確的寫作規律，以達到第一流的境界。」（一七九頁）

從熟讀與熟參兩個術語的來歷上説，熟參是禪家語，而熟讀則否。但就兩個術語的詩學内涵來説，意義其實很接近。熟參自然要熟讀，而熟讀也並非只是讀，也包括參，包括認識，此從上面所引蘇軾、黄庭堅、朱熹語可見。惟嚴羽所謂熟參是論識力時所言，故在具體的語境中，其作用是培養識力；熟讀是論創作時所言，故其作用是培養創作能力。又所謂「熟參的對象比熟讀廣」，那是嚴羽論識力時謂見詩要廣之意，非關熟參之内涵。

〔三〕《古詩十九首》：《文選》卷二十九載《古詩一十九首》，李善注云：「並云古詩，蓋不知作者，或云枚乘，疑不能明也。」

〔四〕樂府四篇：指六臣注《文選》卷二十七之古辭《樂府四首》，即《飲馬長城窟行》、《君子行》、《傷歌行》、《長歌行》。李善注《文選》無《君子行》。吴子良《荆溪林下偶談》卷一「文選君子行」條：「《文選》樂府四首，稱古辭，不知作者姓氏。然《君子行》，李善本無之。此篇載於曹子建集，意即子建作也。」

《飲馬長城窟行》：「青青河畔草，緜緜思遠道。遠道不可思，夙昔夢見之。夢見在我傍，忽覺在他鄉。他鄉各異縣，展轉不可見。枯桑知天風，海水知天寒。入門各自媚，誰肯相爲言。客從遠方來，遺我雙鯉魚。呼兒烹鯉魚，中有尺素書。長跪讀素書，書中竟何如？上有加餐食，下有長相憶。」

《君子行》：「君子防未然，不處嫌疑間。瓜田不納履，李下不正冠。嫂叔不親授，長幼不比肩。勞謙得其柄，和光甚獨難。周公下白屋，吐哺不及餐。一沐三握髮，後世稱聖賢。」

《傷歌行》：「昭昭素明月，暉光燭我牀。憂人不能寐，耿耿夜何長。微風吹閨闥，羅帷自飄颺。攬衣曳長帶，屣履下高堂。東西安所之，徘徊以彷徨。春鳥翻南飛，翩翩獨翱翔。悲聲命儔匹，哀鳴傷我腸。感物懷所思，泣涕忽霑裳。佇立吐高吟，舒憤訴穹蒼。」

《長歌行》：「青青園中葵，朝露待日晞。陽春布德澤，萬物生光暉。常恐秋節至，焜黄華葉衰。百川東到海，何時復西歸。少壯不努力，老大徒傷悲。」

〔五〕李陵：字少卿，隴西成紀（今甘肅靜寧南）人。李廣之孫。附見《漢書》卷五十四《李廣傳》。蘇武：字子卿，杜陵（今陝西長安縣）人。附見《漢書》卷五十四《蘇建傳》。

《文選》卷二十九載李陵《與蘇武三首》、蘇武《詩四首》，後人以爲非李、蘇所作。

李陵《與蘇武三首》：

良時不再至，離别在須臾。屏營衢路側，執手野踟蹰。仰視浮雲馳，奄忽互相踰。風波一失所，各在天一隅。長當從此别，且復立斯須。欲因晨風發，送子以賤軀。

嘉會難再遇，三載爲千秋。臨河濯長纓，念子悵悠悠。遠望悲風至，對酒不能酬。行人懷往路，何以慰我愁。獨有盈觴酒，與子結綢繆。

攜手上河梁，遊子暮何之。徘徊蹊路側，悢悢不得辭。行人難久留，各言長相思。安知非日月，弦望自有時。努力崇明德，皓首以爲期。

蘇武《詩四首》：

骨肉緣枝葉，結交亦相因。四海皆兄弟，誰爲行路人。况我連枝樹，與子同一身。昔爲鴛與鴦，今爲參與辰。昔者常相近，邈若胡與秦。惟念當離別，恩情日以新。鹿鳴思野草，可以喻嘉賓。我有一罇酒，欲以贈遠人。願子留斟酌，敘此平生親。

結髮爲夫妻，恩愛兩不疑。歡娱在今夕，燕婉及良時。征夫懷往路，起視夜何其。參辰皆已没，去去從此辭。行役在戰場，相見未有期。握手一長嘆，淚爲生別滋。努力愛春華，莫忘歡樂時。生當復來歸，死當長相思。

黃鵠一遠別，千里顧徘徊。胡馬失其羣，思心常依依。何况雙飛龍，羽翼臨當乖。幸有弦歌曲，可以喻中懷。請爲遊子吟，泠泠一何悲。絲竹厲清聲，慷慨有餘哀。長歌正激烈，中心愴以摧。欲展清商曲，念子不能歸。俯仰内傷心，淚下不可揮。願爲雙黃鵠，送子俱遠飛。

燭燭晨明月，馥馥我蘭芳。芳馨良夜發，隨風聞我堂。征夫懷遠路，遊子戀故鄉。寒冬十二月，晨起踐嚴霜。俯觀江漢流，仰視浮雲翔。良友遠離別，各在天一方。山海隔中州，相去悠且長。嘉會難兩遇，歡樂殊未央。願君崇令德，隨時愛景光。

〔六〕即以李杜二句：《朱子語類》卷一四〇：「作詩先用看李、杜，如士人治本經，本既立，次第方可看蘇、黃以次諸家詩。」宋代科舉，考詩賦科者可以在指定範圍内選習一經，考經義科者則要選習兩經，本人所選習的經書稱本經。由於考試時可以選考本人所習的本經題目，故士子研究本經特别著力。借這種治經的方式論詩，則指經典詩人的作品應該優先學習。

〔七〕悟入：吕居仁《童蒙詩訓》：「作文必要悟入處。悟入必自工夫中來，非僥倖可得也。如老蘇之於文、魯直之於詩，蓋盡此理矣。」學禪者經由參禪的工夫開悟了禪家的真理，稱「悟入」。此指學詩者經過熟讀的工夫領悟到詩道，也稱「悟入」。

前言妙悟、悟，此言悟入，妙悟或悟具有不同層次的涵義，悟入在此只是就學詩的過程言，指通過熟讀的工夫而領悟詩道，即此一過程中的質的變化。對於學詩者來説，悟入之後，一方面因爲領悟到了詩道即詩歌的真理，其識力有了質的飛躍，另一方面，創造力也有了質的飛躍，達到了自由之境。

【附録】

黄景進《嚴羽及其詩論之研究》：「『悟入』是指由熟讀工夫所獲得的對詩法的認識，而『妙悟』應指創作(或表達)時的特殊心理現象，兩者應有區别。……所謂妙悟也就是今人常説的『直覺』，也可説是『直接的認識』。……熟讀悟入的悟只是獲得詩法的一個過程，悟與法是密切連繫的，但『妙悟』却是超越於『法』之上的一個概念，它的著重點在强調創作的特殊性質，與『法』是無干的。詩人依妙悟而創作，其妙悟是否因熟讀悟入而得來，並不是討論的重點。」(一六九、一七四、一七七頁)

〔八〕雖學之不至二句：以漢魏晉盛唐爲師，是從上做下，是入門正，但道路正確，並不保證一定到達目的地。故雖然同是學漢魏晉盛唐，但有至，有不至。嚴羽這裏强調，即便不能達到漢魏晉盛唐那樣的水平，但其方向道路是正確的。根據前面「行有未至，可加工力」的説法，只要路子正，剩下的就只是工夫的問題，經過努力，目標是可以達到的。

〔九〕頂𩕳(nǐng)：頭頂。《五燈會元》卷十八介諶禅师有「忽然踏著釋迦頂𩕳，磕著聖僧額頭」語。郭紹虞《校釋》：「從頂𩕳上做來，即工夫從上做下之意。」

〔一〇〕向上一路：丁福保《佛學大辭典》：「宗門之極處謂之向上一路。」《景德傳燈録》卷七盤山寶積章曰：「向上一路，千聖不傳。學者勞形，如猿捉影。」《圓悟佛果禪師語録》卷十三：「須知向上一路，不立文字語言。」指不以語言文字傳的至高無上之道。嚴羽借以指從上做下，以漢魏晉盛唐爲師，是抓住了最高的詩道。

〔一一〕直截根源：《景德傳燈録》卷二十永嘉真覺大師《證道歌》：「直截根源佛所印，摘葉尋枝我不能。」謂直接抓住成佛的根本所在。在嚴羽看來，學詩以漢魏晉盛唐爲師便是抓住了根本。

〔一二〕頓門：宗密《禪源諸詮集都序》卷上之一：「原夫佛説頓教、漸教，禪開頓門、漸門。」郭紹虞《校釋》：「頓門，猶言頓悟之門。佛家以速疾證妙悟果爲頓悟。」按頓門謂頓悟的法門。頓門有兩層涵義：一是方法程序上的，謂直指目的，中間不經由次第階梯。佛性就在人心，直指人心，見性成佛，此爲頓門。二是時間上的，見性成佛可以瞬間完成。嚴羽此所謂頓門乃是就方法程序而言，他用頓悟的直指根本來類比學詩者直接學習漢魏晉盛唐。而他在談通過熟讀而悟入的過程時，却是説「久之自然悟入」，是久而不是速，是漸而不是頓。就此一點言，比之禪宗，近於北宗禪的漸修。

黄景進《嚴羽及其詩論之研究》：「所謂頓門，是指針對目標，牢牢把定方向，不因困難危險而迴避閃躲，務必突破以求達到目標。……相反的，所謂漸門，也有目標，而爲了達到目標往往捨難就易，寧願曲曲折折地揀較好走的路，以迂迴的方式達到目標。……嚴羽即借用這種『頓、漸』的觀念説詩，主張『工夫須從上做下』，認爲一開始就應該熟讀第一義，最醇正的詩——即所謂『漢魏晉及盛唐之詩』，有了這番工夫，當自己提筆寫詩時，也自會合乎詩的正確規律，不致走入魔道。這種工夫確是直截根源，單刀直入，可以稱爲『頓門』。」（一五五頁）

〔一三〕單刀直入：謂直指根本要害。神會《菩提達摩南宗定是非論》：「我六代大師，一一皆言『單刀直入，直了見性』，不言階漸。」（楊曾文編校《神會和尚禪話録》，三〇頁。北京：中華書局，一九九六年）《五燈會元》卷九潙山靈祐禪師曰：「若也單刀直入，則凡聖情盡，體露真常。」嚴羽此指直接學習第一義的作品即漢魏晉盛唐詩。

【總説】

上節説學詩者以識爲主，有識才能做出正確的判斷，選擇正確的途徑。此節延續上節，繼續討論方法的問題。他同樣是借助禪學以及理學的理論來論述詩學問題。禪學與理學都有工夫論，都有從上做下之説。嚴羽認爲學詩也是如此。學詩者從上做下，具體説就是以漢魏晉盛唐爲師。在嚴羽看來，四靈之學晚唐，就不是從上做下，而是從下入手，並且止於做下。

郭紹虞等學者認爲，在學詩的方法問題上，嚴羽受到張戒的影響。其實，二人正相反。張戒是主張從下做上的，其《歲寒堂詩話》卷上説：「國朝詩人爲一等，唐人詩爲一等，六朝詩爲一等，陶、阮、建安七子、兩漢爲一等，《風》、《騷》爲一等，學者須以次參究，盈科而後進，可也。」張戒爲《詩經》以來的詩歌史列出了高下的等級，其等次是按照時代先後由高到低遞降的，越古者越高，愈近者愈低。學詩者必須「以次參究，盈科而後進」。「以次參究」，謂應該按照次第學習。「盈科而後進」語出《孟子·離婁下》：「原泉混混，不舍晝夜，盈科而後進，放乎四海，有本者如是。」言水流先注滿低坎，然後再向前流，朱熹注：「言其進以漸也。」張戒以「盈科而後進」來説明學詩應該依次一步一步向前進行，不能亂了次第。他所列的次第，從時間上説，是從今上溯到古，從流到源；從價值上説，是從低到高。楊萬里《答徐子材談絶句》：「受業初參且半山，終須投換晚唐間。《國風》此去無多子，關捩挑來祇等閑。」這裏雖然是談絶句，其實是代表了他的整體詩學見解。他開出的次第是先學王安石，再學晚唐，然後可以上達《詩經》的傳統。這種工夫次第也是從低到高。

張戒、楊萬里所説學詩次第都是從低到高，比之於禪家，相當於北宗的修習次第，要分階段，按步驟，就如登樓，要經由階梯一級一級逐漸達到目標。而嚴羽主張的從上做下，是直指目標，不由階梯，比之於禪宗，相當於南宗的直指本心，見性成佛。正是在這種比較的意義上，嚴羽將這種學詩方式稱之爲「向上一路」、「直截根源」、「頓門」、「單刀直入」。

嚴羽在此節論述了其所謂從上做下的具體程序和方法，就是熟讀最高格的作品。通過熟讀，悟入詩道。悟入不只是認識的問題，更是實踐的問題；不僅是認識到了最高格的詩歌的妙處，明白了詩道，更重要的是獲得了創作能力。

上文論培養識力，其途徑是熟參作品；此論悟入，其途徑是熟讀作品。熟參的程序是按照詩歌史的順序，作品是高下並陳的，這樣可以比較高下，而有所謂識。但要悟入，却要從第一義入手，即要熟讀最高格的作品。首先要熟讀《楚辭》。嚴羽在論第一義時，稱漢魏晉與盛唐爲第一義，並沒有提到《楚辭》，這裏却要以《楚辭》爲本。若從理論邏輯上説，這是其欠嚴密處。又按照傳統的詩説，《詩經》是詩之本原，嚴羽爲何以《楚辭》爲本，而不以《詩經》爲本？後來正統詩論家對此不滿。究其原因，可能是因爲在嚴羽的時代，楚辭體還有人創作，包括嚴羽本人，而《詩經》被尊奉爲經典，無人繼作。

此節論悟入，要經由熟讀的工夫，那麽，上文所論悟、妙悟，是否亦要經由熟讀的工夫才能達到呢？按照嚴羽的説法，謝靈運與盛唐諸公是「透徹之悟」，他們的悟是否由熟讀的工夫獲得的呢？孟浩然的「一味妙悟」，是否也要經由熟讀的工夫呢？嚴羽本人並沒有論及。嚴羽認爲，學詩要由熟讀的工夫而悟入，他沒有指出不經由熟讀工夫而悟入之情形；漢魏不假悟，故沒有工夫的問題；晉以後詩人作詩都是自覺的，都要靠悟，按照他的理論邏輯推論，這些具有不同程度之悟的詩人也應該是通過熟讀的工夫悟入的。但是，按照這種推論，就出現了新問題：謝靈運乃至盛唐諸公的工夫是怎樣的？他們是從上做下嗎？他們熟讀的是什麼作品？大曆以還詩人乃至晚唐詩人的工夫是否各有不同？總而言之，嚴羽所提出的工夫論是僅對當代詩人有效呢，還是對漢魏以後所有時代都有效？這些嚴羽都没有涉及。嚴羽在論悟及其淺深層次時，恐怕没有顧及到工夫論，而他論工夫時，大概只考慮到當代詩人，而没有考慮到以前各代詩人是否也有工夫的問題。

二

詩之法有五〔一〕：曰體製〔二〕，曰格力〔三〕，曰氣象〔四〕，曰興趣〔五〕，曰音節〔六〕。

【箋注】

〔一〕嚴羽前面論辨漢魏晉盛唐詩是第一義，是最高格的作品，又論證學詩應該學習最高格的作品，歸結爲應該學漢魏晉盛唐。這些都是整體的原則性的討論。此則轉入分析的討論，即所謂詩法。

陶明濬《文藝叢考初編》卷一《詩説雜記》七：

嚴羽曰：「詩之法有五：曰體製，曰格力，曰氣象，曰興趣，曰音節。」此蓋以詩章與人身體相比擬，一有所闕，則倚魁不全。體製如人之體幹，必須佼壯。格力如人之筋骨，必須勁健。氣象如人之儀容，必須莊重。興趣如人之精神，必須活潑。音節如人之言語，必須清朗。五者既備，然後可以爲人。亦惟備五者之長，而後可以爲詩。近取諸身，遠取諸物，而詩道成焉。（二一九頁）

宇文所安《中國文論讀本》：

此五法主要是將詩分成五個方面，而非法則，通過這五個方面，法則才可以討論。（四〇〇頁）

〔二〕體製：嚴羽所謂體製涉及到不同的角度與層次。有文類學意義上的體製，有風格學意義上的體製。文類學意義上的體製是指詩歌的體裁及其特徵，如五言古詩、七言律詩等。風格學意義上的體製，既指詩歌作爲一個與文、詞等相區别的文類所具有的審美特徵，也指詩歌的體裁風格、個人風格、流派風格、時代風格等，在涉及個人、流派、時代風格時，嚴羽又稱家數。文類學意義上的體製與風格學意義上的體製有交叉。當文類特徵上升到風格層面時，就與風格學意義上的體製相通。

在嚴羽，體製又稱作體，就嚴羽使用兩者的場合看，兩者並没有區别。但在後人的用例中，體可以指有規範性、約束性的特徵，也可以指没有規範性、約束性的特徵，而當某種體上升到規範、法則的意義時，往往稱爲體製。嚴羽並没有作這種區分。

從文類的角度説，最高層次的體製，乃是詩歌作爲一個文類與其他文類相區别的特徵。這種總體特徵就是所謂詩的體製，它具有規範性，要求所有作詩的人應該遵守。宋人批評韓愈以文爲詩，就是强調詩歌在體製上與文有别，作詩應該遵守詩歌的體製。嚴羽《答吴景僊書》謂，他稱盛唐詩「雄渾悲壯」比吳景僊說盛唐詩「雄深雅健」更「得詩之體」，這裏的「詩之體」就是詩歌作爲一個文類的特徵，就是詩歌的體製。

在詩歌這一文類的內部又有不同的體裁類別，如五言古詩、七言古詩、五言律詩、七言律詩等等。每一類別具有區別於其他類別的特徵，這種特徵就是此一體裁的體製。

從風格學的角度說，一個詩人的作品或多或少都會帶有自己的特徵，因而從邏輯上可以說任何一個詩人都有自己之體，但在事實上並不是所有的個人特徵都被承認是一種體，只有在當時或後世產生影響的個人特徵才能被稱作某人體。嚴羽《詩體》列有「以人而論」的體，其所羅列的各家就是在他看來能够自成一體的詩人。一個時代的作品體現出共同性，這是時代之體，即時代風格。嚴羽《詩體》中列有「以時而論」的體，就是時代之體。

嚴羽論詩主張體製優先。他特別强調詩歌有自己的體製，作詩應該當行、本色，遵守詩歌的體製。他認爲漢魏晉與盛唐詩是詩歌體製的最高代表，而宋詩則背離了詩歌的體製。他主張學漢魏晉盛唐詩，在某種意義上說，就是要回復到詩歌的傳統體製。

〔三〕格力：以格力論詩，早見於元稹《唐故工部員外郎杜君墓係銘》：「建安之後，天下之士，遭罹兵戰，曹氏父子鞍馬間爲文，往往橫槊賦詩，故其遒文壯節，抑揚怨哀悲離之作，尤極于古。晉世風概稍存，宋齊之間，教失根本，士以簡慢、歙習、舒徐相尚，文章以風容、色澤、放曠、精清爲高，蓋吟寫性靈、流連光景之文也，意義格力，無取焉。」（《全唐文》卷六五四）又《上令狐相公詩啟》：「唯杯酒光景間，屢爲小碎篇章以自吟，暢然以爲律體卑痺，格力不揚，苟無姿態，則陷流俗，常欲得思深語近，韻律調新，屬對無差，而風情自遠，然而病未能也。」（《全唐文》卷六五三）

關於格力的涵義，學者有不同的理解。王運熙先生以風骨之骨釋格力，其《全面認識和評價〈滄浪詩話〉》：「嚴羽在詩法五項中標舉格力。他在具體評論中没有運用這一名詞，而用了與此相近的一個詞——風骨。詩歌的格力主要是指語言説的，指它的雄壯有力的特色。……風骨……是指思想感情表現得鮮明爽朗，語言遒勁有力所形成的明朗剛健的風格。」（《中國古代文論管窺》增補本，二四四、二四五頁。上海：上海古籍出版社，二〇〇六年）王先生認爲語言遒勁有力是骨，又説格力指語言雄壯有力，則他實是以爲格力相當於風骨之骨。但他並没有説明格與骨之間有什麽關係。

另一種理解是將「格力」一詞看作並列結構，有「格」與「力」兩意。顧易生、蔣凡、劉明今《宋金元文學批評史》：「『格力』相當於格調和筆力，指充實於内而自然外溢的思想感情，通過雄壯的語言藝術加以表現的特點。」（三九五頁）在解釋中，作者並没有説明格調，只説明了筆力。

還有一種理解是把「格力」看作偏正結構，格力就是格之力。格力的涵義隨著對「格」的理解不同而出現差異。

有以風格釋格者，則格力就是風格之力度。荒井健日譯《滄浪詩話》：「格力不是詩的品格，而是風格的高度。就人而言，是人格的力量。」（二七六頁）

有以體製釋格者，則格力就是體製的力量。市野澤寅雄日譯《滄浪詩話》：「格力是將體製帶到表

面的力量。從内在的詩情可以見出，從語言的表達方式及用字的强弱上也能見出。」（三四頁）

有以結構釋格者，格力就是結構之力。宇文所安《中國文論讀本》將格力翻譯成「結構的力量」（force of structure），他稱：「格力是結構的綫性的完整性，以偵探小説爲例，一部偵探小説需要有一整套相互有内在關聯的動因與事件，但有了這一整套動因與事件並不能保證小説情節的完整與有力，如何展開情節，從而使之完整有力，此即格力。」（四〇〇頁）

以上的解釋雖然有異，但其相同之處是都認識到格力中的力量之意。

按格力之格應是骨格之格。用骨格論詩，也見於元稹所撰杜甫《墓係銘》：「律切則骨格不存」。又《環溪詩話》：「故詩有肌膚，有血脉，有骨格，有精神。無肌膚則不全，無血脉則不通，無骨格則不健，無精神則不美。四者備然後成詩。」骨格是人的骨架，它支撑人體使之能够直立起來。借以論詩，則指作品能够給人一種挺立的感覺，就像人有骨格能够立得起來。格力之力是力度、力量之意。格力合爲一詞，指詩歌給人以挺立的感覺，亦有力度、力量之感。陶明濬《詩説雜記》七謂：「格力如人之筋骨，必須勁健。」即是從這種角度來理解。雖然以勁健論詩，爲嚴羽所不取，但這種理解方向是正確的。詩文應該有骨，應該像人那樣能够挺立起來。這種追求可以上溯到《文心雕龍》。劉勰講「風骨」，鍾嶸説「風力」，到後來説格力、氣格、氣力、骨力，莫不指此。嚴羽又以風骨評詩，誠如王運熙先生所言，格力與風骨確實相通。

格力是一個功能性範疇，並不是一個實體性範疇。它在詩歌中不是一個實體的存在，人們找不到詩歌的骨格，它是詩歌中的某些因素結合在一起産生了某種功能作用，造成一種力度感，古人將這種力度感擬之以人體的骨骼，以格力名之。

那麽造成格力的有哪些因素？其實格力就如風骨之骨一樣，不僅關涉到詩歌的語言形式，也關涉到題材内容。就題材内容一面説，格力與詩歌題材内容的性質有一定關係。元稹所謂格力，與宋、齊詩所講求的風容、色澤、放曠、精清無關，在他看來，「吟寫性靈、流連光景之文」是没有格力的，其所謂格力，乃是指建安曹氏父子等人的那種「遒文壯節，抑揚怨哀悲離之作」。又比如豔情，即是所謂「兒女情多，風雲氣少」，這種内容的性質就會被認爲格力卑弱。

從形式一面看，元稹「以爲律體卑痺，格力不揚」，這其實代表元稹時代對於律詩的一種看法，即認爲律體與古體比起來是一種卑下的詩體，格力不足。當然這種律體形式是元和體的律體，音律比較諧暢流利，力度不够。元稹的這種説法表明，他認識到詩歌的形式因素與格力之間的關係。

格力也可以從内容與表現形式之間的關係來看，如果在表現形式方面過於用力的話，就會凸現形式的工巧，而形式工巧的凸現就會使内容與之相比顯得不足，就如人形貌雖好，却挺立不起來，造成了格力弱。《蔡寛夫詩話》説：「詩語大忌用工太過，蓋鍊句勝則意必不足，語工而意不足，則格力必弱，此自然之理也。」意之足與不足，固然也可以從意本身來看，是意之本身足與不足的問題。但蔡氏這裏不是從意本身説，他著眼的是意與表現形式技巧之間的關係。在他看來，「鍊句勝」與「意不足」有必然的聯繫，形式技巧的層面太突出了，必然會導致意的不足，形式大於内容，這樣格力就弱。劉勰《文心雕龍》之《風骨篇》説「瘠義肥辭」是「無骨之徵」，也是這個道理。

從格力角度評詩，漢魏詩被認爲是格力遒壯，而六朝、晚唐詩則是格力卑弱。《苕溪漁隱叢話》前集卷一引《詩眼》：「建安詩辯而不華，質而不俚，風調高雅，格力遒壯，其言直致而少對偶，指事情而綺靡，得風雅騷人之氣骨，最爲近古者也。」其後六朝詩被認爲缺乏格力，元稹便謂宋、齊以後詩缺乏格力。葉適《習學記言》卷三十三謂：「梁世文士之盛，雖格力不逮建安，而華靡精深，衆作林起則過之。」唐詩中杜甫格力突出。《蘇軾文集》卷六十九《書唐氏六家書後》：「顔魯公書雄秀獨出，一變古法，如杜子美詩，格力天縱，奄有漢魏晉宋以來風流，後之作者，殆復難措手。」晚唐、五代詩歌缺乏格力。《蔡寬夫詩話》謂唐彦謙：「詩亦不多，格力極卑弱，僅與羅隱相先後。」（《苕溪漁隱叢話》前集卷二二引）蘇軾説：「五季文章墮劫灰，升平格力未全回。」（《蘇軾詩集合注》卷十《金門寺中見李西臺與二錢唱和四絶句戲用其韻跋之》其四）

嚴羽提出格力作爲詩歌的五法之一，與他推尊漢魏晉盛唐、貶斥晚唐詩有密切關係，而其所針對的則是四靈一派詩。在嚴羽看來，宋代歐陽修、蘇軾乃至江西詩派是有格力的，其與盛唐人的區别在於格力勁健，却缺乏渾厚的氣象。四靈一派在當時人看來是缺乏格力的。黄文雷《看雲小集序》：「詩以唐體爲工，清麗婉約，自有佳處，或者乃病格力之浸卑。」（《江湖小集》卷五十）這裏所謂唐體其實就是四靈一派的晚唐體。他對晚唐體的這種認識與嚴羽是一致的。

〔四〕氣象：以氣象論詩較早者有皎然《詩式》：「氣象氤氲，由深於體勢。」蘇軾以氣象論文，周紫芝《竹坡詩話》謂：「東坡嘗有書與其姪云：『大凡爲文，當使氣象崢嶸，五色絢爛，漸老漸熟，乃造平淡。』」而周紫芝本人則稱：「余以不但爲文，作詩者尤當取法於此。」黃庭堅《與王觀復書三首》：「文章蓋自建安以來好作奇語，故其氣象衰薾。」姜夔《白石道人詩説》：「大凡詩自有氣象、體面、血脈、韻度。氣象欲其渾厚，其失也俗。」戴復古《論詩十絶》：「曾向吟邊問古人，詩家氣象貴雄渾。雕鎪太過傷於巧，樸拙惟宜怕近村。」（《石屏詩集》卷七）

理學家也言氣象。《二程遺書》卷二十二上《伊川先生語八上》：「凡看文字，非只是要理會語言，要識得聖賢氣象。」吕本中《童蒙训》卷中：「氣象者，辭令容止，輕重疾徐，足以見之矣。不唯君子小人於此焉分，亦貴賤壽夭之所由定也。」對於理學家所言的氣象，馮友蘭《中國哲學史新編》説：「道學家認爲，人的精神世界雖是内心的事，但也必然表現於外，使接觸到的人感覺到一種氣氛。這種氣氛，道學家稱之爲『氣象』。」（第五册第七節，一二二頁）「氣象是人的精神境界所表現於外的，是別人所感覺的。」（一二二頁）

理學家不僅以氣象論人，也以氣象論詩。朱熹《朱子語類》卷一四〇：「（韋蘇州）其詩無一字做作，直是自在。其氣象近道，意常愛之。」又：「詩須是平易不費力，句法混成。如唐人玉川子輩句語雖險怪，意思亦自有混成氣象。」指詩歌作品所呈現出的整體風貌特徵。

嚴羽所言氣象，當受到詩學傳統及理學的影響。

對於詩歌中的氣象，明人雷燮將其與理學中的氣象聯繫起來談論。其《南谷詩話》卷上：「氣象莫大平涵養，必見孔子太和元氣流行於四時，分明是天地氣象，大。他如伯夷是秋天氣象，清；柳下惠是春天氣象，和；伊尹是夏天氣象，大；孟子是泰山巖巖氣象；顏子是和風甘雨氣象。識得此等氣象，可以言詩矣。」按照雷燮的説法，氣象有不同，繫於其人之所養；詩歌的氣象各有不同，繫於詩人之涵養。

陶明濬論氣象亦將人之氣象與詩之氣象貫通起來，認爲兩者具有一致性。他説人之氣象是「全身精神之表現於外者」，人之氣象與人的内在精神具有一致性，所以氣象貴真；人有不同，故氣象各異。詩之氣象與人之氣象相通。詩之氣象是「全詩神思精力之表現於外者」，人之所養不同，形之於氣象，必然各異，此是一個詩人的真面目。陶明濬實將理學家所言之氣象與文學家所言之氣象貫通起來了。

當代學者多以風格釋氣象，王運熙《全面認識和評價〈滄浪詩話〉》：「詩的氣象是呈露於外的詩歌的精神面貌，不同的詩有不同的氣象。……嚴羽提倡氣象渾成或渾厚，實際是要求詩歌具有渾樸天然的風格；他反對刻劃字句，呈露痕迹。這種主張一方面針對蘇黄詩派好逞才、愛發議論、詩歌缺乏含蘊之風而發，另一方面也是針對四靈詩派等學晚唐淺露之風而發的。」（《中國古代文論管窺》增補本，二四二頁）

郁沅《嚴羽詩禪説析辨》：「『體製』、『格力』、『興趣』、『音節』都是具體的、可以捉摸的東西，『氣象』却不同。在嚴羽看來，『氣象』雖然也是組成詩歌統一整體的一個方面，但『氣象』是由上述四個方面形成、可以感覺到但難於具體捉摸的一種特點。陶明濬把它比作人的儀容是很恰當的。所謂儀容，也就

是一個人的儀態風貌。用今天的話來説,『氣象』也就是風格。」(《學術月刊》一九八〇年第七期)

黄景進《嚴羽及其詩論之研究》:「所謂『氣象』,應是指作品整體風格所帶給人的形象感覺。」(二一八頁。臺北:文史哲出版社,一九八六年)

荒井健日譯《滄浪詩話》:「『氣象』,照字面意義是氣的形態與表現之意。氣是氣體,乃是形成天地萬物的元素。構成人體之氣即『體氣』是人之生命力的根源。中醫典籍《素問》中有『平人氣象論』之篇目,意謂健康人體氣所呈現的樣貌。到宋代,道學家頻繁使用『堯舜氣象』、『儒者氣象』等語,非以指稱人體,而以指稱人格,同時也常用以指人類精神所生産的文藝作品,即作品中内在生命力的表現樣態,有時亦用來指文體印象等,其本來的與人體生命密切相關的含義反倒被人遺忘了。」(《文學論集》,二七六頁)

嚴羽論氣象一是推崇漢魏氣象的混沌,一是推崇盛唐氣象的渾厚,學漢魏盛唐,也要學其氣象。詩人學習漢魏盛唐氣象,其氣象固然似漢魏盛唐,但氣象原本應該是自己内在的精神的外現,内外應該一致,氣象是古人的,並不一定與自己的内在精神相一致。嚴羽論氣象明顯强調外在的審美傳統。這樣内與外之間就出現了緊張關係。這種緊張關係延續到明清時代,變成性靈與格調兩個流派的衝突。

【附録】

陶明濬《文藝叢考初編》卷二《詩説雜記》十四云:

氣象爲全詩神思精力表現於外者,不必綜其全篇,苟知其氣象,則工拙利病,皆可指數。

故善於評騭者，亦以此爲矜矜。譬如評品人物者，不徒以其形貌，而必普觀其氣象。……氣象者全身精神之表現，有諸内，必形諸外者也。古人之品評氣象者，如李元禮「謖謖如松下風」，朱公叔「飄飄如行松柏下」，和嶠「森森如千丈松」……氣象之在人，誠爲不可掩蔽之物，故小人之掩其不善，而著其善，君子何以見其肺肝？非以其氣象之表襮於外乎？

且氣象在人，最爲真摯，而不可加以僞作。譬如陽虎與有若，其貌均似孔子，而後人終不能以聖賢相待者，何也？爲其形質偶似，而氣象終有不侔也。吾論詩，非論人，然二者正有通復相似之處，故不得不相提而綜觀之也。今以詩家氣象不同之處舉而證之。……即如淵明之詩，氣象平淡；靈運之詩，氣象雅麗；少陵之詩，氣象沉鬱；太白之詩，氣象飄逸；昌黎之詩，氣象雄奇；香山之詩，氣象懇摯；東坡之詩，氣象超妙；山谷之詩，氣象幽奥；放翁之詩，氣象豪宕。諸大家之詩，其面貌之不同，正以其氣象之有别也。此種氣象，不當僅於字中求之，其人之性情才調，心思學問，平日所存所養者不同，故其臨文奮筆，分道揚鑣，決不能相犯也。真正名家，自有氣象，決不肯苟同於人，以爲不如此則心有所不安。而詩之功用，亦不能章顯。譬如作字者，唐人臨晉帖，自有唐人之妙處，不在能與古人合，而在能與古人離，縱横揮霍，各極其力之所能到，及其成功一也。譬如聖處功夫，亦自不同。文、周學堯、舜，孔子學周公，而孟復學孔子，之數人者，聖功盛業，何嘗相襲，而終不失爲聖賢，氣象雖别，而精神則一貫也。

詩之貴有氣象，以區别古人，而保存吾自己之真面目，其理固已言之矣。至嚴氏所謂欲渾厚而轉至於俗(健按:嚴氏當爲姜氏,姜夔《白石道人詩説》:「氣象欲其渾厚,其失也俗。」),其故何在? 蓋渾厚云者,對於澆漓輕薄者而言。吾人爲詩,皆思取法乎上,直置而疏通,循規而温雅,以成穆穆之大觀,用意何嘗不是? 然究其歸極,尚不能脱一俗字,其故何也? 徇名昧致,得其一端,失其全體也。

〔五〕興趣:前人理解頗異。明黄溥《詩學權輿》卷六「興趣」:「詩主興趣。詩有五法,必以興趣爲主。興趣淺近,則體格、音節雖工,亦末矣。故興欲高,趣欲清,則思致高妙,而體格音節不求工而自工矣。」此將興趣分爲興與趣兩面。興是興寄,是詩人的寄托;趣是情趣,是詩人情感中所體現的價值取向。黄氏認爲,興趣決定體製、格力、音節諸項。詳見後「盛唐諸人惟在興趣」一節箋。

劉若愚《中國文學理論》:「『興趣』這個術語可翻譯成『inspired gusto』或『inspired feeling』,似乎是指詩人在觀照自然時所産生的一種不可言喻的情感或情緒。」(五八頁。四川人民出版社,一九八七年)宇文所安《中國文論讀本》:「興趣,是從讀者角度而言的文本的性質。它是一種感染力,既賦予文本以生氣,又能抓住讀者。」(四〇一頁)

〔六〕音節:也是詩歌的一個構成層面。它是詩歌的字音組合而生成的詩歌的音調,包括節奏的緩急,聲音的高低、音色等。作爲詩歌語言形式的一個層面,它應該爲表現情感服務,但作爲音調美,它又具有獨立性。嚴羽强調的恰恰是其獨立性的一面。音調美的標準是獨立的,它不受每首詩的具體的情感内容的決定。嚴羽論音節説「音韻忌散緩,亦忌迫促」。

【附録】

趙撝謙《學範·作範下》：「曾氏曰：造語妥帖，琢對稱停，不患無音節矣。又曰：詩貴有音節。氣象優游，則音節自足。觀《楚詞·九歌》可見。」（健按：曾氏乃趙撝謙「當看詩評」中所列曾李《詩則》之曾李，其所引諸語出《詩則》。曾李，不詳，當是元代人。）

又《學範·作範下》：「謙按：音節非但謂韻也，凡字有響諒（清刊本注：諒、亮通）者是也。馬伯庸謂：『不可用啞韻，如五支二十四咸。』此或未然也。古人詩有全中平聲字者，全篇仄聲字者，但詠之不覺其然，於是又知非謂用平仄字均也。」

三

詩之品有九〔一〕：曰高，曰古〔二〕，曰深，曰遠，曰長〔三〕，曰雄渾〔四〕，曰飄逸〔五〕，曰悲壯〔六〕，曰凄婉〔七〕。

【校勘】

〔凄婉〕趙撝謙《學範·作範下》引作「凄然」。

《玉屑》此條與下「其用工有三」、「其大概有二」、「詩之極致有一」諸條合。

【箋注】

〔一〕品：有品類之品，有品級之品，有品格之品。品類是類別的劃分，不含高下的價值評判，如《二十四詩品》，是二十四種類別。品級之品是價值高下的等級，如鍾嶸《詩品》分爲上、中、下三品。品格可以分品類，也可以分高下。此處之品當是品格之品。陶明濬理解爲九種氣象，稱：「古人之詩多矣，要必有如此氣象，而後可與言詩。」（《詩説雜記》七）

郭紹虞《校釋》本從《玉屑》將此條與此後三條合併，其《試測〈滄浪詩話〉的本來面貌》謂：

現行各本對於論品的一節，把「品」與「用工」「大概」和「極致」都割裂開來，分成四節，也不合理。就文辭言，原文於「用工」「大概」前面，都冠一「其」字，顯然徑承上文，可知不應別爲一段。《詩人玉屑》所引正把它合在一起，保存了原來面目，這也是符合滄浪意旨的。滄浪論「法」，提出了「體製」「格力」「氣象」「興趣」「音節」五項，雖似泛論一般的詩，其實正是提出了學古法門要從這五項入手。從這樣入手學古，於是玩味體會，就覺得有種種不同的品，而論其大概則可歸納爲二。這些意見都貫串在他的詩論中間，所以詩法詩品兩條插在中間，從文辭看，好似與前後不相匀稱，但從意義看，却一些也不突然。假使把論「品」一條，分成四節，那麼前前後後纔更覺得不相匀稱。如用現代的話來説，論「法」論「品」是原則性的理論，而以後兩節則是根據這理論加以闡發的，所以這兩節的文辭不妨和前後各節不同一些，但是衹能是兩節，不可能像今本這樣，分爲好幾節。（《照隅室古典文學論集》下編，一三三、一三四頁）

按照郭紹虞先生的理解，此九品與以下三條内容相關。九品是九種風格，又可以歸爲兩類，即「大概有二」，「用工」是如何造就各種風格的途徑，「入神」是風格所達到的最高境界。正是基於這種理由，郭先生認爲《詩人玉屑》此條與此以下三條合爲一條是合理的，而通行本分開則不能顯示其内在的聯繫。又其《校釋》謂：

前一則論法，這一則論品，所謂「用工」「極致」亦均指品而言。《文心雕龍·體性篇》云：「才有庸儁，氣有剛柔，學有淺深，習有雅鄭，並情性所鑠，陶染所凝，是以筆區雲譎，文苑波詭者矣。」此即説明詩文所以多品的理由。司空圖列爲二十四品，滄浪復約爲九品，雖多寡不同，總之都只就藝術表面現象而論，並未顧及才學氣習諸端，所以滄浪之失，也與司空圖《二十四詩品》相同，不能具體地説明風格的性質。故其論用工則陷於形式主義之「起結」三法，論極致則歸諸不可捉摸之「入神」。

郭先生認爲，由於嚴羽不能正確認識風格的構成因素，所以他所説的「用工」之道也只是從形式上著眼。而以「入神」爲極致亦不可捉摸。

【附録】

吳調公《「别才」和「别趣」——〈滄浪詩話〉的創作論和鑒賞論》：

嚴羽爲糾正江西的生澀和韻味的短淺，救之以「深」、「遠」、「飄逸」；爲糾正四靈派的支離纖弱，救之以「雄渾」、「悲壯」和「長」；爲糾正江湖派的淺率、平庸，救之以「高」、「古」和「凄

婉」。(《古代文論今探》,一四七頁。西安:陝西人民出版社,一九八二年)

〔二〕曰高曰古:陶明濬《文藝叢考初編》卷一《詩説雜記》七:「何謂高?凌青雲而直上,浮顥氣之清英是也。何謂古?金薤琳瑯,黼黻溢目者是也。」高是超出凡俗,可以是詩歌内容的超脱凡俗,也可以是審美上的超出凡俗。古是相對於今而言的,但它不僅僅是個時間範疇,表示時間久遠,更是個價值範疇,體現論詩者本人所推崇的歷史傳統。高與古結合起來,代表一種超出凡俗的古典精神。

在嚴羽看來,漢魏詩歌傳統是這種精神的典範。《詩評》説:「黄初之後,惟阮籍《詠懷》之作,極爲高古,有建安風骨。」阮籍《詠懷》有建安風骨,具有高古之特徵,那麼建安詩歌自然是高古的典範。按照《詩體》中的説法,魏黄初體與建安體一樣,那麼魏詩總體而言也是高古。嚴羽《詩評》在論阮籍高古之後又説:「晉人捨陶淵明、阮嗣宗外,惟左太沖高出一時。陸士衡獨在諸公之下。」可見,在他看來晉詩只有阮籍、陶淵明、左思諸人屬於高古者。《詩評》説:「韓退之《琴操》極高古,正是本色,非唐賢所及。」《琴操》可以追溯到漢魏以前,韓愈《琴操》高古,乃是繼承了此體古老的傳統,高出其時代。就這一條而言,可以説嚴羽所謂高古者不僅指漢魏,漢魏以前傳統亦當包含在内,漢魏晉以後亦有高古者,但就整體上言,嚴羽心目中的高古基本上是以漢魏傳統爲中心的。

〔三〕曰深曰遠曰長:陶明濬《詩説雜記》七:「何謂深?盤谷獅林,隱翳幽奥是也。何謂遠?滄溟萬頃,飛鳥決眥者是也。何謂長?重江東注,千流萬轉者是也。」

嚴氏《詩法》中有「意忌淺」之説,《詩評》批評「薛逢最淺俗」,即有主張「深」之意。深,涉及意及其表現兩個方面。就意本身而言，有深淺之別，是指意義的深度。比如我們現在還説意義深刻，即是就意本身而言的。意的深淺也與表達方式有關。這一點鍾嶸《詩品》中就已經揭示出來。同樣的意，如果用賦的方式直接表現出來，與用比興方式間接表現出來，就有深淺之不同。他説：「專用比興，則患在意深……若但用賦體，患在意浮。」此處「意浮」與「意深」對舉，浮者淺露也。此即就意之深淺與表現方式之關係而言的。嚴羽所謂「深」當包涵以上兩方面的涵義。在嚴羽看來，深乃是好的詩歌應該具備的品格，所以深不僅僅是指某一類型的詩歌作品，但某一類的作品可以特别體現出深的特徵。

深是縱向的，與淺相對；而遠則是横向的，與近相反。深、遠所表示的美感不同。長指詩味。其《詩法》説「味忌短」，則其所主張者即是味長，即《詩辯》中所説的「言有盡而意無窮」。

深、遠、長三者主要是唐詩傳統的概括。楊萬里《雙桂老人詩集後序》：「讀雙桂老人馮子長詩，其情麗，奔絶處已優入江西宗派。至於慘淡深長，則浸淫乎唐人矣。」（《誠齋集》卷七九）周必大《書馮頎自得集後》言：「今詩匠楊廷秀待制嘗序其詩，謂清麗入江西，深長幾唐人。」（《益國文忠公集》卷四九）可見在楊萬里、周必大，都視深長爲唐詩之特徵。嚴羽詩話中曾提及楊萬里，故楊氏此説，嚴羽當是瞭解的。

〔四〕雄渾：陶明濬《詩説雜記》七：「何謂雄渾？『荒荒油雲，寥寥長風』者是也。」陶氏所引出《二十四詩品·雄渾》。雄渾是盛唐詩特徵的概括。嚴羽《答吴景僊書》：「盛唐諸公之詩，如顔魯公書，既筆力雄壯，又氣象渾厚。」雄乃雄壯，渾乃渾厚，雄壯有力，但力量又含而不露，此乃雄渾之特徵。

〔五〕飄逸：飄逸以李白詩爲代表。《詩評》説：「子美不能爲太白之飄逸。」陶明濬《詩説雜記》七：「何謂飄逸？秋天閑静，孤雲一鶴是也。」

〔六〕悲壯：陶明濬《詩説雜記》七：「何謂悲壯？笳拍鐃歌，酣暢猛起者是也。」按《詩評》説「高、岑之詩悲壯」，可見悲壯主要是高適、岑參詩的特徵。嚴羽又以雄渾悲壯概括盛唐詩的特徵。《答吴景僊書》：「又謂盛唐之詩『雄深雅健』，僕謂此四字但可評文，於詩則用『健』字不得。不若《詩辯》『雄渾悲壯』之語爲得詩之體也。豪釐之差，不可不辯。坡、谷諸公之詩，如米元章之字，雖筆力勁健，終有子路事夫子時氣象。」在嚴羽看來，蘇、黄詩也有力量，但力量外露，是雄健，而非雄渾。

〔七〕淒婉：陶明濬《詩説雜記》七：「何謂淒婉？絲哀竹濫，如怨如慕者是也。」此是《離騷》及其繼承者的特徵，以唐代柳宗元爲代表。《舊唐書》卷一六〇《柳宗元傳》：「再貶永州司馬。既罹竄逐，涉履蠻瘴，崎嶇堙厄，藴騷人之鬱悼，寫情敘事，動必以文。爲騷文十數篇，覽之者爲之悽惻。」楊萬里評范成大「騷辭得楚人之幽婉」（《石湖先生大資參政范公文集序》，《誠齋集》卷八十三），「幽婉」亦與淒婉相通。

【總説】

此九品看起來是九種詩歌風格，但不是一般意義上的風格，嚴羽以「體」、「體製」、「家數」等用語談論風格，《詩評》中説謝靈運詩「精工」，陶淵明詩「質而自然」，盧仝詩「怪」，李賀詩「瑰譎」，孟郊詩「刻苦」，這些都是風格，其中有些是嚴羽推崇的，有的則是他貶斥的。嚴羽所謂詩之品超出具體的風格之上，是九種具有代表性的詩歌審美類型，而這些類型都是嚴羽推崇的審美特徵。雖然這九品也可能是某家詩的風格，如《詩評》中評李白詩飄逸，但列在詩之品中就意味著這種風格已經超出了李白自身的風格，而成爲一種理想的典範。所以詩之品比詩之體更高出一個層次，更具有普遍性和典範性，代表了嚴羽心中理想的審美特徵。

嚴羽爲什麼列出高、古等九種特徵爲詩之品？這些特徵實質上代表了他所説的第一義的詩歌的審美特徵，也就是漢魏晉盛唐詩歌審美傳統的概括。

四

其用工有三〔一〕：曰起結〔二〕，曰句法〔三〕，曰字眼〔四〕。

【箋注】

〔一〕用工有三：用工是用力、下工夫。

錢振鍠《詩話》卷上：「此三者是其平日摹古大經綸，大學問，作詩如此，則逐段揩下，毫無氣勢矣。」

陶明濬《文藝叢考初編》卷一《詩説雜記》七：「夫詩之成法，千端萬緒，而所結搆爲篇者，要不出三者之外。」

郭紹虞先生《校釋》將此三者與九品聯繫起來看，認爲此三法是嚴羽所列達到九品之途徑，指責嚴羽不知道詩歌風格涉及才、氣、學、習諸方面因素，而僅歸結到三法。

此所説三者並非像郭先生所云僅是指成就九品之途徑，而是就整個詩歌的具體技術層面説的。詩歌再高妙也必須落實到語言表現上來，落實到技術的層面上，道不等於技，但道也離不開技。而就技術層面説，嚴羽認爲詩人應該在三個方面著力，然並非僅有此三方面。

〔二〕起結：詩歌的開頭和結尾。《詩法》：「對句好可得，結句好難得，發句好尤難得。」「發句」、「結句」即所謂起結。在嚴羽看來，詩歌的起、結要作得好，十分不易。《詩法》又謂：「發端忌作舉止，收拾貴在出場。」這是對起結的要求。《詩評》説：「太白發句，謂之開門見山。」這是對李白詩起句特點的概括。正因爲起結不易，所以要特别著力。

【附録】

陶明濬《文藝叢考初編》卷二《詩説雜記》七：

詩既難於起，又難於結。若起不得法，則雜亂浮泛，一篇之中，既不得機勢，雖善於承接，亦難生色。吾人每遇一題，希望甚大，不曰出色當行，則曰出人頭地，及乎斟酌不當，無法落筆，千意縱横，萬途競萌，又須苦心考索，斂志詣微，棄彼取此，毅然獨斷，而後一篇之主，乃能有定。凡事難於慮始，而詩篇之道爲尤甚。

至於一結，尤爲不易。有始有卒者，其惟聖人乎！能起能結者，其惟聖人乎！後來作者，對於起法，尚知留意，及乎才力已肆，詞藻已多，自以爲一篇警策，端在於茲。分配停勻，已足生色。於對結處，往往以輕心掉之，以草率了之，以爲意蘊已宣，言辭已罄，此種結法，不過卒成一章而已。山（健按：原文如此，疑當作「此」字）大謬也。繪鳥獸者，僅具其頭，而遺其尾，可乎？掉船者，僅有鷁首，而無舵樓，可乎？講勘輿者，徒有來龍，而無結穴，可乎？吾有以知其必不可也。明乎此，則詩之起結宜並重也，明矣。

〔三〕句法：句法之説源出杜甫，杜氏《寄高三十五書記》有「佳句法如何」，詩人作詩重視秀句、佳句，自然注意講求如何造成，這就是所謂句法的問題。楊萬里《書王右丞詩後》説：「忽夢少陵談句法，勸參庾信與陰鏗。」（《誠齋集》卷七）在楊萬里看來，學習庾信、陰鏗，這就是杜甫對「佳句法如何」的答案。

宋人之句法説始於黄庭堅。黄氏《奉答謝公靜與榮子邕論狄元規孫少述詩》有「無人知句法」之句，任淵注以爲出於杜甫「佳句法如何」（《山谷内集詩注》卷四），可見黄庭堅「句法」一詞源自杜甫。黄氏曾精研古人句法，言杜甫句法出庾信（《後山詩話》引其説），吕本中指出他深識陶淵明、韓愈詩之句法（《童蒙詩訓》）。山谷自稱從其岳丈謝師厚得句法（《山谷外集》卷八《黄氏二室墓誌銘》「庭堅之詩卒從謝公得句法」），《洪駒父詩話》又稱山谷句法得自其父黄亞父。黄氏論詩多言句法。如「句法提一律，堅城受我降」（《山谷内集詩注》卷五《子瞻詩句妙一世乃云效庭堅體蓋退之戲效孟郊樊宗師之比以文滑稽耳恐後生不解故次韻道之》），「請來清吹拂衣巾，句法詞鋒覺有神」（《山谷内集詩注》卷十三《次韻奉答文少激推官紀贈二首》之一），「傳得黄州新句法」（《山谷内集詩注》卷十七《次韻文潛立春日三絶句》之二)，「句法窺鮑謝」(《山谷外集詩注》卷十《寄陳適用》)，「比來工五字，句法妙何遜」(《山谷外集詩注》卷十二《元翁坐中見次元寄到和孔四飲王夔玉家長韻因次韻率元翁同作寄湓城》)，等等。黄氏句法説對江西詩派其他成員産生了深刻影響。陳師道、洪芻、吕居仁等皆談句法，這些談論又影響及江西詩派以外的詩人。至魏慶之所編《詩人玉屑》，則專列有「句法」一門。

宋人談句法，涉及到詩句從内容到形式的各個方面，一、有從詩句的結構談句法者。范温《詩眼》：「句法之學，自是一家工夫。昔嘗問山谷：『耕田欲雨刈欲晴，去得順風來者怨。』山谷云：不如『千巖無人萬壑靜，十步回頭五步坐。』此專論句法，不論義理，蓋七言詩四字三字作兩節也。」二、有從風格的層面説句法者，此種意義上的句法指詩歌語句所體現出來的風格特徵。如黄庭堅「句法清新俊逸」，惠洪《冷齋夜話》卷四：「句法欲老健有英氣，當間用方俗言爲妙。如奇男子行人羣中，自然有穎脱不可干之韻。」所謂「清新俊逸」、「老健有英氣」即是就風格而言。三、有從内容、題材説句法者，如《詩人玉屑》卷三句法門列有朝會、宫掖、懷古、送別等，實是展示這些内容題材如何落實到詩句的表現及風格上。

宋人認爲，一個詩人可以在句法上有自己獨特的特徵，故可以説某人句法。如吕居仁《童蒙詩訓》：

> 前人文章，各自一種句法。如老杜：「今君起柂春江流，予亦江邊具小舟。」「同心不減骨肉親，每語見許文章伯。」如此之類，老杜句法也。東坡「秋水今幾竿」之類，自是東坡句法。魯直

「夏扇日在摇,行樂亦云聊」,此魯直句法也。學者若能遍考前作,自然度越流輩。對於學詩者來説,句法是重要的内容,故范温説句法之學是一家功夫。

嚴羽重視句法可以説與江西詩派一脈相承。所論句法之内容當不出以上諸端。而其具體評論句法則見《詩評》:「《十九首》:『青青河畔草,鬱鬱園中柳。盈盈樓上女,皎皎當窗牖。娥娥紅粉粧,纖纖出素手。』一連六句,皆用疊字,今人必以爲句法重複之甚。古詩正不當以此論之也。」疊字是一種句法,這是就一個詩句而言的。但句法除了涉及一個詩句,還涉及全篇。一篇之中的句法的分佈,這也是句法所關涉的内容。嚴羽認爲,古詩當中句法可以重複,意味著律詩中句法不可以重複。

【附録】

陶明濬《文藝叢考初編》卷一《詩説雜記》七:

至於句法,尤爲詩篇之要素。苟不得法,則前後舛亂,彼此轇轕,或了不相應,或絶無關係,或顯相攻擊,施之一篇之中,不幾如冰炭之同器,薰蕕之同處,胡越之同舟,嬙施之同幬,非特不類,而又害之矣。故五古之句法,貴乎雅淡,七古之句法,貴乎沉雄,五律之句法,貴乎莊重,七律之句法,貴乎明麗,五絶之句法,貴乎超妙,七絶之句法,貴乎悠揚。又須和情輔勢,迴環錯綜,務使鎔成一片,如神劍之百辟千灌,始可以陸剸犀象,而水截蛟螭也。

陶氏所言句法著眼於不同詩體詩句在風格上的特徵,宋人論句法罕有此角度,恐亦非嚴羽句法原意。

龔鵬程《中國文評術語偶釋》「句法」:

句法，是宋代重要文學批評觀念之一，首先提出的人是黄庭堅。元祐元年黄氏有詩與謝師厚子公定等論詩，記載他「自往見謝公，論詩得濠梁」，而惋惜謝公卒後「無人知句法，秋月自澄江」。根據任淵的注解，所謂論詩得濠梁，就是要人有所悟入，而能自得。因此，知句法的關鍵，在於自我内在的修養，黄氏贈高子勉詩説「文章瑞世驚人，學行刳心潤身」、「句法清新俊逸，詞源廣大精神」，即是此義。

换句話説，句法，不是一個單純語言表現形式的概念，而是具有連貫了文體文氣的風格論意涵。像黄庭堅評梅聖俞詩「用字穩實，句法刻厲而有和氣」（文集卷二十六），魏了翁認爲黄庭堅晚年詩「閱理日多，落華就實，直造簡遠，前輩所謂黔州以後句法尤高」（全集卷五十三），其評論著眼處，都不僅在語言型構的層面，而涉及了作者本人的内在修養問題。句法高不高，主要的判斷根據，更是直接關聯著作者的涵養見識而説，猶如江西後勁方虚谷所謂：「胸中所見高，則下筆自高，此又在乎涵養省悟之有得，不得專求之文字間也。」（《律髓》卷十九）

這種看法，是認爲語文形式即作者全幅人格、整體生命力的朗現。每個人的性情體氣不同，句法即呈現出各自殊異的面貌，所謂「前人文章，各自一種句法」、「淵明、退之詩，句法分明，卓然異衆」（吕本中語），大概都要如此理解。

不過，雖説文字表現即來自作者内在的整體生命，但可考見的，畢竟只在文字，故後人論句法時，關於涵養省悟的問題，均很少著墨，僅偏於語言文字這一面。如《後山詩話》：「杜之詩法出審言，句法出庾信，但過之耳。」詩法指篇法章法，句法即指句子構造的規模；《洪駒父詩話》「山谷父亞父詩自有句法。山谷書其《大孤山》、《宿趙屯》兩詩，刻石於落星寺」，也是指詩的語言構造。《潛溪詩眼》中，更曾舉「千巖無人萬壑靜，十步回頭五步坐」，説它句法出自「黄庭堅」及「四愁詩」，七字中四三爲斷，且特别注明：「此專論句法，不論義理」。足見這時候討論句法，已不再關聯著作者本身心氣性情的修爲而説，僅針對語言構造形式立論了。

宋朝以後，對「句法」這一批評語詞的認識，以及運用此一術語從事文學批評時，大抵也都把它當做一個語言表現的形式概念。（《文學批評的視野》，四五九—四六一頁。臺北：大安出版社，一九九〇年）

〔四〕字眼：即眼目字，詩句中的關鍵字。詩句中關鍵字的作用就如人之眼目，故稱字眼。

嚴羽没有具體説明字眼的意義，但稍後的方回《瀛奎律髓》評詩多討論字眼，可作參考。杜甫《奉酬李都督表丈早春作》：「力疾坐清曉，采詩悲早春。轉添愁伴客，更覺老隨人。紅入桃花嫩，青歸柳葉新。望鄉應未已，四海尚風塵。」方回説：「『桃花』對『柳葉』，人人能之，惟『紅』字下着一『入』字，『青』字下着一『歸』字，乃是兩句字眼是也。」（《瀛奎律髓》卷十）「紅入桃花嫩」的「入」字，「青歸柳葉新」的「歸」字，乃是二句中的關鍵字，方回稱之字眼。又吳融《西陵夜居》：「寒潮落遠汀，暝色入柴扃。漏永沉沉静，燈孤的的青。林風移宿鳥，池雨定流螢。盡夕成愁絶，啼蛩莫近庭。」方回評云：「五、六絶妙，兩字眼用工。」（《瀛奎律髓》卷十五）此所謂兩字眼，乃是指第五句「林風移宿鳥」之「移」字，第六句

「池雨定流螢」之「定」字。

詩中關鍵字亦稱句眼。字眼是就字本身説的，謂關鍵字是眼。句眼是著眼於一句説的，是一句之眼目，一句之眼目其實就是一句中的關鍵字，就其作爲一個句子的關鍵而言，所以稱句眼。而這種字眼、句眼，其實也就是潘大臨所謂響字是也（參見《詩法》「下字貴響」條箋）。嚴羽《詩法》中有「下字貴響」之説，也就是潘大臨所謂響字。

【附録】

陶明濬《文藝叢考初編》卷一《詩説雜記》七：

若夫字法，所以組織成句者，一字妥帖，則全篇生色。下字之法，貴乎響，言其有聲也；貴乎麗，言其有色彩；貴乎切，一字可以追魂攝魄也；貴乎精，的然如明球，屹然如長城也。明乎此，則沉辭拂悦，而不覺其悶；浮藻聯翩，而不病其浮。沿波討源，因枝振葉，條理井然，不憂其舛午矣。

五

其大概有二：曰優游不迫，曰沉着痛快〔一〕。

【箋注】

〔一〕其大概有二三句：這是將詩歌的風格總分爲兩大類。優游不迫，有從容舒緩、不急不迫、含蘊不露之意。王觀國《學林》卷五解釋「周章」一詞說：「周章者，周旋舒緩之意。蓋《九歌》有『翺翔』字，《吳都賦》有『夷猶』字，《靈光殿賦》有『顧盼』字，皆與『周章』文相屬，而翺翔、夷猶、顧盼，亦皆優游不迫之貌。」從王氏對「周章」一詞的解釋中，可以知道優游不迫有周旋舒緩之意。

就詩歌而言，洪炎《豫章黄先生文集後序》云：「詩人賦詠於彼，興托在此，闡繹優游而不迫切，其所感寓常微見其端，使人三復玩味之，久而不厭，言不足而思有餘，故可貴尚也。若察察言如老杜《新安》、《石壕》、《潼關》、《花門》之什，白公《秦中吟》、《樂遊園》、《紫閣村》詩，則幾乎罵矣。」（《豫章黄先生文集》卷三十）詩歌有興托，不直言，不明言，只是微露端倪，言有盡而意有餘，讓讀者玩味思之，此可謂是對優游不迫的具體說明。洪炎所謂「察察言」者，是直截了當、明明白白說出，與優游不迫是相反的，洪炎給出了具體的詩例。

《詩經》的特徵被宋人看作是優游不迫。理學家謝良佐（字顯道）釋興觀羣怨說：「詩吟詠情性，善感發人，使人易直子諒之心易以生，故可以興。得情性之正，無所底滯，則閲理自明，故可以觀。心平氣和，與物無競，故可以羣。優游不迫，雖怨而不怒也，無鄙倍心，故可以怨。」（《論孟精義》卷九上引）

白居易詩的一些作品雖被洪炎作爲優游不迫的對立面，但亦有人認爲其作品具有優游不迫的特點。王楙《野客叢書》卷九說「樂天詩句，率多優游不迫」，《王直方詩話》更給出了詩例：「古今人作昭君詞多矣，余獨愛白樂天一絶，蓋其意優游不迫切故也。」(白居易《昭君詞》：「漢使却回憑寄語，黄金何日贖蛾眉？君王若問妾顔色，莫道不如宫裏時。」)

以上都是嚴羽之前或同時人所言，嚴羽所謂優游不迫應與之相近。從情感的角度説，比較温厚和平；從情感的表達上説，比較含蓄和緩；從藝術效果上説，言有盡而意無窮；從總體風格上説，比較柔和舒緩。這些是優游不迫的一般特徵。

沉(或作「沈」)着(或作「著」)痛快，本以論書。南朝宋羊欣《采古來能書人名》：「吴人皇象，能草，世稱沉著痛快。」張懷瓘《書斷》卷中：「吴皇象，字休明，廣陵江都人也。官至侍中。工章草，師於杜度。先是有張子並，於時有陳良輔，並稱能書，然陳恨瘦，張恨峻，休明斟酌其間，甚得其妙，與嚴武等稱八絶，世謂沉著痛快。」按杜度，東漢書法家，其字「傑有骨力，而字畫微瘦」(《書斷》卷中)，皇象師杜度，當得其骨力，而他又斟酌於張子並、陳良輔之間，避免兩家之瘦與峻之弊。黄庭堅《山谷集》卷十九《與宜春朱和叔》：「古人論書，以沈著痛快爲善。」《山谷集》卷二十八《書右軍文賦後》：「余在黔南，未甚覺書，字綿弱。及移戎州，見舊書多可憎，大概十字中有三四差可耳。今方悟古人沉著痛快之語，但難爲知音爾。」《山谷别集》卷十《跋東坡思舊賦》：「東坡先生書，淛東西士大夫無不規摹，頗有用意精到，得其髣髴。至於老年下筆沉著痛快似顔魯公、李北海處，遂無一筆可尋。」周必大《文忠集》卷四十九《跋柳公權赤箭帖》：「此帖字瘦而不露骨，沉著痛快而氣象雍容，歐、虞、褚、薛不足道焉。」綜諸家所言，沉著痛快乃謂字有骨力。姜夔又以論詩。《白石道人詩説》：「沈著痛快，天也。自然與學到，其爲天一也。」

運用到文學上，沉著痛快之内涵大致有兩方面：一是直截了當的表現，二是力度大。嚴羽《答吳景僊書》謂：「高意又使回護，毋直致褒貶。僕意謂辨白是非，定其宗旨，正當明目張膽而言，使其詞説沉著痛快，深切著明，顯然易見，所謂不直則道不見，雖得罪於世之君子，不辭也。」從此可見，嚴羽所謂沉著痛快，是直言，是明言，這種明目張膽的直言，往往能產生有力度、痛快淋漓之感。這種特點，與優游不迫的不直言、不明言正好相對。

但是，沉著痛快是否一定直言、不含蓄？當時人的理解似乎有不同。在劉克莊看來，沉著痛快的詩不一定是不含蓄的。其《後村詩話》卷十三説：「自唐以來，李、杜之後，便到韓、柳。韓詩沉著痛快，可以配杜，但以氣爲之，直截者多，雋永者少。」劉氏以爲杜甫、韓愈詩都是沉著痛快，但是他批評韓愈詩多直截，少雋永，這意味著杜甫詩不是如此，可見沉著痛快不一定都是直截少雋永的，换句話説，在劉克莊看來，直截了當不是沉著痛快的必然特徵。劉克莊所謂沉著痛快主要著眼在力度大、氣魄大上面。其《後村詩話》卷一：

劉夢得五言如《蜀先主廟》云：「天下英雄氣，千秋尚凛然。勢分三足鼎，業復五銖錢。得相能開國，生兒不象賢。凄凉蜀故妓，歌舞魏宫前。」《八陣圖》云：「軒皇傳上略，蜀相運神機。水落龍蛇出，沙平鸛鶴飛。波濤無動勢，鱗介避餘威。會有知兵者，臨流指是非。」《中秋》云：「星辰讓光采，風露發晶英。能變人間世，翛然是玉京。」七言如《洛中寺北樓》云：「高樓賀監昔曾登，壁上筆蹤龍虎騰。中國書流讓皇象，北朝文士重徐陵。偶因獨見空驚目，恨不同時便服膺。惟恐塵埃轉磨滅，再三珍重囑山僧。」《西塞山懷古》云：「西晉樓船下益州，金陵王氣黯然收。千尋鐵鎖沉江底，一片降幡出石頭。人世幾回傷往事，山形依舊枕寒流。今逢四海爲家日，故壘蕭蕭蘆荻秋。」《哭呂温》云：「遺草一函歸太史，旅墳三尺近要離。」《金陵懷古》云：「山圍故國周遭在，潮打空城寂寞回。」皆雄渾老蒼，沈著痛快，小家數不能及也。

直截表現與力量大兩者，既可合，亦可分。直截者不一定有力量氣魄，有力量氣魄者也非必直截。劉氏概括所舉諸詩的特徵是雄渾老蒼、沉著痛快，可見他所謂沉著痛快的詩也都有雄渾老蒼的特點。

然在嚴羽，誰是優游不迫與沉著痛快的代表者？他本人没有説明。嚴羽之前有王楙認爲白居易詩「率多優游不迫」，嚴羽同時劉克莊説韓愈詩沉著痛快可配杜甫，又説劉禹錫詩沉著痛快。

陶明濬强調優游不迫指從容閑適的陶、韋一派，沉著痛快則以杜甫爲代表，至於李白，陶氏則未言。郭紹虞先生受到這種説法的影響，以爲優游不迫一派主出世態度，而沉著痛快一派主入世態度，而又以李、杜爲沉著痛快的代表，那麼優游不迫一派的代表則就是陶、韋、王、孟。這種以出世、入世態度作爲優游不迫、沉著痛快的劃分依據實與宋人之説無涉。出世態度的詩人可以優游不迫，入世態度的詩人也可以優游不迫，説王、孟屬於優游不迫一類固無問題，但優游不迫決不止王、孟一類。

關鍵是李白，他到底是屬於沉著痛快一類呢，還是屬於優游不迫一類？黄庭堅《山谷集》卷二十九《跋東坡書》：「東坡書如華嶽三峰，卓立參昴，雖造物之鑪錘不自知其妙也。中年書圓勁而有韻，大似徐會稽(按即徐浩);晚年沈著痛快,乃似李北海(李邕)。此公蓋天資解書,比之詩人是李白之流。」此論蘇軾書晚年沉著痛快,比之詩人李白,如此説,似乎黄庭堅以爲李白屬於沉著痛快一類,但細繹其語,則是説蘇軾「天資解書」,是個天才書法家,就像李白是個天才詩人一樣。劉克莊説李、杜之後就有韓、柳,他説杜、韓爲沉著痛快,而不言李白。可見在劉克莊看來,李白恐不屬於沉著痛快一類。又吴子良《荆溪林下偶談》卷三云:「文字之雅淡不浮,混融不琢,優游不迫者,李習之、歐陽永叔、王介甫、王深甫、李太白、張文潛,雖其淺深不同,而大略相近。」此言李白文字優游不迫,宋人認爲李白文像其詩,若依此,李白詩似當屬於優游不迫者。前言郭紹虞先生以李白爲沉著痛快一類,而荒井健則説嚴羽以李白爲優游不迫之代表。

事實上,對李白歸屬的差異反映出對沉著痛快理解的不同。如果論沉著痛快著眼於力量氣魄的話,李白無疑也屬於此列。如果著眼於直截的表現方式,則李白則又似乎不屬此列。

嚴羽主張興趣,主張言有盡而意無窮,按照他在《答吴景僊書》中的説法,沉著痛快指的是直截了當的表達,那麽,沉著痛快顯然與「言有盡而意無窮」相悖,而優游不迫則正相合,這是否意味著他在兩者之間有所軒輕呢?郭紹虞先生似乎意識到此一問題的存在,故他解釋沉著痛快著重强調其力量氣魄一義,而認爲沉著痛快也可以做到言有盡而意無窮,以證明兩者並不矛盾,可以統一。但如果照郭先生這樣理解的話,又與《答吴景僊書》中關於沉著痛快的説法不相合。

【附録】

陶明濬《詩説雜記》七：

宋人嚴羽曰：「詩之大概有二端：一曰優游不迫，一曰沉著痛快。」古來詩人多矣，詩體備矣，嚴氏所云兩大界限，實足以包舉無疑矣。詩之體用，大而能博，於天地山川，得方圓流峙之形；於日月星辰，得經緯昭回之度；於雲霞草木，得分布滋蔓之容；於衣冠文物，得動容周旋之體；於鬚眉口鼻，得喜安慘舒之分；於蟲魚禽獸，得屈伸俯仰之理；於骨肉齒牙，得擺拉咀嚼之勢。任心所成，隨手萬變，通天地之氣象，備萬物之情狀，其功用不誠大哉！

其包括之大，不出於此數端；其界畫之殊，又不外嚴氏數語之外。優游不迫者，即陶、韋一體，從容閑適，舉動自如，仰不愧天，俯不怍人，吾無求於人，人亦無求於我，衡門泌水之間，則可以棲遲，考槃碩人之懷，則永矢弗諼。其對於世事也，時止則止，時行則行，可久則久，可處則處。其對於生死也，委心任化，成心而師，爲善不近於名，爲惡不近於利，或得其情，或盡其常，適來適去，莫之夭閼也。用心於此，故自然發之於詩，太羹玄酒之味，朱絃疏越之音，其高古當然無比也。

至於沉著痛快，正與前類相反。每當志趣磅礴，意滿日重之際，則傾囷倒廩，脱口而出之，使人之意也消，而中心折服。爲此體者，要須驅駕氣勢，掀雷抉電，既抉於天地之垠，又須撥去其華，得其根本，湧雲驅濤，得開變合化之機緘，必使讀吾詩者，心爲之感，情爲之動，擊節高歌，而不能自已也。

杜少陵之詩，沉鬱頓挫，極千古未有之奇，如鼇弄於筆海，虎攫於詞場，如鶴翥於文囿，龍騰於學津。問其何以能此，不外沉著痛快四字而已。夫痛快不難，市井之歌謡或美或刺，非常激烈，揚之則出於九天，抑之則入於九淵，然而淺露輕浮，過情毁譽，君子所弗貴也。必須以沉著二字補救之。既鎮其浮，又治其亂，以痛快之豪情，範圍以沉鬱之定法，庶幾造工部之堂而嚌其胾矣。

又《文藝叢考初編》卷二《詩之六體》：

五曰沉著痛快。詩何爲而作也？非以遣時日，非以爲觀美，所以從容率情，申寫鬱滯也。故胸中有意，口不能達，則心必不快；口中有意，筆不能寫，則詩必不佳。明乎此，則沉著痛快之詩，自不可少也。雖然，亦有難言者。詩與言語，迥不相同。同是一意，以言語達之則易，以詩句達之則難，何也？言語矢口而出，比附於事，縱横捭闔，無不如志焉。詩章則不然。既限之以韻脚，又錮之以平仄，對仗則須徵典，抒寫則須閑雅，種種障礙，而原有之精意失矣。必有元(「玄」)解之宰，燭照之匠，聲律既熟，平仄惟吾所用，典故已備，敷設任吾所施，文不害辭，辭不害意，思之所至，筆則能隨，意之所是，章則立就，翻空則窮乎神奇，徵實則極乎物類，天地萬物皆吾心靈之助也，又何滯礙之有哉？

樂天、東坡、放翁諸人之詩，不襲古人之面目，而發揮一己之精神，今日讀之，真得我心之所同然。心所欲言，口所不能言者，彼已一一代吾言之，亦有老死盡氣，萬想不到者，而彼已脱口以出之。即其詩以求吾意，何嘗不然，不禁拍案擊節。此之謂痛快。

惟詩若純粹照此法作去，則萬塗兢(當作「競」)萌，規矩虚位，語必鄙俚，詞涉淺俗，久而不治，則去風雅必日遠，與山歌里曲，村人之謡，又何以異哉？是不可以謀補救之法也。其法云何？厥爲沉著。少陵之詩，即以沉著名於世者。觀其古今各體，一首有一首之意，一時有一時之境，然必詠嘆以出之，慷慨以歌之，何嘗以淺率之筆，羼乎其中哉？惟沉則不浮，惟著則不盪，語語警切，字字生動，此其所以爲詩之聖也。

六曰優游不迫。詩之工拙，不必於字句求之，正可於氣象觀之。才思拙鈍者，往往含筆腐毫，輟翰驚夢，思枯而晦，安望其優游不迫乎？而其氣象又焉足觀乎？若夫矜才使氣之流，專以乘人鬥捷爲樂，憤盈拂鬱，劍拔弩張，悻悻然，爲小人之怒，喧喧然讙咋而騰其輔頰，亦未見其可也。惟有閑靜之士，中懷淡泊，與世無營，娱其視聽，輔以神明，洗竹巡花，迎涼候暖，黄蘆苦竹之吟，碧草緑波之賦，觸古事而蒼涼，極天趣之所到，元(「玄」)蟬涼雁，助吾心聲，澗碧山紅，生吾神采，若爾人者，方且與造物者爲一，優游委縱，何慮何營，宜其氣象，加人一等。

郭紹虞《中國文學批評史》：

他所説這兩大界限，確可把古今詩體包舉無遺。優游不迫，取出世態度，什麽都可放過。沈著痛快，取入世態度，什麽都不放過。這二種都是吟詠情性，然而優游不迫的詩，從容閑適，自然與所謂「羚羊掛角，無迹可求」者爲近。而沈著痛快的詩，掀雷抉電，驅駕氣勢，雖與「羚羊掛角」的境界爲遠，然也未嘗不可做到「言有盡而意無窮」的地步。由這種境界言，似乎沈著痛快的詩比較來得更難。（七八—七九頁。商務印書館，一九四七年版）

荒井健譯《滄浪詩話》：

先舉出九品，復從「大概」即全局的立場確立詩的兩個審美範疇。「優游不迫」的「優游」出自《詩經·大雅·卷阿》，東漢班固《東都賦》有「莫不優游自得」之語，乃是寬舒、悠然自得的樣子。此處「優游不迫」是指作品中呈現出來的不受任何拘束的自在性。「沉著痛快」本是書法批評用語。六朝宋羊欣在《采古來能書人名》中說「吳人皇象能草，世稱沉著痛快」，是「一種在沉靜中隱含强有力的氣象的筆意」（中田勇次郎《中國書論集》，二一四頁。二玄社版）。在此，與「優游不迫」相對，指向内裏沉潛的透徹深刻的作風。分別代表此兩者的核心人物，嚴羽恐怕以爲是李白與杜甫。（二八〇頁）

六

詩之極致有一〔一〕：曰入神〔二〕。詩而入神，至矣，盡矣，蔑以加矣〔三〕！惟李、杜得之〔四〕，他人得之蓋寡也。

【箋注】

〔一〕極致：極點，最高境界。

〔二〕入神：《周易·繫辭下》：「精義入神以致用。」孔穎達疏：「言聖人用精粹微妙之義，入於神化，寂然不動，乃能致其所用。」《古詩十九首》「今日良宴會」：「彈箏奮逸響，新聲妙入神。」《南史·沈約傳》：「約撰《四聲譜》……窮其妙旨，自謂入神之作。」李白《李太白全集》卷二十二《王右軍》：「掃素寫道經，筆精妙入神。」杜甫《奉贈韋左丞丈二十二韻》：「讀書破萬卷，下筆如有神。」創作是人爲的活動，當創作達到最高的境界，似乎非人力作爲，而像是有一種外在的力量作成，這種境界古人稱爲入神，或稱作化工。

嚴羽對「入神」没有解説，後人理解頗異。或從《孟子》神聖之説理解，或從形神關係理解，或從神化境界理解。此分述之。

一、從《孟子》中的聖、神境界理解入神。

《孟子·盡心下》有善、信、美、大、聖、神之説：「可欲之謂善，有諸己之謂信，充實之謂美，充實而有光輝之謂大，大而化之之謂聖，聖而不可知之之謂神。」此爲不同層次的精神境界。許學夷《詩源辯體》卷十八：

開元、天寶間，高、岑二公五七言古，再進而爲李、杜二公。李、杜才力甚大，而造詣極高，意興極遠，故其五七言古（兼歌行、雜言言之），體多變化，語多奇偉，而氣象風格大備，多入於神矣。（唐人五七言古，至此始爲入神。）嚴滄浪云：「詩而入神，至矣，盡矣，蔑以加矣！惟李、杜得之，他人得之蓋寡也。」然詳而論之：二公五言古，實所向如意，而優於聖；七言古，則變化不測，而入於神矣。此格有所限，非五言有未至也。

他以「所向如意」爲聖境，以「變化不測」爲入神。他又把神聖二境與辨體結合起來，認爲七言古詩在體製上允許變化不測，故可以入神；五言古詩體製與七古不同，不以變化不測爲尚；故李、杜五七言古詩總體上爲入神，但詳而論之，其七言古入神，五言古則爲入聖的境界。

二、以形神之神、神韻之神解「入神」。

郭紹虞《中國文學批評史上之神氣説》：

嚴羽論詩只重在「神」……所謂「羚羊掛角，無迹可求」云云，即是入神的境界，欲達到這種境界，所以「須參活句，勿參死句」；所以「下字貴響，造語貴圓」。但是如何能參活句，如何而字能響，語能圓呢？他亦説不出來，於是歸之於「悟」。……學詩而至悟境即是火候已到，參詩已熟，可説到了神境了。他又説：「學詩有三節，其初不識好惡，連篇累牘，肆筆而成；既識羞愧，始生畏縮，成之極難；及其透徹，則七縱八横，信手拈來，頭頭是道矣。」透徹便是悟境；信手拈來頭頭是道，便是神境。所以他拈出一個「悟」字來講詩之極致——入神，實是單刀直入的方法。……滄浪只拈出「神」字，而漁洋更拈出「韻」字。只拈「神」字，故論詩以李、杜爲宗，更拈「韻」字，故論詩落王、孟家數。……滄浪只論一個「神」字，所以是空廓的境界，漁洋連帶説個「韻」字，則超塵絶俗之韻致，雖仍是虚無飄渺的境界，而其中有個性寓焉！（《照隅室古典文學

論集》上編，六六—七三頁）

郭先生以「羚羊掛角，無迹可求」爲「入神」，此種境界超脱語言形迹。照這樣理解，「入神」就如同「參活句」，是一種悟境，所以郭先生把神境等同於悟境。但是，照他這樣理解有一個困難：孟浩然詩是「一味妙悟」的，何以他未被嚴羽列入神境呢？郭紹虞試圖回答此一問題，其《中國文學批評史》云：

以入神爲詩之極致，原是不錯，然而以李、杜爲入神，則所指的似乎只是沈著痛快的詩而不是優游不迫的詩。這大概因優游不迫的詩入神較易，而沈著痛快的詩其入神較難。逸品之神易得，神品之神難求。這即是所謂小神通與大神通的分别。大神通應如天魔獻舞，花雨彌空，則固然矣。然而設使八萬四千寶塔，堆砌起來，如蘇、黄之詩，才情奔放，只見痛快，不見沈著，仍不能説爲入神。其《答吴景僊書》中爭辨雄渾與雄健的分别，即在一是沈著痛快，而一是痛快而不沈著的關係。此所以入神之難。李、杜之中，尤其是杜，真能做到這種境界，所以爲入神。（《中國文學批評史》下卷，七九頁。上海：商務印書館，一九四七年。）

郭先生認爲李、杜詩同爲沈著痛快，嚴羽「入神」僅列李、杜之詩，故其「入神」是指沈著痛快。既然孟浩然一類的悠游不迫的詩也一樣入神，何以不列舉呢？郭先生回答説，悠游不迫的詩入神容易，而沈著痛快之詩入神難，嚴羽只列舉難的，而不列舉易的。這種解釋實在勉强，連郭先生本人也没有信心，故稱「大概」如此。

錢鍾書以爲嚴羽「入神」之神即神韻。《談藝録》六：

> 無神韻，非好詩；而祇講有神韻，恐併不能成詩。此殷璠《河嶽英靈集・序》論文，所以「神來、氣來、情來」三者並舉也。……按滄浪《詩辯》，則曰：「詩之法有五……詩之品有九……其大概有二……詩之極致有一：曰入神。……」可見神韻非詩品中之一品，而爲各品之恰到好處，至善盡美。……必備五法而後可以列品，必列九品而後可以入神。悠游痛快，各有神韻。（補訂本，四〇、四一頁）

按照錢先生的理解，嚴羽的神韻是包括悠游不迫與沉著痛快兩種境界的，而清代王士禛的神韻説則偏在悠游不迫之境，所以專主王、孟一派。錢先生這樣説，同樣不能回答何以「入神」只列李、杜的問題。

三、以神化之神解釋「入神」，「入神」是一種神化的創作境界。

陶明濬《文藝叢考初編》卷二《詩説雜記》七：

> 又曰：「詩之極致有一，曰入神。」嚴氏此語，蓋真得詩中之妙諦，《易》曰：「精義入神以致用也。」萬事皆以入神爲極致，詩何獨不然？吾儕俗士，繩趨溝衷，終身局於規矩繩墨之內，所謂月露之詞，風雲之狀者，尚未能刻畫盡致，安望開億兆之心靈，啟生民之耳目乎？若夫命世傳人，一代作手，則必不然。以囊括宇宙之才，有含照生靈之識，其幽則幽於鬼神，其妙則妙於元照，洪乎若江海之大，巍乎若邱山之峻，此豈有意爲之哉？恐有意於爲，亦未必能然也。

《文藝叢考初編》卷二《詩説雜記》八：

> 「入神」二字之義，心通其道，口不能言，己所專有，他人所不得襲取，所謂能與人規矩，不能

使人巧，巧者其極爲入神。今在詩言詩。詩之妙處，人各不同，善學古人者，得其精英，而遺其糟粕；得其精神，而略其形似。古人有古人之妙處，我亦有我之妙處，同工異曲，異地皆然，如風行水上，自成奇文。真能詩者，不假雕琢，俯拾即是，取之於心，注之於手，滔滔汩汩，落筆縱横，從此導達性靈，歌詠情志，涵暢乎理致，斧藻於羣言，又何滯礙之有乎？此之謂入神。

嘗謂一技妙皆可入神。……無論星相醫卜，文史元儒，要皆有一技之長，能人之所不能，魁羣冠倫，出類拔萃，皆所謂入神者也。

來祥、秀山《讀郭紹虞同志的〈滄浪詩話校釋〉》：

所謂「入神」就是指詞、理、意興三者的統一達到神化的境地，真、善、美在藝術中達到最高的結合，内容和形式達到最和諧的一致。因而九品之中任何一品只要達到上述要求，都可以「入神」。（一九六二年《光明日報》）

荒井健日譯《滄浪詩話》：

入神，指達到了合於神，即造化（萬物的創造者——大自然）的超人間的靈妙能力之境地，原見於《易經·繫辭傳》，六朝時代用於書論、畫論。齊謝赫《古畫品録》云：「蘧道愍……别體之妙，可謂入神。」嚴羽此節似是承皎然之説而來。《詩式》卷五云：「夫詩人造極之旨，必在神詣（與入神同意）。得之者妙無二門，失之者邈若千里。」（《文學論集》二八一頁）

王英志《辨古典美學術語「神」》：

何謂「入神」之「神」？……把「入神」與「傳神之趣」掛鈎是不確的。《易・繫辭》：「精義入神，以至(致)用也。」「陰陽不測之謂神。」韓康伯注云：「神也者，變化之妙極萬物而爲言。」嚴羽的「入神」説正是因襲了「神」的此類含義。視「入神」爲「詩之極致」，這是嚴氏對詩歌創作所達到的神化境界的最高評價，其内涵遠非「把詩歌寫活」與「得傳神之趣」可相比。前者當然包括後者，但「傳神」者却未必皆可臻「入神」之妙。……倘若僅指詩歌形象有「傳神之趣」，那麼唐代佳作盈千累萬，何必非李、杜莫屬？（一九八三年撰。《古典美學傳統與詩論》，七九、八〇頁。南京：南京出版社，一九九二年）

四、合神妙之神與形神之神二義解「入神」。

劉若愚《中國文學理論》：

「入神」可以解釋爲「入於神妙」或「爲神所啟之境界」，因爲在中國文學和藝術批評中，完美的直接的藝術才能，似乎是無需努力、自然而然獲得的，它通常被稱爲「神」（「神奇」、「神妙」、「如神」）。中國最偉大的詩人杜甫，使用這個字來描述自己的經驗，用的就是這種意義：「讀書破萬卷，下筆如有神。」然而嚴羽使用的「入神」……也可能是指進入事物的生命而抓住其精神或精髓。這後一種解釋可以在這個詞的許多早期用法中獲得支持。……但無論我們把「神」解釋爲事物的「精神」或「精髓」，抑或是解釋爲「神授的」和「如神的」，「入神」都包含超越或突破物質世界的意味。而既然嚴羽認爲這是詩之「極致」，則他的詩的觀念至少部分是形而上的。（五

六、五七頁。田守真、饒曙光譯，四川人民出版社，一九八七年）

按以上諸説，當以「入神」爲神化的創作境界之説較爲確當。此一境界是最高的創作境界，不與特定的風格連在一起，無論是沉著痛快還是優游不迫，都可以入神，但只有李、杜完全達到了這種境界。嚴羽的再傳弟子黄清老説：「剖出肺腑，不借語言，是爲入神。」此説有類於《二十四品·含蓄》所謂「但見性情，不睹文字」。詩歌表現性情，不能不借語言文字，但是當創作達到極高的境界時，可以讓人感覺不到作爲媒介的語言文字層面的存在，而直接將性情呈現出來。黄氏對「入神」的解釋亦值得參考。

〔三〕至矣三句：謂達到極點，無以復加。語出《左傳》襄公二十九年，吴公子季札來魯國聘問，觀樂：「見舞《韶箾》，曰：德至矣哉！大矣！如天之無不幬也，如地之無不載也，雖甚盛德，其蔑以加於此矣！觀止矣！若有他樂，吾不敢請已！」

〔四〕惟李杜得之：楊萬里《誠齋集》卷八十三《周子益訓蒙省題詩序》：「唐人未有不能詩者，能之矣，亦未有不工者，至李、杜極矣，後有作者，蔑以加矣。」

楊萬里以杜甫、黄庭堅詩爲聖境，以李白、蘇軾詩爲神境。其《誠齋集》卷八十《江西宗派詩序》：

然唐云李、杜，宋言蘇、黄，將四家之外，舉無其人乎？門固有伐，業固有承也。雖然，四家者流，一其形，二其味，二其味，一其法者也。蓋嘗觀夫列禦寇、楚靈均之所以行天下者乎？行地以輿，行波以舟，古也，而子列子獨御風而行，十有五日而後反，彼其於舟車，且烏乎待哉！然則舟車可廢乎？靈均則不然。飲蘭之露，餐菊之英，去食乎哉？芙蓉其裳，寶璐其佩，去飾乎哉？乘吾桂舟，駕吾玉車，去器乎哉？然朝閬風，夕不周，出入乎宇宙之間，忽然耳！蓋有待乎舟車，而未始有待乎舟車者也。今夫四家者流，蘇似李，黃似杜。李、蘇之詩，子列子之御風也；杜、黃之詩，靈均之乘桂舟、駕玉車也。無待，神於詩者歟！有待而未嘗有待者，聖於詩者歟！嗟乎！離神與聖，李蘇李蘇乎爾，杜黃杜黃乎爾。合神與聖，李、蘇不杜、黃，杜、黃不李、蘇乎？然則詩可以易而言之哉？

楊萬里用「有待而未嘗有待」來解釋聖境，陸行乘車，水行乘舟，舟車是憑藉，故説是有待；但雖乘舟車，却又能不受舟車所限，故能朝在閬風山，夕至不周山。如果從法度的角度看，就是所謂有法而又不依賴於法，達到了自由的境地。楊萬里認爲杜甫與黃庭堅詩是這種境界。楊萬里説李白、蘇軾詩是神於詩，是列子御風而行，是無待。本來在《莊子・逍遥遊》中，列子御風而行，還是有待於風才能行，並不是無待，而是有待。但在楊萬里，所謂有待是指有待於舟車，無待是無待於舟車，如果從法度的角度説，所謂無待即是無法。

朱熹也以孟子之説論詩。《朱子語類》卷一四〇：「李太白詩非無法度，乃從容於法度之中，蓋聖於詩者也。」其《孟子集注》解聖之境界云：「大而能化，使其大者泯然無復可見之迹，則不思不勉，從容中道，而非人力之所能爲矣。張子（引者按：指張載）曰：『大可爲也，化不可爲也，在熟之而已矣。』」大是内美充實於中而發於外在的言行事業，這是可以通過人爲達到的境界，而聖則是人爲達到了極境，不用人爲有意勉力，却能處處合道，也就是所謂自由而又合法度。朱子論李白，所謂從容於法度之中，也就是「不思不勉，從容中道」之境界。

朱子説李白是聖境，相當於楊萬里所説的杜甫、黄庭堅的境界。他與楊萬里的分别在於，他認爲李白是有法的，不過他達到了法度的極境，大而化之，泯去了法度的痕迹。楊萬里則認爲李白是無法的神境。不僅如此，朱子對神境的看法亦與楊氏不同。《孟子集注》引程子説解釋神云：「聖不可知，謂聖之至妙，人所不能測，非聖人之上又有一等神人也。」按照程朱的理解，聖是人力所達到的極致，達到這種境界，人不必再有意遵守法度，但自然合乎法度。神則是説這種境界爲人所不能把握，超出了人所能認知的範圍。朱子説李白聖於詩而不言其神於詩，主要是針對李白詩無法之説，强調其有法度的一面。

林希逸《竹溪鬳齋十一稿續集》卷十二《方君節詩序》：「我朝諸大家數，律之精莫如半山，有楊、劉所不及，古之奥莫如宛陵，有蘇、黄所不及，及中興而後，放翁、誠齋，兩致意焉。然楊主於興，近李；陸主於雅，近杜。吁！詩於李、杜，聖矣乎，神矣乎！」林希逸説李、杜詩「聖矣乎，神矣乎」，不再强調聖與神的區别，當是採用了《四書集注》對於神、聖關係的理解。

嚴羽《詩評》中對李、杜詩的法度有比較性的評價，稱李詩法度如李廣，杜詩法度如孫、吴，後者法度嚴密，前者乃無法之法。按照嚴羽的觀點，杜詩法度嚴密，就與楊萬里所謂神境不同；他對李白詩法的認識也與朱熹有異。

七

夫詩有別材，非關書也〔一〕；詩有別趣，非關理也〔二〕。然非多讀書，多窮理，則不能極其至〔三〕。所謂不涉理路、不落言筌者上也〔四〕。

【校勘】

〔詩有別材非關書也詩有別趣非關理也〕「材」字程至遠本作「才」。「關」底本原作「閧」，乃「關」之俗體。宋本、元本及寛永本《玉屑》俱作「閲」，十卷本及古松堂本《玉屑》作「閧」。「閲」當是因與「閧」字形近而誤。

〔然非多讀書多窮理則不能極其至〕郭紹虞《校釋》：「《玉屑》作『而古人未嘗不讀書，不窮理』。」

〔不落言筌〕陳定玉輯校《嚴羽集》：「『筌』，《玉屑》訛作『鑒』。」

【箋注】

〔一〕詩有別材二句：謂詩有特別的材料（花木鳥獸之類），與書本（典故）無關。

「別材」之「材」前人有不同理解，一理解爲才能之才，一理解爲材料之材。以下分別述之。將「別材」之材解釋爲才能之才者，其文字學上的依據是材與才在才能之意義上相通。「詩有別材」就被理解爲詩歌需要詩人具有一種特别的才能，如此理解的人往往將「別材」寫作「別才」，經過改動，「別材」之

「材」作爲才能之義就非常明確了。「非關書也」有兩種理解：一種理解認爲此句是就詩人言，「書」乃詩人讀書所獲得的書本知識，也就是學問。作此理解的人有時將「書」改寫成「學」。這樣，嚴羽「詩有別材，非關書也」之説就成爲詩人之才與學關係的命題，其原話就被轉换成「詩有别才，非關學也」，意謂詩歌需要詩人有特别的才能，與詩人的學問無關。對於「非關書也」之另一種理解，認爲這句話並不是就詩人言，並非説詩人不需要學問；而是就詩歌言，是説不要以「書」爲詩，填塞學問。詩人有學問，可以形之於詩中，也可以不露在詩中。嚴羽並非認爲詩人不需要學問，而是認爲詩人不應該在詩歌中顯露學問，以學問爲詩。

古人引述嚴羽之論多將「别材」之「材」理解爲才能之才，而將「非關書也」理解爲非關學問。沿著這一詮釋方向，於是就有詩人之才與學關係的討論。一派認爲詩人有天才，與學問無關；一派認爲詩人不僅要有才，還要有學。主張天才與學問無關者，如謝肇淛《小草齋詩話》卷一説「詩才出於天分，不在讀書」，即詩人是天生的，不是後天學成的。主張詩人應該有學問者，如雷燮《南谷詩話》説：「嚴儀卿曰：『詩有别才，非關學也；詩有别趣，非關理也。』此言矯宋人之失耳，要之天下豈有無理之文章，又豈有不學之詩人哉！」轂齋主人《獨鑒録》説：「非書何以廣才？……天下豈有寡學之才！」黄道周《黄漳浦集》卷二十三《書雙荷庵詩後》説：「此道關才關識，才識又生繇於學，而嚴滄浪以爲詩有别才非關學也，此真瞽説以欺誑天下後生，歸於白戰打油釘鉸而已。」這些都是將「書」理解爲學問，以爲詩人應該有學問。以上的爭議雖然觀點對立，但他們對於嚴羽「别材非關書也」的理解却是一致的，即認爲嚴羽主張詩人有特別的才能，與學問無關。

但這種詮釋實有問題。既然嚴羽説了詩人有特別的才能，與學問無關，但下文又説「然非多讀書……不能極其至」，《詩人玉屑》作「然古人未嘗不讀書」，兩種文本都是在肯定讀書或者説學問與詩歌之間的關係，這樣就與前面「非關書也」在意義上相衝突。

郭紹虞先生以爲「別材」指詩人特別的才能，此一點與前人同。但他意識到了前人詮釋上的問題，於是他把「非關書也」理解爲不要在詩歌中表露學問，而不是詩人不要有學問。其《試測〈滄浪詩話〉的本來面貌》：

> 「非關書也」一句……現行各本有的作「書」，有的作「學」，而《詩人玉屑》正是作「書」。即此一字，可知滄浪用字之有分寸。滄浪雖反對以才學爲詩，却並不反對「學」；假使反對「學」，那就和他的學古主張根本矛盾。所以用「書」一字，正説明不要填塞書本，以「書」爲詩的意思。《詩法》中所謂「不必多使事」，「用字不必拘來歷」云云，也是這些意思。如用「學」字，那麼斷章取義，衹就這兩句來講，好似比較明顯，但是對於滄浪整個論詩宗旨，反而看不出來了。

又其《滄浪詩話校釋》曰：

> 竊以爲滄浪所謂「詩有別才，非關書也，……而古人未嘗不讀書」云云，（據《玉屑》文）説得本極分明。據范晞文《對牀夜語》所引《滄浪詩話》，也是如此，可知宋人所見本與今本不同。照宋人所見本講，一方面是別才的問題，一方面是如何讀書與如何用書的問題。就別才講，徐經

謂：「詩學自有一副才調，具於性靈，試觀古人未嘗不力學，而詩則工拙各異，則信乎才自有別，非一倚於學所能得也。」……蓋詩本從生活中來，從現實中來，所以生活豐富、能够正確地反映現實的，自會寫出好詩。重即目而不重用事，尚直尋而不尚補假，這即是所謂別才。……滄浪的錯誤，只在不從生活現實上出發，只在專從學古人出發。由於不從生活現實上出發，所以即使理解到詩中不應堆砌典實，賣弄學問，但仍從藝術上著眼，於是發爲迷離恍惚之論，也就只能主張透徹玲瓏不可湊泊的神韻説了。由於專從學古人出發，所以即使觸及到不要賣弄書本知識的問題，但不會理解到民歌的思想價值與藝術價值。這就是滄浪別才之説的局限性。因此，第二點，再就如何讀書如何用書的問題講……讀書可以增加人們的間接生活知識，所以問題不在讀書不讀書，而在如何讀法。……所以滄浪所謂「古人未嘗不讀書」，正指出這個關鍵。古人讀書讀得破，書爲詩用，不爲詩累，後人要在詩中賣弄學問，所以讀書愈多，性靈愈窒。

郭紹虞先生反復强調「非關書也」之「書」與「學」的分別，以爲用「學」字就是指詩人的學問言，用「書」字就是指作品中表露學問以書爲詩言。「非關書」是指不在詩中賣弄學問，「非關學」是指非關詩人的學問。當然，古人常常才、學對言，學指詩人的學問，但當指詩人的學問時也可以用「書」字，指詩人在詩中表露學問之意時也可以用「學」字。郭先生如此分別其實是從文字上找依據以支持其理解的正當性。

張少康先生則沿著古人的理解，認爲別材非關書是指詩人的才能與學問的關係問題。其《試談

〈滄浪詩話〉的成就與局限》：

別材，亦作別才，故材才相通。别材之説是指藝術家要有特别的才能，並不是讀了許多書，有了廣博學問就能寫出詩歌來的。「詩有别材，非關書也。」這句話中的「書」，一般作「學」……郭紹虞同志説後人攻擊嚴羽這一論點，是誤以「書」爲「學」之故，這一點我不同意。這裏無論是「書」是「學」，基本思想是一樣的。……學，即指學問，古人講學問大多指的是書本知識。

張先生指出了郭紹虞先生對「書」與「學」强作分辨的問題，但事實上，如前所言，郭先生做這種分辨乃是爲了强調其解釋的正當性。

另一種理解是將「别材」之「材」當作材料之材。照這種解釋，所謂「詩有别材，非關書也」乃是言詩歌有特别的材料，與書（學問）無關。换言之，學問不是詩歌的材料。嚴羽這兩句話是反對以學問爲詩。

王達津《論滄浪詩話》：

「詩有别材，非關書也」。這也是針對江西詩派而言的。江西詩派側重於用典用事，脱胎换骨，就導向以書爲詩材。……陸游跳出江西詩派，所以説：「汝果欲學詩，工夫在詩外。」（《示子遹》）……詩的别材，實指社會生活和大自然。……嚴羽所講别材，並非空虛的東西，同陸游一樣是指生活。《滄浪詩話·詩評》「唐人好詩，多是征戍、遷謫、行旅、離别之作，往往能感動激發人意」可證。（《文學評論叢刊》第十六輯，又載《王達津文粹》，一三八頁。天津：南開大學出版

社，二〇〇六年）

王先生以材料解「別材」之「材」，他以爲所謂「別材」就是指社會生活和大自然，而嚴羽此說是針對江西詩派的「以書爲詩材」。其《再論嚴羽妙悟説》：

他提出詩材云：「非關書也。」他是針對蘇軾評孟浩然詩「如製内法酒而無材料」（即認爲孟少書卷材料）的説法講的，所以他講孟浩然詩遠勝韓退之。一味妙悟，就是説孟詩材料不是書本知識而是山川勝迹的意象。（《王達津文粹》，一五一頁）

這裏與前説稍有不同的是，王先生認爲嚴羽此説是針對蘇軾評孟浩然之論的。

郭晉稀《從中國詩論的發展看嚴羽「別材、別趣説」的涵義及其貢獻》：

本來從《詩人玉屑》引用嚴羽《詩話》起，一直到明清的刻本止，「材」大都是題材、材料的材，並非天才、才能的才，也非剪裁、制裁的裁；書就是書籍的書，並非學識、學力、學習的學。説者引文或改材爲才，改書爲學，而後異義叢生，莫可究詰。……雖説，材、才、裁三字可以通用，但依嚴羽本意，字當作「材」……「材」是指詩中的題材事義，古人作詩，題材採自前人典籍，嚴羽反對作詩掉書袋，故曰「詩有別材」。（原載《西北師範學院學報》一九八五年第三期，收入作者《詩辨新探》附録一，成都：巴蜀書社，二〇〇四年）

其説大體同於王達津。

此外還有一種説法，雖然也用材料解「別材」，但却將之理解爲性情。張健《滄浪詩話研究》：

此「別材」是「情性」，還是應該有更廣泛的意義？論者謂滄浪陽崇李杜，陰許王孟，（朱東潤《滄浪詩話參證》可謂代表）李杜王孟固然和古今一切大詩人一樣，都是性情中人，但就滄浪的整個論調看，詩中的「情性」實在未曾真正地受到他的重視。我想若以陶潛「此中有真意，欲辯已忘言」（《飲酒》）的「真意」來詮解「別材」，或許還比較切近。「非關書也」則和陳師道所謂「詩非力學可致」（《後山詩話》）、姜夔所説「始大悟學即病，顧不若無所學之爲得」（《白石道人詩説》）意近，也不宜作過度的詮釋。（二六、二七頁）

張先生以爲「詩有別材」就是説詩歌表現情性，但他又懷疑嚴羽並不真正重視情性，反認爲真意是「別材」之意。可惜此説缺乏論證。

成復旺、黄保真、蔡鍾翔《中國文學理論史》（二）：

「別材」就是特殊題材，亦即下文所説的「情性」。……後人多把「材」理解爲與「學」相對的天才，以爲「別材」就是特殊才能，但這是不恰當的。首先，整個這段話自始自終没有涉及寫實的才能問題。……其次，整個一部《滄浪詩話》不曾論述才能問題。……再次，嚴羽此説與楊萬里、劉克莊、包恢有關題材的言論很相似。（四八二、四八三頁）

這種説法是將「別材」解釋爲題材，認爲詩歌的特殊題材是情性。

以上諸説，當以將「別材」解釋爲材料之説最符合嚴羽原意，放到全文的脈絡中看比較通暢。詩歌的材料稱詩材，或稱詩料。詩歌的材料有不同，有自然景物，風雲月露是也；有書本，典故是也。如果就材料作爲詩人情感的表現媒介和工具而言，則以書爲材料，與以風雲月露即自然景物爲材料，兩者都是表達性情的媒介與工具，具有相等的意義。但是，詩歌的材料除了作爲表現情感的媒介和工具之外，還具有審美的意義和功能。以自然景物作爲抒情的媒介與以典故作爲抒情的媒介，體現在詩歌的審美風貌上是不同的。劉克莊《後村先生大全集》卷一〇六《跋何謙詩》：「余嘗謂：以性情禮義爲本，以鳥獸草木爲料，風人之詩也；以書爲本，以事爲料，文人之詩也。」風人之詩，也就是所謂詩人之詩，是以鳥獸草木爲材料的；文人之詩是以事（典故）爲材料。

嚴羽説「詩有别材，非關書也」，就是説詩歌有特别的材料，這個特别材料與書無關，那麽是什麽呢？其實就是劉克莊所謂「以鳥獸草木爲料」。嚴羽之所以這樣提問題，其背景就是唐、宋以來詩人尤其是蘇、黄以書爲詩材、多務使事的傳統。唐庚《唐子西文録》云：「凡作詩，平居須收拾詩材以備用。退之作范陽盧殷墓銘云『於書無所不讀，然正用資以爲詩』是也。」唐庚把以書爲詩材之説追溯到韓愈。蘇軾也是以書爲詩材的提倡與實踐者。《竹莊詩話》卷一引《蒼梧雜志》云：「東坡嘗謂錢濟明云：凡讀書，可爲詩材者，但置一册録之，亦詩家一助。」這是蘇軾教人如何收拾詩材。葉夢得《石林詩話》説：「前輩詩材，亦或預爲儲蓄，然非所當用，未嘗强出。」所舉的也是蘇軾的例子。黄庭堅「無一字無來歷」之説更是人們熟知的例子。

嚴羽説「非關書也」，語氣斬絶，似乎是反對詩中用事用典，然嚴氏其實並非一概反對用事用典，其《詩法》篇中説「不必多使事」，可見他並非主張不必使事，只是反對江西詩派那樣「多務使事，不問興致」而已。

嚴羽說詩歌有特別的材料，與書本無關，這並不等於說詩人不要讀書，不需要學問，嚴氏其實是肯定詩人應該讀書、有學問的，於是就有後面「非多讀書……不能極其至」之說。若照郭紹虞先生的詮釋，詩歌要有特別的才能，詩歌中不要賣弄學問，雖然也能說得通，但兩句之間，一說詩人的才能，一說詩歌不要賣弄學問，語義不够連貫，需要輾轉解釋，不如將「別材」解釋爲材料，語義連貫，順承而下。如果兩種說法皆通，當以關聯最直接者爲上，故此取以「別材」爲特殊材料之說。

〔二〕詩有別趣二句：此二句說詩歌有一種特別之趣，此特別之趣與理無關。詩之趣稱詩趣，《詩人玉屑》中就有「詩趣」一目，嚴羽說「詩有別趣」即認爲詩歌之趣是特別的，此特別之趣就是所謂興趣。至於興趣，或解釋爲情趣，或理解爲趣味，詳見下文「盛唐諸公惟在興趣」箋說。

【附録】

張少康《試談〈滄浪詩話〉的成就與局限》：

「詩有別趣，非關理也。」這是指的詩歌必須要有美感形象，能引起人的審美趣味，不能是抽象的理論概念。趣，也叫興趣，或稱興致，都是一個意思。

吳調公《「別才」和「別趣」——〈滄浪詩話〉的創作論和鑒賞論》：

「別趣」有廣狹二義：就廣義言，它表示詩歌形象的特色和形象的魅力；就狹義言，它意味著最富於形象魅力的詩歌即唐詩的特色。（《古代文論今探》，一四八—一五三頁）

王達津《論滄浪詩話》：

趣有志趣、意趣、情趣以及理趣之别，但寫入詩篇，都由感興才成爲興趣，才有詩意，却不能全是説理，全是邏輯思維。……但這並不是像一些人所説的嚴羽不要「理」。（《王達津文粹》，一三九頁）

市野澤寅雄日譯《滄浪詩話》釋「别趣」：「詩歌特有的風味。」（三七頁）

荒井健日譯《滄浪詩話》：「理，倫理與自然法則不分離，此是中國思想的統一原理。」（《文學論集》二八九頁）

顧易生、蔣凡、劉明今《宋金元文學批評史》：

「詩有别趣，非關理也」，是説詩歌的内涵有自己獨特的情性興趣，它與文章大發議論地説「理」是根本區别的。（三八三頁。上海：上海古籍出版社，一九九六年）

〔三〕然非多讀書三句：前言詩有别材非關書，詩有别趣非關理，並不意味著詩歌與書、理全無關係。此句就是針對聯繫一面説的。

讀書、窮理是理學家的話語，在程朱理學中，屬於格物致知的功夫。《二程遺書》卷十八：「凡一物上有一理，須是窮致其理。窮理亦多端，或讀書講明義理，或論古今人物，别其是非，或應事接物而處其當，皆窮理也。」《朱子語類》卷十八：「問大學致知格物之方。曰：程子與門人言亦不同，或告之讀書窮理，或告之就事物上體察。」然在程朱理學，讀書的目的是窮理，讀書是窮理的途徑；而在嚴羽，則讀書與窮理兩項分説，分别指以書爲詩及以道理議論爲詩兩種詩學傾向。

葉嘉瑩《王國維及其文學批評》：「其所謂『別材』便當是指詩人所特具的一種善感的材質，而其所謂『別趣』，便也正當指詩歌中所表現的一種感發的情趣。這種材質和情趣與讀書窮理當然並無必然的聯繫，然而滄浪却也並未嘗抹煞『讀書』、『窮理』對於表達這種感動之可以有所助益，因之遂又說：『然非多讀書多窮理則不能極其至。』只是滄浪詩論所重視者却決非這種積學修養的工夫，而是詩歌中之基本生命，也就是詩人內心深處的一種興發感動的力量。」（三三一、三三二頁。香港：中華書局香港分局，一九八〇年）

元刊本「然非多讀書多窮理則不能極其至」，《詩人玉屑》作「而古人未嘗不讀書不窮理」，文字有異，通行本皆源自元刊本。對於兩者差異，郭紹虞先生極爲重視，以爲導致理論內容之差異，其《試測〈滄浪詩話〉的本來面貌》：

《詩人玉屑》所引《滄浪詩話》的原文是：「夫詩有別才，非關書也；詩有別趣，非關理也；而古人未嘗不讀書，不窮理，所謂不涉理路，不落言詮者上也。」這一句意思一貫下去，非常通順明白，但是今本改作「然非多讀書，多窮理，則不能極其至」，那就與下文「所謂不涉理路」云云，有些不很銜接了。不很銜接，還是小問題，問題在於改竄之後不容易看出滄浪的論詩宗旨。因爲根據通行本，很容易認爲滄浪也主張讀書窮理，那麽至多祇能看到才學相濟，理趣並重的意思，決不會理解到如何讀書與如何窮理的問題。祇有如《詩人玉屑》所引「而古人未嘗不讀書不窮理」一語，纔能知道滄浪所提出的不是多讀書多窮理的問題，而是指出應當如何讀書與如何用書和如何窮理與如何説理的問題。也祇有提出了這個問題，纔能使書爲詩用，不使書爲詩累，纔能使理語和形象思維相結合，而不成爲理障。這一點纔是滄浪在反四靈的基礎上體會出來的，所以同樣籠罩在學古空氣之下，而他的學古宗旨與學古趨向就和他人不同。這不能不説是他的貢獻。（一九六一年六月十日《文匯報》，又載《照隅室古典文學論集》下編，一三五頁）

根據郭紹虞先生的理解，嚴羽並不排斥讀書窮理，他這裏提出的是詩人如何讀書、如何窮理以及詩中如何用書、如何説理的問題，《詩人玉屑》的文本「古人未嘗不讀書不窮理」所表達的正是此意。如果照通行本，則是嚴羽也主張讀書、窮理，改變了嚴羽論詩的宗旨。

胡明《嚴羽〈滄浪詩話·詩辨〉辨》：

兩句話的含義甚有差別。上句（引者按：指「然非多讀書，多窮理，則不能極其至」）的意思是：然而不多讀書、不多窮理，詩是做不到極致的，詩要做到極致還得多讀書、多窮理。這個補充顯然是生怕別人引起誤解而作的補偏性修正，在理論上雖圓了點，且堵住了視書本子爲做詩的身家性命的人的嘴，但却後退了，且與「非關書也」「非關理也」之立論牴牾不合。我們不能不認爲這裏《詩人玉屑》的引文來得貼切扣題，無隙可乘。「而古人未嘗不讀書、不窮理」，「古人」，當然是指寫「古人之詩」即真正的詩、本色的詩的詩人，也就是漢魏到盛唐透徹之悟的諸公。「未嘗不讀書、不窮理」，書是一樣的讀，理是一樣的窮，古人做出來詩透徹玲瓏，不可湊泊，羚羊掛角，無迹可求，而近代諸公却作「奇特解會」，資書以爲詩，説理以爲詩，玩弄文字以爲詩——這便是一個書如何讀、理如何窮的問題了。嚴羽壓根兒不反對讀書、窮理，何況從盛唐詩悟入尤必須要熟參盛唐諸公之詩，所謂熟參證便是讀其書（詩）、窮其理，不但要「朝夕諷詠」，「醞釀胸中」，好的集子，如李、杜二公的還須「枕藉觀之」，「如今人之治經」。嚴羽又如何會反對讀書、窮理呢？只不過提醒人們不要讀書以爲書累、窮理而成理障罷了。（《南宋詩人論》，二四八、二四九頁。臺北：學生書局，一九九〇年）

胡明先生的思路與郭紹虞先生大體一致。

誠如郭、胡二位先生所説，兩個版本的文字在理論内涵上確有差異。「古人未嘗不讀書，不窮理」，是從詩歌史來證明詩人是要讀書、要窮理的，是以事證理。「非多讀書、多窮理，則不能極其至」是直接的理論論斷，此一論斷在理論上固然肯定了詩人要讀書，這與「古人未嘗不讀書，不窮理」具有一致性，但它還更進一步説，詩歌要達到極至的話，詩人必須「多讀書」、「多窮理」，換句話説「多讀書」、「多窮理」是詩歌達到極至的必要條件。照這樣解釋，讀書、窮理在嚴羽詩學中的地位實質上就十分重要了。這一層涵義是「古人未嘗不讀書，不窮理」所没有的。

以上兩個文本的文字儘管存在理論内涵上的差異，但兩種説法都是肯定讀書、窮理與詩歌的關聯，只是通行本突出了讀書、窮理的地位，兩種説法放到嚴羽的詩學理論系統中都能説通。

〔四〕所謂不涉理路二句：不涉理路，謂不按照理性的思路來思考、表達。臨濟宗的宗杲主張妙悟，排斥理路。《大慧普覺禪師語録》卷《答王教授》：「不識左右别後，日用如何做工夫。若是曾於理性上得滋味，經教中得滋味，祖師句中得滋味，眼見耳聞處得滋味，舉足動步處得滋味，心思意想處得滋味，都不濟事。若要直下休歇，應是從前得滋味處，都莫管他，却去没撈摸處、没滋味處試著意看。若著意不得，撈摸不得，轉覺得没欛柄可把捉，理路義路、心意識都不行，如土木瓦石相似時，莫怕落空，此是當人放身命處，不可忽，不可忽。」

宗杲的這種趨向，朱子曾有討論。《朱子語類》卷一二六：「因舉佛氏之學與吾儒有甚相似處，如云：『有物先天地，無形本寂寥。能爲萬象主，不爲四時凋。』又曰：『樸落非它物，縱横不是塵。山河及大地，全露法王身。』又曰：『若人識得心，大地無寸土。』看他是甚麽樣見識。今區區小儒，怎生出得他手？宜其爲他揮下也。此是法眼禪師下一派宗旨如此。今之禪家皆破其説，以爲有理路，落窠臼，有礙正當知見。今之禪家多是『麻三斤』、『乾屎橛』之説，謂之『不落窠臼』、『不墮理路』。妙喜之説，便是如此。然又有翻轉不如此説時。」妙喜乃宗杲之法號。按照朱熹的説法，不墮理路乃是宗杲所倡。嚴羽「不涉理路」之説當是由宗杲禪而出。

不落言筌，出《莊子·外物》：「筌者，所以在魚，得魚而忘筌；蹄者，所以在兔，得兔而忘蹄；言者，所以在意，得意而忘言。」言只是達意的工具，本身不是目的。一旦達到目的，工具的價值就不復存在，故可忘之。禪籍中有「不落言詮」説，《大慧普覺禪師語録》卷七：「（宗杲）示衆，纔涉唇吻，便落言詮。不落言詮，即沉寂默。」「言詮」本爲以言語詮解之意，别有所出，《漢語大詞典》舉《陳書·傅縡傳》：「言爲心使，心受言詮。」但禪家用「言詮」實與「言筌」同意，嚴羽「不落言筌」實出自禪籍，即以言爲工具而非目的，如果認工具爲目的，執著語言，就是落言筌，反之是不落言筌。

錢鍾書《談藝録》：「滄浪『不涉理路，不落言詮者，上也』，猶《五燈會元》卷十二谷隱曰：『纔涉唇吻，便落意思，盡是死門，終非活路。』即瓦勒利論文所謂『以文字試造文字不傳之境界』。然詩之神境，『不盡於言』而亦『不外於言』，禪之悟境，『語言道斷』，斯其異也。」（補訂本，五九五、五九六頁）

來祥、秀山《讀郭紹虞同志的〈滄浪詩話校釋〉》：「滄浪所説的『不落言筌』也並非説詩歌可以不假語言而表現。在他的詞、理、意興三者統一的詩論中也已證實了這一點。滄浪不但重視語言，而且對於構成詩歌形式的其他因素也都有所探討。他非常重視體製家數，又區别各種詩體，甚至講究起結、句法和字眼。由此看來，所謂『不落言筌』者不過是指各種藝術上形式的因素結合得天衣無縫，使内容與形式達到高度的統一，成爲一個『不可尋枝摘葉』的渾然的整體。」

林理章《正與悟：王士禛的詩論及其淵源》將此節「别趣」之「趣」譯成「意義」(meaning)，將「非多讀書多窮理則不能極其至」之「至」譯成「終極意義」(ultimate meaning)，並説：「此節强烈表明，儘管讀書、窮理是作詩的必要條件，但詩歌與超越言辭之上的直覺理解相關。言辭本身作爲符號，固然有其限定性的一面，但亦含藴豐富，可以含指無窮的觀念。言辭有價值，但並不止於自身。這裏我們當然可以看出禪宗的强烈影響，但應該注意的是，新儒家也要學者注意言辭的價值及限制：『學者不泥文義者，又全背却遠去；理會文義者，又滯泥不通。』『凡觀書不可以相類泥其義，不爾則字字相梗。』（《近思録》）」

【附録】

馮班《鈍吟雜録》卷五《嚴氏糾謬》：

滄浪云：不落言詮，不涉理路。　按此二言，似是而非，惑人爲最。夫迷悟相覺，則假言以爲筌。邪正相背，斯循理而得路。迷者既覺，則向來之言，還歸無言；邪者既返，則向來之路，未嘗涉路。是以經教紛紜，實無一法可説也。此在教家，已自如此，若教外別傳，則絶塵而奔，誠非凡情淺見所測，吾不敢言也。至於詩者，言也，言之不足，故長言之；長言之不足，故詠歌之。但其言微不與常言同耳，安得有不落言詮者乎？　詩者，諷刺之言也。憑理而發，怨悱者不亂，好色者不淫，故曰思無邪。但其理元(玄)，或在文外，與尋常文筆言理者不同，安得不涉理路乎？

【總説】

此一節説別材非關書，別趣非關理，是從詩本身的角度言詩材、詩趣與書、理無關；非多讀書、多窮理不能極其至，是從詩人角度説，書、理與詩有關。　一方面從詩人角度説，要多讀書、多窮理，一方面從詩本身的角度説非關書、非關理，那麽如何既讀書而又不關書，既窮理而又不關理？　不涉理路是解決窮理而不關理的問題，不落言筌是解決讀書而不關書的問題。

就理的一方面説，嚴羽並非認爲詩歌與理没有關係。其《詩評》説「詩有詞、理、意興」，則理是詩歌的構成要素之一。既然理是詩歌的要素，則在詩人來説，窮理就有了必要。從詩人窮理，到詩中有理，就貫通起來了。但他又説別趣非關理，那麽，如何既有理而又有别趣？關鍵在「不涉理路」。有理而不涉理路，有兩途：一是理作爲一種價值取向，體現在情感中，情感具有道德理性内涵，就是所謂「發乎情，止乎禮義」，情感合乎禮義，就是合乎理。與嚴羽同時的真德秀即是如此理解詩歌中的理。其《文章正宗》編選宗旨是明義理而切世用，但他承認《詩經》中「正言義理」者很少，他認爲「得性情之正」就是「義理」，「不必顯言性命而後爲關於義理也」（《文章正宗・綱目・詩賦》）。所謂「得性情之正」就是情感符合理，就是「發乎情，止乎禮義」。嚴羽在《詩評》中説「南朝人尚詞而病於理」，所謂「病於理」，並不是説南朝詩人在詩歌中説理，涉理路，而是以理爲標準衡量南朝詩，認爲其有弊病，其實就是嫌南朝詩發乎情而不止乎禮義。

有理而不涉理路的第二種途徑，是將理寓於興象當中，將理形象化、感性化，不直言説出。用傳統的賦比興的説法，就是不用賦法説理，而用比興的方式來表達。嚴羽《詩評》中説「本朝人尚理而病於意興」，意興與興趣意近，核心在興，所謂「病於意興」，是説宋人不能寄理於興，不能將理感性化、形象化，涉於理路。嚴羽《詩評》説「唐人尚意興而理在其中」，理在意興之中，就是不直言理，將理感性化、形象化，有理而不涉理路。

在嚴羽，一方面詩中有理，另一方面詩有别趣非關理，兩者可以統一，可以做到有理而不涉理路，既詩中有理，又詩有别趣。

就書的一面説，如果將「别材」之「材」解釋爲才能之才，所謂别材非關書就成了詩人的才與學之間的關係。其所關涉的問題就是：既然詩歌要有特殊的才能，與學問無關，那麽詩人只憑别才就可以作詩，讀書或説學問對於詩歌的作用何在呢？如果將「别材」之「材」解釋爲材料之材，所謂别材非關書就是説詩歌有特殊的材料，與書本無關。沿著這種理解，就會有以下的問題：既然詩歌有特别的材料，與書本無關，那麽，讀書對於作詩有何作用？

其實在嚴羽之前的詩學傳統中，强調讀書與詩的關係最著名的就是杜甫的「讀書破萬卷，下筆如有神」之説。在江西詩派的詩學論述中，讀書對於詩歌的作用主要有以下三個方面：一、讀書爲了涵養性情，提高人格修養；二、讀書爲了提高詩歌鑒賞力，從而提高創作水平；三、讀書爲了積累詩材，爲用典。以上三方面，嚴羽排斥第三方面，在第二方面嚴羽顯然與江西詩派具有一致性，而在第一方面，現存的嚴羽著作中没有論述。但我們可以推測他應當不會反對，因爲讀書涵養性情在當時是一般士子都會認同的命題。

嚴羽一方面説别材非關書，另一方面又主張多讀、熟讀，兩者其實並不矛盾。讀書而陶養性情，讀書而化爲藝術鑒賞力及創作力，從這種角度説，書與詩的關係密切。讀書多而能化，不必字字有來歷，不必體現在典故上，此所謂不落言筌是也。

嚴羽别材、别趣之説前人皆以爲針對江西詩派，錢鍾書先生《談藝録》以爲别材非關書云云針對江西詩派，而别趣非關理云云乃針對當時理學詩派，可謂特識。

【附録】

范晞文《對牀夜語》卷二：

蕭千巖（德藻）云：詩不讀書不可爲，然以書爲詩不可也。老杜云：「讀書破萬卷，下筆如有神。」讀書而至破萬卷，則抑揚上下，何施不可？非謂以萬卷之書爲詩也。

雷燮《南谷詩話》卷上：

詩才出於天分，不在讀書；詩趣出於天興，不在窮理；皆自人性情中來，雖不識字人，亦有天真，一句一詠，流出肺腑，可見自然境界。故唐人尚意興而理致在其中，宋人尚理致，而意興或不足。此宋詩所以有不及唐者，元坐此也。温厚和平，長於諷諭，詩家第一義；托物比興，豈專譏刺，一涉疑似，小人藉爲口實。

《南谷詩話》卷上：

余論語（疑當作「詩」）如姜白石論字，一須人品高，先要聞道知天，有真識妙悟，有别材别趣，本乎讀書窮理，以擴充之者也。二須師法古。取則漢魏，從遊陶、柳，學李、杜大家數，詠《三百篇》風旨。

鄧雲霄《冷邸小言》：

「詩有别才，非關書也。」嚴儀卿嘗言之矣。然書亦何可廢！但當以才情駕馭之，如淮陰將兵，多多益善。彼懦將者，千軍萬馬，擁入帳中，主人且無著足處。晉最稱張華博物，然其詩太繁縟，乏遠致。昔人謂其風雲氣少，兒女情多，蓋亦不善用博者乎。故用而不用，如撒鹽水中，則得之矣。

胡應麟《詩藪》内編卷五：

嚴羽（當作儀）卿云：「詩有别才，非關書也；詩有别趣，非關理也。」十六字在詩家，即唐虞「精一」語不過。惟老杜難以此拘。其詩錯陳萬卷無論，至説理如「寂寂春將晚，欣欣物自私」之類，每被儒生家引作話柄，然亦杜能之，後人蹈此，立見敗缺。知嚴語當服膺。

瞉齋主人《獨鑒録》：

嚴滄浪云「詩有詞、理、意興」，是已。又云：「詩有别才，非關書也；詩有别趣，非關理也。」由其言而不察，誤人多矣。非書何以廣才，非理何以成趣？天下豈有寡學之才、無理之趣哉！蓋非關書者，才之放也，書所未載也，非外書也；非關理者，趣之妙也，理所未著也，非外理也。蓋有非尋常蹊徑可以揣摩之者，「羚羊掛角，無迹可求」，正此謂也。少陵云：「讀書破萬卷，下筆如有神。」然則非關書邪？

冒愈昌《詩學雜言》卷上：

嚴儀卿云：「詩有別才，非關書也；詩有別趣，非關理也。」可謂三昧之言。其下云：「然非多讀書，多窮理，則不能極其至。」未免意圓語滯。予嘗定之曰：詩有別才，非關學也；詩有別趣，非關理也。然才非學弗充，趣非理弗融。

謝肇淛《小草齋詩話》卷一：

嚴儀卿曰：「詩有別才，非關學也；詩有別趣，非關理也。」此言矯宋人之失耳，要之天下豈有無理之文章，又豈有不學之詩人哉！但當亭毒醖釀，融其渣滓，化而出之，使人共知，又使人不知，如富家翁設宴，屋宇奴僕，飲膳聲色，事事精辨，不必堆金列玉而後知其富也。若窮措大勉强假貸，鋪張遮掩，雖有一二鮭菜可口，終席之間，未免周章，翌日有不速之客，廚下洗然矣。古人詩文亦有不學而能者，如賤豎幼女村甿麄卒，或數語之偶合，或慧根之夙成，未可執是便謂讀書無益也。

王應奎《柳南續筆》卷三：

滄浪又云：「詩有別腸，非關書也。」此言雖與妙悟之説相表裏，而又須善會之。惟錢圓沙先生云：「凡古人詩文之作，未有不以學始之，以悟終之者也。而于詩尤驗。」此論雖本滄浪，而以學始之一語，實可圓非關書也之説，尤足爲後學指南耳。

眼也。

是。究之諸家之所駁者，皆滄浪之所已及。諸家隨聲附和，相逐爲名高，其於原文似未一經

滄浪「詩有別才非關學」語，自漁洋提唱，莫不標舉爲宗旨，而論詩諸名家又力駁，以爲非

謝章鋌《賭棋山莊餘集》卷二：

莫友棠《屏麓草堂詩話》引何岐海云：

《滄浪詩話》，有明一代奉爲聖書。近世瞀儒摘「別才不關書」一語以資掊擊，余考鍾嶸《詩品》曰「古今勝語，多非補假，皆由直尋」，即滄浪「別才不關書」之説也。杜工部云「讀書破萬卷，下筆如有神」，蘇文忠云「博觀而約取，厚積而薄發」，又云「退筆如山未足珍，讀書萬卷始通神」，即滄浪「非多讀書不能極其至」之説也。瞀儒所執以詆滄浪，爲滄浪所已言，可謂悖者之悖，以不悖爲悖者矣。（謝章鋌《賭棋山莊餘集》卷二引《屏麓草堂詩話》）

吳喬《圍爐詩話》卷一：

予友賀黄公曰：「嚴滄浪謂：詩有別趣，不關於理。而理實未嘗礙詩之妙。如元次山《舂陵行》、孟東野《游子吟》等，直是《六經》鼓吹，理可瘢乎？其無理而妙者，如『早知潮有信，嫁與弄潮兒』，但是於理多一曲折耳。」喬謂唐詩有理，而非宋人詩話所謂理；唐詩有辭，而非宋人詩話所謂辭。大抵賦須近理，比即不然，興更不然。「靡有孑遺」、「有北不受」可見。

又如張籍《辭李司空闢》詩，考亭嫌其「感君纏綿意，繫在紅羅襦」，若無此一折，即淺直無情，是爲以理礙詩之妙者也。

《師友詩傳録》：

張歷友答：「嚴羽滄浪有云：『詩有别才，非關學也；詩有别趣，非關理也。』此得於先天者，才性也。『讀書破萬卷，下筆如有神。』『貫穿百萬衆，出入由咫尺。』此得於後天者，學力也。非才無以廣學，非學無以運才，兩者均不可廢。」

陳壽祺《左海文集》卷六《薩檀河白華樓詩鈔序》：

嚴滄浪云：「詩有别才，非關書也；詩有别趣，非關理也；然非多讀書、多窮理，則不能極其至。」卓哉是言乎！犛牛不可以執鼠，干將不可以補履，鄭刀宋斤，遷乎地而弗良，樝梨橘柚，味相反而皆可於口：此别才之説也。五沃之土無敗歲，九成之臺無枉木，飲於江海，杯勺皆波濤，採於山藪，尋尺皆松樅：此多讀書之説也。解牛者目無全牛，畫馬者胸有全馬；造弓者擇幹於太山之阿，一日三睹陰，三睹陽，傅角纏筋，三年乃成；學琴者之蓬萊山，聞海水澒洞，山林杳冥，一動操而爲天下妙：此多窮理之説也。故才不俊則意凡，學不豐則詞儉，理不博則識褊。古大家之爲詩，雖風格各殊，顧於是三者必有所獨至，然後其騰實大而收名遠。世徒執「别才」一語爲滄浪詬病，抑過矣。

悉摧燒之；少陵尚謂「讀書破萬卷，下筆如有神」，況不如李、杜者乎？

陳僅《竹林答問》：

滄浪言：「詩有別材，非關書也；詩有別趣，非關理也。然非多讀書，多窮理，則不能窮其至。」其語本自無病，後人截其前四句語，爲藏身之固耳。以太白之天才，擬《文選》至三度，

陶明濬《文藝叢考初編》卷一《詩說雜記》三：

嚴羽曰：「詩有別裁，非關學也。詩有別趣，非關理也。然非多讀書，多窮理，則不能極其所至。」夫才之一字，甚難言也。或以之而成，或以之而敗；或用之而工，或用之而拙。然無論何種事業，非有才氣不足以辦之。

古今來以才稱者，盈千累萬，然而有別才者，則往往自成馨逸，不必文章之成，而事功之就也。一有可傳，亦覺新奇而可喜矣。如元文遥誦何遜之集，盧壯道竊窺人書，倒誦之以爲己作，柳芳則暗記題壁，邢邵則一覽無遺，魏奉古則援筆逆疏，唐王起則經月弗忘，蕭統則過目皆憶，梁簡文則九流百氏，靡所不記，王充則閱書書肆，一見能誦，何憲則四部甲丁之書，皆能述敘。梁臧嚴，則對於四部作者之姓名，無不知之。闞駰則包維羣言，張緬則隨問隨對，李嶠則應辨如響，張安世識亡書三篋，蔡文姬誦四百餘篇，陸倕暗寫五行志，虞世南暗疏列女傳，柳慶則千餘言三徧即誦。他若禰衡、王粲、楊修、鍾諤、張建章、吕陶、沈之用、蕭穎士、李

華，皆以走馬讀碑、一字不遺著稱，又若岑文本、劉敞、任昉，以草制敏捷傳，陳道、劉穆之、朱齡石以發幽神速稱，徐勉則文案堆積，而該綜百氏，徐紇終日治事，詔令造次俱成，唐邕三事並舉，劉穆之六事並舉，劉炫畫方圓以一時，史虛白於文隨口而書，楊大年文不加點，頃刻萬言。此皆所謂有別才者也，然猶未必以詩傳。理可思矣。

若夫專以詩句敏捷稱者，如陳思王以七步，柳公權以三步，王勃則圍棋下四字（當作「子」），成詩一首，竟陵王刻燭一寸，蕭文琰擊鉢數聲，謝靈運半日吟詩百篇，李賀唾地者三，則文成三篇，温庭筠八叉手而八韻成，若爾人者，皆以詩傳，又以捷稱，焜耀簡册，而人人欽遲者也。當其槃礴解衣，槎枒題壁，雲煙落紙，龍蛇飛騰，遊戲張其神通，淋漓濡其翰迹，試雞筆之三錢，開龍尾之一匣，酒氣拂拂，從指端而出，璣珠沙沙，向紙頭以落，固極詩人之豪情，行文之樂事矣。

雖然，仍必須有學。古今才人多矣，未必人皆有學，故未必人皆能詩。駿爽之子，以富於才，往往嗇於學。譬如繁弱鉅黍之弓，必待於榜檠；墨陽莫邪之劍，必資於剥脱。故苕發穎豎之才，必有深沉精煉之學，然後乃能獻杼軸之功，發宫商之響，枕葄圖史，而居稽成軌也。

至於别趣之説，尤爲警策。詩之爲用，感人動物，然其作也，非必應乎程限，中乎期會，如簿書簡牘，迫於不得已，而束縛馳驟之也。心有所棖觸，則必須抒寫；目有所感發，則必須吟諷。情之不能自已，意之有所獨寓，故或有繡囊之神悟，或有丹篆之秘授。當夫月夕蕭晨，秋澄春靄，嵐情欲飛，松聲迭韻，望南山而悠然，顧東籬而莞樂，朝誦叩叩之歌，夕詠微微之曲，藕結蘭因，萍成絮果。海稱五欲，共火宅而遊；房號七娥，享五鼎之食。此故流連光景，頤興煙蘿，明漪畫舫，胥是吟情，膩理靡顏，皆爲詩料者也。若以禮義之度揆之，則迥乎不相侔矣。

若純任旨趣以行，而不復以理限之，則必至於奇午儛馳，紛紜取笑，以之作人既非，以之作詩亦不可。試舉古人矯激立異，而以別趣乖正理者，幾不可更僕，茲述其略。如姜肱韜面不見，姜岐堅臥不起，第五倫不通人物，朱暉不識邑里。阮籍見人，則終日無一言；羊欣行詣，必由城外。王育行己任性，吳祐書不入京師。闕康之獨處一室，不通賓客；楊軻非入室弟子，不得親言。他若稽（按：應作「嵇」）康之鍛，謝客之禪，桓伊之笛，皆以趣有所別，而招尤賈禍於不自知之中，可不懼哉！

總之，人不可無趣，負販走卒，終日役役，尚有狂呼笑謔之時，甚至鳥獸無知，猶迎晴日而囀弄，臨曠野而奔放，物性且然，何況於人？若人拘於禮法，窘若囚拘，耽於功利，傀焉不可終日，齗齗於是非之理，得失之功，豐（應作「豈」）不大可笑乎？張而不弛，文武弗能，矜莊如孔子，亦尚有「莞爾」之時，「前言戲之」之語。故人有奇趣，則爲畸人；詩有奇趣，則爲好詩。

要不可出於禮防之外耳。

《文藝叢考初編》卷一《詩之四妙》：

一曰（理）高妙。詩須以理爲主，前已反覆言之。惟詩之與文，迥不相同，所謂理者，亦不能不異。文之爲體，廣大悉備，長短均可，其爲理也，易詳易明，蓋一語未了，則以兩語足成之，一段未晐，則以兩段詮釋之。期於理明辭達而已，初不以多少緩急爲限也。若詩則不能如此之靈便矣。韻數句數，皆有一定，不能加多，不能減少，就中古詩似稍寬泛，而聲調有譜，抑揚有節，亦不得率意爲出入，故一篇之中，拙手爲之，往往有字而無意，有辭而無理，上下不屬，前後不貫，令人讀之，茫然不知何謂，此大謬也。

詩中之理，蓋有別才，而不盡關於學，後人不達此旨，往往闌入道家語、禪語、理學語，字句奇特，標新領異，亦何嘗不佳，惟作詩專向此中討生活，久之亦覺無趣。讀吾詩者，初則苦其生澀隱僻，繼則厭其淡泊無味，吾之詩道亦必不能昌大。善爲詩者，勿固無我，惟善之從，學古人之長處，而時時有變换，對於事類，别之既明，發揮性情，無滯無礙，則神理高妙，超超玄箸，安有俗塵犯其筆端乎？雖獨酌成篇，感懷發詠，亦自能加人一等也。

（日）冢田虎《作詩質的》：

詩有别材，非關書也。詩有别趣，非關理也。然非讀書之多、明理之至者，則不能作此。

錢鍾書《談藝録》：

滄浪以「别才非書」、「别趣非理」雙提並舉，而下文申説「以文字爲詩，才學爲詩」，「多務使事，必有來歷出處」，皆「書」邊事，惟「以議論爲詩」稍著「理」字邊際。所數詩流之「江西宗派」，亦衹堪示以「書」爲作詩之例。南宋詩人篇什往往「以詩爲道學」，道學家則好以「語録講義押韻」成詩；堯夫《擊壤》，蔚成風會。真西山《文章正宗》尤欲規範詞章，歸諸義理。竊疑滄浪所謂「非理」之「理」，正指南宋道學之「性理」；曰「非書」，鍼砭「江西詩病」也，曰「非理」，鍼砭濂洛風雅也，皆時弊也。於「理」語焉而不詳明者，慴於顯學之威也；苟冒大不韙而指斥之，將得罪名教，「招拳惹踢」（朱子《答陳膚仲》書中語）。方虚谷尊崇江西派詩，亦必借道學自重；嚴滄浪厭薄道學家詩，卻衹道江西不是。二事彼此烘襯。余姑妄揣之，非敢如滄浪之「斷千百年公案」也。（五四五頁）

吴調公《「别才」和「别趣」——〈滄浪詩話〉的創作論和鑒賞論》：

嚴羽的「别才」指詩境中有悠然韻味的詩人。……「别才」從何而來？嚴羽對這一點的解釋，既注意性分，又注意學力。……「别趣」和「别才」是密切聯繫的。「别才」是産生「别趣」的根源，「别趣」是「别才」的必然結果；必須饒有「别才」的詩人，才能創作出饒有興趣的詩境。「别趣」有廣狹二義：就廣義言，它表示詩歌形象的特色和形象的魅力；就狹義言，它意

味著最富於形象魅力的詩歌即唐詩的特色。(《古代文論今探》,一四八—一五三頁)

黄景進《嚴羽及其詩論之研究》第三章第二節興趣説:

別材別趣的提出,正如學者們指出是爲了反對江西派的「以才學爲詩,以議論爲詩」,但應注意到,這種批評却是當時提倡唐詩以反對江西的人的共同見解,换句話説,是當時四靈及江湖詩人的共同見解,所以嚴羽之提出這種看法其實是站在江湖詩人的立場説的。但四靈派江湖詩人因爲反對「以學問作詩,以議論作詩」的結果,專走晚唐一路,而流於「卑鄙俚俗」的毛病,這却不是嚴羽所同意的,因此嚴羽緊跟著補充説「然非多讀書,多窮理,則不能極其至」(或作「而古人未嘗不讀書,不窮理」),這幾句話又是針對四靈派而言。(八四頁)

詩者,吟詠情性也。盛唐諸人,惟在興趣〔一〕,羚羊掛角,無迹可求〔二〕。故其妙處,透徹玲瓏〔三〕,不可湊泊〔四〕,如空中之音,相中之色〔五〕,水中之月,鏡中之象〔六〕,言有盡而意無窮。

【校勘】

〔盛唐諸人〕 陳定玉輯校《嚴羽集》:「『諸人』,《玉屑》作『詩人』。」

〔無迹可求〕 「求」,《對牀夜語》卷二引作「尋」。

〔透徹玲瓏〕郭紹虞《校釋》：「《玉屑》『透』作『瑩』。」

〔鏡中之象〕「象」，《對牀夜語》卷二引作「影」，陳定玉校：「徐(榦)本作『花』，非。」

【箋注】

〔一〕盛唐諸人二句：興有比興之興，指表現方式；有感興之興，指創作過程中情感的興起及創作衝動的産生。對興字理解不同，對興趣的理解就出現差異。以興爲比興之興者，會將興趣理解爲以興的方式表現的情趣；以興爲感興之興者，則將興趣理解爲由感興而生之情趣。前説以朱自清先生爲代表，後説以葉嘉瑩先生爲代表。

朱自清《中國文評流别述略》「論興趣」云：

嚴羽《滄浪詩話》説：「盛唐諸人，惟在興趣，羚羊掛角，無迹可求。」又説：「李、杜數公如金鳷擘海，香象渡河。」興趣可以説是情感的趨向；羚羊云云見得這種趨向是代表一類事，不是代表一件事，所以不可死看。蘇軾所謂「賦詩必此詩，定非知詩人」，就是此意。金鳷云云以見李、杜興趣的一端，也不可死看。興趣的興是比興的興的引伸義，都是托事於物，不過所托的一個是教化，一個是情趣罷了。比興的興是借喻，興趣的説明也靠着形似之辭，是極其相近的。(《朱自清全集》第八卷，一五〇頁。南京：江蘇教育出版社，一九九三年)

朱自清先生認爲，興趣之興是比興之興的引申，是一種托事於物的表現方式。他稱興趣是情感的趨向，似是將趣解釋爲趨向之意。但照他下面的説法，又以趣爲情趣，不過這種情趣不是直接表現出來的，是寄托在外物之中用興的方式表現出來的。這是從情感及其表現方式角度來解釋興趣。

葉嘉瑩先生則從創作中情感興起的方式解釋興趣。其《王國維及其文學批評》：

> 我以爲他提出「興趣」之前所説的「詩者，吟詠情性也」一句話，實在極可注意，而「興趣」二字本身的字義也可以給我們很大的啟示。他所謂的「興趣」應該並不是泛指一般所謂好玩有趣的「趣味」之意，而當是指由於内心的興發感動所産生的一種情趣，所以他才首先提出「詩者，吟詠情性」之説，便因爲他所謂的「興趣」，原是以詩人内心中情趣之感動爲主的。而「興」字所暗示的感興之意，當然也包含了外物對内心的感發作用。（三二〇頁。香港：中華書局香港分局，一九八〇年）

葉先生説興趣是有内心的興發感動所産生的一種情趣，她把興理解爲感興之興，趣是情趣，是由感興而來的。這只是從情感産生的狀態、方式上解釋興趣，並没有涉及到情感的表現方式，同樣是感興産生的情趣可以有不同的表現方式，有直露的表現，也有含蓄的表現。

張少康先生則從審美感受的角度解釋興趣。《論〈滄浪詩話〉——兼談嚴羽和王士禛在文藝思想上的聯繫和區别》：

> 嚴羽所講的「興趣」，就是指詩歌藝術「言有盡而意無窮」的特點所引起的人的審美趣味。他講的「興趣」和鍾嶸所講的「滋味」一樣，是從人的感受的角度出發，來説明藝術的特徵的。（《北京大學學報》一九六四年第三期，又載《古典文藝美學論稿》，三八九頁。北京：中國社會

科學出版社，一九八八年）

張先生實是將趣理解爲審美趣味，是作品所引起的美感。不同特徵的作品可以引起不同的美感，興趣是作品的興的特徵（言有盡而意無窮，鍾嶸《詩品》以「文已盡而意有餘」釋興）所引起的美感。興趣是從作品所給人的美感的角度，也就是讀者的角度，來説明作品的審美特徵的。

從美感特徵角度説興趣的還有陳伯海先生，其《説「興趣」》：

《滄浪詩話》中的「興趣」，是指詩歌的「情性」融鑄於詩歌形象整體之後所産生的那種藴藉深沉、餘味曲包的美學特點。它屬於詩歌藝術性的範疇，但不等於藝術性的全部；它構成詩歌形象或詩歌意境的一個側面、一種屬性，而不同於意境或形象本身；它接近於詩歌給予人的美感，但又是指的那種清空悠遠、幽深雋永的特殊感受。（《文藝理論研究》，一九八二年第二期）

陳伯海先生試圖用文學理論中的文學的形象性理論來解釋興趣，詩歌有情感（情性），有形象，當情感形象化，便會有一種含蓄有餘味的特點，這種特點就是興趣。陳先生可能覺得這樣解釋有些泛化，故後面談到興趣給人之美感時説是「清空悠遠、幽深雋永的特殊感受」，但這樣説與前面所説不能完全契合。因爲情感融鑄到形象當中所産生的美感並不一定都是清空幽深的。

張健先生將興趣解釋爲悠遠的韻味。其《滄浪詩話研究》云：

「興趣」的定義是：作品中所表現的悠遠的韻味。「妙悟」是詩人創作的内在涵養和過程；「興趣」則是創作時的含蓄表現。因爲它含蓄，所以可説是「不涉理路，不落言詮」；因爲它韻味

悠遠，所以可「羚羊掛角」，「空中之音，相中之色，水中之月，鏡中之象」來比喻。（二一五頁）

王運熙《全面認識和評價〈滄浪詩話〉》：

所謂興趣（書中有時稱爲「興致」或「意興」），是指抒情詩所以具有感染力量的藝術特徵。具體說來，這裏面大致包含著三個要素。一是抒情。……二是要有真實感受和具體形象。……三是要含蓄和自然渾成。……嚴羽論詩，針對江西詩派流弊，强調詩歌要有興趣，實際就是要求它具有抒情詩的藝術特徵和感染力量。詩歌具有這種藝術特徵，就是所謂「當行本色」，從它區別於其他文體而言，就是所謂「别材别趣」。「當行本色」和「别材别趣」實際指的是一回事。（《中國古代文論管窺》二三七、二三八頁）

健按：以上諸家或從創作過程言，或從作品的審美構成言，或從作品的藝術效果言，或兼而言之，都有其相對的合理性，因爲興趣涉及到創作過程、表現方式、藝術效果，可以從各方面展開分析。

〔二〕羚羊掛角二句：傳説羚羊很機警，夜眠時將角掛在樹枝上，足不著地，無迹可尋。《五燈會元》卷七：雪峰義存禪師曰：「我若東道西道，汝則尋言逐句；我若羚羊掛角，汝向甚麼處捫摸？」第一義原不可説，所謂東道西道，就是對其有所説，而羚羊掛角則是無所説，所以讓人捫摸不著。王士禛《香祖筆記》卷一：「釋氏言：『羚羊掛角，無迹可求。』古言云：『羚羊無些子氣味，虎豹再尋他不著。九淵潛龍，千仞翔鳳乎！』此是前言注脚，不獨喻詩，亦可爲士君子居身涉世之法。」

王士禛以羚羊掛角云云與「不著一字，盡得風流」同意，他舉李白、孟浩然二詩作爲典範。《分甘餘話》卷四：「或問『不著一字，盡得風流』之説。答曰：太白詩：『牛渚西江夜，青天無片雲。登高望秋月，空憶謝將軍。余亦能高詠，斯人不可聞。明朝掛帆去，楓葉落紛紛。』襄陽詩：『掛席幾千里，名山都未逢。泊舟潯陽郭，始見香爐峰。常讀遠公傳，永懷塵外蹤。東林不可見，日暮空聞鐘。』詩至此，色相俱空，政如羚羊掛角，無迹可求，畫家所謂逸品是也。」所謂「不著一字，盡得風流」，就是對於要表達的内容對象不去直接描述，但又能使其得到充分的表現。

陳伯海《嚴羽和滄浪詩話》：「什麽叫『無迹可求』呢？《詩評》説：『詩有詞理意興。南朝人尚詞而病於理，本朝人尚理而病於意興，唐人尚意興而理在其中，漢魏之詩，詞理意興，無迹可求。』參照來看，『無迹可求』應該就是『詞理意興，無迹可求』。『詞』是語言形式；『理』是思想内容；『意』即『言有盡而意無窮』的意，指詩歌形象所含蓄著的豐富的意念情趣；『興』當然就是『興趣』，也就是詩歌作品『言有盡而意無窮』的那種藝術特點和藝術韻味。『意』和『興』不可分割，故文中並連使用。在嚴羽看來，詩歌形象應該是一個渾然的整體，詞、理、意、興各個方面不能獨立存在，必須统一在這個整體之中，彙合、融洽到『無迹可求』的地步。」（五五、五六頁）此解無迹可求雖然聯繫嚴羽《詩評》之説，但恐怕並不符合嚴羽原意。因爲按照《詩評》篇的説法，無迹可求是漢魏人詩歌的特點，唐人「尚意興而理在其中」，也不等於無迹可求，而嚴羽此處所謂無迹可求，却是指盛唐而言。

【附録】

王士禛《分甘餘話》卷二：

嚴滄浪論詩，特拈「妙悟」二字，及所云「不涉理路，不落言詮」，又「鏡中之象，水中之月，羚羊掛角，無迹可尋」云云，皆發前人未發之秘。而常熟馮班詆諆之不遺餘力，如周興、來俊臣之流，文致士大夫，鍛鍊周内，無所不至，不謂風雅中乃有此羅織經也。

陳衍《石遺室詩話》卷一〇：

滄浪之「羚羊掛角，無迹可求」等語，故爲高論，故爲廋語，故爲不可解之言，直以淺人作深語，艱難文固陋而已，表聖「不著一字」之旨，亦不過二十四品中之一，白石之「温伯雪子」（健按：《白石道人詩説》「辭意俱不盡，温伯雪子是也」），又何以異？

〔三〕透徹玲瓏：光亮透明貌。透徹，《詩人玉屑》作「瑩徹」，晶瑩透明貌。荒井健日譯《滄浪詩話》注：「『瑩徹』，與『透徹』同，極度透明之意。」按晉王嘉《拾遺記·吳》：「孫亮作琉璃屏風，甚薄而瑩澈。」「瑩澈」同「瑩徹」。玲瓏，明貌。李白《玉階怨》：「玲瓏望秋月。」朱子曾用透徹玲瓏形容虛靜的狀態。《朱子語類》卷十八：「所謂虛靜者，須是將那黑底打開成箇白底，教他裏面東西南北玲瓏透徹，虛明顯敞，如此，方喚做虛靜。」

嚴羽此句承上句形容興趣的特徵。陳國球《論詩論史上一個常見的象喻——「鏡花水月」》：「其中『透徹』可指通透，『玲瓏』指明晰；意思是説盛唐詩的好處是：能够將作者的美感經驗毫無窒礙的、充分的傳達，讓讀者再度體味這份美感經驗。」（《古代文學理論研究》第九輯，二二三頁。上海：上海古籍出版社，一九八四年）

〔四〕不可凑泊：《大慧普覺禪師語録》卷十三：「如僧問趙州：如何是祖師西來意？州云：庭前柏樹子。這箇忒殺直。又僧問洞山：如何是佛？山云：麻三斤。又僧問雲門：如何是佛？門云：乾屎橛。這箇忒殺直。爾擬將心凑泊，他轉曲也。」凑泊，有凑近止泊之意，宗杲語録中具體是指用心去思考求索，認定其是什麽。

荒井健日譯《滄浪詩話》注：「凑泊，集中、凝集、把握之意。俗語有聚攏、居於那裏之意。此處似亦含有接觸之意。」

錢鍾書《談藝録》八八：「魏爾倫比詩境於『蟬翼紗幕之後，明眸流睇』，言其似隱如顯，望之宛在，即之忽稀，正滄浪所謂『不可凑泊』也。」（二七六頁）

陳國球《論詩論史上一個常見的象喻——「鏡花水月」》：「『凑泊』是聚合、固定的意思；『不可凑泊』是説不能將詩當作實際事情的記録，將詩所表現出的環境經驗落實於現實世界的某些場景。以下一連四個象喻，都是爲了進一步闡明這不能泥於形迹之意。」（《古代文學理論研究》第九輯，二二三頁）

健按：上句「透徹玲瓏」是説詩境鮮明，没有遮蔽；「不可凑泊」是説雖然境象鮮明，却又不可執著。

〔五〕如空中之音二句：《苕溪漁隱詩話》卷三十三「張芸叟（張舜民，字芸叟）」條：《復齋漫録》云：「芸叟嘗評詩云：……王介甫之詩，如空中之音，相中之色，人皆聞見，難可著摸。」空中之音，可以聽得見，相中之色，可以看得見，但都捉摸不到。張舜民借以形容王安石詩歌之可感而不可執的特徵，也就是説，詩歌中所要傳達的東西，讀者可以感覺得到，但詩人並没有明説出來，讀者又不能執著認定是什麽。

空中之音，即空中之聲音，此易於理解。然相中之色的確切含義，諸家却有不同的解釋。

王達津《論滄浪詩話》説：「相中之色，指物象上的顏色，人們可以從不同時間不同角度去看，似紅非紅，似黛非黛……這也是擺脱理路言筌的藝術形象。」(《王達津文粹》，一四〇頁)

陳國球《論詩論史上一個常見的象喻——「鏡花水月」》：「『相中之色』的『相』在佛義中指一切事物外現的形象狀態；『色』指屬於物質的、可以變化的一切。佛家有所謂『色即是空』，就是説物質不能永恒不變，就好像空幻的一樣。」(《古代文學理論研究》第九輯，二三三頁。)

陳伯海《嚴羽和滄浪詩話》將之理解成「圖畫中的色彩」。(五七頁)

陳世襄《中國詩學與禪學》(《東方》卷十，一九五七年)將此譯爲「幻相的顏色」(colours in an apparition)，林理章《正與悟：王士禛的詩論及其淵源》將此譯成「外表的顏色」(color in appearances)，宇文所安《中國文學思想讀本》將其譯成「臉的顏色」(color in a face)。市野澤寅雄譯《滄浪詩話》注：「人之色雖然可以感覺到，但不像物體那樣有固定之形，無法抓住。」(三七頁)

健按：相即形相、相貌或狀态之意，人、物各有其相，佛亦有三十二相，色乃是顏色、色相、美色之色，是相的構成因素，所以是相中之色，但是色可以看見，却抓不住，難以指陳它是什麽。

嚴羽再傳弟子黄清老《詩法》云：「是以妙悟者，意之所向，透徹玲瓏，如空中之音，雖有所聞，不可彷彿；如相中之色，雖有所見，不可描摸；如水中之味，雖有所知，不可求索。」黄氏將嚴羽所言興趣之特徵作爲妙悟之特徵。

〔六〕水中之月二句：此喻出自佛典。大乘佛教認爲諸法性空，用了十個比喻來顯明之。《智度論》六曰：「經解了諸法如幻，如焰，如水中月，如虚空，如響，如揵闥婆城，如夢，如影，如鏡中象，如化。」

宋末劉辰翁（字會孟）亦嘗以水月鏡花論詩。揭傒斯《傅與礪詩集序》：「天下文章莫難於詩。劉會孟嘗序余族兄以直詩，其言曰：詩欲離欲近。夫欲離欲近，如水中月，如鏡中花，謂之真不可，謂之非真亦不可。謂之真，即不可索；謂之非真，無復真者。」（《傅與礪詩文集》卷首）。所謂欲離欲近，即詩歌對於所要表現的對象或内容，一方面要指向它（近），只有如此，才能知道所描述的是什麽；另一方面又不要太切近它，如太切近，就太似。一方面不能將之作爲一個實際的客觀存在，但另一方面，它雖不是客觀的真實存在，却具有某種真實性。

王士禛以爲鏡花水月即是所謂不即不離之境界。《師友詩傳續録》載王士禛云：「嚴儀卿所謂如鏡中花，如水中月，如水中鹽味，如羚羊掛角，無迹可求，皆以禪理喻詩，内典所云不即不離，不黏不脱，曹洞宗所云參活句是也。」王氏所云與劉辰翁相通。

【附録】

青木正兒《中國文藝思想史》：

他説漢魏晉與盛唐之詩是第一義，中唐之詩是第二義，晚唐之詩又在其下。那麽，盛唐詩之妙處何在？在興趣。……興趣之物如羚羊隱藏其形迹，難以求得。故其妙處雖然可以透徹地看見，但却不能指出此即是妙處。宛如水中之月、鏡中之像，可以覽知，却不可捕捉。那也即是説，其妙在興趣，必不在命意、用字上。此説與《白石詩説》的「自然高妙」思想相同，嚴氏之説或出自姜白石。（一二八頁。東京：岩波書店，一九四三年）

錢鍾書《談藝録》二八：

滄浪繼言：「詩之有神韻者，如水中之月，鏡中之象，透徹玲瓏，不可湊泊，不涉理路，不落言詮」云云，幾同無字天書。以詩擬禪，意過於通，宜招鈍吟之糾繆，起漁洋之誤解。禪宗於文字，以膠盆黏著爲大忌；法執理障，則藥語盡成病語，故谷隱禪師云：「纔涉唇吻，便落意思，盡是死路，終非活路。」（見《五燈會元》卷十二）此莊子「得意忘言」之説也。若詩自是文字之妙，非言無以寓言外之意；水月鏡花，固可見而不可捉，然必有此水而後月可印潭，有此鏡而後花能映影。（補訂本，一〇〇頁）

黄海章《談嚴羽的「滄浪詩話」》：

所謂「空中之音，相中之色，水中之月，鏡中之象」，都係顯示不即不離的境界。所謂「不即」，是不局限於語言文字當中，有它一唱三嘆之餘韻，所謂「不離」，是不在於語言文字之外，通過語言文字，才能將無窮之意顯示出來。再進一步説，空中之音，相中之色，水中之月，鏡中之象，誠然不可以捉摸，然而無音、無色、無月、無象，則不能在空中、相中、水中、鏡中顯現，所以詩的超妙的境界，還須以客觀現實爲基礎，通過語言文字而表現出來。……然而詩歌中所反映出來的現實，是滲透了作者自己的感情思想和運用美妙的藝術手腕熔鑄而成的。藝術上的真，並不等於客觀上的真。猶之乎空中之音，相中之色，水中之月，鏡中之象，並不和原來的「音」、「色」、「月」、「象」完全一樣，而是在不即不離之間。這種境界，才是耐人尋味的。（《光明日報》一九五八年三月九日《文學遺産》第一九九期）

王達津《論滄浪詩話》：

嚴羽用「水中之月」等比喻，實同王昌齡、皎然一樣，來自禪學的中道。……佛家中道講假有，於是所見事物都是非假非真，非有非無，這正足以比喻藝術的真實，也足以反映詩的境界純淨深遠。空中之音也是一樣的意思。……相中之色，指物象上的顔色，人們可以從不同時間不同角度去看，似紅非紅，似黛非黛……這也是擺脱理路言筌的藝術形象。（《王達津文粹》，一四〇頁）

陳國球《論詩論史上一個常見的象喻——「鏡花水月」》：

「音」、「色」、「月」、「象」本爲具體事物，這些景象能被感受到，就呼應了「透徹玲瓏」一語；再加上「空中之」、「相中之」、「水中之」、「鏡中之」等定語在前，説明這些景象的虚幻和不能徵實，呼應了「不可湊泊」一語。嚴羽的目的是説明理想的詩所傳達的經驗有這種特殊的性質。（《古代文學理論研究》第九輯，二二三、二二四頁。上海：上海古籍出版社，一九八四年）

陳伯海《嚴羽和滄浪詩話》：

這裏指明了詩歌形象鑄合成以後給人帶來的美感，也就是「興趣」一詞的注脚。空際的聲音、圖畫中的色彩、水底的月亮、鏡子裏的映象，這種種比喻，和中唐詩人戴叔倫用「藍田日暖，良玉生煙」來説明「詩家之景」一樣，都是形容那種「可望而不可置於眉睫之前」（司空圖《與極浦書》引戴叔倫語）的感受，所以叫作「透徹玲瓏，不可湊泊（亦作揍泊，拍合、靠攏的意思）」。這種感受的實質，就在於詩人將豐富的意念情趣概括、藴藏在具體的形象畫面之中，讓人們透過這有限的畫面，去領略、玩味那無窮的意趣，於是便産生了那種恍恍然若有所見而又不能確切把握、完全把握的審美體驗。（五七頁）

張少康、劉三富《中國文學理論批評發展史》下：

空中之音，若聞若寂，相中之色，似見似滅，水中之月，非有非無，鏡中之象，亦存亦亡。這跟司空圖所引戴叔倫的話，「藍田日暖，良玉生煙，可望而不可置於眉睫之前」，確是非常相似的。意境具有虚實結合的特點，它若有若無，似虚似實，象外有象，景外有景，讓人感到有無窮的言外之意，韻外之致，味外之旨。（一一五頁。北京大學出版社，一九九五年）

【總説】

興趣是嚴羽詩論的核心範疇之一，由於嚴羽本人没有解説，後人説法甚多。要解釋興趣必須注意的問題是：一、嚴羽前面説「詩有别趣」，此興趣是否就是嚴羽所謂别趣？二、嚴羽此後批評近代諸公「多務使事，不問興致」，興趣與興致有何關係？三、嚴羽在《詩評》中説詩有詞、理、意興，興趣與意興關係如何？四、嚴羽説盛唐諸人惟在興趣，從詩歌史上看，漢魏晉至初唐詩人是否也是如此？

如果説嚴羽所謂興趣就是别趣，那麽「詩有别趣」之趣是什麽涵義？如將趣理解爲情趣，則「詩有别趣」，就成了詩歌有别的情趣；本來，「詩有别趣」是與文相區别而言的，這樣解釋就意味著文也是表現情趣的，只是詩歌的情趣與文的情趣不同；這樣解釋不符合古代關於詩文分界的普遍説法，也不是嚴羽的本意。正因爲别趣之趣難以解釋成情趣，所以有學者就將其解釋成趣味，「詩有别趣」就是説詩歌有一種特别的趣味，也就是有一種特殊的美感。沿著這一方向去解釋興趣，興趣就是由興而來的趣味，這正是詩歌之趣味的特别所在。事實上，趣可以和别的詞搭配，在《詩人玉屑》中有「詩趣」門，列有「天趣」、「奇趣」、「野人趣」、「登高臨遠之趣」諸目，是説不同的美感特徵。

興趣的核心就是興，正是興構成了其特殊性。興有感興之興，有比興、興寄之興，感興之興是指外物觸發詩人心靈，引起詩人的創作衝動，從而進入創作狀態。此一點楊萬里有非常清楚的説明：

大抵詩之作也，興，上也；賦，次也；賡和，不得已也。我初無意於作是詩，而是物是事，適然觸乎我，我之意亦適然感乎是物是事，觸先焉，感隨焉，而是詩出焉，我何與哉？天也，斯之謂興。（《答建康府大軍庫軍門徐達書》，《誠齋集》卷六十七）

某種外物或事觸動詩人，詩人恰恰對此物此事有所感受，正是在這種感興的過程中，作品被創作出來；整個創作過程不是按照一種理性的程式或步驟人爲有意地進行，所以説是「天」，即是自然的。

興趣之興正有這種感興的涵義。宋末陳仁子《牧萊脞語》卷七《玄暉宣城集序》云：「興趣云者，景物所觸，悠然入詠，若郢人操斤，不假鑢削，自中規矩。」由景物觸發而悠然入詠，没有人爲有意的構思，却又符合藝術的規律，這正是楊萬里所謂「天」，正是感興的特徵。可見陳氏正是從感興來解説興趣的。

興除了有感興之興的涵義外，還有比興、興寄之興的涵義。宋人所謂興趣之興也有這一方面的涵義。嚴羽的族人嚴粲在《詩緝》卷一曾論及《大雅》氣象與《小雅》興趣云：

> 竊謂《雅》之小大，特以其體之不同耳。蓋優柔委曲，意在言外者，風之體也。明白正大，直言其事者，雅之體也。純乎雅之體者，爲《雅》之大；雜乎風之體者，爲《雅》之小。今考《小雅》，正經存者十六篇，大抵寂寥短簡，其首篇多寄興之辭，次章以下則申複詠之，以寓不盡之意，蓋兼有風之體。《大雅》，正經十八篇皆春容大篇，其辭旨正大，氣象開闊，不唯與《國風》夐然不同，而比之《小雅》，亦自不侔矣。……詠「呦呦鹿鳴，食野之苹」，便會得《小雅》興趣；誦「文王在上，於昭于天」，便識得《大雅》氣象。《小雅》、《大雅》之别，則昭昭矣。

嚴粲把《小雅》與《風》歸爲一類，認爲它們在表現方式及風格上具有更多的一致性，那就是所謂「優柔委曲，意在言外」，與「明白正大，直言其事」的《大雅》之體相對。正是由於《國風》、《小雅》「寄興之辭」、「申複詠之」，形成了其「優柔委曲，意在言外」之特徵，而這種特徵，嚴粲認爲就是興趣。可見嚴粲所謂興趣之興其實就是比興、興寄之興，他正是從這方面理解興趣的。感興與興寄、比興可以合，也可以分。所謂合者，詩人因眼前的人事、景物觸發生感，他可以把所要寄托的意趣内容就藴涵在眼前的人事、景物之中。所謂分者，興寄可以無感興，是作者先有一個旨趣，然後設計通過某種事物、方式來寄寓，其興寄的媒介也可以是典故，整個表現過程完全可以是一種理性化的設計。

我們回頭看嚴羽所謂興趣，應該是兼有感興與興寄兩方面的涵義的。嚴粲所説的興趣之「優柔委曲，意在言外」的特徵與嚴羽説興趣「羚羊掛角，無迹可求」、「言有盡而意無窮」是一致的。嚴羽批評近世詩人「多務使事，不問興致」，此興致之興，乃是感興之意。

嚴羽對興及興趣本身涵義的理解其實並没有什麽新奇之處，其特别之處在於他把興趣與詩歌史聯繫起來，認爲興趣是盛唐詩的特徵，而宋詩缺乏興趣。興趣一詞在嚴羽之詩論中既是一個理論範疇，也是一個詩歌史範疇。

【附録】

雷燮《南谷詩話》卷上：

唐人意興，宋人或有不足；宋人理趣，唐人亦所未到。今人能兼意興、理趣而有之，斯至言矣。《三百篇》之遺響，可輕視耶？

何良俊《四友齋叢説》卷二十四詩一：

嚴羽卿論詩，以爲當如水中之月，鏡中之花，此詩家妙語也。又引禪家羚羊掛角、香象渡河等語，正以見作詩者當不落理路，不著言詮，學詩誠不可不知此意。然觀王右丞《輞川別業》與《積雨輞川作》，李頎《題璿山人山池》諸篇，皆從實地説，何曾作浮濫語？今人則全無血脈，一句説向東，一句説向西，以爲此不落理路、不著言詮語，即水中月、鏡中花也，此何異向癡人説夢？而羽卿數語，無乃爲疑誤後人之本耶？

近代諸公乃作奇特解會〔一〕，遂以文字爲詩〔二〕，以才學爲詩〔三〕，以議論爲詩〔四〕。夫豈不工，終非古人之詩也。蓋於一唱三歎之音，有所歉焉〔五〕。且其作多務使事，不問興致〔六〕；用字必有來歷，押韻必有出處〔七〕；讀之反覆終篇，不知着到何在〔八〕。其末流甚者，叫噪怒張，殊乖忠厚之風，殆以駡詈爲詩〔九〕。詩而至此，可謂一厄也〔一〇〕，可謂不幸也。

【校勘】

〔近代諸公乃作奇特解會〕郭紹虞《校釋》：「《玉屑》無『乃』字。」

〔遂以文字爲詩以才學爲詩以議論爲詩〕《玉屑》作「以文字爲詩，以才學爲詩，以議論爲詩」。

〔夫豈不工〕　陳定玉輯校《嚴羽集》：「《玉屑》句前有『以是爲詩』四字。」

〔不問興致〕　「興」，胡重器本作「典」。

〔讀之反覆終篇〕　郭紹虞《校釋》：「《玉屑》無『反覆』二字。」

〔着到何在〕　《校釋》：「《歷代詩話》本『在』作『處』。」按何望海本、周亮工本、朱霞本、徐榦本亦作「處」。

〔可謂不幸也〕　此五字底本及諸本無，惟《玉屑》有之，兹據補。

【箋注】

〔一〕奇特解會：奇特不當的理解。《大慧普覺禪師語録》卷十五：「叢林舉唱者，如麻如粟，錯會者如稻似穀，若不作心性會，便作玄妙會；不作玄妙會，便作理事會；不作理事會，便作直截會；不作直截會，便作奇特會。」嚴氏此言蘇軾、黄庭堅諸人對詩道作了錯誤的理解，不遵從傳統，而以己意爲詩，背離了唐詩傳統。下文説「國初之詩，尚沿襲唐人」，而「至東坡、山谷，始出己意以爲詩」，即作奇特會。

〔二〕以文字爲詩：即以文爲詩。宋人稱作文爲作文字。

〔三〕以才學爲詩：以才力與學問爲詩。嚴羽重妙悟、重識，乃是主張應該對詩歌本質有深入的理解，而以才學爲詩，則是對詩歌本質缺乏深入的理解與自覺。

〔四〕以議論爲詩：以議論爲詩，在宋代有兩派，一是詩人之以議論爲詩者，一是理學家以議論爲詩者。張戒《歲寒堂詩話》卷上：「自漢魏以來，詩妙於子建，成於李、杜，而壞於蘇、黄。余之此論，固未易爲俗人言也。子瞻以議論作詩，魯直又專以補綴奇字，學者未得其所長，而先得其所短，詩人之意掃地矣。」

此所言蘇軾屬於前者。劉克莊《恕齋詩存稿》：「近世貴理學而賤詩，間有篇詠，率是語録講義之押韻者爾。」（《後村先生大全集》卷一一一）此所言者乃屬於後者。嚴羽所指，實際上包括了以上兩派。

〔五〕一唱三歎：此指詩歌有餘味。《禮記·樂記》：「清廟之瑟，朱絃而疏越，壹唱而三歎，有遺音者矣。」鄭玄注：「清廟，謂作樂歌《清廟》也。朱絃，練朱絃，練則聲濁。越，瑟底孔也。畫疏之，使聲遲也。倡，發歌句也。三歎，三人從歎之耳。」

按嚴羽批評蘇、黃詩缺少一唱三歎之音，然蘇軾論詩文亦推崇一唱三歎之音。其《答張文潛縣丞書》：「子由之文實勝僕，而世俗不知，乃以爲不如。其爲人深不願人知之，其文如其爲人，故汪洋澹泊，有一唱三歎之聲，而其秀傑之氣，終不可没。」（《蘇軾文集》卷四十九）《送俞節推》：「吳興有君子，澹如朱絲琴。一唱三歎息，至今有遺音。」（《東坡詩集注》卷十五）這與他在《書黄子思詩集後》中推崇漢魏，推崇陶淵明、韋應物、柳宗元乃至司空圖是一致的。

〔六〕且其作多務使事二句：此指蘇、黃及江西詩派詩多用事。不問興致，言缺乏感興，不是有所感興而發。《歲寒堂詩話》卷上：「詩以用事爲博，始於顔光禄，而極於杜子美；以押韻爲工，始於韓退之，而極於蘇、黃。……蘇、黃用事押韻之工，至矣盡矣，然究其實，乃詩人中一害。」

〔七〕用字必有來歷二句：用字必有來歷，乃是江西詩派的論詩主張。黃庭堅詩學曾受其岳父孫覺影響。孫氏云：「杜子美詩無兩字無來處。」（林希逸《竹溪鬳齋十一藁續集》卷三十《學記》引趙次公注杜序）黃庭堅《答洪駒父》：「自作語最難，老杜作詩，退之作文，無一字無來歷，蓋後人讀書少，故謂韓、杜自作此語耳。」宋無名氏《北山詩話》載韓駒語云：「詩語當用前人已道過字方穩。」諸人皆是主張用字有來歷。

押韻必有出處：謂所押之韻、韻脚用字一定是前人使用過的。黄徹《䂬溪詩話》卷七：「臨川愛眉山詩能用韻，有云：『冰下寒魚漸可叉。』又：『羔袖龍鍾手獨叉。』蓋子厚嘗有『江魚或共叉』，又云『入郡腰常折，逢人手盡叉』。」蘇軾詩中用叉魚之叉、叉手之叉作韻脚，這種用法亦見於柳宗元詩，故可以説是押韻有出處。又如張耒《柯山集》卷六《離黄州》：「扁舟發孤城，揮手謝送者。山回地勢卷，天豁江面瀉。中流望赤壁，石脚插水下。昏昏煙霧嶺，歷歷漁樵舍。居夷實三載，隣里通假借。别之豈無情，老淚爲一灑。篙工起鳴鼓，輕艣健于馬。聊爲過江宿，寂寂樊山夜。」此詩實是用杜甫《玉華宫》一詩之韻。杜詩云：「溪回松風長，蒼鼠竄古瓦。不知何王殿，遺構絶壁下。陰房鬼火青，壞道哀湍瀉。萬籟真笙竽，秋色正瀟灑。美人爲黄土，况乃粉黛假。當時侍金輿，故物獨石馬。憂來藉草坐，浩歌淚盈把。冉冉征途間，誰是長年者？」（《全唐詩》卷二一七）蘇、黄詩多和韻、次韻，亦屬此類。

詩歌語言作爲表現情感的媒介，是達意的工具，就這一層而言，詩歌用字有無來歷，押韻是否有出處，對於其作爲達意的工具來説没有實際意義。但是，詩歌語言除了作爲達意工具之外，其自身還具有審美價值。在這一層面上説，用字的來歷、押韻的出處會具有審美意義。它會將當下詩句的字詞與其所原出的作品建立某種關聯，讓讀者由當前的作品聯想到前人的作品，會使詩歌語言具有一種知性的知識感，同時呈現出一種技巧感。但是，追求語言自身的審美價值與其作爲達意的工具之間具有某種緊張關係，有時爲了追求語言自身的審美價值却影響到了其達意的功能。

〔八〕讀之反覆終篇二句：此謂用典過多，用字、押韻必有來歷出處，這些詩歌語言上的講求影響了表情達意，讓讀者不知作者要表達的意旨。

〔九〕其末流甚者四句：叫噪，叫嚷，叫鬧。怒張，忿怒外露。罵詈，詈，罵。

關於嚴羽此句的具體所指，前人有不同説法。郭紹虞《校釋》：「案山谷《書王知載朐山雜録後》云：『詩者人之性情也，非强諫爭於庭，怨忿詬於道，怒鄰罵座之謂也。』則山谷亦反對以罵爲詩者。惟東坡好以時事爲譏誚，故《後山詩話》稱：『蘇詩始學劉禹錫，故多怨刺。』《石林詩話》亦稱東坡出爲杭州通判時，文同送行詩有『北客若來休問事，西湖雖好莫吟詩』之句，滄浪所言當指此。同時戴式之《論詩十絶》謂：『時把文章供戲謔，不知此體誤人多』，可能又受滄浪影響。」健按：黄庭堅稱蘇軾文章好罵，戒人勿襲其軌。《山谷集》卷十九《答洪駒父》：「《駡犬文》雖雄奇，然不作可也。東坡文章妙天下，其短處在好罵，慎勿襲其軌也。」陳師道《後山詩話》也稱「學者宜慎」。

蘇軾好罵，而黄庭堅反對罵詈。照這樣理解，嚴羽此言定是指蘇軾。然細按原文，此一理解存在問題。嚴羽前文説「近代諸公乃作奇特解會」，後言「末流甚者」云云，則「末流」乃是「近代諸公」的末流，這可以有兩種理解：一、末流是近代諸公當中的末流，也就是近代諸公中最差的；二、末流是受近代諸公影響、學習近代諸公者中之最差的，是近代諸公之後的人。郭紹虞先生的理解是第一種。但如果將末流理解爲蘇軾，那麼，近代諸公指誰呢？郭紹虞先生並没有解釋。荒井健將近代諸公理解爲

「宋朝的諸詩人」，認爲「末流」指蘇軾，照這樣理解，蘇軾就成爲嚴羽所批評的宋代諸詩人中的末流了，故荒井氏指出嚴羽稱蘇軾爲末流「太過分」。（荒井氏日譯《滄浪詩話》《文學論集》二九二—二九四頁）但是如果蘇軾是嚴羽批評的近代諸公之末流，那麼誰是上流的詩人呢？嚴羽在下文明確指出蘇、黄自出己意爲詩，他批評的對象顯然主要是蘇、黄，故此種解釋不恰當。

朱東潤先生提出新解，以爲指劉克莊，其《滄浪詩話探故》：

> 他所謂江西詩病，是指什麼？這是他所説的「近代諸公」，尤其是他所説的「末流」，因爲他們「叫噪怒張，殊乖忠厚之風，殆以駡詈爲詩。」
>
> 這些近代諸公是誰？……黄、陳比嚴羽早一百五十年，吕、曾比嚴羽早一百十年，陸、楊比他早七十年，嚴羽即使要取他們的心肝，其時代遠不相及。即從他們的作品論，我們也無法肯定他們是以駡詈爲詩。所以如説嚴羽的言論針對江西詩派的（一）黄、陳；（二）吕、曾；（三）陸、楊這三個時期的代表人物而言，其實是無的放矢。
>
> 但是嚴羽却是有的放矢的理論批評家。他的議論很可能是針對著劉克莊。……理由有四。（一）克莊的時代與嚴羽相當，劉克莊也曾指出在那時代裏存在著唐詩和江西詩派兩條不同的道路。……（二）克莊在《劉圻父詩序》裏雖然對於這兩家同樣地有褒有貶，但是他自己却是走的江西派的道路。……（三）克莊正面提出對於以禪喻詩的反對。……（四）克莊正面提出對於李賈論詩的爭論。李賈和嚴羽是同調……可是克莊指出「謂詩之唐猶存則可，謂詩至唐

而止則不可」……他甚至還提出宋詩勝唐詩的看法。……從以上四點，我們可以見到劉克莊、嚴羽雖然生於同一個時代，同一個地區（克莊莆田人，與邵武同屬福建路），他們之間有共同的朋友如王埜、戴復古等，但是他們的主張是完全對立的。他們的爭論雖然還没有指名道姓，但是隔山開炮，其鬥爭的熱烈，並不下於對面動刀的要求。

嚴羽攻擊江西詩派的末流，「叫噪怒張，殊乖忠厚之風，殆以罵詈爲詩」。這樣的詩在南宋後期是具體存在的。克莊《後村大全集》卷四至卷八，大抵作於十三世紀二十年代，這正是嚴羽所看到的年代。……《題〈繫年録〉》……正見到他對於當局的不滿。……更露骨的是他的十首新樂府……激昂地暴露了當時軍中的黑暗……倘使嚴羽認爲這是「叫噪怒張，殊乖忠厚之風，殆以罵詈爲詩」，嚴羽是正確的。問題在於克莊的詩篇，是不是具體暴露了當時的現實。……這裏很顯然地看到嚴羽脱離現實，要求詩人放棄爲人民喉舌的職責。（《中國文學論集》，三二七—三三一頁，一九六四年撰）

葉適《習學記言》卷四十七：「張衡《四愁》，雖在蘇、李後，得古人意則過之。建安至晉，高遠；宋、齊麗密；梁、陳稍放靡，大抵辭意終未盡。唐變爲近體，雖白居易、元稹以多爲能，觀其論叙，亦未失詩意。而韓愈盡廢之，至有亂雜蟬噪之譏。此語未經昔人評量，或以爲是，而叫呼怒罵之態，濫溢不可禦。所以後世詩去古益遠，雖如愈所謂亂雜蟬噪者，尚不能到，況欲求風雅之萬一乎？孟郊謂『詩骨聳東野，詩濤洶退之』，而愈亦自謂：『還當三千秋，更起鳴相訓。』嗚呼！以豪氣言詩，憑陵古今，與孔子之論何異指哉？」依葉適的看法，所謂叫呼怒罵之態，乃是韓愈以豪氣言詩主張所産生的結果；按照這種理解，凡是直露豪放者大抵都屬於所謂叫呼怒罵之詩。嚴羽所言或受葉適影響。嚴氏主張「雄渾」，反對以「健」論詩，健是力量外露，在他看來，蘇、黄詩皆有此弊。學蘇、黄者其末流便流入叫噪怒罵爲詩了。

〔一〇〕詩而至此二句：厄，災難。荒井健日譯《滄浪詩話》注：「『詩而至此』云云，語式仿『詩到李義山，謂之文章一厄』（惠洪《冷齋夜話》卷四西崑體條）。」

【附録】

魏泰《臨漢隱居詩話》：「黄庭堅喜作詩得名，好用南朝人語，專求古人未使之事，又一二奇字，綴葺而成詩，自以爲工，其實所見之僻也。故句雖新奇，而氣乏渾厚。吾嘗作詩題其編後，略云：『端求古人遺，琢抉手不停。方其拾璣羽，往往失鵬頸。』蓋謂是也。」

張戒《歲寒堂詩話》卷上：「自漢魏以來，詩妙於子建，成於李、杜，而壞於蘇、黄。余之此論，固未易爲俗人言也。子瞻以議論爲詩，魯直又專以補綴奇字。學者未得其所長，而先得其所短，詩人之意掃地矣。」

劉克莊《後村詩話》後集卷二：「游默齋序張晉彦詩云：『近世以來學江西詩，不善其學，往往音節聱牙，意象迫切。且論議太多，失古詩吟詠性情之本意。』切中時人之病。」

然則近代之詩無取乎？曰：有之。吾取其合於古人者而已。國初之詩，尚沿襲唐人。王黄州學白樂天〔一〕，楊文公、劉中山學李商隱〔二〕，盛文肅學韋蘇州〔三〕，歐陽公學韓退之古詩〔四〕，梅聖俞學唐人平澹處〔五〕。至東坡、山谷，始自出己意以爲詩，唐人之風變矣〔六〕。山谷用工，尤爲深刻，其後法席盛行，海内稱爲江西宗派〔七〕。

【校勘】

〔國初之詩至梅聖俞學唐人平澹處〕《詩林廣記》後集卷九楊文公總評：「滄浪《詩辯》：國初詩，尚沿襲唐人。楊文公學李商隱。」又《詩林廣記》後集卷七梅聖俞總評：「滄浪《詩辯》：國初詩，尚沿襲唐人。梅聖俞是學唐人平澹處。」

〔始自出己意〕陳定玉輯校《嚴羽集》：「『意』，《玉屑》作『法』。」

〔尤爲深刻〕陳定玉校：「《玉屑》無『爲』字。」

【箋注】

〔一〕王黄州：王禹偁（九五四—一〇〇一），字元之，鉅野（今屬山東）人。有《小畜集》，《宋史》卷二九三有傳。白樂天（七七二—八四六）：白居易，字樂天。

《蔡寬夫詩話》云：「元之本學白樂天詩。在商州嘗賦《春日雜興》云：『兩株桃杏映籬斜，裝點商州副使家。何事春風容不得，和鶯吹折數枝花。』其子嘉祐云：老杜嘗有『恰似春風相欺得，夜來吹折數枝花』之句，語頗相近，因請易之。王元之忻然曰：『吾詩精詣，遂能暗合子美邪？』更爲詩曰：『本與樂天爲後進，敢期杜甫是前身。』卒不復易。」（《苕溪漁隱叢話》前集卷二十五引）

〔二〕楊文公：楊億（九七四—一〇二〇），字大年，浦城（今屬福建）人。累官翰林學士，謚文，有《括蒼》、《武夷》等集。《宋史》卷三〇五有傳。

劉中山：劉筠（九七〇—一〇三〇），字子儀，大名（今屬河北）人。官至翰林學士承旨，謚文恭，有《玉堂集》。《宋史》三〇五有傳。劉筠初爲楊億識拔，後與楊億齊名，號「楊劉」。

李商隱：字義山，懷州河内（今河南沁陽）人，累官工部郎中，有《樊南集》。《舊唐書》卷一九〇、《新唐書》卷二〇三有傳。

楊、劉與錢惟演等人詩宗李商隱，其唱和之作集爲《西崑酬唱集》，在當時頗有影響，謂之「西崑體」。《蔡寬夫詩話》：「國初沿襲五代之餘，士大夫皆宗白樂天詩，故王黄州主盟一時。祥符、天禧之間，楊文公、劉中山、錢思公專喜李義山，故崑體之作，翕然一變。」

〔三〕盛文肅：盛度（九六八—一〇四一），字公量，世居應天府，後徙杭州餘杭縣（今屬浙江）。官至參知政事，謚文肅。與李宗諤、楊億等編《文苑英華》，有《愚谷》、《銀臺》、《中書》、《樞中》四集，《宋史》卷二九二有傳。

韋蘇州：韋應物，兩《唐書》無傳，根據新發現韋應物墓誌，應物字義博，京兆杜陵（今陝西西安）人。曾任滁州、江州、蘇州刺史，貞元七年（七九一）十一月八日葬，其卒當在上年（七九〇）或是年。所著詩賦、議論、銘頌、記序，凡六百餘篇行於當時。有《韋蘇州集》。

〔四〕歐陽公：歐陽修（一〇〇七—一〇七二），字永叔，號六一居士，廬陵（今江西修水）人，官至樞密副使參知政事。有《歐陽文忠公集》。《宋史》卷三一九有傳。

葉夢得《石林詩話》：「歐陽文忠公詩始矯崑體，專以氣格爲主，故其言多平易疎暢，律詩意所到處，雖語有不倫，亦不復問。而學之者往往遂失真，傾囷倒廩，無復餘地。」劉克莊《後村詩話》卷二：「歐公詩如昌黎，不當以詩論。」

〔五〕梅聖俞：梅堯臣（一〇〇二—一〇六〇），字聖俞，宣城（今屬安徽）人，累遷屯田都官員外郎。與蘇舜欽其名，稱「蘇梅」。有《宛陵集》。《宋史》卷四四三有傳。

歐陽修《六一詩話》：「聖俞、子美齊名於一時，而二家詩體特異。子美筆力豪儁，以超邁橫絶爲奇；聖俞覃思精微，以深遠閑淡爲意，各極其長，雖善論者不能優劣也。」朱弁《風月堂詩話》卷上：「聖俞少時專學韋蘇州，世人咀嚼不入，唯歐公獨愛玩之。」梅氏論詩主平淡：「作詩無古今，唯造平淡難。」（《讀邵不疑學士詩卷杜挺之忽來因出示之且伏高致輒書一時之語以奉呈》）胡仔謂：「聖俞詩，工於平淡，自成一家。」（《苕溪漁隱叢話》後集卷二十四）然朱熹說：「他不是平淡，乃是枯槁。」（《朱子語類》卷一三九）

〔六〕至東坡山谷三句：東坡，蘇軾號。山谷，黄庭堅號。此謂蘇、黄背離唐詩傳統，按照自己對詩歌的理解寫詩。

郭紹虞《校釋》:「張戒《歲寒堂詩話》:『子瞻以議論作詩,魯直又專以補綴奇字,學者未得其所長,而先得其所短,詩人之意掃地矣。』此説爲滄浪所本。」

《後村詩話》卷二:「坡詩略如昌黎,有汗漫者,有典嚴者,有麗縟者,有簡澹者,翕張開闔,千變萬態,蓋自以其氣魄力量爲之,然非本色也。它人無許大氣魄力量,恐不可學。和陶之作,如海東青西極馬,一瞬千里,了不能爲韵束縛。」

近藤元粹《螢雪軒叢書》評:「東坡豈可貶哉! 如山谷則艱澀不鬯,余亦不能解其妙。」

〔七〕江西宗派:吕居仁作《江西詩社宗派圖》,自黄庭堅以下,列陳師道、潘大臨、謝逸、洪朋、洪芻、饒節、祖可、徐俯、林敏修、洪炎、汪革、李錞、韓駒、李彭、晁沖之、江端本、楊符、謝薖、夏倪、林敏功、潘大觀、王直方、善權、高荷等人,在南宋影響甚大。後人亦稱江西詩派。

【總説】

嚴羽認爲盛唐詩是第一義,依照其取法乎上的理論,宋人應該繼承此一傳統。站在此一立場上看宋代詩歌史,嚴羽認爲有學唐與離唐兩種趨向,宋初至歐陽修都是學唐的,自蘇、黄始自出己意爲詩,背離了唐詩傳統。學唐是他肯定的,離唐是他否定的。值得注意的是有關歐陽修的評價,前人一般把歐陽修看作是宋詩面貌形成的關鍵人物,而嚴羽却將他放到繼承唐人傳統的一系當中。

近世趙紫芝、翁靈舒輩〔一〕，獨喜賈島、姚合之詩〔二〕，稍稍復就清苦之風〔三〕。江湖詩人多效其體〔四〕，一時自謂之唐宗〔五〕，不知止入聲聞、辟支之果〔六〕，豈盛唐諸公大乘正法眼者哉〔七〕！嗟乎！正法眼之無傳久矣〔八〕！唐詩之説未唱，唐詩之道或有時而明也〔九〕。今既唱其體曰唐詩矣，則學者謂唐詩誠止於是耳，得非詩道之重不幸耶〔一〇〕！故予不自量度〔一一〕，輒定詩之宗旨〔一二〕，且借禪以爲喻，推原漢、魏以來，而截然謂當以盛唐爲法，後捨漢魏而獨言盛唐者，謂古律之體備也〔一三〕。雖獲罪於世之君子，不辭也。

【校勘】

〔賈島姚合之詩〕 陳定玉輯校《嚴羽集》：「『詩』，《玉屑》作『語』。」

〔止入聲聞辟支之果〕 郭紹虞《校釋》：「止，一作祇，一作正。」按《歷代詩話》作「祇」，《適園叢書》本作「正」。

〔唐詩之道或有時而明〕 《校釋》：「《玉屑》無『或』字。」

〔得非詩道之重不幸耶〕 《校釋》：「《玉屑》『得非』作『兹』。」「耶」，尹嗣忠本、清省堂本、《寶顔堂祕笈》本、《津逮祕書》本、《説郛》本、《歷代詩話》本、《三家詩話》本、《螢雪軒叢書》本作「邪」。

〔定詩之宗旨〕 「定」，《適園叢書》本誤作「宗」。

〔後捨漢魏二句夾注〕 「後」，《適園叢書》本作「復」。「古律」，宋本及元本《玉屑》同；寬永本《玉屑》作「舌律」，「舌」當是「古」之訛；十卷本、古松堂本《玉屑》作「唐律」。程至遠本無「之」字。《適園叢書》本此二句在篇末。

【箋注】

〔一〕趙紫芝：趙師秀（一一七〇—一二一九或一二二〇），字紫芝，號靈秀，永嘉（今浙江温州）人，太祖八世孫。紹熙元年（一一九〇）進士。有《清苑齋集》。　翁靈舒：翁卷，字續古，又字靈舒，有《西巖集》。趙師秀、翁卷與徐照（字道暉，號靈暉）、徐璣（字文淵，號靈淵）俱爲永嘉人，號「永嘉四靈」。

葉適《水心先生文集》卷二十九《題劉潛夫南嶽詩稿》：「往歲徐道暉諸人，擺落近世詩律，斂情約性，因狹出奇，合於唐人，夸所未有，皆自號四靈云。」

〔二〕賈島（七七九—八四三）：字浪仙，一作閬仙，范陽（今河北涿州）人。初爲僧，法名無本，後還俗，終身未中第。作詩以苦吟著稱，有《賈長江集》。《新唐書》卷一七六附韓愈傳。　姚合：陝州硤石（今河南三門峽市）人，姚崇曾孫，元和進士，授武功主簿，時稱姚武功，官終祕書少監。有《少監集》。《新唐書》卷一二四附姚崇傳。

吴子良《荆溪林下偶談》卷四「四靈詩」：「水心之門趙師秀紫芝、徐照道暉、璣致中、翁卷靈舒，工爲唐律，專以賈島、姚合、劉得仁爲法。其徒尊爲四靈，翕然效之，有八俊之目。」

方回《瀛奎律髓》卷二十翁卷《道上人房老梅》評語：「翁卷字續古，一字靈舒，詩曰《西巖集》。徐機字文淵，一字致中，號靈淵，詩曰《泉山集》。徐照字道暉，號靈暉，詩曰《山民集》。趙師秀字紫芝，號靈秀，詩曰《天樂堂集》。乾、淳以來，尤、楊、范、陸爲四大詩家，自是始降而爲江湖之詩。葉水心適以文爲一時宗，自不工詩，而永嘉四靈從其說，改學晚唐詩，宗賈島、姚合，凡島、合同時漸染者，皆陰撏取摘用，驟名於時。而學之者不能有所加，日益下矣。名曰厭傍江西籬落，而盛唐一步不能少進，天下皆知四靈之爲晚唐，而鉅公亦或學之。趙昌父、韓仲止、趙蹈中、趙南塘兄弟，此四人不爲晚唐，而詩未嘗不佳。劉潛夫初亦學四靈，後乃少變，務爲放翁體，用近人事，組織太巧，亦傷太冗。同時有趙庚仲白，亦可出入四靈小器。此近人詩之源流本末如此。」

〔三〕稍稍：逐漸。清苦：清淡工苦。此句謂四靈詩漸漸又趨向清淡工苦之風。賈島、姚合詩有清苦之風，四靈學之，其詩多描繪景物，抒寫幽興逸情，故有清淡之風，又作詩窮力苦吟，追求工巧，有賈、姚之風。

〔四〕江湖詩人句：江湖與廟堂相對，所謂江湖詩人是指宋嘉定以後一個以下層士人爲主的詩人羣體，這個羣體以詩人兼書商陳起所刻《江湖集》爲代表。方回《瀛奎律髓》卷二十：「當寶慶初，史彌遠廢立之際，錢塘書肆陳起宗之能詩，凡江湖詩人皆與之善，宗之刊《江湖集》以售。」

徐伯齡《蟫精雋》卷十五《宋詩家數》：「又慶元、嘉定以來，有江湖謁客，如龍洲劉過改之、石屏戴復古式之、壺山宋謙父自遜、阮梅峰秀實、林可山洪、孫花翁惟信季蕃、高菊礀九萬、劉江村瀾，號江湖體。杭書肆陳宗之刊《江湖集》，後村《南嶽稿》亦與焉。紫陽方虛谷咸不重之，以爲輕俗。」

胡鑑《滄浪詩話注》：「宋之季年，江西、四靈兩派合併而爲江湖一派。」張宏生《江湖詩派研究》：「南宋時代的江湖詩派是一個以當時江湖遊士爲主體的詩人羣體，屬於這一派的江湖遊士，是由下層

知識分子構成的一個特殊的社會階層。」(第八頁。北京：中華書局，一九九五年)

〔五〕唐宗：宗乃宗派之意，如臨濟宗、曹洞宗之類。唐宗，謂唐詩宗派，與江西宗派相對。

〔六〕不知句：此謂四靈、江湖詩人所提倡的是晚唐詩，比之於禪家，乃屬於小乘。

〔七〕大乘正法眼：禪家所説無上之正法，即最高的真理。此指盛唐詩所體現的詩道。禪家標榜「以心傳心」、「教外別傳」，其所傳之心即佛心，是最高的真理。此心能够徹見正法，具有辨別正邪之能力。嚴羽在本篇第一節説「具正法眼」，是就其具有辨別力而言，此處則是就其作爲最高真理而言。兩者涵義有所差別。

〔八〕正法眼句：謂盛唐之詩道，即盛唐詩的傳統。

〔九〕唐詩之説二句：唱唐詩之説，乃指四靈、江湖詩人宗尚唐詩而言。唐詩之道，指唐詩的傳統，嚴羽認爲唐詩之道是由盛唐詩爲代表的。四靈、江湖詩人所唱的是晚唐詩，在嚴羽看來，晚唐詩並不能代表真正的唐詩之道，假使四靈、江湖詩人不唱唐詩之説的話，真正的唐詩之道(即盛唐詩之道)或許有時而能顯明。現在四靈等唱唐詩之説，而他們所唱的却是晚唐詩，不能代表真正的唐詩之道，這樣反倒使得真正的唐詩之道隱晦不明了。

〔一〇〕今既唱其體三句：言四靈、江湖詩人既然提倡唐體，本應提倡真正的唐體即盛唐體，但現在提倡的却是晚唐體，這會使學詩者誤將晚唐體當作真正的唐體，以爲這就是真正的唐詩。本來盛唐詩才是真正詩道的體現，由於四靈等人的倡導，反使真正的詩道不彰，這不是有益詩道，而是有害詩道。蘇黄詩風至末流已是詩道之不幸，四靈詩風對於詩道來説乃是又一重的不幸。

〔一一〕不自量度：不自量力。

〔一二〕輒定詩之宗旨：特定立詩之主導思想。輒，獨，特。六祖慧能弟子神會《菩提達摩南宗定是非論》云：「我自料簡是非，定其宗旨。」又云：「今日説者爲天下學道者辨其是非，爲天下學道者定其宗旨。」禪家宗旨之説指一宗派之核心思想，嚴羽定宗旨説當從此而來，其所定的詩之宗旨即下文「以盛唐爲法」。

〔一三〕後捨漢魏二句：嚴羽認爲盛唐可以代表漢魏，因爲漢魏只有古體，而盛唐既有古體，也有律體，其古體可以代替漢魏。在嚴羽，還没有對盛唐的古體詩與漢魏古體詩作價值上的分辨，到明七子派，就認爲漢魏古詩價值上高於唐代古詩，至李攀龍甚至説「唐無五言古詩，而有其古詩」（《選唐詩序》），明確認爲唐代五言古詩背離了漢魏古詩傳統。七子派主張古詩學漢魏，近體學盛唐，可以説是嚴羽古近體皆學盛唐之主張的修正。

【總説】

嚴羽認爲宋詩當繼承唐詩之道，在他看來，宋初猶上承唐人，但自蘇、黄始就背離了唐詩傳統。四靈及江湖詩人學唐，是回歸唐詩傳統。但唐詩傳統有分别、有高下，盛唐詩才是最高的代表，學詩者應該以盛唐爲學習對象，而四靈及江湖詩人却取法晚唐，以晚唐詩爲唐詩的代表，在嚴羽看來，這是個方向性的錯誤！按照嚴羽的理論，這是因爲他們缺乏識力，對於各時期唐詩特徵及高下没有正確的認識和判斷，因而做出了錯誤的選擇，差了路頭。嚴羽借禪家的道理來推論詩的道理，詩道正如禪道，是有邪正高下之分的；學詩亦如學禪，應該學習第一義、最高格的；漢魏晉與盛唐詩是最高格的，因而應以漢魏晉盛唐爲師；由於盛唐詩包括了古體、律體，盛唐詩可以代表漢魏古體，故而可以歸結爲以盛唐爲法。這就是嚴羽《詩辯》篇反復論辯所得出的結論。

詩體

【解題】

此篇在《詩人玉屑》被編入卷二「詩體上」，未識「滄浪編」。在元刊本《滄浪吟卷》中被列爲第二篇，通行本《滄浪詩話》中之次第即據元刊本《滄浪吟卷》。

《詩體》有自注云：「近世有李公《詩格》，泛而不備；惠洪《天廚禁臠》，最爲誤人。今此卷有旁參二書者，蓋其是處不可易也。」惠洪《天廚禁臠》三卷，今存。李公《詩格》，當是指李淑《詩苑類格》，三卷，此書今已亡佚，然其内容，方回《桐江集》卷七《詩苑類格考》有考述，宋人著作中亦有引及。嚴羽此篇所述諸體有出自《詩苑類格》者，故知其所旁參的李公《詩格》即是李淑《詩苑類格》。

此篇實嚴羽彙集前人之説而成。據嚴羽本人所言，其有取於李淑、惠洪二人著作。李淑《詩苑類格》中卷列古詩雜體三十門，下卷録詩格六十七門，惠洪《天廚禁臠》三卷皆論詩法。嚴羽旁取其内容，彙編於此篇。故郭紹虞先生《滄浪詩話校釋》言其「體與格不分，格與法不分」。

此篇宋末元初人蔡正孫《詩林廣記》中曾引及，又在元、明曾别出流傳，題《嚴滄浪詩體》，文字與今本有差異。

許印芳《詩法萃編》卷七：「詩體繁賾，大概已具於此。其餘體格，博覽羣書自知之。」近藤元粹《螢雪軒叢書》評：「詩家系統，一一揭示，雖不能免後人之誹議，亦自不無益於後學。」

一

《風》、《雅》、《頌》既亡，一變而爲《離騷》〔一〕，再變而爲西漢五言〔二〕，三變而爲歌行、雜體〔三〕，四變而爲沈、宋律詩〔四〕。五言起於李陵、蘇武〔五〕或云枚乘〔六〕，七言起於漢武《柏梁》〔七〕，四言起於漢楚王傅韋孟〔八〕，六言起於漢司農谷永〔九〕，三言起於晉夏侯湛〔一〇〕，九言起於高貴鄉公〔一一〕。

【校勘】

此節文字亦見於元人詩法《詩家一指》「普説外篇」：「《風》、《雅》、《頌》既云亡，一變而爲《離騷》，再變而爲西漢五言，三變而爲歌行雜體，四變而爲沈、宋律詩。晉夏侯湛三言，楚王傅韋孟四言，李陵、蘇武五言，漢司農谷永六言，漢武《柏梁》七言，高貴鄉公九言。總言之，《三百篇》内二言、三言、四言、五言、六言、七言、八言、九言、十一二言皆有之矣。」且後有小注云：「其説具項平庵《家説》中。」項平庵，即項安世，字平父，淳熙二年（一一七五）進士，官終太府卿。有《周易玩辭》、《家説》等著作。《宋史》卷三九七有傳。按此段文字不見於今本《家説》。然據《四庫全書總目》卷九二《家説》提要，《家説》自明初以來，其本久佚，今本乃四庫館臣從《永樂大典》中輯出，已非原本之舊。《詩家一指》乃元人編撰，《家説》原本元時尚存，故《詩家一指》注此段文字出自《家説》，或有所據。嚴羽《詩體》一篇，《詩人玉屑》注明「滄浪編」，即編集諸家之説而成，項安世時代早於嚴羽，故《詩體》中此段文字或是嚴羽編自項平庵《家説》，非嚴羽自撰也。

【箋注】

〔一〕一變而爲離騷：此謂《離騷》乃由《詩經》傳統變化而來。按古人强調《離騷》是《詩經》傳統的繼承者。班固《離騷傳序》引淮南王劉安説：「《國風》好色而不淫，《小雅》怨誹而不亂，若《離騷》者，可謂兼之矣。」即言《離騷》是《國風》、《小雅》的繼承者。劉勰《文心雕龍·辨騷》：「自風雅寢聲，莫或抽緒，奇文鬱起，其《離騷》哉！固已軒翥詩人之後，奮飛辭家之前，豈去聖之未遠，而楚人之多才乎！」

〔二〕再變而爲西漢五言：古人認爲五言詩起於西漢。鍾嶸《詩品序》：「夏歌曰『鬱陶乎予心』，楚謡曰『名余曰正則』，雖詩體未全，然是五言之濫觴也。逮漢李陵，始著五言之目矣。」

許學夷《詩源辯體》卷二：「嚴滄浪云：『《風》、《雅》、《頌》既亡，一變而爲《離騷》（屈、宋楚辭總名），再變而爲西漢五言。』愚按：《三百篇》正流而爲漢、魏諸詩，别出而乃爲《騷》耳。」

〔三〕三變而爲歌行雜體：胡才甫《箋注》：「後文稱引：有鞠歌行，放歌行，長歌行之類。又曰：又有單以歌名者，行名者，不可枚述。則歌行雜體，當指魏晉以降言之也。」胡氏似以爲歌行雜體指各種名目的歌行體，實則指歌行、雜體兩類。雜體即其下文所列雜體詩，如迴文等，見後。

〔四〕四變而爲沈宋律詩：沈，沈佺期。宋，宋之問。見《詩辯》注。

〔五〕五言起於李陵蘇武：任昉《文章緣起》：「五言詩創於漢騎都尉李陵與蘇武詩。」《文選》卷二十九載李陵詩三首、蘇武詩四首，然後人以爲非李、蘇所作。

李陵《與蘇武三首》：

良時不再至，離別在須臾。屏營衢路側，執手野踟躕。仰視浮雲馳，奄忽互相逾。風波一失所，各在天一隅。長當從此別，且復立斯須。欲因晨風發，送子以賤軀。

嘉會難再遇，三載爲千秋。臨河濯長纓，念子悵悠悠。遠望悲風至，對酒不能酬。行人懷往路，何以慰我愁。獨有盈觴酒，與子結綢繆。

攜手上河梁，遊子暮何之。徘徊蹊路側，悢悢不得辭。行人難久留，各言長相思。安知非日月，弦望自有時。努力崇明德，皓首以爲期。

蘇武《詩四首》：

骨肉緣枝葉，結交亦相因。四海皆兄弟，誰爲行路人。況我連枝樹，與子同一身。昔爲鴛與鴦，今爲參與辰。昔者長相近，邈若胡與秦。惟念當離別，恩情日以新。鹿鳴思野草，可以喻嘉賓。我有一罇酒，欲以贈遠人。願子留斟酌，敘此平生親。

黄鵠一遠別，千里顧徘徊。胡馬失其羣，思心常依依。何況雙飛龍，羽翼臨當乖。幸有絃歌曲，可以喻中懷。請爲遊子吟，泠泠一何悲。絲竹厲清聲，慷慨有余哀。長歌正激烈，中心愴以摧。欲展清商曲，念子不能歸。俯仰内傷心，淚下不可揮。願爲雙黄鵠，送子俱遠飛。

結髮爲夫妻，恩愛兩不疑。歡娱在今夕，燕婉及良時。征夫懷遠路，起視夜何其。參辰皆已没，去去從此辭。行役在戰場，相見未有期。握手一長嘆，淚爲生别滋。努力愛春華，莫忘歡樂時。生當復來歸，死當長相思。

燭燭晨明月，馥馥秋蘭芳。芳馨良夜發，隨風聞我堂。征夫懷遠路，遊子戀故鄉。寒冬十二月，晨起踐嚴霜。俯觀江漢流，仰視浮雲翔。良友遠别離，各在天一方。山海隔中州，相去悠且長。嘉會難再遇，歡樂殊未央。願君崇令德，隨時愛景光。

【附録】

蔡居厚《蔡寬夫詩話》云：「五言起於蘇武、李陵，自唐以來有此説，雖韓退之亦云。然蘇、李詩，世不多見，惟《文選》中七篇耳。世以蘇武詩云『寒冬十二月，晨起踐凝霜。俯觀江漢流，仰視浮雲翔』，以爲不當有江漢之言，或疑其僞。予嘗考之，此詩若答李陵，則稱江漢決非是；然題本不云答陵，而詩中且言『結髮爲夫婦』之類，自非在塞外所作，則安知武未嘗至江漢邪？但注者淺陋，直指爲使匈奴時，故人多惑之。其實無據也。《古詩十九首》，或云枚乘作，而昭明不言，李善復以其有『驅車上東門』與『游戲宛與洛』之句，爲辭兼東都。然徐陵《玉臺》，分『西北有浮雲』以下九篇爲乘作，兩語皆不在其中，而『凛凛歲云暮』、『冉冉孤生竹』等，別列爲古詩，則此十九首，蓋非一人之辭，陵或得其實。且乘死在蘇、李先，若爾，則五言未必始二人也。」（《苕溪漁隱叢話》前集卷一）

劉克莊《後村詩話》前集卷一：「五言見於《書》、《詩》，如『萬事叢脞哉』、『胡爲乎泥中』之類，非始於蘇、李也。」

包恢《敝帚稿略》卷二《論五言所始》：「五言之體，説者類以爲始於漢之蘇、李，曾不思詩原於虞夏之歌，『鬱陶乎予心，顔厚有忸怩』，五言已權輿於《五子歌》矣。厥後《三百篇》中諸體畢備，而五言尤彰彰可見，因漫摘出以與學詩者評之，亦庶幾知選詩之猶有古風者，由此其選也。」

趙翼《陔餘叢考》卷二十三「五言」條：「漢初郊廟樂歌，但有三言、四言及長短句，無所謂五言者。《文心雕龍》曰：漢成帝品録三百餘篇，不見有五言。蓋在西漢時五言猶是創體，故甄録未及也。五言斷以《古詩十九首》及蘇、李贈答爲始。」

〔六〕或云枚乘：《文選》卷二十九《雜詩上》載《古詩一十九首》，編在李陵、蘇武詩之前，未標作者。然徐陵《玉臺新詠》卷一載枚乘《雜詩九首》，其中「西北有高樓」、「東城高且長」、「行行重行行」、「涉江採芙蓉」、「青青河畔草」、「庭前有奇樹」、「迢迢牽牛星」、「明月何皎皎」八首見於《古詩十九首》中。劉勰《文心雕龍・明詩》亦云：「古詩佳麗，或云枚叔。」李善《文選注》云：「並云古詩，蓋不知作者，或云枚乘，疑不能明也。詩云『驅車上東門』，又云『遊戲宛與洛』。此則辭兼東都，非盡是乘，明矣。昭明以失其姓氏，故編在李陵之上。」李善比較謹慎，認爲至少《古詩十九首》不全是出自枚乘。後人則以爲非出枚乘。枚乘時代早於蘇、李，如果《古詩十九首》中確有枚乘之作，則應該説五言起於枚乘。

古人論五言之起源，其著眼於全篇均爲五言者，乃謂五言始於漢李陵、蘇武詩，或是枚乘。任昉、嚴羽及後來趙翼即是如此。若著眼於一詩中有五言之句，則謂五言起源更早。蔡居厚、劉克莊、包恢均是如此。然五言詩之成立實經過從全詩中有五言詩句到全篇爲五言的過程。鍾嶸《詩品序》：「夏歌曰『鬱陶乎予心』，楚謡曰『名余曰正則』，雖詩體未全，然是五言之濫觴也。逮漢李陵，始著五言之目矣。」即是就成立過程言。

不過，以全篇爲五言者起於蘇、李，或者枚乘，其前提是相信《文選》所載蘇、李詩爲真，相信《古詩十九首》中八首確爲枚乘所作；然宋以來就有人對蘇、李詩及枚乘詩的真實性表示懷疑，因而全篇完整的五言詩究竟始於誰氏，至今尚未能够認定。

〔七〕七言起於漢武《柏梁》：《文章緣起》：「七言詩，漢武帝柏梁殿聯句。」

《古文苑》卷八：「漢武帝元封三年作柏梁臺，詔羣臣二千石有能爲七言詩，乃得上座。」胡才甫《箋注》：「七言自《詩》、《騷》外，柏梁以前，有《甯封皇娥》諸歌，已具規模，惟悉見於後人之書，疑是模擬之作。故自六朝以來，下迄唐、宋，迭相師法者，仍以柏梁爲七言之權輿。」詳見本篇「柏梁體」注。

朱弁《風月堂詩話》卷上：「詩之句法，自三言至七言，《三百篇》中皆有之矣。三言，如『麟之趾』、『夜未央』、『從夏南』、『思無邪』之類是也。五言，如『誰謂鼠無牙』、『胡爲乎株林』、『或燕燕居息』、『或盡瘁事國』之類是也。七言，如『維昔之富不如時』、『維今之疚不如兹』、『學有緝熙于光明』之類是也。

而世之論五言，則指蘇、李，論七言，則指柏梁爲始，是不求其源也。」

〔八〕四言起於漢楚王傅韋孟：《文章緣起》：「四言詩，前漢楚王傅韋孟諫楚夷王戊詩。」劉勰《文心雕龍·明詩》：「漢初四言，韋孟首創。匡諫之義，繼軌周人。」

韋孟，彭城（今江蘇徐州）人，爲楚元王傅，又傅其子夷王及孫劉戊。戊荒淫無道，孟作詩諷諫，後辭官，遷居於鄒（今山東鄒縣），又作一詩。不過關於後一詩是否真出韋孟之手，漢人已不能確定。《漢書》説：「或曰其子孫好事，述先人之志而作是詩也。」見《漢書》卷七十三《韋賢傳》。《文選》載其前一首，題《諷諫詩》，其諫詩曰：

肅肅我祖，國自豕韋。黼衣朱紱，四牡龍旂。彤弓斯征，撫寧遐荒。總齊羣邦，以翼大商。迭披大彭，勳績惟光。至於有周，歷世會同。王赧聽譖，實絶我邦。我邦既絶，厥政斯逸。賞罰之行，非由王室。庶尹羣后，靡扶靡衛。五服崩離，宗周以隊。我祖斯微，遷于彭城。在予小子，勤誒厥生。阸此嫚秦，耒耜以耕。悠悠嫚秦，上天不寧。乃眷南顧，授漢于京。

於赫有漢，四方是征。靡適不懷，萬國逌平。乃命厥弟，建侯于楚。俾我小臣，惟傅是輔。兢兢元王，恭儉净壹。惠此黎民，納彼輔弼。饗國漸世，垂烈于後。乃及夷王，克奉厥緒。咨命不永，唯王統祀。左右陪臣，此惟皇士。

如何我王，不思守保。不惟履冰，以繼祖考。邦事是廢，逸遊是娛。犬馬繇繇，是放是驅。務彼鳥獸，忽此稼苗。烝民以匱，我王以媮。所弘非德，所親非俊。唯囿是恢，唯諛是信。睮睮諂夫，咢咢黄髪。如何我王，曾不是察。既藐下臣，追欲從逸。嫚彼顯祖，輕兹削黜。

嗟嗟我王，漢之睦親。曾不夙夜，以休令聞。穆穆天子，臨爾下土。明明羣司，執憲靡顧。正遐由近，殆其怙兹。嗟嗟我王，曷不此思。非思非鑒，嗣其罔則。彌彌其失，岌岌其國。致冰匪霜，致隊靡嫚。瞻惟我王，昔靡不練。興國救顛，孰違悔過。追思黄髪，秦繆以霸。歲月其徂，年其逮耇。於昔君子，庶顯于後。我王如何，曾不斯覽。黄髪不近，胡不時監。

陳懋仁《文章緣起》注：「《詩家直説》：『四言體起於《康衢歌》，滄浪謂起於韋孟，誤矣。』《詩紀》：『按四言詩，《三百五篇》在前，而嚴云「起於韋孟」，蓋其叙事布詞，自爲一體，漢、魏以來，遞相師法，故云始於韋。或又引《康衢》以爲權輿，又烏知《康衢》之謡非列子因《雅》、《頌》而爲之者邪？然「明良」《五子之歌》，載在《典》、《謨》，可徵也。』劉勰曰：『四言正體，雅潤爲本。』李白曰：『寄興深微，五言不如四言。』王世貞曰：『四言須本《風》、《雅》，間及韋、曹，然勿相雜也。』」

〔九〕六言起於漢司農谷永：《文章緣起》：「六言詩，漢大司農谷永作。」其詩已佚。谷永，字子雲，長安（今陝西西安）人。博學經書，嘗爲太常丞，後由北地太守徵爲大司農，歲餘，病免，卒。《漢書》卷八十五有傳。

高棅《唐詩品彙·敘目》：「六言始自漢司農谷永。魏晉間，曹、陸間出。至唐初，李景伯有《回波樂府》，亦效此體。逮開元、大曆間，王維、劉長卿諸人，相與繼述，而篇什稍屢見，然亦不過詩人賦咏之餘矣。」

趙翼《陔餘叢考》卷二十二：「任昉云：『六言始於谷永。』然劉勰云：『六言七言，雜出《詩》、《騷》。』今按《毛詩》『謂爾遷於王都』、『曰予未有室家』等句，已開其端，則不始於谷永矣。或谷永此體創爲全篇，遂自成一家。然永六言詩今不傳。《後漢書·孔融傳》：『融所著詩頌碑文六言策文表檄。』其曰六言者，蓋即六言詩也。今亦不傳。《北史》：陽俊之作六言歌詞，世俗流傳，名爲陽五伴侣，寫而賣之。俊之嘗過市，欲取而改之，賣者曰：陽五，古之賢人，君何所知，輒敢議論？俊之大喜。則陽五又專以此見長。且世俗競相仿效可知也。然今亦不傳。蓋此體本非天地自然之音節，故雖工而終不入大方之家耳。故六言詩間有可見者。《文選》注引董仲舒《琴歌》二句，又樂府『月穆穆以金波，日華耀以宣明』，邊孝先解嘲『寐與周公通夢，靜與孔子同意』，滿歌行『命如鑿石見火，居世竟能幾時』，《三國志》注曹丕答羣臣勸進書，自述所作詩曰：『喪亂悠悠過紀，白骨縱横萬里。哀哀下民靡恃，吾將佐時整理。』復子明辟致仕，《北史·綦連猛傳》童謡云：『七月刈禾太早，九月噉羔未好。本欲尋山射虎，激箭旁中趙老。』《唐書》：中宗賜宴羣臣，李景伯歌曰：『迴波爾持酒卮，微臣職在箴規。侍宴既過三爵，喧嘩竊恐非宜。』此皆六言之見於史傳者。至王摩詰等又以之創爲絶句小律，亦波峭可喜。」

〔一〇〕三言起於晉夏侯湛：《文章緣起》：「三言詩，晉散騎常侍夏侯湛所作。」其詩已佚。夏侯湛，字孝若，譙（今安徽亳州）人。幼有盛才，文章宏富，善構新詞，而美容觀，與潘岳友善，每行止，同輿接茵，京都謂之「連璧」。少爲太尉掾，歷中書侍郎，官終散騎常侍。《晉書》卷五十五有傳。

近藤元粹《螢雪軒叢書》：「李之用《詩家全體》云：《詩》曰：『振振鷺，鷺于飛』，『鼓淵淵，醉則歸』，是則三言之祖也。漢魏間已多有之，奚待湛也？嚴羽説爲無據。」

關於三言詩起源，前人之説亦不同。其以全詩中含三言句爲三言詩之起源者多追溯至《詩經》。晉摯虞《文章流別論》：「古詩之三言者，『振振鷺，鷺于飛』之屬是也。」（《詩經・魯頌・有駜》：「振振鷺，鷺于飛。鼓咽咽，醉言歸。」）唐人劉存亦持此説。宋王得臣《麈史》卷二：「任昉以三言詩起晉夏侯湛，唐劉存以爲始於『鷺于飛』、『醉言歸』。」明陳懋仁注《文章緣起》以爲「《國風・江有汜》，三言之屬也。」（《詩經・召南・江有汜》：「江有汜，之子歸，不我以。不我以，其後也悔。江有渚，之子歸，不我與。不我與，其後也處。江有沱，之子歸，不我過。不我過，其嘯也歌。」）明曹學佺《蜀中廣記》卷一百一《詩話記》第一：「《呂覽》云：禹行功，見塗山氏之女，禹未之遇而巡省南土，塗山氏之女乃令其妾待禹于塗山之陽，女乃作歌。歌曰：候人兮猗。始作爲南音。《文心雕龍》『南音始于候人』。此三言詩之始也。」

以上皆是整首詩中含三言之句。若整首爲三言者，前人也以爲非始於晉夏侯湛。陳懋仁注：「漢元鼎四年，馬生渥洼水中，作天馬歌，乃三言起。」按據《漢書》卷二十二《禮樂志》，元狩三年（陳懋仁作「元鼎四年」，誤）馬生渥洼水中作詩云：「太一況，天馬下。霑赤汗，沫流赭。志俶儻，精權奇。籋浮雲，晻上馳。體容與，迣萬里。今安匹，龍爲友。」又太初四年，誅大宛王獲大宛馬，作詩云：「天馬徠，從西極。涉流沙，九夷服。天馬徠，出泉水。虎脊兩，化若鬼。天馬徠，歷無草。徑千里，循東道。天馬徠，執徐時，将摇舉，誰與期？天馬徠，開遠門。竦予身，逝昆侖。天馬徠，龍之媒。游閶闔，觀玉臺。」然《史記》卷二十四《樂書》亦載其詩，實乃七言：「又嘗得神馬渥洼水中，即復次以爲《太一之歌》。歌曲曰：『太一貢兮天馬下，霑赤汗兮沫流赭。騁容與兮跇萬里，今安匹兮龍與友。』後伐大宛，得千里馬，馬名蒲梢，次作以爲歌。歌詩曰：『天馬來兮從西極，經萬里兮歸有德。承靈威兮降外國，涉流沙兮四夷服。』」此所載者與《漢書》詳略不同。《漢書》所載三言，蓋去句中之「兮」字而成。

〔一一〕九言起於高貴鄉公：此説亦出《文章緣起》：「九言詩，魏高貴鄉公所作。」原詩已佚。高貴鄉公，名髦，字彦士，魏文帝曹丕之孫。正始五年（二四四），封郯縣高貴鄉公。齊王芳廢，公卿議迎立。後被司馬氏篡弑。見《三國志·魏志》卷四。

晉摯虞《文章流別論》謂：「九言者，『洞酌彼行潦挹彼注茲』之屬是也。」陳懋仁注：「《大雅》『洞酌彼行潦挹彼注茲』，《文章流別》謂九言之屬。按《洞酌》三章，章五句。《夏書·五子之歌》『凛乎若朽索之馭六馬』，九言也。」

【總説】

此節總論詩體變化的大勢及各體的起源。先言從《詩經》到律詩的詩體變化歷史，謂體有四變：一變而爲騷體，二變而爲五言，三變爲歌行雜體，四變而爲律體。這裏的歌行雜體中是包括七言體的。經過四變，到唐代，各種詩體已備。

其所言各體詩之起源乃用梁任昉《文章緣起》之説。任昉所論諸體，但言秦漢以後，而未追溯至秦以前。古人論各體詩起源，有就整篇而言者，如五言體的起源是指全篇爲五言者；亦有就單句而言者，即五言體起於全篇中有五言句者。一種體裁的形成有一個歷史過程，就整篇論者，是著眼於這一過程的完成形態；就單句論者，是著眼於這一過程的開端。角度不同，其説遂異。

任昉言各體都没有追溯到《六經》，而後來諸家之論，多追溯到經書。這種追溯在今天看來只具有歷史的意義，即明其起源的事實，但在古人，則不僅具有歷史意義，往往還有價值意義。通過這種追溯，意味著《六經》不僅是後來各體的歷史上的源頭，而且是價值上的源頭與標準。

二

以時而論〔一〕，則有：

建安體〔二〕。漢末年號。曹子建父子及鄴中七子之詩〔三〕。

【校勘】

程至遠本此篇各條小字注均作大字與正文連書。

【箋注】

〔一〕以時而論：近藤元粹《螢雪軒叢書》：「以時分體。」

〔二〕建安：漢獻帝年號，公元一九六年至二二〇年。

〔三〕曹子建：名植，字子建，曹操第三子，封陳王，謚思。《三國志・魏書》卷十九有傳。植與父曹操、兄曹丕俱善屬文。

鄴中七子：即建安七子，建安十八年（二一三），曹操爲魏王，定都於鄴（今河北省臨漳縣西南鄴鎮）。曹丕《典論・論文》：「今之文人，魯國孔融文舉、廣陵陳琳孔璋、山陽王粲仲宣、北海徐幹偉長、陳留阮瑀元瑜、汝南應瑒德璉、東平劉楨公幹，斯七子者，於學無所遺，於辭無所假，咸以自騁驥騄於千里，仰齊足而並馳。」鍾嶸《詩品》：「降及建安，曹公父子篤好斯文，平原兄弟鬱爲文棟，劉楨、王粲爲其羽翼，次有攀龍托鳳，自致於屬車者，蓋將百計，彬彬之盛，大備於時矣。」《王右丞集箋注》卷四《別綦毋潛》：「盛得江左風，彌工建安體。」皮日休《文藪》卷七《郢州孟亭記》：「明皇世章句之風，大得建安體。」

范温《詩眼》：「建安詩辯而不華，質而不俚，風調高雅，格力遒壯，其言直致而少對偶，指事情而綺麗，得風、雅、騷人之氣骨，最爲近古者也。」

馮班《鈍吟雜録》卷五《嚴氏糾繆》：「一代文章，惟須舉其宗匠爲後人效慕者足矣，泛及則贅也。子建、公幹，文章之聖；仲宣、休璉，多有名作。仲宣《七哀》、《從軍》，休璉《百一》，皆後人之師也。（何焯評：「閻丈百詩云：休璉是七子中人，休璉《百一》作於曹爽專政之時，乃是正始中，定老列之建安，亦微誤。」）若元瑜、孔璋，書記翩翩，不以詞賦爲稱。子建有『孔璋不閑詞賦』之言，建安詩體似不在此人，不當兼言七子也。」

黄初體〔一〕。魏年號。與建安相接，其體一也。

【箋注】

〔一〕黄初：魏文帝曹丕年號，公元二二〇年至二二六年。馮班《嚴氏糾謬》：「五言雖始於漢武之代，盛於建安，故古來論者止言建安風格。至黄初之年，諸子凋謝不存，止有子建兄弟，不必更贅言又有黄初體也。」

正始體〔一〕。魏年號。嵇、阮諸公之詩〔二〕。

【校勘】

〔嵇〕何望海本誤作「稽」。

【箋注】

〔一〕正始：魏廢帝齊王芳年號，公元二四〇年至二四九年。《文心雕龍·明詩》：「正始明道，詩雜仙心。何晏之徒，率多浮淺。惟嵇志清峻，阮旨遥深，故能標焉。」

〔二〕嵇：嵇康（二二三—二六二），字叔夜，譙（今安徽亳州）人。官中散大夫。與山濤、阮籍、阮咸、王戎、向秀、劉伶等號稱「竹林七賢」。有《嵇中散集》十卷。《晉書》卷四十九有傳。鍾嶸《詩品》列之中品，評云：「頗似魏文。過爲峻切，訐直露才，傷淵雅之致。然託諭清遠，良有鑒裁，亦未失其高流矣。」

阮：阮籍（二一〇—二六四），字嗣宗，陳留尉氏（今屬河南）人。官步兵校尉。有《詠懷》詩等。《晉書》卷四十九有傳。鍾嶸《詩品》列之上品，評曰：「其源出於《小雅》。無雕蟲之功。而詠懷之作，可以陶性靈，發幽思。言在耳目之内，情寄八荒之表。洋洋乎會于《風》、《雅》，使人忘其鄙近，自致遠大，頗多感慨之詞。厥旨淵放，歸趣難求。顏延注解，怯言其志。」

太康體〔一〕。晉年號。左思、潘岳、二張、二陸諸公之詩〔二〕。

【校勘】

〔二張〕陳定玉輯校《嚴羽集》：「《歷代詩話》作『三張』。」

【箋注】

〔一〕太康：晉武帝司馬炎年號，公元二八〇年至二八九年。

鍾嶸《詩品·序》：「太康中，三張、二陸、兩潘、一左，勃爾復興，踵武前王，風流未沫，亦文章之中興也。」

許學夷《詩源辯體》卷五：「建安五言，再流而爲太康。然建安體雖漸入敷敘，語雖漸入構結，猶有渾成之氣。至陸士衡諸公，則風氣始漓，其習漸移，故其體漸俳偶，語漸雕刻，而古體遂淆。此五言之再變也。」

〔二〕左思（約二五〇—三〇五）：字太沖，臨淄（今山東淄博）人。《晉書》卷九十二有傳。

鍾嶸《詩品》列之上品，曰：「其源出於公幹，文典以怨，頗爲精切，得諷諭之致。雖野於陸機，而深於潘岳。謝康樂常言：左太沖詩，潘安仁詩，古今難比。」

潘岳（二四七—三〇〇）：字安仁，滎陽中牟（今屬河南）人。官黃門侍郎。岳少以才穎見稱鄉邑，號爲奇童。美姿儀，少時常挾彈出洛陽道，婦人遇之者皆連手縈繞，投之以果，遂滿載以歸。岳辭藻絶麗，尤善爲哀誄之文。《晉書》卷五十五有傳。

鍾嶸《詩品》列之上品，評云：「其源出於仲宣，翰林歎其翩翩然如翔禽之有羽毛，衣服之有綃縠，猶淺於陸機。謝混云：『潘詩爛若舒錦，無處不佳。陸文如披沙簡金，往往見寶。』嶸謂益壽輕華，故以潘爲勝；翰林篤論，故歎陸爲深。余嘗言陸才如海，潘才如江。」

二張：張載及弟張協。載字孟陽，安平（今屬河北）人，官中書侍郎。《晉書》卷五十五有傳。協字景陽，官黃門河内内史。附載傳。二人又與其弟亢（字季陽）合稱「三張」。

張協詩，《詩品》列載上品，評曰：「其源出於王粲。文體華淨，少病累。又巧構形似之言。雄於潘岳，靡於太沖。風流調達，實曠代之高手。詞彩葱蒨，音韻鏗鏘，使人味之，亹亹不倦。」張載詩被列爲下品，謂：「孟陽詩，乃遠慚厥弟，而近超兩傳（按：指傅玄、傅咸）。」

二陸：陸機及弟陸雲。機（二六一—三〇三），字士衡，吳郡（今江蘇蘇州）人，入晉官平原内史。《晉書》卷五十四有傳。雲（二六二—三〇三）字士龍，入晉後仕河内史。附見陸機傳。

鍾嶸《詩品》列機上品，謂：「其源出於陳思。才高辭贍，舉體華美。氣少於公幹，文劣於仲宣。尚規矩，不貴綺錯，有傷直致之奇。然其咀嚼英華，厭飫膏澤，文章之淵泉也。張公嘆其大才，信矣！」列陸雲爲中品，評云：「清河之方平原，殆如陳思之匹白馬。於其哲昆，故稱二陸。」

元嘉體〔一〕。宋年號。顏、鮑、謝諸公之詩〔二〕。

【校勘】

〔顏鮑謝〕何望海本、周亮工本、朱霞本、徐榦本作「鮑顏謝」。又「鮑」宋本《玉屑》誤作「飽」。

【箋注】

〔一〕元嘉：南朝宋文帝劉義隆年號，公元四二四年至四五三年。

《詩品·序》：「元嘉中，有謝靈運，才高詞盛，富艷難蹤，固已含跨劉、郭，凌轢潘、左。……謝客爲元嘉之雄，顏延年爲輔。」

許學夷《詩源辯體》卷七：「太康五言，再流而爲元嘉。然太康體雖漸入俳偶，語雖漸入雕刻，其古體猶有存者；至謝靈運諸公，則風氣益漓，其習盡移，故其體盡俳偶，語盡雕刻，而古體遂亡矣。此五言之三變也。（下流至謝玄暉、沈休文五言。）劉勰云：『宋初文詠，儷采百字之偶，爭價一句之奇，情必極貌以寫物，辭必窮力而造新，此近世之所競。』是也。《南史》載：『靈運車服鮮麗，衣物多改舊形制，世共宗之。』其畔古趨變類如此。」

〔二〕顔：顔延之（三八四—四五六），字延年，瑯琊臨沂（今屬山東）人。官秘書監、太常卿，與謝靈運俱以詞彩齊名，稱「顔謝」。《宋書》卷七十三有傳。

鮑：鮑照（四一四—四六六），字明遠，東海（今屬江蘇）人，官中書舍人。文辭贍逸，嘗爲古樂府，文甚遒麗。附見《宋書》卷五十一王道規傳。郭紹虞《校釋》：「當時稱顔謝，後人以鮑照文辭贍逸，古樂府甚遒麗，每與顔謝比肩，稱爲三家。」

謝：謝靈運，見《詩辯》注。

永明體〔一〕。齊年號。齊諸公之詩。

【箋注】

〔一〕永明：齊武帝蕭賾年號，公元四八三年至四九三年。

蕭子顯《南齊書》卷五十二《陸厥傳》：「永明末，盛爲文章。吳興沈約、陳郡謝朓、琅邪王融，以氣類相推轂。汝南周顒，善識聲韻。約等文皆用宮商，以平上去入爲四聲，以此制韻，不可增減，世呼爲永明體。」

曾慥《類説》卷五十一《詩苑類格》之孫翌論詩條：「孫翌曰：永明文章散錯，但類物色，都乏興寄。」

許學夷《詩源辯體》卷八：「《南史》載：『永明中，王融（字元長）、謝朓（字玄暉）、沈約（字休文）始用四聲，以爲新變。』愚按：元嘉五言，再流而爲永明，然元嘉體雖盡入俳偶，語雖盡入雕刻，其聲韻猶古，至玄暉、休文，則風氣始衰，其習漸卑，故其聲漸入律，語漸綺靡，而古聲漸亡矣。此五言之四變也。」

郭紹虞《校釋》：「清代馮班、錢良擇之論詩體，皆稱之爲齊梁體。」

按《南齊書》所謂「永明體」乃就聲律言，孫翌則就風格形式論，許學夷乃兼兩面論之。

齊梁體。通兩朝而言之。

【箋注】

馮班《鈍吟雜録》卷五《嚴氏糾謬》：「永明體齊梁體　永明之代，王元長、沈休文、謝朓三公，皆有盛名於一時，始創聲病之論，以爲前人未知。一時文體驟變。文字皆避八病，一簡之内，音韻不同，二韻之間，輕重悉異。其文二句一聯，四句一絶，聲韻相避，文字不可增減。自永明至唐初，皆齊梁體也。至沈佺期、宋之問，變爲新體，聲律益嚴，謂之律詩。陳子昂學阮公爲古詩，後代文人始爲古體詩。唐詩有古律二體，始變齊梁之格矣。今敘永明體，但云齊諸公之詩，不云自齊至唐初，不云沈、謝，知其胸中憒憒也。齊時如江文通詩，不用聲病，梁武不知平上去入，其詩仍是太康、元嘉舊體，若直言齊、梁諸公，則混然矣。齊代短祚，王元長、謝玄暉，皆殁於當代，不終天年，沈休文、何仲言、吳叔庠、劉孝綽，皆一時名人，並入梁朝。故聲病之格，通言齊、梁。若以詩體言，則直至唐初，皆齊梁體也。白太傅尚有格詩，李義山、温飛卿，皆有齊梁格詩。但律詩已盛，齊梁體遂微。後人不知，或以爲古詩。若明辨詩體，當云齊梁體，創於沈、謝，南北相仍，以至唐景雲、龍紀，始變爲律體。如此方明。此非滄浪所知。」

郭紹虞《校釋》：「齊梁體可有二義：一指風格，即陳子昂所謂『彩麗競繁，而興寄都絶』，《朱子語類》所謂『齊梁間之詩讀之使人四肢皆嬾慢不收拾』者也。一指格律，則與永明體相近，即白居易、李商隱、温庭筠、陸龜蒙集中所言齊梁格詩是也。馮班《嚴氏糾謬》謂：『若明辨詩體，當云齊梁體，創於沈、謝，南北相仍，以至唐景雲、龍紀（龍紀，當指神龍、景龍），始變爲律體。』即指與永明體相混之格。姚範《援鶉堂筆記》謂：『稱永明體者以期拘於聲病也；稱齊梁體者，以綺麗及詠物之纖麗也。』（卷四十四）此説似較簡明扼要。」

健按：嚴羽本人對「永明」、「齊梁」二體含義似無分別，依小注，二者僅是時段長短之不同而已。

南北朝體。通魏、周而言之，與齊梁體一也。

【箋注】

郭紹虞《校釋》：「案昔人論南北朝文學，每謂『彼此好尚雅有異同』。邢劭《蕭仁祖集序》云：『自漢逮晉，情賞猶自不諧，江北江南，意製本應相詭。』不知滄浪合南北朝爲一，其意何指。若本黄初體『與建安相接，其體一也』之説而言，則滄浪自注『與齊梁體一也』，當亦同於齊梁格律之體矣。」

健按：指南朝之齊、梁與北朝之北魏、北周。此謂南北朝體與齊梁體一，乃强調南、北朝詩體之一致性。然前人言南北朝，則多言其不同。《隋書·文學傳序》曰：「暨永明、天監之際，太和（北魏孝文帝年號，四七七—四九九）、天保（北齊文宣帝年號，五五〇—五五九）之間，洛陽、江左，文雅尤盛。於時作者，濟陽江淹，吳郡沈約，樂安任昉，濟陰温子昇，河間邢子才，鉅鹿魏伯起等，並學窮書圃，思極人文，縟綵鬱於雲霞，逸響振於金石，英華秀發，波瀾浩蕩，筆有餘力，詞無竭源，方諸張、蔡、曹、王，亦各一時之選也。聞其風者，聲馳景慕，然彼此好尚，互有異同。江左宫商發越，貴於清綺；河朔詞義貞剛，重乎氣質。氣質則理勝其詞，清綺則文過其意。理深者便於時用，文華者宜於詠歌：此其南北詞人得失之大較也。若能掇彼清音，簡兹累句，各去所短，合其兩長，則文質斌斌，盡善盡美矣。」

唐初體〔一〕。唐初猶襲陳、隋之體。

【箋注】

〔一〕唐初體：即初唐體。其於「盛唐體」下注「景雲以後，開元、天寶諸公之詩」，據此，唐睿宗景雲以前（六一八—七〇九）爲其所謂唐初體的範圍。

許學夷《詩源辯體》卷十二：「武德、貞觀間，太宗（諱世民）及虞世南（字伯施）、魏徵（字玄成）諸公五言，聲盡入律，語多綺靡，即梁、陳舊習也。王元美云：『唐文皇（太宗）手定中原，籠蓋一世，而詩語殊無丈夫氣，習使之也。』按《唐書》：『世南文章婉縟，慕徐陵。太宗嘗作宮體詩，使賡和。世南曰：

「聖作誠工，然體非雅正，臣恐此詩一傳，天下風靡，不敢奉詔。」帝曰：「朕試卿耳。」後帝爲詩一篇，述古興亡（詩不傳），既而歎曰：「鍾子期死，伯牙不復鼓琴，朕此詩何所示耶！」敕褚遂良，即其靈座焚之。」今觀世南詩，猶不免綺靡之習，何也？ 蓋世南雖知宮體妖艷之語非正，而綺靡之弊則沿陳、隋舊習而弗知耳。 且世南所慕徐陵而謂之雅正，可乎？ 至如《出塞》、《從軍》、《飲馬》、《結客》及魏徵《出關》等篇，聲氣稍雄，與王褒、薛道衡諸作相上下，此唐音之始也。」

健按：論初唐時期詩歌有不同的角度。一種角度是著眼其與齊梁詩聯繫的一面，認爲此期詩歌未脱陳、隋之習；另一種角度是著眼其與盛唐詩聯繫的一面，認爲此期詩歌開始改變齊梁詩風，形成唐詩的面貌，成爲走向盛唐的開始。嚴羽之説乃强調其與陳、隋體聯繫的一面。高棅之説乃是著眼於其擺脱齊梁風氣的一面。高棅《唐詩品彙·總敘》：「貞觀、永徽之時，虞、魏諸公，稍離舊習；王、楊、盧、駱，因加美麗；劉希夷有閨帷之作，上官儀有婉媚之體：此初唐之始製也。神龍以還，洎開元初，陳子昂《古風》雅正，李巨山文章宿老，沈、宋之新聲，蘇、張之大手筆：此初唐之漸盛也。」許學夷《詩源辯體》卷十二：「五言自漢魏流至陳、隋，日益趨下，至武德、貞觀，尚沿其流，永徽以後，王（名勃，字子安）、楊（名炯）、盧（名照鄰，字升之）、駱（名賓王）則承其流而漸進矣。四子才力既大，風氣復還，故雖律體未成，綺靡未革，而中多雄偉之語，唐人之氣象風格始見。」此説言及初唐詩則兩面兼顧，較爲全面。

盛唐體。景雲以後，開元、天寶諸公之詩〔一〕。

【箋注】

〔一〕景雲：唐睿宗年號，公元七一〇年至七一一年。 開元：唐玄宗年號，公元七一三年至七四一年。天寶：玄宗年號，公元七四二年至七五六年。

高棅《唐詩品彙·總敍》：「開元、天寶間，則有李翰林之飄逸，杜工部之沈鬱，孟襄陽之清雅，王右丞之精緻，儲光羲之真率，王昌齡之聲俊，高適、岑參之悲壯，李頎、常建之超凡：此盛唐之盛者也。」

健按：嚴羽《詩辯》謂「盛唐諸公，惟在興趣」云云，是他所謂盛唐體的總體特徵。

大曆體。大曆十才子之詩〔一〕。

【校勘】

〔大曆〕《玉屑》、徐榦本、《適園叢書》本作「大歷」。

【箋注】

〔一〕大曆：唐代宗李豫年號，公元七六六年至七七九年。 大曆十才子成員，姚合《極玄集》卷上李端小傳謂爲李端、盧綸、吉中孚、韓翃、錢起、司空曙、苗發、崔峒、耿湋、夏侯審十人，《新唐書》卷二〇三《盧綸傳》所列與《極玄集》同。然王士禛《分甘餘話》卷三謂：「唐大曆十才子，傳聞不一。江鄰幾所志乃盧綸、錢起、郎士元、司空曙、李益、李端、李嘉祐、皇甫曾、耿湋、苗發、吉中孚，共十一人。或又云有夏侯審。按發、審詩名不甚著，未可與諸子頡頏。且皇甫兄弟齊名，不應有曾而無冉。又韓翃同時盛名，而亦不之及，皆不可解。」按：王士禛所言江鄰幾所志云云，乃指江休復《嘉祐雜志》，然檢該書，未見此條。

《舊唐書》卷一六三《李虞仲傳》：（李端）「大曆中與韓翃、錢起、盧綸等文詠唱和，馳名都下，號大曆十才子。時郭尚父少子曖尚代宗女昇平公主，賢明有才思，尤喜詩人，而端等十人多在曖之門下，每宴集賦詩，公主坐視簾中詩之美者，賞百縑。曖因拜官，會十子曰：『詩先成者賞。』時端先獻警句云：『薰香荀令偏憐小，傅粉何郎不解愁。』主即以百縑賞之。錢起曰：『李校書誠有才，此篇宿構也。願賦一韻正之。請以起姓爲韻。』端即襞牋而獻曰：『方塘似鏡草芊芊，初月如鈎未上弦。新開金埒教調馬，舊賜銅山許鑄錢。』曖曰：『此愈工也。』起等始服。」

郭紹虞《校釋》：「考才子之稱，一般泛指當時進士之英秀者，故《滄浪詩話》以冷朝陽亦列在十才子中。至《唐書·文藝傳》所言之十才子，則據姚合《極玄集》指當時一同唱和之人。翁方綱《石洲詩話》卷二：『大曆十才子：盧綸、司空曙、耿湋、李端諸公一調。韓君平風雅翩翩，尚覺右丞以來格調去人不遠，皇甫兄弟其流亞也。郎君胄亦平雅，獨錢仲文當在十子之上。』」

元和體。元、白諸公〔一〕。

【箋注】

〔一〕元和：唐憲宗李純年號，公元八〇六年至八二〇年。元白：指元稹、白居易，二人齊名，號元白。

馮班《鈍吟雜録》卷五《嚴氏糾謬》：

元和體　東坡云：「詩至杜子美一變。」按大曆之時，李、杜詩格未行。至元和、長慶始變。此亦文字一大關也。然當時以和韻長篇爲元和體，若以時代言，則韓、孟、劉、柳、韋左司、李長吉、盧玉川，皆詩人之赫赫者也。云「元、白諸公」，亦偏枯。大略滄浪胸中不了了，每言諸公，不指名何人爲宗師，參學之功少也。（何焯評：「白公《秦中吟》，貞元中作，昌黎貞元進士，則貞元已變矣。韋左司詩，齊、梁舊體也，柳儀曹亦然。」）

健按：元和體有廣狹不同涵義。狹義指元稹、白居易唱和的長篇排律、雜體詩及模仿者們的作品。元稹《元氏長慶集》卷五十一《白氏長慶集序》：「予始與樂天同校秘書之名，多以詩章相贈答。會予譴掾江陵，樂天猶在翰林，寄予百韻律詩及雜體前後數十章，是後各佐江、通，復相酬寄。巴蜀江楚間洎長安中少年，遞相仿效，競作新詞，自謂爲元和詩。」又《上令狐相公詩啟》：「閑誕無事，遂用力於詩章。日益月滋，有詩向千餘首。……唯盃酒光景間，屢爲小碎篇章，以自吟暢。然以爲律體卑痺，格力不揚，苟無姿態，則陷流俗。常欲得思深語近，韻律調新，屬對無差，而風情自遠，然而病未能也。江湘間多有新進小生，不知天下文有宗主，妄相仿效，而又從而失之，遂至於支離褊淺之詞，皆自謂爲元和詩體。某又與同門生白居易友善，居易雅能爲詩，就中愛驅駕文字，窮極聲韻，或爲千言，或爲五百言律詩，以相投寄。小生自審不能有以過之，往往戲排舊韻，别創新詞，名爲次韻相酬，蓋欲以難相挑耳。江湖間爲詩者復相仿效，力或不足，則至於顛倒語言，重複首尾，韻同意等，不異前篇，亦自謂爲元和詩體。」

廣義的元和體指元和以來流行的詩文風尚。李肇《唐國史補》卷下：「元和已後，爲文筆則學奇詭於韓愈，學苦澀於樊宗師；歌行則學流蕩於張籍；詩章則學矯激於孟郊，學淺切於白居易，學淫靡於元稹，俱名爲元和體。」嚴羽此稱元、白諸公，當指狹義之元和體。

晚唐體〔一〕。

【箋注】

〔一〕晚唐體：晚唐的範圍已見《詩辯》注。在嚴羽時代晚唐體主要是指賈島、姚合一派。

本朝體〔一〕。通前後而言之。

【校勘】

〔本朝體〕《玉屑》此條與「晚唐體」合爲一條。

【箋注】

〔一〕本朝體：嚴羽論及宋詩，有分階段論者，亦有統論者。其分階段者論者，如《詩辯》中將宋詩分三階段：一、宋初學唐。他說：「國初詩人尚沿襲唐人。」二、北宋元祐以來至南宋中期，蘇、黃詩風盛行。他說：「至東坡、山谷，始自出己意以爲詩，唐人之風變矣。山谷用工尤爲深刻，其後法席盛行，海内稱爲江西宗派。」三、南宋後期，四靈學晚唐。嚴羽説：「近世趙紫芝、翁靈舒輩，獨喜賈島、姚合之詩，稍稍復就清苦之風。江湖詩人多效其體。」當與唐詩對言時，則曰本朝詩人，是將本朝詩作爲一個整體而論。如《詩評》説：「大曆以前，分明别是一副言語。晚唐，分明别是一副言語。本朝諸公，分明别是一副言語。」那麽，本朝體有無一個共同的特徵？《詩評》曰：「本朝人尚理而病於意興。」此可視爲嚴氏對本朝體的總體概括，實質上是以蘇、黃爲本朝體之代表。

元祐體〔一〕。蘇、黃、陳諸公〔二〕。

【箋注】

〔一〕元祐：宋哲宗年號，公元一〇八六年至一〇九三年。

元祐體，指元祐時期蘇軾及黃庭堅、陳師道諸人之詩的特徵，即嚴羽《詩辯》篇所説的「以才學爲詩」、「以議論爲詩」、「以文字爲詩」。嚴羽對元祐體持貶抑態度，認爲其背離了漢魏晉及唐詩的傳統。

〔二〕蘇：蘇軾。　黃：黃庭堅。　陳：陳師道（一〇五三—一一〇一），字無己，一字履常，彭城（今江蘇徐州）人。官祕書省正字。有《後山集》。《宋史》卷四百四十四有傳。

江西宗派體〔一〕。山谷爲之宗。

【箋注】

〔一〕江西宗派：見《詩辯》。黄庭堅、陳師道既屬於元祐體詩人，也屬於江西宗派體詩人，但言元祐體，蘇軾是核心，言江西宗派體，黄庭堅是核心。

三

以人而論〔一〕，則有：

蘇李體。李陵、蘇武也〔二〕。

【校勘】

〔蘇武也〕「也」字，何望海本、周亮工本、朱霞本、《歷代詩話》本、徐榦本無。

【箋注】

〔一〕以人而論：近藤元粹《螢雪軒叢書》批：「以人分體。據《糾謬》，此段最爲踈淺。」

〔二〕蘇李體：元稹《杜子美墓係銘》：「蘇子卿、李少卿之徒，工爲五言，雖文體各異，雅鄭之音亦雜，而詞意簡遠，指事言情，自非有爲而爲，則文不妄作。」皎然《詩式》：「其五言，周時已見濫觴，及乎成篇，則始于李陵、蘇武二子。天與其性，發言自高，未有作用。」蘇軾《書黃子思詩集後》：「蘇、李之天成。」許學夷《詩源辯體》卷三：「蘇、李七篇，雖稍遜《十九首》，然結撰天成，了無作用之迹。」

曹劉體。子建、公幹也〔一〕。

【校勘】

〔公幹也〕「也」字，何望海本、周亮工本、朱霞本、《歷代詩話》本、徐榦本無。

【箋注】

〔一〕子建：曹植。公幹：劉楨。曹、劉並稱，始見鍾嶸《詩品序》：「昔曹、劉殆文章之聖。」《詩品》置曹植詩於上品，云：「其源出於《國風》。骨氣奇高，詞彩華茂，情兼雅怨，體被文質，粲溢今古，卓爾不羣。嗟乎！陳思之於文章也，譬人倫之有周孔，鱗羽之有龍鳳，音樂之有琴笙，女工之有黼黻。」亦置劉楨上品，謂「其源出於《古詩》。仗氣愛奇，動多振絶，真骨淩霜，高風跨俗。但氣過其文，雕潤恨少。然自陳思已下，楨稱獨步。」秦觀《淮海集》卷二十二《韓愈論》：「曹植、劉公幹之詩長於豪逸。」蘇軾《書黃子思詩集後》：「曹、劉之自得。」

陶體。淵明也〔一〕。

【校勘】

〔淵明也〕「也」字，何望海本、周亮工本、朱霞本、《歷代詩話》本、徐幹本無。

【箋注】

〔一〕淵明：陶潛，字淵明，潯陽柴桑（今江西九江）人。《晉書》卷九十四、《宋書》卷九十三有傳。郭紹虞《校釋》：「案《滄浪詩話》云：『淵明之詩質而自然。』所謂陶體當指此。然亦本於《後山詩話》『陶淵明之詩切於事情，但不文耳』，《西清詩話》『淵明意趣真古，清淡之宗』，以及《朱子語類》『淵明詩平淡出於自然』諸語。」

謝體〔一〕。靈運也。

【校勘】

〔靈運也〕「也」字，何望海本、周亮工本、朱霞本、《歷代詩話》本、徐幹本無。

【箋注】

〔一〕謝體：嚴羽《詩評》謂「康樂之詩精工」，此乃嚴氏對謝體之概括。

徐庾體。徐陵、庾信也〔一〕。

【校勘】

〔庾信也〕「也」字，何望海本、周亮工本、朱霞本、《歷代詩話》本、徐榦本無。

【箋注】

〔一〕徐陵（五〇七—五八三）：字孝穆，東海郯（tán，今山東郯城）人。徐摛子。八歲能屬文，十二歲通《莊》、《老》義。在梁，蕭綱爲太子，陵爲東宫學士，官左光禄大夫，累遷通直散騎侍郎。仕陳，累遷左光禄大夫、太子少傅。有《徐孝穆集》。《陳書》卷二十六有傳，又附《南史》卷六十二《徐摛傳》。庾信（五一三—五八一）：字子山，南陽新野（今屬河南）人。庾肩吾子。有《庾開府集》。《周書》卷四十一、《北史》卷八十三有傳。

徐庾體指徐陵父子、庾信父子在太子蕭綱東宫時所作的艷麗詩文。《周書》卷四十一《庾信傳》：「時肩吾爲梁太子中庶子，掌管記。東海徐摛爲左衛率。摛子陵及信，並爲抄撰學士。父子在東宫，出入禁闥，恩禮莫與比隆。既有盛才，文並綺艷，故世號爲徐庾體焉。當時後進，競相模範。每有一文，京都莫不傳誦。」

沈宋體〔一〕。佺期、之問也。

【校勘】

〔問〕底本誤作「間」，兹據諸本改。

〔也〕何望海本、周亮工本、朱霞本、《歷代詩話》本、徐幹本無。

【箋注】

〔一〕沈宋體：此指沈佺期、宋之問之律體。《新唐書》卷二百二《沈佺期傳》：「魏建安後迄江左，詩律屢變。至沈約、庾信以音韻相婉附，屬對精密。及之問、沈佺期，又加靡麗，回忌聲病，約句準篇，如錦繡成文。學者宗之，號爲沈宋。語曰：蘇、李居前，沈、宋比肩。謂蘇武、李陵也。」《唐才子傳》卷一《沈佺期傳》解釋説：「謂唐詩變體始自二公，猶漢人五字詩始自蘇武、李陵也。」許學夷《詩源辯體》卷十三：「梁、陳古、律混淆，迄於初唐亦然。至陳子昂而古體始復，至杜（引者按：指杜審言）、沈、宋三公，而律體始成，亦猶天地再判，清濁始分，四子之功，於是爲大矣。」

陳拾遺體〔一〕。陳子昂也。

【校勘】

〔也〕：何望海本、周亮工本、朱霞本、《歷代詩話》本、徐幹本無。

【箋注】

〔一〕指陳子昂改變齊梁詩風、上承漢魏傳統而作的以《感遇》詩爲代表的古體詩。《新唐書》卷一百七《陳子昂傳》：「唐興，文章承徐、庾餘風，天下祖尚。子昂始變雅正。初，爲《感遇》詩三十八章，王適曰：『是必爲海内文宗。』乃請交子昂，所論著當世以爲法。」然到明代，七子派講求辨體，認爲陳子昂之古體其實不同於漢魏傳統。後七子的代表人物李攀龍《選唐詩序》説：「唐無五言古詩而有其古詩。陳子昂以其古詩爲古詩，弗取也。」(《滄溟集》卷十五)李氏用漢魏五言傳統作爲標準衡量唐代五言古詩，認爲唐代的五言古詩不符合漢魏傳統，所以他説「唐無五言古詩」。陳子昂五言古詩向來被認爲是漢魏傳統的繼承者，但李氏亦謂其「以其古詩爲古詩」，以爲不合漢魏傳統。這種觀點引出漢魏五言古詩與唐代五言古詩之關係問題，此後引起長期的争論。許學夷《詩源辯體》卷十三：「蓋子昂《感遇》雖僅復古，然終是唐人古詩，非漢魏古詩也。且其詩尚雜用律句，平韻者忌上尾。至如《鴛鴦篇》、《修竹篇》等，亦皆古、律混淆，自是六朝餘弊，正猶叔孫通之興禮樂耳。」此種説法正是受到李攀龍辨漢魏五古與唐代五古的影響。

王楊盧駱體〔一〕。王勃、楊炯、盧照鄰、駱賓王。

【校勘】

《玉屑》「駱賓王」後有「也」字。

【箋注】

〔一〕杜甫《戲爲六絶句》：「王楊盧駱當時體。」《舊唐書》卷一九〇上《楊炯傳》：「炯與王勃、盧照鄰、駱賓王以文詞齊名，海内稱爲王楊盧駱，亦號爲四傑。」從辨體角度看，四傑處於從梁陳體到唐體的過渡階段。

張曲江體〔一〕。始興文獻公九齡也。

【校勘】

〔也〕何望海本、周亮工本、朱霞本、《歷代詩話》本、徐榦本無。

【箋注】

〔一〕張曲江：張九齡（六七八—七四〇），字子壽，一名博物。韶州曲江（今廣東韶關）人。武后神功元年（六九七）進士，官秘書省校書郎，累官至中書侍郎、同中書門下平章事，遷中書令。因受李林甫排擠，改尚書右丞相，罷知政事，又因事貶爲荆州長史。後封始興（今屬廣東）縣伯。卒，謚文獻。有《曲江集》二十卷。《舊唐書》卷九十九、《新唐書》卷一二六有傳。

胡應麟《詩藪》内編卷二：「唐初承梁、隋，陳子昂獨開古雅之源，張子壽首創清澹之派。盛唐繼起，孟浩然、王維、儲光羲、常建、韋應物，本曲江之清澹，而益以風神者也；高適、岑參、王昌齡、李頎、孟雲卿，本子昂之古雅，而加以氣骨者也。」

許學夷《詩源辯體》卷十四：「張九齡五言古，平韻者多雜用律體。《感遇》十三首，體雖近古，而辭多不達，去子昂遠甚。五言律才藻遠讓沈、宋……胡元瑞謂『子壽首創清淡之派』，非也。」《四庫全書總目》卷一四九《曲江集》提要：「其《感遇》諸作，神味超軼，可與陳子昂方駕。」

少陵體〔一〕。

【箋注】

〔一〕少陵體：嚴羽《詩評》：「太白不能爲子美之沉鬱。」「沉鬱」即其所謂少陵體也。

太白體〔一〕。

【箋注】

〔一〕太白體：嚴羽《詩評》：「子美不能爲太白之飄逸。」《詩評》又云：「觀太白詩者，要識真太白處。太白天材豪逸，語多率然而成者。」「飄逸」、「豪逸」即其所謂太白體。

高達夫體〔一〕。高常侍適也。

【校勘】

〔也〕何望海本、周亮工本、朱霞本、《歷代詩話》本、徐榦本無。

【箋注】

〔一〕高達夫體：高適（七〇一？—七六五），字達夫，渤海蓨（今河北景縣）人。少落魄，不治生事，客遊梁、宋，爲張九臯所奇，薦舉有道科中第，調封丘尉，累官刑部侍郎，左散騎常侍，封渤海縣侯。有《高常侍集》。《舊唐書》卷一一一、《新唐書》卷一四三有傳。

嚴羽《詩評》：「高、岑之詩悲壯，讀之使人感慨。」「悲壯」乃其所謂高達夫體。

孟浩然體〔一〕。

【箋注】

〔一〕孟浩然體：嚴羽《詩辯》：「孟襄陽學力下韓退之遠甚，而其詩獨出退之之上者，一味妙悟而已。」「妙悟」乃嚴羽所謂孟浩然體之特徵。

岑嘉州體〔一〕。岑參也。

【校勘】

〔也〕何望海本、周亮工本、朱霞本、《歷代詩話》本、徐榦本無。

【箋注】

〔一〕岑嘉州體：岑參（七一五？—七七〇），南陽（今屬河南）人。天寶三載（七四四）進士，累官左補闕、起居郎，出爲嘉州刺史。有《岑嘉州集》。兩《唐書》無傳，《唐才子傳》卷三有傳。

嚴羽《詩評》謂：「高、岑之詩悲壯。」其所謂岑嘉州體即以悲壯爲特徵。

王右丞體〔一〕。王維也。

【校勘】

〔也〕何望海本、周亮工本、朱霞本、《歷代詩話》本、徐榦本無。

【箋注】

〔一〕王右丞體：王維（七〇一—七六一），字摩詰，太原祁（今山西祁縣）人。開元九年（七二一）進士，擢右拾遺，累官至尚書右丞。維九歲知屬辭，工書善畫，熟諳音律，名盛開元、天寶間。有《王右丞集》。《舊唐書》卷一九〇下、《新唐書》卷二〇二有傳。

關於王維詩之特徵，蘇軾《書摩詰藍田煙雨圖》：「味摩詰之詩，詩中有畫；觀摩詰之畫，畫中有詩。」（《東坡題跋》卷五）詩中有畫乃王維詩之特徵。按王維《偶然作》之六云：「宿世謬詞客，前身應畫師。」（《王右丞集箋注》卷五）《舊唐書》本傳云：「維尤長五言詩。書畫特臻其妙，筆蹤措思，參於造化，而創意經圖，即有所缺，如山水平遠，雲峰石色，絶迹天機，非繪者之所及也。」《新唐書》本傳謂其「畫思入神，至山水平遠，雲勢石色，繪工以爲天機所到，學者不及也。」這些對王維畫的評論亦可通於詩。

韋蘇州體〔一〕。韋應物也。

【校勘】

〔也〕何望海本、周亮工本、朱霞本、《歷代詩話》本、徐榦本無。

【箋注】

〔一〕韋蘇州體：白居易《白氏長慶集》卷二十八《與元九書》：「近歲韋蘇州歌行，清麗之外，頗近興諷；其五言詩，又高雅閑澹，自成一家之體。」宋以後人所重者多在其高雅閑澹一面。蘇軾《書黄子思詩集後》云：「李、杜之後，詩人繼作，雖間有遠韻，而才不逮意，獨韋應物、柳宗元，發纖穠於簡古，寄至味於澹泊，非餘子所及也。」《朱子語類》卷一四〇：「韋蘇州詩高於王維、孟浩然諸人，以其無聲色臭味也。」

韓昌黎體〔一〕。

【箋注】

〔一〕韓昌黎體：嚴羽《詩辯》説：「孟襄陽學力下韓退之遠甚，而其詩獨出退之之上者，一味妙悟而已。」在嚴羽看來，韓愈詩以學力勝，但缺乏妙悟。

柳子厚體〔一〕。

【箋注】

〔一〕柳子厚體：柳宗元（七七三—八一九），字子厚，河東（今江西永濟）人。貞元九年（七九三）進士，十二年（七九六）登博學宏詞科。授校書郎，爲王叔文所重，擢禮部員外郎。叔文敗，貶永州司馬，改柳州刺史。世號柳柳州。有《柳先生集》。《舊唐書》卷一六〇、《新唐書》卷一六八有傳。《舊唐書》本傳説：「宗元少聰警絶衆，尤精西漢詩、騷。下筆搆思，與古爲侔，精裁密緻，璨若珠貝。當時流輩咸推之。」

韋柳體。蘇州與儀曹合言之〔一〕。

【箋注】

〔一〕蘇州句：蘇州指韋應物，儀曹指柳宗元。按：宗元曾官禮部員外郎，舊稱儀曹。

蘇軾論詩，將韋、柳看作一派，見其《書黄子思詩集後》，謂韋、柳的共同特徵是「發纖穠於簡古，寄至味於澹泊」。然韋、柳二人之間，蘇軾又以爲柳高於韋。其《評韓柳詩》：「柳子厚詩在陶淵明下，韋蘇州上。退之豪放奇險則過之，而温麗靖深不及也。所貴乎枯澹者，謂其外枯而中膏，似澹而實美，淵明、子厚之流是也。若中邊皆枯澹，亦何足道！」

李長吉體〔一〕。

【箋注】

〔一〕李長吉體：李賀，字長吉，福昌（今河南宜陽）人。居昌谷。曾任太常寺奉禮郎。《舊唐書》卷一三七、《新唐書》卷二〇三有傳。李商隱《樊南文集》卷八有《李賀小傳》。

嚴羽《詩評》：「長吉之瑰詭。」此嚴羽所謂李長吉體之特徵。

李商隱體。即西崑體也〔一〕。

【箋注】

〔一〕西崑體：西崑體有廣狹二義。狹義指詩體，廣義則兼指文體。兼指文體者，如宋趙彦衛《雲麓漫鈔》卷八：「本朝之文，循五代之舊，多駢儷之詞，楊文公始爲西崑體。」此西崑體即指駢儷之文。詩之西崑體得名於《西崑酬唱集》。宋初楊億、劉筠、錢惟演等人詩宗温庭筠、李商隱，其唱和之作集爲《西崑酬唱集》，在當時頗有影響，謂之「西崑體」。西崑，乃西方崑崙羣玉之山，傳説爲古帝王藏書之地。因楊、劉諸人官翰林，故以西崑指翰林院。西崑體本指楊、劉諸人之作，但因其學温、李，後遂亦以西崑體指温、李詩，尤其是李商隱詩。嚴羽在本篇又列「西崑體」，注云：「即李商隱體，然兼温庭筠及本朝楊、劉諸公而名之也。」即是如此。正是在這種意義上，李商隱體也被嚴羽稱作「西崑體」。元好問《論詩三十首》：「望帝春心托杜鵑，佳人錦瑟怨華年。詩家總愛西崑好，獨恨無人作鄭箋。」亦是以「西崑」指李商隱。元好問是金人，與嚴羽時代相同。可見以西崑體指稱李商隱在當時並非偶然的現象。

因爲温、李是西崑體的源頭及典範，如果就西崑體的特徵而言，説温、李是西崑體的代表自無不可。但是，如果就西崑體名稱的來歷看，以西崑體稱温、李，亦可能引起誤會，以爲西崑體之稱原本就是指温、李體或李商隱體，這樣一來，西崑體就成了唐代出現的名稱了。其實早在北宋的惠洪就有此種誤會。《冷齋夜話》説：「詩到義山，謂之文章一厄，以其用事僻澀，時稱西崑體。」此「時稱」爲「當時稱」，即謂李商隱詩當時稱爲西崑體。如果按照這種理解，那麽宋初楊、劉等人之詩被稱爲西崑體，乃是沿用了前人對李商隱詩的稱呼。這樣就與西崑體名稱來歷的事實不符。清初馮班《鈍吟雜録》認爲，嚴羽也是誤會了西崑體名稱的來歷。郭紹虞先生採信馮氏之説。其實，惠洪可能真是誤會，而胡仔、嚴羽、元好問諸人却未必都真的是誤會，因爲西崑體的名稱在使用的過程中，其涵義發生了變化，他們固可以借西崑體指稱李商隱體，而不去理會其名稱的來歷。

【附録】

馮班《鈍吟雜録》卷五《嚴氏糾謬》：「按《西崑酬唱集》是楊、劉、錢三君倡和之作，和之者數人，其體法温、李，一時慕效，號爲西崑體。其不在此集者尚多。至歐公始變，江西已後絶矣。及元人爲綺麗之文，亦皆附崑體。李義山在唐與温飛卿、段少卿號『三十六體』，三人皆行第十六也。於時無西崑之名。按此則滄浪未見《西崑集序》也。」

郭紹虞《校釋》：「李商隱詩雖爲楊億、劉筠所宗，但當時實無西崑之目，嚴氏混而爲一，非也。考惠洪《冷齋夜話》謂：『詩到義山，謂之文章一厄，以其用事僻澀，時稱西崑體。』則知滄浪以前已有混用不別者矣。胡仔《漁隱叢話前集》在唐彦謙之後、王建之前，有西崑體，而其中亦多論李義山詩，知胡氏於此亦不能別。滄浪沿襲其誤，故有此失。此後元好問《論詩絶句》亦云：『望帝春心托杜鵑，佳人錦瑟怨華年。詩家總愛西崑好，獨恨無人作鄭箋。』知謬説流傳已甚普遍，自馮班《糾謬》後，始廓清舊説之誤。又案王士禛《蠶尾集》卷七《跋西崑集》第二則，又有『西崑三十六體』之稱，亦誤混。」

盧仝體〔一〕。

【箋注】

〔一〕盧仝體：盧仝，自號玉川子，濟源（今屬河南）人。其詩受到韓愈的愛重。有《玉川子詩集》。附見《新唐書》卷一七六韓愈傳。

嚴羽《詩評》：「玉川之怪……天地間自欠此體不得。」此知嚴羽所謂盧仝體之特徵是怪。

白樂天體〔一〕。

【箋注】

〔一〕白樂天體：見「元白體」條箋注。

元白體〔一〕。微之、樂天，其體一也。

【校勘】

〔微〕何望海本誤作「徽」。

【箋注】

〔一〕元白體：《舊唐書》卷一六六《元稹傳》：「稹聰警絶人，年少有才名，與太原白居易友善，工爲詩，善狀詠風態物色，當時言詩者稱元白焉。自衣冠士子至閭閻下俚悉傳諷之，號爲元和體。」

杜牧之體〔一〕。

【箋注】

〔一〕杜牧之體：杜牧(八〇三—八五二)，字牧之，京兆萬年(今陝西西安)人。太和二年(八二八)中進士第，官至中書舍人。有《樊川集》。《舊唐書》卷一四七、《新唐書》卷一六六均附見杜佑傳。《新唐書·杜牧傳》稱：「牧於詩，情致豪邁，人號爲『小杜』，以別杜甫云。」陳振孫《直齋書録解題》卷十六《樊川集》解題：「牧才高，俊邁不羈，其詩豪而艷，有氣概，非晚唐人所能及也。」

張籍、王建體〔一〕。謂樂府之體同也〔二〕。

【箋注】

〔一〕張籍(七六三—八三〇)：字文昌，和州(今安徽和縣)人，一説吴郡(今江蘇蘇州)人。貞元十五年(七九九)進士及第。歷水部員外郎，官終國子司業。籍嘗謁韓愈，大受賞識，又與王建等唱和。有《張司業集》。《舊唐書》卷一六〇、《新唐書》卷一七六皆有傳。

王建：字仲初，潁川(今河南許昌)人。大曆十年(七七五)進士及第。歷渭南尉、秘書丞、侍御史，出爲陝州司馬。有《王建集》。

〔二〕謂樂府之體同也：宋人論張籍、王建樂府多並稱，許顗《彦周詩話》云：「張籍、王建樂府宫詞皆傑出。」張戒《歲寒堂詩話》卷上：「張籍、王建樂府，專以道得人心中事爲工。」

賈浪仙體〔一〕。

【箋注】

〔一〕賈浪仙體：賈浪仙，賈島。嚴羽《詩辯》：「近世趙紫芝、翁靈舒輩，獨喜賈島、姚合之詩，稍稍復就清苦之風。」此表明「清苦」是嚴羽所謂賈浪仙體的特徵。詳見《詩辯》箋。

孟東野體〔一〕。

【箋注】

〔一〕孟東野體：孟郊（七五一—八一四），字東野，湖州武康（今浙江德清）人。貞元十二年（七九六）進士及第。

嚴羽《詩評》：「孟郊之詩刻苦，讀之使人不懽。」又說：「孟郊之詩，憔悴枯槁，其氣侷促不伸。」此嚴羽所謂孟東野體之特徵。

杜荀鶴體〔一〕。

【箋注】

〔一〕杜荀鶴體：杜荀鶴（八四六—九〇四），字彥之，池州（今屬安徽）人。號九華山人。或云是杜牧私生子。大順二年（八九一）進士。入五代梁，授翰林學士、主客員外郎。有《唐風集》。《舊五代史》卷二十四有傳。

《舊五代史》本傳謂其「善爲詩，辭句切理，爲時所許」。杜氏同時人顧雲序其《唐風集》云：「見其雅麗激越之句，能使貪吏廉，邪臣正，父慈子孝，兄友弟悌，人倫之紀備矣。」此即所謂「辭句切理」。然胡仔《苕溪漁隱叢話》前集卷二十三引《幕府燕閑録》云：「杜荀鶴詩鄙俚近俗，惟宫詞爲唐第一。」其所稱宫詞乃杜氏《春宫怨》，中有「風暖鳥聲碎，日高花影重」二句，爲世所稱（《六一詩話》以爲周朴詩句）。其所謂「鄙俚近俗」者，蓋謂杜氏詩多用俗語。《野客叢書》卷十四：「唐人詩句中用俗語者，惟杜荀鶴、羅隱爲多。杜荀鶴詩，如曰『秖恐爲僧僧不了，爲僧得了盡輸僧』，曰『乍可百年無稱意，難教一日不吟詩』，曰『啼得血流無用處，不如緘口過殘春』，曰『舉世盡從愁裏老，誰人肯向死前閑』，曰『世間多少能言客，誰是無愁打睡人』，曰『逢人不説人間事，便是人間無事人』，曰『莫道無金空有壽，有金無壽欲何如』。」

翁方綱認爲杜詩淺易。《石洲詩話》卷二：「咸通十哲，概乏風骨。方干、羅隱皆極負詩名而一望荒蕪，實無足採，杜荀鶴至令嚴滄浪目爲一體，亦殊淺易。」而陳僅《竹林答問》則云：「杜荀鶴不足列一體。而皮、陸松陵一體似應增入。」

東坡體〔一〕。

【箋注】

〔一〕東坡體：郭紹虞《校釋》：「黄庭堅《子瞻詩句妙一世乃云效庭堅體……故以韻道之》：『我詩如曹鄶，淺陋不成邦。公如大國楚，吞五湖三江。』按：此語亦差説明蘇、黄詩格之異。楊萬里《誠齋詩話》：『明月易低人易散，歸來呼酒更重看；又，當其下筆風雨快，筆所未到氣已吞；又，醉中不覺度千山，夜聞梅香失醉眠；又李白畫像，西望太白横峨岷，眼高四海空無人，大兒汾陽中令君，小兒天台坐忘身，平生不識高將軍，手涴吾足乃敢嗔：此東坡詩體也。』」

健按：郭先生所引主要著眼於句法，嚴羽所謂東坡體的特徵不止於此，還應包括《詩辯》中所説的「以議論爲詩」、「以才學爲詩」，以及《答吴景僊書》中所説的「筆力勁健」。

山谷體〔一〕。

【箋注】

〔一〕山谷體：胡才甫《箋注》：「才甫按：楊誠齋曰：『風光錯綜天經緯，草木文章帝杼機。又澗松無心古鬚鬣，天球不琢中粹温。又兒呼不蘇驢失脚，猶恐醒來有新作。此山谷詩體也。』又按：苕溪漁隱曰：『余竊謂豫章自出機杼，别成一家，清新奇巧，是其所長，若言抑揚反覆，兼盡衆體，則非也。』」

郭紹虞《校釋》：「《東坡題跋》卷二《書魯直詩後》：『讀魯直詩如見魯仲連、李太白，不敢復論鄙事，雖若不入用，亦不無補於世也。』又：『黄魯直詩文如蝤蛑江瑶柱，格韻高絶，盤飧盡廢，然不可多食，多食則發風動氣。』張耒《讀黃魯直詩》：『不踐前人舊行迹，獨驚斯世擅風流。』魏泰《題黃魯直集》：『端求古人遺，琢抉手不停。方其得璣羽，往往失鵾鯨。』（《臨漢隱居詩話》引）楊萬里《誠齋詩話》：『風光錯綜天經緯，草木文章帝杼機』；又，『澗松無心古鬚鬣，天球不琢中粹温』；又，『兒呼不蘇驢失脚，猶恐醒來有新作』：此山谷詩體也。』

健按：嚴羽所謂山谷體當以「用字必有來歷」爲其主要特徵。

后山體后山本學杜，其語似之者但數篇，他或似而不全，又其他則本其自體耳〔一〕。

【校勘】

〔學杜〕「學」，底本作「斈」，乃「學」之異體。

〔似之〕《玉屑》作「之似」。

【箋注】

〔一〕后山本學杜四句：陳師道（一〇五三—一一〇一），字履常，一字無己，自號後（或作「后」）山居士，彭城（今江蘇徐州）人。官至秘書省正字。有《後山集》。《宋史》卷四四四有傳。

陳師道詩學杜，此在宋人無異辭。然對其如何學杜，宋人則有不同的理解。許尹《黃陳詩集注序》說：「二公（黃庭堅、陳師道）之詩皆本於老杜而不爲者也。」此謂黃、陳二人都學杜甫，但却不求似杜甫。這是一種學古的方式，學古人而不求似古人，追求自成一家。但趙蕃却不如此看。《詩人玉屑》卷十九：「趙章泉先生云：學詩者莫不以杜爲師，然能如師者鮮矣。句或有似之，而篇之全似者絶難得。陳後山《寄外舅郭大夫》：『巴蜀通歸使，妻孥且定居。深知報消息，不忍問何如。身健何妨遠，情親未肯疏。功名欺老病，淚盡數行書。』此陳之全篇似杜者也。」按趙蕃（章泉）之説，陳師道學杜不是有意求不似，而是求似，但是能達到全篇相似者甚少，而不似者甚多。嚴羽所云當出自趙蕃之説。

王荆公體〔一〕。公絶句最高〔二〕，其得意處，高出蘇、黄、陳之上〔三〕，而與唐人尚隔一關〔四〕。

【校勘】

蔡正孫《詩林廣記》後集卷二王荆公總評引作：「嚴滄浪云：荆公絶句最高，得意處高出蘇、黄，然與唐人尚隔一關。」

【箋注】

〔一〕王安石（一〇二一—一〇八六），字介甫，一字半山，臨川（今江西撫州）人，官至宰相，封荆國公。有《臨川集》。《宋史》卷三二七有傳。

〔二〕公絶句最高：趙德麟《侯鯖録》卷七：「東坡云：荆公暮年詩，始有合處。五字最勝，二韻小詩次之，七言詩終有晚唐氣味。」蘇軾認爲王安石五言詩（當指五律）第一，絶句（二韻小詩）第二。《山谷集》卷三十《跋王荆公禪簡》：「暮年小語，雅麗精絶，脱去流俗，不可以常理待之也。」此是指王安石禪簡即談禪簡書而言。《苕溪漁隱叢話》前集卷三十五引《冷齋夜話》：「山谷云：荆公暮年作小詩，雅麗精絶，脱去流俗。每諷味之，便覺沆瀣生牙頰間。」在這裏，山谷論王氏禪簡之語被理解成了對王安石絶句的評價。也就是説，惠洪將「禪簡」理解成王安石絶句。究竟是《冷齋夜話》歪曲山谷原意，還是其所引述的乃山谷另外的評論，現在不能考知。不過，黄庭堅却因此成爲宋代第一個大力肯定王安石絶句的人。胡仔更舉王安石絶句六首，謂：「觀此數詩，真可使人一唱三歎也。」（《苕溪漁隱叢話》前集卷三十五）張邦基《墨莊漫録》卷六：「七言絶句，唐人之作往往皆妙。頃時王荆公多喜爲之，極爲清婉，無以加焉。」楊萬里也甚推崇王氏絶句，以爲王氏絶句可以上繼唐人。其《讀詩》：「船中活計只詩篇，讀了唐詩讀半山。不是老夫朝不食，半山絶句當朝餐。」（《誠齋集》卷三十一）宋後期王氏絶句曾單獨刊行，《景定建康志》卷三十三「書版」載「半山老人絶句三十八版」。《竹莊詩話》、《詩人玉屑》、《詩林廣記》諸書均推重其絶句。

〔三〕蘇、黄、陳：指蘇軾、黄庭堅、陳師道。

〔四〕而與唐人尚隔一關：楊萬里《誠齋集》卷八《讀唐人及半山詩》：「不分唐人與半山，無端横欲割詩壇。半山便遣能參透，猶有唐人是一關。」他認爲王氏與唐人尚隔一關，主張作絶句初學王氏，而由王氏再學晚唐，由此再往上溯。其《答徐子材談絶句》：「受業初參王半山，終須投换晚唐間。《國風》此去無

多子，關捩挑來祇等閑。」(《誠齋集》卷三十五)

劉壎《隱居通議》卷十一「半山絶句悟機」條：「『天街小雨潤如酥，草色遥看近却無。最是一年春好處，絶勝煙柳滿皇都。』此韓詩也。荆公早年悟其機軸，平生絶句實得於此。雖殊欠骨力，而流麗閑婉，自成一家，宜乎足以名世。其後學荆公而不至者爲四靈，又其後卑淺者落江湖，風斯下矣。」按：此言王安石絶句學韓愈而來，四靈、江湖學王安石，此説與時人不同。

嚴羽論王安石絶句雖受楊萬里影響，但二人亦有差異。楊萬里主張作絶句應由王安石而入於唐人，嚴羽則主張取法乎上，按照他的理論，要學就學最高格的，既然唐人絶句高於王安石，那麽作絶句就應直接取法唐人，而不應先從王安石絶句入手再去學唐人。

邵康節體〔一〕。

【箋注】

〔一〕邵康節體：邵雍(一〇一一—一〇七七)，字堯夫，洛陽(今屬河南)人。居洛陽，與司馬光等遊，名其居「安樂窩」，自號安樂先生。謚康節。有《伊川擊壤集》。《宋史》卷四二七《道學》中有傳。

《四庫全書總目》卷一五三《擊壤集》提要：「自班固作《詠史》詩，始兆論宗；東方朔作《誡子》詩，始涉理路。沿及北宋，鄙唐人之不知道，於是以論理爲本，以修詞爲末，而詩格於是乎大變，此集其尤著者也。……北宋自嘉祐以前，厭五季佻薄之弊，事事反樸還淳，其人品率以光明豁達爲宗，其文章亦以平實坦易爲主，故一時作者往往衍長慶餘風，王禹偁詩所謂『本與樂天爲後進，敢期杜甫是前身』者是也。邵子之詩，其源亦出白居易，而晚年絶意世事，不復以文字爲長，意所欲言，自抒胸臆，原脱然於詩法之外。毁之者務以聲律繩之……譽之者以爲風雅正傳。」

陳簡齋體[一]。陳去非與義也。亦江西之派而小異。

【校勘】

蔡正孫《詩林廣記》後集卷八陳簡齋總評：「滄浪《詩體》云：簡齋自是一體，亦本江西之派而小異耳。」

【箋注】

〔一〕陳簡齋體：陳與義（一〇九〇—一一三八），字去非，號簡齋，洛陽（今屬河南）人。登徽宗政和三年（一一一三）上舍甲第，高宗紹興間官至參知政事。有《簡齋集》。《宋史》卷四四五有傳。

陳簡齋體的特徵宋人看法不一。張嵲《陳公資政墓誌銘》説：「公尤邃於詩，體物寓興，清邃超特，紆徐閎肆，高舉橫厲，上下陶、謝、韋、柳之間。」（《紫微集》卷三十五）是以陳氏爲陶、謝、韋、柳之派。劉克莊《後村詩話》前集卷二：「元祐後，詩人迭起，一種則波瀾富而句律疏，一種則鍛煉精而情性遠，要之不出蘇、黄二體而已。及簡齋出，始以老杜爲師。……建炎以後，避地湖嶠，行路萬里，詩益奇壯。……造次不忘憂愛，以簡嚴掃繁縟，以雄渾代尖巧。第其品格，故當在諸家之上。」劉氏認爲陳與義詩學杜甫，一方面有性情，另一方面又句律精，去蘇、黃體之短而兼有其長。是未將陳與義歸入江西詩派。嚴羽則將其歸入江西詩派中，又承認其異處。方回《瀛奎律髓》：「老杜詩爲唐詩之冠，黃、陳詩爲宋詩之冠。黃、陳學老杜者也，嗣黃、陳而恢張悲壯者，陳簡齋也。」（卷一陳與義《與大光同登封州小閣》評語）是亦將陳氏歸入江西派中。同時指出「恢張悲壯」是其不同於黃庭堅、陳師道處。《四庫全書總目提要》云：「其詩雖源出豫章，而天分絶高，工於變化，風格遒上，思力沉摯，能卓然自闢蹊徑。」此亦言其出江西派而有異處，可與嚴羽之説相參。

楊誠齋體〔一〕。其初學半山、后山，最後亦學絶句於唐人，已而盡棄諸家之體，而別出機杼。蓋其自序如此也。

【校勘】

〔初學　亦學〕　二「學」字，底本作「斈」，據諸本改從正體。

〔諸家之體〕　陳定玉輯校《嚴羽集》：「體，《玉屑》作『作』。」

〔如此也〕　《玉屑》無句末「也」字。

【箋注】

〔一〕楊誠齋體：楊萬里（一一二七—一二〇六）字廷秀，號誠齋，吉水（今屬江西）人。高宗紹興二十四年

（一一五四）進士，官至秘書監。謚文節。有《誠齋集》。《宋史》卷四三三有傳。

楊萬里《誠齋集》卷八十一《誠齋荆溪集序》：「予之詩，始學江西諸君子，既又學後山五字律，既又學半山老人七字絶句，晚乃學絶句於唐人。學之愈力，作之愈寡。……戊戌三朝時節賜告，少公事，是日即作詩，忽若有寤，於是辭謝唐人及王、陳、江西諸君子皆不敢學，而後欣如也。試令兒輩操筆，於予口占數首，則瀏瀏焉無復前日之軋軋矣。」

【總説】

以人而論，乃是列舉個人之體。以今日之文學理論言之，個人風格是也。從這種角度言，凡是形成了個人獨特風格的詩人都可以説是自成一體。如若照此標準，詩歌史上詩人之體應不止嚴羽此處所列的數目。故嚴羽此處所列個人之體，不僅僅是因其具有個人風格，而且還因其具有比較大的影響。

【附録】

馮班《鈍吟雜録》卷五《嚴氏糾繆》：

以人而論至云云　按此一段漏略疎淺之甚，標星宿而遺羲娥，知此人胸中不通一竅，不識一字，東牽西扯而已。建安以後詩，莫美於阮公《詠懷》，陳子昂因之以創古體，何以不言阮嗣宗體？潘、張、左、陸，文章之祖，前言太康體，似矣，以人言，則何以缺此四君？

文章之變，潘、張、左、陸以後，清言既盛於時，詩人所作，皆老、莊之讚頌。自顏、謝、鮑，始革其製。元嘉之詩，千古文章，於此一大變。請具論之。漢人作賦，頗有模山範水之文，五言則未有。後代詩人言山水，始於謝康樂也。陸士衡對偶已繁。用事之密始於顏延之，後代對偶之祖也。（何焯評：「劉越石、郭景純不囿於俗者也。殷仲文、謝益壽始變其體，至元嘉而大。」）《三百篇》言飲酒，雖云「不醉無歸」，然以成禮合歡而已；「彼醉不臧」，則有沈湎之刺。詩人言飲酒，不以爲諱，陶公始之也。《國風》好色而不淫，近代朱子始以鄭、衛爲男女相悦之詞，古人不然。《楚詞》美人以喻君子。五言既興，義同《詩》、《騷》，雖男女歡娛幽怨之作，未極淫放，《玉臺新詠》所載可見。至於休、鮑，文體傾（何焯：「傾，抄本作輕。」）側，宮體滔滔，作俑於此。永明、天監之際（何焯：「宜作大同以後。」），鮑體獨行，延之、康樂微矣。（何焯：「梁武代齊，歲在壬午，以天監紀元者十八年。庚子改元普通，丁未又改元大通。三年辛亥，昭明太子薨，立簡文帝爲皇太子。時徐摛爲家令，屬文好爲新變，不拘舊體，春坊盡學之。宮體之號，自斯而始。則距天監已踰一終矣，不得謂天監已後獨行也，況永明哉！」）今謝康樂之後，不言顏延之，則梁人□之，又不言沈、謝，則齊梁聲病之體，不知所始矣。不言鮑明遠，則宮體紅紫之文，不知所法矣。雖言徐、庾，是忘祖也。於時詩人，灼然自名一體者，有吳叔庠，邊塞之文所祖也。又如柳吳興、劉孝綽、何仲言，皆唐人所法（何焯：「柳文暢恐未能立家。」），何以都不及？子美頗學陰、何，又云「李侯有佳句，往往似陰鏗」，則子堅之體不可缺。（何焯：「言庾則子堅似可該。」）齊、梁已來，南北文章，頗爲不同。北多骨氣，而文不及南。鄴下才人，盧思道、薛道衡，皆有盛譽。自隋煬有非傾側之論，徐、庾之文少變，於時文多正雅。薛道衡氣格清拔，與楊處道酬唱之作，李義山極道之。（何焯：「義山《謝河東公詩啟》特以越公比仲郢，而以道衡自儗，義取倡和，非舉爲宗師，何足據耶？」）唐初文字，兼學南北。以人言之，道衡亦不可缺。（何焯：「此條略本《北史·文苑傳敘》，然多骨氣而文不及南者，乃指温、邢宗仰江左，故祖珽謂沈、任之是非，乃邢、魏之優劣，思道樂府諸篇，道衡《昔昔鹽》、《戲場》諸篇，孰非南朝體乎？魏鄭公《隋書·文學傳敘》云：『江左宫商發越，貴於清綺；河朔詞義貞剛，重乎氣質。氣質則理勝其詞，清綺則文過其意。理深者便於時用，文華者宜於詠歌。』則鄭公立論，雖頗裁大同之淫放，至連絶所長，未有不以南朝詞人爲尸盟耳。《北史·文苑傳》特著諸公者，蓋以北方風雅，實始盛於齊季，鄴下以爲自是乃可希風江左，非謂宫體革自盧、薛也。盧没於開皇之代久矣。唐初詩歌承隋之後，輕側淫麗，於是稍止。然率宗師徐、庾，上泝沈、謝，無聞別有北宗，若道衡特標一體，反屬杜撰矣。」）

宋人頗學唐人，滄浪敘唐人差整，彼有所受之也。然沈、宋之前，不云李嶠、蘇味道，王右丞以後，不言錢、郎、劉隨州，李商隱以下，不言温飛卿，元、白之下，不言劉夢得，皆缺也。

四

又有所謂選體。選詩時代不同，體製隨異，今人例謂五言古詩爲選體，非也〔一〕。

【校勘】

〔今人例謂〕「謂」底本、《玉屑》諸本作「用」，茲據九峯書屋本、清省堂本、程至遠本作「謂」。

〔非也〕郭紹虞《校釋》：「《玉屑》無『非也』二字。」

【箋注】

〔一〕今人二句：宋人謂選體指五言古詩，如《後村先生大全集》卷九十八《林子㬎詩序》：「五言詩，《三百五篇》中間有之，逮漢魏蘇、李、曹、劉之作，號爲選體。」其《贈翁卷》：「非止擅唐風，尤於選體工。」（《後村先生大全集》卷七）趙汝回《雲泉詩序》：「近世論詩，有選體，有唐體。……選體近古，然無律詩。」（《江湖小集》卷五五）所指都是五言古詩。嚴羽所辨的就是此種意義之選體，他以爲《文選》所録並非僅有五言古詩一體，故不當稱五言古詩爲選體。

【附録】

劉壎《隱居通議》卷十三「古今類編」條：「又如《文選》諸詩，乃昭明太子一時偶取入集，初非立體，而後世作詩者乃創立一名，曰此爲選體，尤非確論。」

日本芥煥《丹丘詩話》卷下：「後世例謂五言古詩爲選體，嚴儀卿已非之是也。夫選詩，時代不同，體製各異，安得混稱乎？」

馮班《鈍吟雜録》卷五《嚴氏糾繆》：「此一段敘論駁雜譌亂，不可盡正。」

近藤元粹《螢雪軒叢書》：「又有別分體。」

柏梁體〔一〕漢武帝與羣臣共賦七言，每句用韻，後人謂此體爲柏梁體。

【校勘】

〔每句用韻〕《玉屑》無「用」字。

〔爲柏梁體〕「柏梁體」，底本作「柏体」，《玉屑》、胡重器本、吳銓本、何望海本、周亮工本、朱霞本、徐榦本作「柏梁」，九峯書屋本、程至遠本作「柏梁體」，尹嗣忠本、清省堂本、《歷代詩話》本、《適園丛书》本作「柏梁體」，兹從尹嗣忠等本。

【箋注】

〔一〕柏梁體：漢武帝時建臺，以香柏爲梁，故稱柏梁臺，高數十丈。唐歐陽詢《藝文類聚》卷五十六：

漢孝武皇帝元封三年作柏梁臺，詔羣臣二千石有能爲七言者，乃得上坐。皇帝曰：日月星辰和四時。梁王曰：驂駕駟馬從梁來。大司馬曰：郡國士馬羽林才。丞相曰：總領天下誠難治。大將軍曰：和撫四夷不易哉。御史大夫曰：刀筆之吏臣執之。太常曰：撞鐘擊鼓聲中詩。宗正曰：宗室廣大日益滋。衞尉曰：周衞交戟禁不時。光禄勳曰：總領從官柏梁臺。廷尉曰：平理請讞決嫌疑。太僕曰：循飾輿馬待駕來。大鴻臚曰：郡國吏功差次之。少府曰：

乘輿御物主治之。大司農曰：陳粟萬碩揚以箕。執金吾曰：徼道宫下隨討治。左馮翊曰：三輔盜賊天下危。右扶風曰：盜阻南山爲民災。京兆尹曰：外家公主不可治。詹事曰：椒房率更領其財。典屬國曰：蠻夷朝賀常會期。大匠曰：柱枅薄櫨相枝持。太官令曰：枇杷橘栗桃李梅。上林令曰：走狗逐兔張罝罘。郭舍人曰：齧妃女脣甘如飴。東方朔曰：迫窘詰屈幾窮哉。

根據《藝文類聚》卷五十六、《太平御覽》卷三五二、《古文苑》卷八謂柏梁臺作於元封三年（前一〇八），唱和詩也是作於此年。然根據《三輔黄圖》，柏梁臺乃起於元鼎二年（前一一五），兩説不同。王應麟《玉海》卷二十九、章樵注《古文苑》卷八乃謂建臺在元鼎二年，而登臺賦詩乃在元封三年。不過宋敏求修《長安志》卷三所引《漢武帝集》，並没有言及建臺及登臺賦詩之時間。關於和詩的羣臣，《藝文類聚》及《長安志》所引《漢武帝集》僅最後二人明稱「郭舍人」及「東方朔」，其餘均只有官名。在《古文苑》中，將詩句前某官曰之「曰」字去掉，並將官名移置到詩句之後作小注，到南宋紹定間章樵注《古文苑》，則於官名之下附有姓氏。顧炎武《日知録》考證此詩年代與官、人互相矛盾，章樵注姓氏之謬始明。

玉臺體。《玉臺集》乃徐陵所序〔一〕，漢、魏、六朝之詩皆有之。或者但謂纖艷者爲玉臺體，其實則不然〔二〕。

【校勘】

〔其實則不然〕郭紹虞《校釋》：「《玉屑》無『則』字。」

【箋注】

〔一〕玉臺集：《玉臺新詠》十卷，陳徐陵編。成書於梁朝，收入漢魏以來與女性相關的作品。序：序次，編次。此書有徐陵序云：「惟屬意於新詩，庶得代彼皋蘇，蠲茲愁疾。但往世名篇，當今巧製，分諸麟閣，散在鴻都，不藉篇章，無由披覽。於是然脂暝寫，弄筆晨書，選録豔歌，凡爲十卷。曾無參於雅頌，亦靡濫於風人。」

〔二〕漢魏三句：胡應麟《詩藪》外編卷二：「此不熟本書之故。《玉臺》所集，於漢、魏、六朝無所詮擇，凡言情皆録之。自餘登覽宴集，無復一首，通閱當自瞭然。」

馮班《鈍吟雜録》卷五《嚴氏糾繆》：「案梁簡文在東宮，命徐孝穆撰《玉臺集》。其序云：『撰録豔歌，凡爲十卷。』則專取豔詩明矣。又其文止於梁朝，今云六朝皆有，謬矣。觀此，則於此書殆是未讀也。」

《玉臺新詠》的特徵用編者徐陵的話來概括就是「豔」，其《玉臺新詠序》説：「撰録豔歌，凡爲十卷。」但是，徐陵所説的「豔」與後來所謂艷體在意義上存在差别。徐陵所謂「豔歌」指與女性相關者，其風格未必都是所謂「纖艷」者。後來所謂艷已經帶有貶義，被理解爲浮艷、纖艷。嚴羽所謂「纖艷」正是在後人所理解的貶義上説的。

西崑體〔一〕。即李商隱體，然兼温庭筠及本朝楊、劉諸公而名之也。

【箋注】

〔一〕西崑體：西崑體得名於《西崑酬唱集》。楊億、劉筠等詩宗李商隱，禁中唱和，彙集爲《西崑酬唱集》，時稱西崑體。然宋人亦以指稱楊、劉等人所宗之李商隱詩，以及與李商隱齊名、詩風相近的温庭筠詩。馮班《鈍吟雜録》辨之，謂嚴羽以西崑體爲李商隱體是錯誤的。何焯評云：「其誤始於《冷齋夜話》。金源時，此書流於北方，如李屏山《西巖集序》、元遺山《論詩絶句》，率指義山爲崑體。玉溪不掛朝籍，飛卿淪於一尉，安得厠迹册府耶？」參見本篇「李商隱體」條及《詩辯》篇「楊文公、劉中山學李商隱」句箋。

【附録】

《四庫全書》集部《西崑酬唱集》提要：

《西崑酬唱集》二卷，不著編輯者名氏，前有楊億序，稱卷帙爲億所分，書名亦億所題，而不言裒而成集出于誰手。考田況《儒林公議》云：「楊億兩禁變文章之體，劉筠、錢惟演輩從而效之，以新詩更相屬和，億復編叙之，題曰《西崑酬唱集》。」然則即億編也。凡億及劉筠、錢惟演、李宗諤、陳越、李維、劉騭、刁衎、任隨、張詠、錢惟濟、丁謂、舒雅、晁迥、崔遵度、薛映、劉秉十七人之詩，而億序乃稱屬而和者十有五人，豈以錢、劉爲主，而億與李宗諤以下爲十五人歟？詩皆近體，上卷凡一百二十三首，下卷凡一百二十五首，而億序稱二百有五十首，不知何時佚二首也。其詩宗法唐李商隱，詞取妍華，而不乏興象，效之者漸失本真，惟工組織，於是有優伶撏撦之戲。石介至作《怪説》以刺之，而祥符中，遂下詔禁文體浮艷。然介之説，蘇軾嘗辨之。真宗之詔，緣于宣曲一詩，有「取酒臨卭」之句。陸游《渭南集》有《西崑詩跋》，言其始末甚詳，初不緣文體發也。其後歐、梅繼作，坡、谷迭起，而楊、劉之派，遂不絶如綫。要其取材博贍，練詞精整，非學有根柢，亦不能鎔鑄變化，自名一家，固亦未可輕詆。《後村詩話》云：「《西崑酬唱集》對偶字面雖工，而佳句可録者殊少，宜爲歐公之所厭。」又一條云：「君僅以詩寄歐公，公答云：『先朝楊、劉風采，聳動天下，至今使人傾想。』豈公特惡其碑板奏疏，其詩之精工律切者，自不可廢歟？」二説自相矛盾。平心而論，要以後説爲公矣。

香奩體。韓偓之詩，皆裾裙脂粉之語。有《香奩集》〔一〕。

【校勘】

〔韓偓〕底本作「渥」，《玉屑》、胡重器本、吴銓本、何望海本、周亮工本、朱霞本、徐幹本同底本，尹嗣忠本、清省堂本、《寶顔堂祕笈》本、《津逮祕書》本、《説郛》本作「偓」，兹據改。

〔裾裙〕王仲聞點校《詩人玉屑》：「『裾裙』寬永本誤作『裾裾』，宋本不誤。」按元本《玉屑》亦不誤。

【箋注】

〔一〕韓偓之詩三句：韓偓，字致堯，一字致光，小字冬郎，自號玉山樵人，京兆萬年（今陝西西安）人。官至兵部侍郎。有《翰林集》、《香奩集》等。《新唐書》卷一八三有傳。

《香奩集》是否韓偓所撰，宋時已有不同説法。根據沈括《夢溪筆談》卷十六的説法，此集乃和凝撰，凝後貴，乃嫁名於韓偓。葛立方《韻語陽秋》卷五則認爲此集即韓偓所撰。嚴羽亦以爲韓偓撰也。葛立方云：「韓偓《香奩集》百篇皆艷詞也。」（《韻語陽秋》卷五）嚴羽所謂「裾裙脂粉之語」即指此。

宫體。梁簡文傷於輕靡，時號宫體〔一〕。　其他體製，尚或不一，然大概不出此耳。

【校勘】

〔其他體製二句〕《玉屑》本無。其他各本此二句緊接上句，不空。「耳」字程至遠本作「爾」。

【箋注】

〔一〕梁簡文二句：梁簡文，蕭綱（五〇三—五五一），字世纘，小字六通，梁武帝蕭衍第三子，昭明太子蕭統同母弟。

《梁書》卷四《簡文帝本紀》：「雅好賦詩，其自序云：『七歲有詩癖，長而不倦。』然傷於輕靡，時號宫體。」

五

又有古詩。有近體〔一〕。即律詩也。

【校勘】

〔又有古詩〕郭紹虞《校釋》：「各本均與上條合爲一條。據《詩人玉屑》『有』上有『又』字，茲據補，並別爲一條。」茲從郭説。

〔有近體〕《玉屑》與「有古詩」連書，不空。

〔即律詩也〕《適園叢書》本作大字。

【箋注】

〔一〕近體：古詩亦稱往體，近體亦稱今體，也稱律詩。如皮日休《松陵集序》中言其與陸龜蒙唱和詩之編集就有往體與今體之分。就其集中作品看，今體中包括律詩與絶句。在唐代，律詩包括絶句，絶句也是律詩。到宋代，一方面，律詩之稱繼承了唐代的内涵，即律詩包括絶句，但同時，也有將絶句從律詩中劃分出來的傾向，絶句與律詩並列。律詩包括絶句之例，如嚴羽同時人劉克莊《後村先生大全集》卷九十七《晚覺翁藁》：「近時詩人，竭心思搜索，極筆力雕鐫，不離唐律。少者二韻，或四十字，增至五十六字而止。」這裏所稱的唐律，即是唐人律詩，二韻是絶句，四十字是五律，五十六字是七律，可見劉克莊所説的律詩是包括絶句在内的。嚴羽在「近體」下注「即律詩也」，正是在這種意義上説的。律詩與絶句並列的，在嚴羽之前，可以舉吕祖謙《宋文鑑》，此書將五、七言律詩與絶句分列；與嚴羽同時代的，則有《詩人玉屑》，其卷十三即將律詩、絶句並列。如果將律詩與絶句並列的話，律詩中就排除了絶句，這樣近體與律詩的範疇就不等同了，近體包括絶句，而律詩則否。明清以後乃至今日，一般以近體包括律詩、絶句，而不以律詩包括絶句，絶句就成爲與律詩並列的詩體了。

【附録】

李之儀《姑溪居士前集》卷十六《謝人寄詩並問詩中格目小紙》：「近體見於唐初，賦平聲爲韻，而平側協其律，亦曰律詩。由有近體，遂分往體。就以賦側聲爲韻，從而别之，亦曰古詩。」

胡震亨《唐音癸籤》卷一：「今考唐人集録所標體名，凡效漢魏以下詩，聲律未叶者名往體。其所變詩體，則聲律之叶者，不論長句絶句，概名爲律詩，爲近體，而七言古詩于往體外，另爲一目，又或名歌行。舉其大凡，不過此三者，爲之區分而已。」

馮班《鈍吟雜録》卷三《正俗》：「齊梁聲病之體，自昔已來不聞謂之古詩。諸書言齊梁體不止一處，唐自沈、宋已前有齊梁詩，無古詩也。氣格亦有差古者，然其文皆有聲病。沈、宋既裁新體，陳子昂崛起於數百年後，直追阮公，創辟古詩，唐詩遂有兩體。開元已往，好聲律者，則師景雲、龍紀；矜氣格者，則追建安、黄初，而永明文格微矣。然白樂天、李義山、温飛卿、陸龜蒙皆有齊梁格詩，白、李詩在集中，温見《才調集》，陸見《松陵集》，題注甚明，但差少耳。既有正律破題之詩，此格自應廢矣。皎然作《詩式》，敘置極爲詳盡允當，今人弗考，瞶瞶已久，古詩二字，牢入人心。今之論者，雖子美稱庾開府，太白服謝玄暉，必欲降而下之，云古詩當如此論也；至於唐人，雖服膺鮑、謝，體效徐、庾，仰而不逮者，猶以爲無上玅品，云律詩當如此論。吁，可慨已！」

近藤元粹《螢雪軒叢書》：「又以字句分體。」

有絶句〔一〕。有雜言〔二〕。

【箋注】

〔一〕絶句：絶句的含義有一個歷史變化過程。絶句之名起於六朝，《玉臺新詠》中就有絶句之稱，本來指四句之詩。聲律論興起之後，絶句也逐漸律化。到唐代，絶句的含義已經不只是指四句詩，還要加上聲律的内容。這時的絶句已經屬於今體（或近體、律詩）的範疇了。在唐代，律詩包括絶句，絶句也是律詩；到宋代，律詩與絶句並列。前人稱絶句爲截句，謂是截取律詩之兩聯而成，此種解釋不是從絶句名稱的起源上講，而是就近體中絶句之體製説的。因爲絶句早於律詩出現，故從起源上不能説絶句是截取律詩而成。而從體製上説，絶句可以四句皆對仗，相當於律詩之中二聯；可以四句皆不對仗，相當於律詩之首尾兩聯；可以前兩句不對仗，後兩句對仗，相當於律詩之前兩聯；可以前兩句對仗，後兩句不對仗，相當於律詩之後兩聯。在這種意義上，説絶句是截句，亦無不可。

【附録】

舊題元傅與礪述范德機意《詩法源流》：「絶句者，截句也。後兩句對者，是截律詩前四句；前兩句對者，是截律詩後四句；四句皆對者，是截中四句；四句皆不對者，是截前後四句。雖正變不齊，而首尾佈置，亦四句自爲起、承、轉、合，未嘗不同條而共貫也。」

胡應麟《詩藪》内篇卷六：「五七言絶句，蓋五言短古、七言歌行之變也。五言短古，雜見漢魏詩中，不可勝數。唐人絶句，實所從來。七言短歌，始於《垓下》。」又：「絶句之義，迄無定説。謂截近體首尾或中二聯者，恐不足憑。五言絶起兩京，其時未有五言律。七言絶起四傑，其時未有七言律也。但六朝短古，概曰歌行，至唐方稱絶句。又五言律在七言絶前，故先律後絶耳。」

徐師曾《詩體明辯》卷十三：「絶句詩，原於樂府，五言如《白頭吟》、《出塞曲》、《桃葉歌》、《歡聞歌》、《長干曲》、《團扇》等篇，七言則如《挾瑟歌》、《烏棲曲》等篇。下及六代，述作漸繁。唐初穩順聲勢，定爲絶句。絶之爲言截也，即律詩而截之也。故凡後兩句對者，是截前四句；前兩句對者，是截後四句；全篇皆對者，是截中四句；皆不對者，是截首尾四句。故唐人絶句皆稱律詩。大抵以第三句爲主，須以實事寓意，則轉换有力。」

馮班《鈍吟雜録》卷三《正俗》：「詩家常言，有聯有絶。二句一聯，四句一絶。宋孝武言吳邁遠『聯絶之外無所解』是也。古人多有是語。四句之詩，故謂之絶句。宋人不知，乃云是絶律詩首尾。目不識丁之人，妄爲詩話以誤後學，可恨之極。如此議論，亦非一事也。《玉臺新詠》有古絶句，古詩也。唐人絶句有聲病者，是二韻律詩也。元、白集，杜牧之集，韓昌黎集可證。唐人集分體者少，今所傳分體集，皆是近日妄庸人所更定，不足據。宋人集所幸近人不肯讀，古本多存，中亦有分律詩、絶句者，如王臨川集首題云『七言律詩』，下注云：『絶句。』甚分明。唐人惟有元、白、韓、杜等是舊次，今武定侯刻白集、坊本杜牧集，亦皆分體如今人矣。幸二集尚有宋板，新本亦有翻宋板可据耳。高棅《唐詩品彙》出，今人不知絶句是律矣。」

陶明濬《文藝叢考初編》卷二「絶句之研究」：「五絶當齊梁時，其體已具，惟當時則謂之古詩，無有絶句之名，而其實則與絶句無異。……至七絶，截七律之半而爲之，漢之《丁令威歌》、梁之《捉搦歌》，寥寥四語，皆絶句之先聲。隋末無名氏之《送别》，諷煬帝而作，則純乎七絶。若王之涣、李君虞、劉賓客、李玉溪，皆與供奉、龍標爭長。」

〔二〕雜言：胡應麟《詩藪》内編卷一：「世以樂府爲詩之一體，余歷考漢魏六朝唐人詩，有三言、四言、五言、六言、七言、雜言、近體、排律、絶句，樂府皆備有之。『烏生』、『雁門』等篇，雜言也。」

徐師曾《詩體明辨》卷十四「雜言詩」：「有五七言相間者，有三五七言各兩句者，有一三五七九言各兩句者，一字至七字九字十字者。」

健按：據胡、徐二氏之説，雜言乃一首詩中詩句長短不一，故郭紹虞《校釋》謂「雜言即古體中之長短句」。然古人題雜言者並非全都字數不一。如錢起《錢仲文集》卷一有「雜言二十八首」，絶大多數都是全篇七言或五言，只有少數篇目爲長短句。長短句者像《秋霖曲》，首句多「君不見」三字，其餘皆七字句。又如《送修武元少府》前二句爲五言，餘皆七言。不僅錢起集如此，其他詩人亦有如此者。如司空曙《雜言》：「伏餘西景移，風雨灑輕絺。燕拂青蕪地，蟬鳴紅葉枝。」(《全唐詩》卷二九四)全是五言。又如謝陶《雜言》(載《全唐詩》卷七六九)，亦全是五言。今考元人所編《嚴滄浪詩體》中「雜言」條注云：「多是七言，諸事皆可入内，亂雜不分，意托興、規戒耳。」(朱紱《名賢詩法彙編》卷三)此從内容上解釋雜言，或可以解釋雜言體句子字數並非都是長短不一之緣由。

有三五七言自三言而終以七言〔一〕，隋鄭世翼有此詩〔二〕：「**秋風清，秋月明。落葉聚還散，寒烏棲復驚。相思相見知何日，此日此夜難爲情。**」〔三〕

【校勘】

〔自三言〕　清省堂本「三」作「二」。

〔秋風清六句〕　郭紹虞《校釋》：「《詩人玉屑》無『秋風清』以下各句，以從《玉屑》爲是。『秋風清』云云，見《李太白集》，當是李作。」

〔寒烏〕　九峯書屋本作「寒鳥」，其餘各本均作「寒鴉」。

〔此日〕　胡重器本、吴銓本、何望海本、《寶顏堂祕笈》本、《説郛》本、周亮工本、朱霞本、《歷代詩話》本、徐榦本作「此時」。

以上三體，《玉屑》連書，不另行。

【箋注】

〔一〕自三言而終以七言：謂一首詩中有三言二句，有五言二句，有七言二句。亦有三言二句，五言二句，六言二句，七言二句者，如權德輿《雜言賦得風送崔秀才歸白田限三五六七言（暄字）》：「嚮深澗，思啼猨。闇入蘋洲暖，輕隨柳陌暄。澹蕩乍飄雲影，芳菲遍滿花源。寂寞春江別君處，和煙帶雨送征軒。」（《全唐詩》卷三二四）此一類詩亦屬雜言。

〔二〕鄭世翼：滎陽（今屬河南）人，弱冠有盛名，官揚州録事參軍。貞觀中，坐怨謗流配巂州卒。鄭氏曾遇崔信明於江中，謂信明曰：「聞君有『楓落吳江冷』，願見其餘。」信明欣然出其詩百餘篇，世翼覽未終，曰：「所見不逮所聞！」投諸水，引舟而去。《舊唐書》卷一九〇有傳，《新唐書》卷二〇一附見崔信明傳。

〔三〕秋風清六句：此詩載後蜀韋縠所編《才調集》卷二，題《秋思》，作無名氏詩。《四庫全書》本有題注云：「或刻第十卷，作《三五七言詩》。亦見李太白集中。」根據《四庫總目提要》，《四庫》所收《才調集》爲宋刻，據此知此乃宋刻本之舊。此詩又載宋本《李太白文集》中，題《三五七言》。然宋本《李太白文集》之編集晚於《才調集》，故不能確證此詩是否李白的作品。《詩人玉屑》所載嚴羽《詩體》中没有引詩，僅説「隋鄭世翼有此詩」，因此，此詩或許非出自嚴羽自注，而是後人所補注。如果是後人補注的話，就不能確定嚴羽所説鄭世翼的作品就是此詩。《分類補注李太白詩》卷二十五宋楊齊賢注曰：「古無此體，自太白始。」楊齊賢，無考。但《郡齋讀書志》及《直齋書録解題》均未著録楊氏所注李白集，由此推楊氏當晚於陳振孫，由於陳振孫較嚴羽同時稍晚，故大體可以推知楊齊賢可能晚於嚴羽，是宋末人。清王琦注《李太白全集》：「《滄浪詩話》以此詩爲隋鄭世翼之詩，《臞仙詩譜》（健按：明朱權撰）以此篇爲無名氏作，俱誤。」（卷二十五）是知王氏亦以此詩爲李白作。

有半五六言〔一〕。晉傅休奕「鴻鴈生塞北」之篇是也〔二〕。

【校勘】

〔傅休奕〕底本、九峯書屋本、胡重器本、何望海本、周亮工本、朱霞本、徐榦本作「傅休玄」，宋本、元本及寬永本《玉屑》作「傅休言」，十卷本及古松堂本《玉屑》、《歷代詩話》本作「傅休奕」，尹嗣忠本、清省堂本、程至遠本、《津逮祕書》本、《寶顔堂祕笈》、《説郛》本、《適園叢書》本作「傅玄」。按傅玄字休奕，作「傅玄」及「傅休奕」均是，兹改作「傅休奕」。

【箋注】

〔一〕有半句：謂一聯中一句六言、一句五言。

〔二〕晉傅休奕句：傅玄（二一七—二七八），字休奕，北地泥陽（今陝西耀縣）人。《晉書》卷四十七有傳。郭茂倩《樂府詩集》卷三十七傅玄《鴻雁生塞北行》：「鳳凰遠生海西，及時崑山岡。五德存羽儀，和鳴定宫商。百鳥並侍左右，鼓翼騰華光。上熙遊雲日間，千歲時來翔。孰若彼龍與龜，曳尾泥中藏。非雲雨則不升，冬伏春廼驤。退哀此秋蘭，草根絶，隨化揚。靈氣一何夏美，萬里馳芬芳。常恐物易微歇，一朝見棄忘。」

有一字至七字〔一〕。唐張南史《雪》、《月》、《花》、《草》等篇是也〔二〕。又隋人應詔有三十字詩〔三〕，凡三句七言，一句九言。不足爲法，故不列於此也。

【校勘】

〔張南史〕「史」，《玉屑》作「丈」，誤。

〔三十字詩〕「詩」，底本及各本均無，兹據《玉屑》補。

【箋注】

〔一〕有一字至七字：謂一首詩中包含一字句到七字句。

〔二〕唐張南史句：張南史，字季直，幽州（今北京）人，好弈棋，其後折節讀書，遂入詩境，以試參軍，避亂居揚州，再召，未赴而卒。《全唐詩》卷二百九十六載其詩一卷。《雪》：「雪，雪。花片，玉屑。結陰風，凝暮節。高嶺虚晶，平原廣潔。初從雲外飄，還向空中噎。千門萬户皆静，獸炭皮裘自熱。此時雙舞洛陽人，誰悟郢中歌斷絶。」

《月》:「月,月。暫盈,還缺。上虛空,生溟渤。散彩無際,移輪不歇。桂殿入西秦,菱歌映南越。正看雲霧秋卷,莫待關山曉没。天涯地角不可尋,清光永夜何超忽。」

《花》:「花,花。深淺,芬葩。凝爲雪,錯爲霞。鶯和蝶到,苑占宫遮。已迷金谷路,頻駐玉人車。芳草欲陵芳樹,東家半落西家。願得春風相伴去,一攀一折向天涯。」

《草》:「草,草。折宜,看好。滿地生,催人老。金殿玉砌,荒城古道。青青千里遥,悵悵三春早。每逢南北離别,乍逐東西傾倒。一身本是山中人,聊與王孫慰懷抱。」

〔三〕隋人應詔有三十字詩:不詳。

有三句之歌。高祖《大風歌》是也〔一〕。古《華山畿》二十五首,多三句之詞〔二〕。其他古人詩多如此者。

【校勘】

〔多三句之詞〕「多」字,胡重器本、吴銓本、何望海本、周亮工本、朱霞本、《歷代詩話》本、徐榦本作「皆」。按《華山畿》二十五首並非全是三句,故作「多」是。

【箋注】

〔一〕高祖大風歌:《史記·高祖本紀》:十二年十月,「高祖還歸,過沛,留。置酒沛宫,悉召故人父老子弟縱酒，發沛中兒，得百二十人，教之歌。酒酣，高祖擊筑，自爲歌詩曰：『大風起兮雲飛揚，威加海内兮歸故鄉，安得猛士兮守四方。』令兒皆和習之。高祖乃起舞，慷慨傷懷，泣數行下。」

〔二〕華山畿二十五首：載《樂府詩集》卷四十六，兹録四首：

其三：「夜相思，投壺不停箭，憶歡作嬌時。」

其四：「開門枕水渚，三刀治一魚，歷亂傷殺汝。」

其五：「未敢便相許，夜聞儂家論，不持儂與汝。」

其六：「懊惱不堪止，上牀解要繩，自經屏風裏。」

《樂府詩集》解題引《古今樂録》曰：「《華山畿》者，宋少帝時懊惱一曲，亦變曲也。少帝時，南徐一士子從華山畿往雲陽，見客舍有女子年十八九，悦之，無因，遂感心疾。母問其故，具以啓母。母爲至華山尋訪，見女具説。聞，感之，因脱蔽膝，令母密置其席下，臥之當已。少日果差。忽舉席見蔽膝而抱持，遂吞食而死。氣欲絶，謂母曰：『葬時車載，從華山度。』母從其意。比至女門，牛不肯前，打拍不動。女曰：『且待須臾。』妝點沐浴，既而出。歌曰：『華山畿，君既爲儂死，獨活爲誰施？歡若見憐時，棺木爲儂開。』棺應聲開，女透入棺。家人叩打，無如之何，乃合葬，呼曰神仙冢。」

有兩句之歌。荆卿《易水歌》是也〔一〕。又古詩《青驄白馬》、《共戲樂》、《女兒子》之類〔二〕，皆兩句之詞也。

【箋注】

〔一〕易水歌：《史記·刺客列傳》：「高漸離擊筑，荆軻和而歌，爲變徵之聲，士皆垂淚涕泣。又前而歌曰：風蕭蕭兮易水寒，壯士一去兮不復還。」

〔二〕又古詩句：《青驄白馬》《樂府詩集》卷四十九《青驄白馬》題解引《古今樂録》曰：「《青驄白馬》，舊舞十六人。」共八曲，每曲兩句：「青驄白馬紫絲韁，可憐石橋根柏梁。」「汝忽千里去無常，願得到頭還故鄉。」「繫馬可憐著長松，遊戲徘徊五湖中。」「借問湖中採菱婦，蓮子青荷可得否？」「可憐白馬高纏騣，著地躑躅多徘徊。」「問君可憐六萌車，迎取窈窕西曲娘。」「問君可憐下都去，何得見娘復西歸？」「齊唱可憐使人惑，晝夜懷歡何時忘。」

《共戲樂》《樂府詩集》卷四十九解題引《古今樂録》曰：「《共戲樂》，舊舞十六人，梁八人。」共四曲：「齊世方昌書軌同，萬宇獻樂列國風。」「時泰民康人物盛，腰鼓鈴柈各相競。」「長袖翩翩若鴻驚，纖腰嫋嫋會人情。」「觀風採樂德化昌，聖皇萬壽樂未央。」

《女兒子》《樂府詩集》卷四十九引《古今樂録》曰：「《女兒子》，倚歌也。」二曲：「巴東三峽猿鳴悲，夜鳴三聲淚沾衣。」「我欲上蜀蜀水難，蹋蹀珂頭腰環環。」

有一句之歌。《漢書》「枹鼓不鳴董少平」，一句之歌也〔一〕。又漢童謡「千乘萬騎上北邙」〔二〕，梁童謡

「青絲白馬壽陽來」〔三〕，皆一句也。

【校勘】

〔枹鼓〕《玉屑》、《三家詩話》本、《螢雪軒叢書》本作「抱鼓」，誤。

〔少平〕底本、《玉屑》、九峯書屋本、胡重器本、尹嗣忠本、清省堂本、吳銓本、程至遠本、何望海本、《寶顔堂祕笈》本、《津逮祕書》本、《説郛》本、《歷代詩話》本、《適園叢書》本、《三家詩話》本、《螢雪軒叢書》本作「少年」，周亮工本、朱霞本、徐幹本作「少平」，按《後漢書》卷七十七《酷吏傳》，董宣，字少平，故作「少平」是，兹據改。

〔北邙〕《玉屑》作「北芒」。

【箋注】

〔一〕漢書二句：《後漢書》卷七十七《酷吏傳》：董宣，字少平，「京師號爲『臥虎』。歌之曰：『枹鼓不鳴董少平。』」根據馮班《鈍吟雜録》的説法，此句「鳴」、「平」押韻，當爲兩句：「枹鼓不鳴，董少平。」

〔二〕又漢童謡句：《後漢書·五行志》：「靈帝之末，京都童謡曰：『侯非侯，王非王，千乘萬騎上北芒。』」又載《樂府詩集》卷八十八。此爲三句之歌。

〔三〕梁童謡句：《隋書》卷二十二《五行志》：「大同中童謡曰：青絲白馬壽陽來。」

【附録】

馮班《鈍吟雜録》卷五《嚴氏糾繆》：「按《漢書》，董少平不作『少年』，『鳴』、『平』是韻，二句之歌也。又云：『侯非侯，王非王，千乘萬騎上北邙。』是三句，不是一句。滄浪讀誤本《漢書》，又健忘，所言童謡，失却二句。可笑。」

近藤元粹《螢雪軒叢書》評：「一句之歌注疎謬殊甚，《糾謬》詳論之。」

有口號〔一〕。或四句〔二〕，或八句〔三〕。

【箋注】

〔一〕口號：王昌會《詩話類編》卷一：「曰口號者，或四句，或八句，草成速就，達意宣情而已。」胡才甫《詩體釋例》：「口號猶口占也，口頭號吟之義。大抵觸感抒情，不假思索，多率然而成者，或八句，或四句，亦有長篇者。」（七九頁。臺北：臺灣中華書局，一九五八年）

口號之體，現知最早爲鮑照《還都口號》，共二十句。其後簡文帝、王筠、庾肩吾三人均有《和衛尉新渝侯巡城口號》，簡文帝六句，王筠十六句，庾肩吾十句。唐代，玄宗有《潼關口號》，張九齡有《奉和聖製度潼關口號》（《全唐詩》卷四十九），張説有《奉和聖製潼關口號應制》，皆是五言四句；其後，杜甫有《承聞河北諸道節度入朝歡喜口號絶句十二首》（《全唐詩》卷二三〇）、《存殁口號二首》（《全唐詩》卷二三一）等，皆是七言四句，《紫宸殿退朝口號》（《全唐詩》卷二二五）是七言八句，《西閣口號》（《全唐詩》卷二二九）是五言八句。檢《全唐詩》，唐人口號體詩有數十首。

【附録】

吴曾《能改齋漫録》卷一：「郭思詩話以口號之始，引杜甫《歡喜口號》絶句十二首云：『觀其辭語，殆似今通俗凱歌，軍人所道之辭。』余按：梁簡文帝已有《和衛尉新渝侯巡城口號》，不始於杜甫也。詩云：『帝京風雨中，層闕煙霞浮。玉署清餘熱，金城含暮秋。水光凌却敵，槐影帶重樓。』然杜甫已前，張説亦有《十五夜御前口號踏歌辭》二首。其一云：『花萼樓前雨露新，長安城裏太平人。龍銜火樹千燈艷，雞踏蓮花萬歲春。』其二云：『帝宫三五戲春臺，行雨流風莫妒來。西域燈輪千影合，東華金闕萬重開。』」

〔二〕或四句：如杜甫《存殁口號二首》：「席謙不見近彈棊，畢曜仍傳舊小詩。玉局他年無限笑，白楊今日幾人悲。」「鄭公粉繪隨長夜，曹霸丹青已白頭。天下何曾有山水，人間不解重驊騮。」（《全唐詩》卷二三一）

〔三〕或八句：如杜甫《晚行口號》：「三川不可到，歸路晚山稠。落雁浮寒水，饑烏集戍樓。市朝今日異，喪亂幾時休。遠媿梁江總，還家尚黑頭。」（《全唐詩》卷二二五）

有歌行〔一〕。古有《鞠歌行》、《放歌行》、《長歌行》、《短歌行》〔二〕，又有單以歌名者、行名者，不可枚述〔三〕。

【校勘】

〔行名者〕《玉屑》「行」上有「單以」二字。

【箋注】

〔一〕歌行：李之儀《謝人寄詩並問詩中格目小紙》：「方其意有所可，浩然發於句之長短、聲之高下則爲歌。欲有所達而意未能見，必遵而引之以致其所欲達則爲行。」（《姑溪居士前集》卷十六）

姜夔《白石道人詩説》：「體如行書曰行，放情曰歌，兼之曰歌行。」

鄭樵《通志》卷四十九《正聲序論》：「古之詩曰歌行，後之詩曰古、近二體。歌行主聲，二體主文。詩爲聲也，不爲文也。浩歌長嘯，古人之深趣，今人既不尚嘯，而又失其歌詩之旨，所以無樂事也。凡律其辭則謂之詩，聲其詩則謂之歌，作詩未有不歌者也。詩者，樂章也，或形之歌詠，或散之律吕，各隨所主。而命主於人之聲者，則有行、有曲，散歌謂之行，入樂謂之曲。主於絲竹之音者，則有引，有操，有吟，有弄，各有調以主之，攝其音謂之調，總其調亦謂之曲。凡歌行雖主人聲，其中調者，皆可以被之絲竹。凡引、操、吟、弄，雖主絲竹，其有辭者，皆可以形之歌詠。蓋主於人者，有聲必有辭；主於絲竹者，取音而已，不必有辭。其有辭者，通可歌也。近世論歌行者，求名以義，彊生分別，正猶漢儒不識風雅頌之聲，而以義論詩也。且古有長歌行、短歌行者，謂其聲歌之長短耳。崔豹、吴兢，大儒也，皆謂人壽命之短長，當其時已有此説，今之人何獨不然！」

祝穆《古今事文類聚》卷十「歌行之體」引趙師民云：「律詩拘於聲律，古詩拘於語句，以是詞不能達。夫謂之行者，達其詞而已，如古文而有韻。自陳子昂一變江左之體，而歌行暴於世。行者，詞之遺，無所留礙，如雲行水行，曲折容洩，不爲聲律語句之所拘，但於古詩句法中得增詞語耳。」

馮班《鈍吟雜録》卷三「正俗」：「歌行之名，不知始於何時，晉、魏所奏樂府，如《豔歌行》、《長歌行》、《短歌行》之類，大略是漢時歌謡。謂之曰行，本不知何解，宋人云『體如行書』，真可掩口也。既謂之歌行，則自然出於樂府，但指事詠物之文，或無古題。」

健按：歌行，可以分言，曰歌，曰行，合而言之曰歌行。前人解釋，由於著眼點不同，其説亦異。有著眼於音樂者，有著眼於詩本身者。李之儀、姜夔及祝穆所引趙師民之説，都是就詩本身言，而鄭樵則從音樂角度解釋。分言時，歌比較易解，歌作動詞指歌唱，歌唱要有歌詞，作名詞時，歌就是指歌詞。行比較難解，李之儀、姜夔都是試圖從「行」字的字義加以引申解釋，但缺乏説服力。鄭樵則從音節角度解之，謂「散歌曰行」，也就是不配樂的歌唱。這種歌唱何以稱爲「行」？鄭樵也没有説出理由。馮班則明確承認不可解。

〔二〕鞠歌行：《樂府詩集》卷三十三晉陸機《鞠歌行》：「朝雲升，應龍攀，乘風遠遊騰雲端。鼓鍾歇，豈自歡，急弦高張思和彈。時希值，年夙愆，循己雖易人知難。王陽登，貢公歡，罕生既没國子歎。嗟千載，豈虚言，邈矣遠念情愾然。」此屬「相和歌辭」之「平調曲」。按：解題引《古今樂録》曰：「王僧虔《技録》，平調又有《鞠歌行》，今無歌者。」陸機序曰：「按漢宫閣有含章鞠室、靈芝鞠室。後漢馬防第宅卜臨道，連閣通池，鞠城彌於街路。鞠歌將謂此也。又東阿王詩『連騎擊壤』，或謂蹴鞠乎？三言七言，雖奇寶名器，不遇知己，終不見重。願逢知己，以托意焉。」

放歌行：《樂府詩集》卷三十八晉傅玄《放歌行》：「靈龜有枯甲，神龍有腐鱗。人無千歲壽，存質空相因。朝露尚移景，促哉水上塵。丘冢如履綦，不識故與新。高樹來悲風，松柏垂威神。曠野何蕭條，顧望無生人。但見狐狸迹，虎豹自成羣。孤雛攀樹鳴，離鳥何繽紛。愁子多哀心，塞耳不忍聞。長嘯涙雨下，太息氣成雲。」此屬「相和歌辭」之「瑟調曲」。

長歌行：《樂府詩集》卷三十古辭《長歌行》：「青青園中葵，朝露待日晞。陽春布德澤，萬物生光輝。常恐秋節至，焜黄華葉衰。百川東到海，何時復西歸。少壯不努力，老大徒傷悲。」此屬「相和歌辭」之「平調曲」。

短歌行：《樂府詩集》卷三十曹操《短歌行》：「對酒當歌，人生幾何？譬如朝露，去日苦多。（一解）慨當以慷，憂思難忘，以何解愁，唯有杜康。（二解）青青子衿，悠悠我心，但爲君故，沈吟至今。（三解）明明如月，何時可輟。憂從中來，不可斷絶。（四解）呦呦鹿鳴，食野之苹。我有嘉賓，鼓瑟吹笙。（五解）山不厭高，水不厭深。周公吐哺，天下歸心。（六解）」此晉樂所奏，與本辭有異。此屬「相和歌辭」之「平調曲」。

〔三〕枚述：逐一敘述。

【附録】

陶明濬《文藝叢考初編》卷二「詩歌含有之意」條：

行之爲體，自成一種風格，必須超逸跌宕，流離無礙，如字之有行書，舒寫暢達，既不似楷書之平板，又不似草書之率易，舉動從容，風流醞籍，然後盡此體之妙處。如李、杜、韓、蘇，皆善爲之。突然而起，戛然而止，落筆如風雨之快，高歌絶唱，淋漓慷慨，當酒酣興到之時歌之，真覺天地逼仄，而古今短促也。詩人之能事，顧不大乎？若王、楊、盧、駱，四句一轉，鏗鏘中節，亦自可觀也。

至於歌行，原屬一體，放情謂之歌。詩之作法，往往不與文同。文者必主乎理，一切放閑逾檢之言，拂世駭俗之語，必不可闌入其中。苟一犯之，則人必疑爲狂悖。讀其文，不待終卷，已拉雜而摧燒之矣。若夫詩則不然。純任乎情，情之所至，聖賢有所不能禁，如「孔邱盗跖俱塵埃」，豈非少陵得意之句乎？考其文意，成何話説？然酒酣興發，往往不暇計較，鬱勃而出，始覺快意也。

有樂府〔一〕。漢武帝定郊祀，立樂府，採齊、楚、趙、魏之聲，以入樂府，以其音調可被於絃歌也〔二〕。樂府俱備衆體，兼統衆名也〔三〕。

【校勘】

〔漢武帝〕底本、胡重器本、尹嗣忠本、清省堂本、吴銓本、何望海本、《寶顔堂祕笈》本、《津逮祕書》本、《説郛》本、周亮工本、朱霞本、徐榦本、《三家詩話》本作「漢成帝」，《玉屑》、《歷代詩話》本、《適園叢書》本作「漢武帝」，《螢雪軒叢書》校：「『成帝』宜作『武帝』。」作「武帝」是，兹據改。

〔采齊楚趙魏之聲〕《歷代詩話》本作「采趙代秦楚之謳」。

〔以入樂府〕「府」，胡重器本、吳銓本誤作「有」。

〔以其音調可被於絃歌也〕「音調」，陳定玉輯校《嚴羽集》：「尹（嗣忠）本、清省堂本作『音詞』。」按《寶顏堂祕笈》本、《津逮祕書》本、《説郛》本、《三家詩話》本、《螢雪軒叢書》本亦作「音詞」。「絃歌」：胡重器本、吳銓本、何望海本、周亮工本、朱霞本、《歷代詩話》本、徐榦本作「絃管」。

〔俱備〕陳定玉輯校《嚴羽集》：「『備』，尹（嗣忠）本、清省堂本作『被』。」按《寶顏堂祕笈》本、《津逮祕書》本、《説郛》本、《三家詩話》本、《螢雪軒叢書》本亦作「被」。

【箋注】

〔一〕樂府：本是官署之名，作爲一個專門的音樂機構設立於漢武帝時。樂府負責采詩製樂，而配樂的詩歌也被稱作樂府。漢以後，詩有配樂、不配樂之分别，不配樂的稱詩，配樂的稱樂府。到後來，詩人只擬作樂府的歌詞，而不再配樂，這些作品也稱作樂府。樂府與詩都脱離了音樂。明人特重辨體，往往探求那些不入樂的古詩與配樂的樂府歌詞在風格上的差異，受到清初馮班等人的批評。

【附録】

胡應麟《詩藪》内編卷一：「《三百篇》薦郊廟，被絃歌，詩即樂府，樂府即詩，猶兵寓於農，未嘗二也。詩亡樂廢，屈、宋代興，《九歌》等篇以侑樂，《九章》等作以抒情，途轍漸兆。至漢《郊祀十九首》，不相爲用，詩與樂府，門類始分，然厥體未甚遠也。如『青青園中葵』，曷異古風；『盈盈樓上女』，靡非樂府。魏文兄弟崛起，建安擬則前規，多從樂府。唱酬新什，更創五言，節奏既殊，格調夐别。自是有專工古詩者，有偏長樂府者。」

顧炎武《日知録》卷五「樂章」條：「《詩》三百篇皆可以被之音而爲樂，自漢以下，乃以其所賦五言之屬爲徒詩，而其協於音者則謂之樂府。宋以下則其所謂樂府者亦但擬其辭，而與徒詩無别，於是乎詩之與樂，判然爲二，不特樂亡，而詩亦亡。」

〔二〕漢武帝定郊祀五句：《漢書·禮樂志》：「至武帝定郊祀之禮……乃立樂府。采詩夜誦。有趙、代、秦、楚之謳。以李延年爲協律都尉，多舉司馬相如等數十人造爲詩賦，略論律吕，以合八音之調，作十九章之歌。」又《漢書·藝文志》：「自孝武立樂府，而采歌謡，於是有代、趙之謳，秦、楚之風，皆感於哀樂，緣事而發，亦可以觀風俗，知薄厚云。」

〔三〕樂府俱備衆體二句：指樂府包括各種詩體，如三言、四言、五言、七言、雜言等；也包括各種名目，如歌、行、謡、吟、曲等。

《詩藪》内編卷一：「世以樂府爲詩之一體，余歷考漢、魏、六朝、唐人詩，有三言、四言、五言、六言、七言、雜言、近體、排律、絶句，樂府皆備有之。」

有楚詞[一]。屈原以下倣楚詞者，皆謂之楚詞。

【校勘】

〔屈原以下倣楚詞者〕《玉屑》作「屈、宋以下效楚詞體者」。

〔皆謂〕郭紹虞《校釋》：「《適園叢書》本無『皆』字。」

【箋注】

〔一〕楚詞：劉向集屈原《離騷》、《九歌》、《天問》、《九章》、《遠遊》、《卜居》、《漁父》，宋玉《九辯》、《招魂》，景差（或說屈原）《大招》，以及賈誼、淮南小山、東方朔、嚴忌、王褒、劉向本人之作品，共十六篇，爲《楚辭》。此楚辭得名之始。王逸補入自己作品《九思》及班固二序，共十七卷，並爲各篇作章句，是爲《楚辭章句》。王逸於屈原作品概稱「離騷」，宋玉以下作品稱「楚辭」。《楚辭》以外的作品，宋晁補之編有《續楚辭》二十卷、《變離騷》十卷，朱熹刪定爲《楚辭後語》六卷。

有琴操[一]。古有《水仙操》[二]，辛德源所作[三]。《別鶴操》[四]，商陵牧子所作[五]。

【校勘】

〔商陵牧子〕「商」，底本及其他各本均作「高」，唯《歷代詩話》本、《三家詩話》本、《螢雪軒叢書》本作「商」。按作「商」是，《樂府詩集》卷五十八《別鶴操》題商陵牧子作，兹據改。

【箋注】

〔一〕琴操：古琴曲。古琴曲有五曲、九引、十二操。蔡邕《琴操》列有十二操之名：一曰將歸操，二曰猗蘭操，三曰龜山操，四曰越裳操，五曰拘幽操，六曰岐山操，七曰履霜操，八曰朝飛操，九曰别鶴操，十曰殘形操，十一曰水仙操，十二曰襄陵操。《後漢書》卷六十五《晁褒傳》李賢注引劉向《别録》曰：「君子因雅琴之適，故從容以致思焉。其道閉塞，悲愁而作者，名其曲曰操。言遇災害不失其操也。」

梁橋《冰川詩式》卷二：「操者，操也。君子操守有常，雖阨窮，猶不失其操也。若《南風》、《思親》、《拘幽》、《猗蘭》等操，皆稱聖人之詞，未敢以爲信，然後之作者蓋擬之。唐子西云：琴操，非古詩，非騷詞，惟退之爲得體。」

〔二〕水仙操：古琴曲十二操之一，傳爲伯牙所作。《樂府解題》：「《水仙操》，伯牙學琴於成連先生，三年而（《太平御覽》引作「不」）成。至於精神寂寞，情之專一，尚未能也。成連云：『吾師方子春，今在東海中，能移人情。』乃與伯牙俱往，至蓬萊山，留宿伯牙曰：『子居習之，吾将迎師。』刺船而去，旬時不返，伯牙近望無人，但聞海水汩滑崩折之聲，山林窅寞，羣鳥悲號，愴然而嘆曰：『先生将移我情。』乃援琴而歌。曲終，成連回，刺船迎之而還。伯牙遂爲天下妙矣。」其詞郭茂倩《樂府詩集》未載，明馮惟訥《詩紀》據《琴苑要録》録其詞云：「翳洞渭兮流澌濩，舟楫逝兮仙不還，移形素兮蓬萊山，歍欽傷宫仙石還。」然逯欽立認爲，此當爲後人僞托。見《先秦兩漢魏晋南北朝詩·漢詩》十一。

〔三〕辛德源：字孝基，隴西狄道（今甘肅臨洮）人。仕北齊，歷散騎侍郎遷郎中。齊滅，仕周。隋高祖受禪，久不得調，隱於林慮山，著《幽居賦》以自寄。爲刺史崔彦武所奏，謫從軍討南寧。還，由秘書監牛弘薦修國史。轉諮議參軍卒。《隋書》卷五十八有傳。按辛德源作《水仙操》，未見。惟《樂府詩集》卷六十《琴曲歌辭》載辛德源《成連》云：「征夫從遠役，歸望絶雲端。蓑笠城蹄壞，桑落梅初寒。雪夜然烽濕，冰朝飲馬難。寂寂長安信，誰念客衣單。」

〔四〕別鶴操：《樂府詩集》卷五十八《琴曲歌辭》商陵牧子《別鶴操》：「將乖比翼兮隔天端，山川悠遠兮路漫漫，攬衣不寐兮食忘餐。」

郭茂倩《樂府詩集》解題：「崔豹《古今注》曰：『《別鶴操》，商陵牧子所作也。娶妻五年而無子，父兄將爲之改娶。妻聞之，中夜起，倚户而悲嘯。牧子聞之，愴然而悲，乃援琴而歌。後人因爲樂章焉。』《琴譜》曰：『琴曲有四大曲，《別鶴操》其一也。』」

〔五〕商陵牧子：不詳。中華書局標點本《樂府詩集》標作「商・陵牧子」，以其爲商代人。非是。按崔豹《古今注》卷中所載如《雉朝飛》、《走馬吟》諸曲，所列作者均未標朝代，故商陵牧子非指商代陵牧子。逯欽立《先秦漢魏晉南北朝詩》載入漢詩中，見該書卷十一。

【附録】

馮班《鈍吟雜録》卷五《嚴氏糾繆》：「云有琴操。注云：古有《水仙操》，辛德源作。《別鶴操》，高陵牧子作。按：琴操豈止二篇，《水仙操》亦不始辛德源。觀此，則滄浪不知琴操也。琴操，今此書雖亡，然《樂府詩集》所載可見。」

許印芳《詩法萃編》卷七：「琴操多篇，聊舉一二示人耳。餘仿此。」

近藤元粹《螢雪軒叢書》評：「琴操注又謬。」

有謠〔一〕。沈炯有《獨酌謠》〔二〕，王昌齡有《箜篌謠》〔三〕，《穆天子之傳》有《白雲謠》也〔四〕。

【校勘】

〔穆天子之傳〕陳定玉輯校《嚴羽集》：「徐（榦）本、《歷代詩話》無『之』字。」按何望海本、周亮工本、朱霞本、《詩法萃編》本亦無「之」字。

【箋注】

〔一〕謠：《爾雅》：「徒歌謂之謠。」胡才甫《詩體釋例》：「謠，徒歌也。一説：有章曲曰歌，無曰謠。《白石詩説》曰：『通乎俚俗曰謠。』」（八一頁）

徐師曾《詩體明辨》卷一：「歌謠者，朝野詠歌之辭也。《廣雅》云：『聲比於琴瑟曰歌。』《爾雅》云：『徒歌曰謠。』《韓詩章句》云：『有章曲謂之歌，無章曲謂之謠。』則歌與謠之辨，其來尚矣。然考上古之世，如《卿雲》、《采薇》，並爲徒歌，不皆稱謠。《擊壤》、《扣角》，亦皆可歌，不盡比於琴瑟，則歌謠通稱之明驗也。孔子删詩，雜取周時民俗歌謠之辭，以爲十五國風，則是古之有詩，皆起於此，故又通謂之詩。」

陶明濬《文藝叢考初編》卷一「詩歌含有之義」：「謠者必須通乎俚俗……先王採風，多取乎此。以其真實樸誠，不加諱飾，貞淫美刺，不涉假托，故可以興觀羣怨，爲端本正俗之要素也。」

健按：歌謠的含義古人有不同的説法。《尚書·堯典》説：「詩言志，歌永言。」則歌是拉長聲音唱，即徒歌。《詩體明辨》説上古歌謠通稱是合乎歷史事實的。但在後世，歌變成配樂的，即所謂「比於琴瑟」，而謠則不配樂，是徒歌。兩者在音樂特徵方面有了分别。又姜夔説「通乎俚俗曰謠」，其實歌出自民間者也是通乎俚俗的，這也是後來生出的分别。

〔二〕沈炯有獨酌謠：沈炯，字禮明，吴興武康（今浙江德清）人。《陳書》卷十九有傳。《樂府詩集》卷八十七《雜歌謠辭》載沈炯《獨酌謠》：

獨酌謠，獨酌謠，獨酌獨長謠。智者不我顧，愚夫余不要。不愚復不智，誰當余見招。所以成獨酌，一酌一傾瓢。生涯本漫漫，神理暫超超。再酌矜許史，三酌傲松喬。頻煩四五酌，不覺凌丹霄。倏爾厭五鼎，俄然賤《九韶》。彭殤無異葬，夷跖可同朝。龍蠖非不屈，鵬鷃本逍遥。寄語號呶侶，無乃太塵囂。

〔三〕王昌齡有箜篌謠：王昌齡（？—七五六？），字少伯，京兆長安（今陝西西安）人。開元十五年（七二七）登進士第，歷秘書郎、汜水尉，遷江寧丞，貶龍標尉。《全唐詩》編其詩四卷。王昌齡無《箜篌謠》，而有《箜篌引》，載《全唐詩》卷一四一。詩云：

盧谿郡南夜泊舟，夜聞兩岸羌戎謳。其時月黑猿啾啾，微雨霑衣令人愁。有一遷客登高樓，不言不寐彈箜篌。彈作薊門桑葉秋，風沙颯颯青塚頭。將軍鐵驄汗血流，深入匈奴戰未休。黃旗一點兵馬收，亂殺胡人積如丘。瘡病驅來配邊州，仍披漠北羔羊裘。顏色饑枯掩面羞，眼眶淚滴深兩眸。思還本鄉食犛牛，欲語不得指咽喉。或有强壯能咿嚘，意説被他邊將仇。五世屬藩漢主留，碧毛氈帳河曲遊。橐駝五萬部落稠，敕賜飛鳳金兜鍪。爲君百戰如過籌，靜掃陰山無鳥投。家藏鐵券特承優，黃金千斤不稱求。九族分離作楚囚，深谿寂寞絃苦幽。草木悲感聲颼飀，僕本東山爲國憂。明光殿前論九疇，麄讀兵書盡冥搜。爲君掌上施權謀，洞曉山川無與儔。紫宸詔發遠懷柔，摇筆飛霜如奪鉤。鬼神不得知其由，憐愛蒼生比蚍蜉。朔河屯兵須漸抽，盡遣降來拜御溝。便令海内休戈矛，何用班超定遠侯，使臣書之得已不？

〔四〕穆天子之傳句：《穆天子傳》，六卷，晉太康二年（三一九）汲縣人不準盜發魏襄王墓所得竹書。所記乃周穆王西行之事。卷三：「天子觴西王母于瑤池之上，西王母爲天子謠曰：『白雲在天，丘陵自出。道里悠遠，山川間之。將子無死，尚能復來。』天子答之曰：『予歸東土，和治諸夏。萬民平均，吾顧見汝。』」

曰吟〔一〕。古詞有《隴頭吟》〔二〕，孔明有《梁父吟》〔三〕，相如有《白頭吟》〔四〕。

【校勘】

〔孔明〕《玉屑》作「樂府」。

〔相如〕《歷代詩話》本作「文君」。按作「文君」是。然底本及其他各本均作「相如」，《歷代詩話》本當是後來校改。兹從底本，以存其舊。

【箋注】

〔一〕吟：胡才甫《詩體釋例》：「元稹《樂府古題序》以爲吟者詩之一體。《白石詩説》曰：『悲如蛩螿曰吟。』《詩體明辨》曰：『吁嗟慨歌，悲憂深思，以呻其鬱者曰吟。』《樂府・相和歌辭・楚調曲》有《白頭吟》、《梁父吟》、《泰山吟》、《東武吟》等。」

郭紹虞《校釋》：「張表臣《珊瑚鉤詩話》卷三：『吁嗟慨歎，悲憂深思之謂吟。』《白石道人詩説》：『悲如蛩螿曰吟。』《談藝録》及《唐音癸籤》卷一：『吟以呻其鬱。』」

陶明濬《文藝叢考初編》卷二「詩歌含有之義」：「吟者狂吟悲嘯，有感慨蒼涼之概，譬如秋蟲感乎物候，自然啾啾唧唧，繁聲哀響，皆所謂天籟者也。要之哀樂之情，人所同有，常(當)哀則哀，當樂則樂，庶不失性情之正。」

健按：諸家皆從情感角度釋吟，謂其所抒發的是悲哀之情。

〔二〕隴頭吟：《詩話總龜》卷七：「《隴頭吟》，隴州有大隴、小隴二山，即天水大坂也。古詞云：『隴頭流水嗚幽咽，遥望秦川腸欲絶。』作是詩者，著征役之思耳。」按唐李吉甫《元和郡縣志》卷三十九載此詩作「隴頭流水，嗚聲幽咽。遥望秦川，肝腸斷絶。」此當即《隴頭吟》古詞。又馮惟訥《古詩紀》卷一〇六《隴頭歌辭》三曲除「隴頭流水，嗚聲幽咽」一首外，尚有：「隴頭流水，流離山下。念吾一身，飄然曠野。」

「朝發欣城，暮宿隴頭。寒不能語，舌卷入喉。」亦當是古詞。《樂府詩集》無《隴頭吟》古詞，卷二十一載陳後主、張籍《隴頭》，並於陳後主詩題下注：「一本無姓氏。」胡才甫《箋注》：「按《樂府詩集》《隴頭吟》無古辭。《隴頭》二首，其一題陳後主作，又注一本無名氏。疑即此首。」郭紹虞《校釋》引胡氏説。按陳後主《隴頭》詩：「隴頭征戍客，寒多不識春。驚風起嘶馬，苦霧雜飛塵。投錢積石水，斂轡交河津。四面夕冰合，萬里望佳人。」此近律體，顯非古詞。

〔三〕梁父吟：《三國志·蜀志·諸葛亮傳》：「（亮）躬畊隴畝，好爲《梁父吟》。」然未載其詩。《藝文類聚》卷十九載諸葛亮《梁父吟》曰：「步出齊城門，遥望蕩陰里。里中有三墳，纍纍正相似。問是誰家冢，田疆古冶子。力能排南山，又能絶地紀。一朝被讒言，二桃殺三士。誰能爲此謀，國相齊晏子。」

〔四〕白頭吟：《西京雜記》卷三：「相如將聘茂陵人女爲妾，卓文君作《白頭吟》以自絶，相如乃止。」《樂府詩集》卷四十一録此詩，云是古辭。詩云：「皚如山上雪，皎若雲間月。聞君有兩意，故來相決絶。今日斗酒會，明旦溝水頭。躞蹀御溝上，溝水東西流。淒淒復淒淒，嫁娶不須啼。願得一心人，白頭不相離。竹竿何嫋嫋，魚尾何簁簁。男兒重意氣，何用錢刀爲。」

曰詞〔一〕。《選》有漢武《秋風詞》〔二〕，《樂府》有《木蘭詞》〔三〕。

【箋注】

〔一〕詞：胡才甫《詩體釋例》：「詞，猶辭也。《文章辨體》曰：『因其立辭之意曰辭。』」（八二頁）

郭紹虞《校釋》：「《珊瑚鉤詩話》卷三：『感觸事物，託於文章，謂之辭。』《唐音癸籤》卷一：『進乎文爲辭。』《文體明辨·序目》曰：『因其立辭之意曰辭，本其命篇之意曰篇。』」

梁橋《冰川詩式》卷二：「辭，貴古遠淳暢，自《三百篇》、《楚騷》中來，方爲得體。」

〔二〕選有漢武句：《文選》卷四十五漢武帝《秋風辭并序》：「上行幸河東，祠后土，顧視帝京欣然，中流與羣臣飲燕。上歡甚，乃自作《秋風辭》曰：秋風起兮白雲飛，草木黄落兮鴈南歸。蘭有秀兮菊有芳，懷佳人兮不能忘。泛樓船兮濟汾河，横中流兮揚素波。簫鼓鳴兮發棹歌，歡樂極兮哀情多。少壯幾時兮奈老何！」

〔三〕樂府句：《樂府詩集》卷二十五《木蘭詩》：「唧唧復唧唧，木蘭當户織。不聞機杼聲，唯聞女歎息。問女何所思，問女何所憶？女亦無所思，女亦無所憶。昨夜見軍帖，可汗大點兵。軍書十二卷，卷卷有爺名。阿爺無大兒，木蘭無長兄。願爲市鞍馬，從此替爺征。東市買駿馬，西市買鞍韉。南市買轡頭，北市買長鞭。旦辭爺孃去，暮宿黄河邊。不聞爺孃唤女聲，但聞黄河流水鳴濺濺。旦辭黄河去，暮至黑山頭。不聞爺孃唤女聲，但聞燕山胡騎聲啾啾。萬里赴戎機，關山度若飛。朔氣傳金柝，寒光照鐵衣。將軍百戰死，壯士十年歸。歸來見天子，天子坐明堂。策勳十二轉，賞賜百千强。可汗問所欲，木蘭不用尚書郎，願馳千里足，送兒還故鄉。爺孃聞女來，出郭相扶將。阿姊聞妹來，當户理紅妝。小弟聞姊來，磨刀霍霍向豬羊。開我東閣門，坐我西間牀。脱我戰時袍，著我舊時裳。當窗理雲鬢，對鏡貼花黄。出門看火伴，火伴皆驚惶。同行十二年，不知木蘭是女郎。雄兔脚撲朔，雌兔眼迷離。雙兔傍地走，安能辨我是雄雌。」解題引《古今樂録》曰：「木蘭，不知名。」

郭紹虞《校釋》：「《樂府詩集》卷二十五……中有《木蘭詩》，不稱辭。」按宋人亦稱《木蘭辭》，如鄭樵《通志》卷四十七即作《木蘭辭》。

曰引〔一〕。古曲有《霹靂引》、《走馬引》、《飛龍引》〔二〕。

【箋注】

〔一〕引：胡才甫《詩體釋例》：「元稹《樂府古題序》：『其在琴瑟者，爲操，爲引。』《白石詩説》：『載始末曰引。』《文章辨體》曰：『述事本末曰引。』《詩體明辨》曰：『述事本末，先後有序，以抽其臆者曰引。』」又郭紹虞《校釋》引《珊瑚鉤詩話》卷三：「品秩先後，敘而推之謂之引。」

陶明濬《文藝叢考初編》卷一「詩歌含有之義」：「引者，專用之記事。所謂詩史者是也。蓋無韻之文固能記事，而往往病其繁沓，若遇劌心鉥目之事，流傳久遠，可資勸懲者，亦可以詩篇代屬詞比事之用。其語也簡短，其爲辭也警動，作之既工，往往流傳閭巷，比無韻之史，功用尤爲恢宏。惟此類作法，甚不易易，過多則似彈詞，過少則似歌謡，必須研練簡當，而加之以裁斷，少則不病於缺略，多亦不失乎繁雜，是爲合作。」

〔二〕霹靂引：古琴曲有九引，《霹靂引》乃其中之一，一説夏禹作，另説楚商梁作。《樂府詩集》卷五十七梁簡文帝《霹靂引》解題：「謝希逸《琴論》曰：『夏禹作《霹靂引》。』《樂府解題》曰：『楚商梁游於雷澤，霹靂下，乃援琴而作之，名《霹靂引》。』未知孰是。」《樂府詩集》未載其辭。《古詩紀》卷四據《琴苑要録》載楚商梁《霹靂引》云：「疾雨盈河，霹靂下臻，洪水浩浩滔厥天。鏗越隆愧，隱隱闐闐，國將亡兮喪厥年。」或出於僞托。

走馬引：古琴曲九引之一，樗里牧恭所作，古辭亦佚。《樂府詩集》卷五十八梁張率《走馬引》解題曰：「一曰《天馬引》。崔豹《古今注》曰：『《走馬引》，樗里牧恭所作也。爲父報怨殺人，而亡匿於山之下，有天馬夜降，圍其室而鳴，覺聞其聲，以爲追吏，奔而亡去。明旦視之，乃天馬迹也。因暢然大悟曰：豈吾所處之將危乎。遂荷糧而逃入於沂澤中，援琴而鼓之，爲天馬之聲，故曰《走馬引》也。』」《樂府詩集》未載古辭，今舉梁張率《走馬引》：「良馬龍爲友，玉珂金作羈。馳鶩宛與洛，半驟復半馳。倏忽而千里，光景不及移。九方惜未見，薛公寧所知。斂轡且歸去，吾畏路傍兒。」

飛龍引：琴曲。鄭樵《通志》卷四十九列入「魚龍六曲」。《樂府詩集》卷六十《琴曲歌辭》載隋蕭愨《飛龍引》：「河曲銜圖出，江上負舟歸。欲因作雨去，還逐景雲飛。引商吹細管，下徵泛長徽。持此凄清引，春夜舞羅衣。」

曰詠〔一〕。《選》有《五君詠》〔二〕，唐儲光羲有《羣鴟詠》〔三〕。

【校勘】

〔羣鴟詠〕 郭紹虞《校釋》：「明嘉靖本及《説郛》、《津逮》以後諸本均作『羣鴻詠』，誤。」按九峯書屋本、尹嗣忠本、清省堂本、《寶顔堂祕笈》本、程至遠本、《詩法萃編》本、《三家詩話》本、《螢雪軒叢書》本作「羣鴻詠」。胡鑑《滄浪詩話注》作「羣鵶詠」。

【箋注】

〔一〕詠：胡才甫《詩體釋例》：「詠與咏通。元稹《樂府古題序》謂，咏者詩之一體。三國時繆襲有《蕙詠》，《文選》有《五君詠》，唐儲光羲有《羣鵶詠》。」郭紹虞《校釋》：「《唐音癸籤》卷一：『詠以永其言。』《詩問》張歷友答：『長吟密詠以寄其志謂之詠。』（《詩論正宗》上）」

〔二〕選有五君詠：《文選》卷二十一顏延之《五君詠》五首：

阮步兵

阮公雖淪跡，識密鑒亦洞。沈醉似埋照，寓辭類托諷。長嘯若懷人，越禮自驚衆。物故不可論，途窮能無慟？

嵇中散

中散不偶世，本自餐霞人。形解驗默仙，吐論知凝神。立俗迕流議，尋山洽隱淪。鸞翮有時鎩，龍性誰能馴？

劉參軍

劉靈善閉關，懷情滅聞見。鼓鍾不足歡，榮色豈能眩？韜精日沈飲，誰知非荒宴？頌酒雖短章，深衷自此見。

阮始平

仲容青雲器，實稟生民秀。達音何用深？識微在金奏。郭奕已心醉，山公非虛觀。屢薦不入官，一麾乃出守。

向常侍

向秀甘淡薄，深心托豪素。探道好淵玄，觀書鄙章句。交呂既鴻軒，攀嵇亦鳳舉。流連河裏遊，惻愴山陽賦。

《宋書》卷七十四：「延之好酒疏誕，不能斟酌當世，見劉湛、殷景仁專當要任，意有不平，常云：『天下之務，當與天下共之，豈一人之智所能獨了！』辭甚激揚，每犯權要。謂湛曰：『吾名器不升，當由作卿家吏。』湛深恨焉，言於彭城王義康，出爲永嘉太守。延之甚怨憤，乃作《五君詠》，以述竹林七賢，山濤、王戎以貴顯被黜。」

〔三〕唐儲光羲句：儲光羲，潤州延陵（今江蘇丹陽）人。祖籍兗州（今屬山東）。開元十四年（七二六）進士，又詔中書試文章，歷監察御史。安祿山陷長安，受僞官，亂平自歸，貶官死。《全唐詩》編其詩四卷。《全唐詩》卷一三七儲光羲《羣鴉（原注：一作鴟）詠》：

新宮驪山陰，龍袞時出豫。朝陽照羽儀，清吹肅逵路。羣鴉隨天車，夜滿新豐樹。所思在腐餘，不復憂霜露。河低宮閣深，燈影鼓鐘曙。繽紛集寒枝，矯翼時相顧。冢宰收琳瑯，侍臣盡鴛鷺。高舉摩太清，永絕矰繳懼。茲禽亦翱翔，不以微小故。

曰曲〔一〕。古有《大堤曲》〔二〕，梁簡文有《烏棲曲》〔三〕。

【校勘】

〔堤〕胡重器本、吴銓本誤作「提」。

【箋注】

〔一〕曲：郭紹虞《校釋》：「李之儀《謝人寄詩並問詩中格目小紙》：『千歧萬轍，非詰屈折旋則不可盡，則爲曲。』《珊瑚鉤詩話》卷三：『聲音雜比高下短長謂之曲。』《白石道人詩説》：『委曲盡情曰曲。』《唐音癸籤》卷一：『導其情爲曲。』《文體明辨·序目》：『高下長短委曲盡情以道其微者曰曲。』」

吴曾《能改齋漫録》卷一「歌辭曰曲」：「自昔歌辭或謂之曲，未見其始。《琴書》曰：蔡邕嘉平初入青溪，訪鬼谷先生所居，山有五曲，一曲製一弄。山之東曲，常有仙人遊，故作《遊春》。曲南有澗，冬夏常渌，故作《渌水》。中曲，即鬼谷先生舊所居也，深邃岑寂，故作《幽居》。北曲高巖，猿鳥所集，感物愁坐，故作《坐愁》。西曲灌木吟秋，故作《秋思》。三年，曲成，出示馬融，甚異之。然漢蘇武詩云：『幸有絃歌曲，可以喻中懷。』則音韻稱曲，其來久矣。又按《韓詩章句》：『有章曲曰歌，無章曲曰謡。』」

健按：據葉大慶《考古質疑》卷六考證，春秋時代已有曲之稱。

〔二〕大堤曲：《樂府詩集》卷九十四梁簡文帝《大堤曲》解題：「《古今樂録》曰：清商樂曲《襄陽樂》云：『朝

發襄陽城，暮至大堤宿。大堤諸女兒，花豔驚郎目。』梁簡文帝由是有《大堤曲》。」根據此説，梁簡文帝是《大堤曲》創作者，其來源是《襄陽樂》。《襄陽樂》乃劉宋時隨王誕所作，見《樂府詩集》卷四十八。此曲又稱《大堤曲》。嚴羽此言「古有《大堤曲》」，下則言梁簡文帝云云，則其所謂古《大堤曲》非指簡文帝，而應在梁簡文帝之前，當是指隨王誕之《襄陽樂》。

〔三〕梁簡文帝句：梁簡文帝蕭綱，字世緘，小字六通，南蘭陵（今江蘇常州）人。武帝第三子。《樂府詩集》卷四十八「清商曲辭」載梁簡文帝《烏棲曲》四首：

芙蓉作船絲作綍，北斗橫天月將落。採蓮渡頭礙黄河，郎今欲渡畏風波。

浮雲似帳月如鉤，那能夜夜南陌頭。宜城投泊令行熟，停鞍繫馬暫棲宿。

青牛丹轂七香車，可憐今夜宿倡家。倡家高樹烏欲棲，羅帷翠被任君低。

織成屏風金屈膝，朱脣玉面燈前出。相看氣息望君憐，誰能含羞不自前。

曰篇〔一〕。《選》有《名都篇》、《京洛篇》、《白馬篇》〔二〕。

【校勘】

〔名都〕「名」，底本、九峯書屋本、胡重器本、吳銓本、何望海本、周亮工本、朱霞本、徐幹本、《適園叢書》本作「明」，《玉屑》、尹嗣忠本、清省堂本、《寶顔堂祕笈》本、程至遠本、《津逮祕書》本、《説郛》本、《歷代詩話》本、《詩法萃編》本、《三家詩話》本、《螢雪軒叢書》本作「名」，作「名」是，兹據改。

【箋注】

〔一〕篇：李之儀《姑溪居士前集》卷十七《謝人寄詩並問詩中格目小紙》：「篇者，舉其全也；章者，次第陳之，互(《四庫》本作「至」)見而相明也。」

〔二〕名都篇：《文選》卷二十七曹植《名都篇》：「名都多妖女，京洛出少年。寶劍直千金，被服麗且鮮。鬥雞東郊道，走馬長楸間。馳騁未能半，雙兔過我前。攬弓捷鳴鏑，長驅上南山。左輓因右發，一縱兩禽連。餘巧未及展，仰手接飛鳶。觀者咸稱善，衆工歸我妍。歸來宴平樂，美酒斗十千。膾鯉臇胎鰕，炮鱉炙熊蹯。鳴儔嘯匹旅，列坐竟長筵。連翩擊鞠壤，巧捷惟萬端。白日西南馳，光景不可攀。雲散還城邑，清晨復來還。」李善注引《歌録》曰：「《名都篇》，齊瑟行也。」

京洛篇：胡鑑注：「《文選》本無之。又郭茂倩《樂府詩集》有『煌煌京洛行』，亦非《京洛篇》也。始從闕疑。」胡才甫箋注：「《文選》無《京洛篇》，不知滄浪何指？茲引《樂府詩集》魏文帝『煌煌京洛行』五解，恐亦非是也。」

郭紹虞《校釋》：「案《文選》録曹子建樂府四首：一，《箜篌引》；二，《美女篇》；三，《白馬篇》；四，《名都篇》，而無《京洛篇》。考《名都篇》有『名都多妖女，京洛出少年』之語，《箜篌引》亦有『陽阿奏奇舞，京洛出名謳』之語，豈滄浪誤記爲『京洛篇』耶？又案《樂府詩集》相和歌辭瑟調曲『煌煌京洛行』五首，中有鮑照之作。而案鮑氏集所載，則此首作『代陳思王《京洛篇》』，再考隋李巨仁《京洛篇》亦作『煌煌京洛行』。則知『京洛篇』即『煌煌京洛行』。而鮑照所擬，又與《箜篌引》語意相近。今曹集中雖亦無『京洛篇』之題，但鮑照既明言『代陳思王《京洛篇》』，則以《箜篌引》爲《京洛篇》亦不能謂爲無據。滄浪所見古籍或有此説，亦未可知。記此俟考。」

健按：《文選》無《京洛篇》，胡鑑、胡才甫推測或指《樂府詩集》所載魏文帝曹丕之《煌煌京洛行》，但又懷疑非是。郭紹虞先生推測當指《文選》中曹植之《箜篌引》。鮑照《鮑明遠集》卷三有《代陳思王京洛篇》，而此詩在《樂府詩集》題作《煌煌京洛行》，但陳思王曹植集中既無《京洛篇》，也無《煌煌京洛行》，郭先生認爲鮑照所擬與《文選》所載曹植《箜篌引》相近，故推測《京洛篇》當指《箜篌引》。此説亦缺乏説服力。再俟考。

《樂府詩集》卷三十九魏文帝《煌煌京洛行》：

天天園桃，無子空長。虚美難假，偏輪不行。一解淮陰五刑，鳥得弓藏。保身全名，獨有子房。大憤不收，褒衣無帶。多言寡誠，祇令事敗。二解蘇秦之説，六國以亡。側身賣主，車裂固當。賢矣陳軫，忠而有謀。楚懷不從，禍卒不救。三解禍夫吴起，智小謀大。西河何健，伏尸何劣。四解嗟彼郭生，古之雅人。智矣燕昭，可謂得臣。峩峩仲連，齊之高士。北辭千金，東蹈滄海。五解

白馬篇：《文選》卷二十七《白馬篇》：「白馬飾金羈，連翩西北馳。借問誰家子，幽并遊俠兒。少小去鄉邑，揚聲沙漠垂。宿昔秉良弓，楛矢何參差。控弦破左的，右發摧月支。仰手接飛猱，俯身散馬蹄。狡捷過猴猨，勇剽若豹螭。邊城多警急，胡虜數遷移。羽檄從北來，厲馬登高堤。長驅蹈匈奴，左

顧陵鮮卑。棄身鋒刃端，性命安可懷？父母且不顧，何言子與妻？名在壯士籍，不得中顧私。捐軀赴國難，視死忽如歸。」

曰唱〔一〕。魏武帝有《氣出唱》〔二〕。

【校勘】

〔魏武帝〕底本、《玉屑》、九峯書屋本、胡重器本、吳銓本、何望海本、周亮工本、朱霞本、徐幹本、《適園叢書》本作「魏明帝」，尹嗣忠本、清省堂本、《寶顏堂祕笈》本、程至遠本、《津逮祕書》本、《説郛》本、《歷代詩話》本、《詩法萃編》本、《三家詩話》本、《螢雪軒叢書》本作「魏武帝」，按曹操有《氣出唱》，作「魏武帝」是，茲據改。

【箋注】

〔一〕唱：胡才甫《詩體釋例》：「《詩體明辨》曰：『發歌曰唱。』」郭紹虞《校釋》：「《唐音癸籤》卷一：『唱則吐於喉吻。』《文體明辨·序目》：『發歌曰唱。』《詩法火傳》卷二：『發聲曰唱，條理曰調。』」

〔二〕魏武帝句：曹操《氣出唱》三首，載《樂府詩集》卷二十六《相和歌辭》。茲録其一：

駕六龍乘風而行。行四海外，路下之八邦。歷登高山臨溪谷，乘雲而行。行四海外，東到泰山。仙人玉女，下來翱遊。驂駕六龍，飲玉漿，河水盡，不東流。解愁腹，飲玉漿。奉持行，東到蓬萊山，上至天之門。玉闕下，引見得入。赤松相對，四面顧望，視正焜煌。開玉心正興，其氣百道至，傳告無窮。閉其口，但當愛氣壽萬年。東到海，與天連。神仙之道，出窈入冥，常當專之。心恬澹，無所惕欲。閉門坐自守，天與期氣。願得神之人，乘駕雲車，驂駕白鹿，上到天之門，來賜神之藥。跪受之，敬神齊，當如此，道自來。

曰弄〔一〕。古樂府有《江南弄》〔二〕。

【箋注】

〔一〕弄：《唐音癸籤》卷一：「詠以永其言，吟以呻其鬱，嘆以抒其傷，唱則吐於喉吻，弄則被諸絲管，此皆以其聲爲名者也。」

〔二〕江南弄：梁武帝製，共七曲。《樂府詩集》卷五十《清商曲辭》梁武帝《江南弄》七首解題：「《古今樂録》曰：梁天監十一年冬，武帝改西曲製《江南上雲樂》十四曲。《江南弄》七曲：一曰《江南弄》，二曰《龍笛曲》，三曰《採蓮曲》，四曰《鳳笛曲》，五曰《採菱曲》，六曰《遊女曲》，七曰《朝雲曲》。又沈約作四曲，一曰《趙瑟曲》，二曰《秦筝曲》，三曰《陽春曲》，四曰《朝雲曲》，亦謂之《江南弄》云。」其一《江南弄》：「衆花雜色滿上林，舒芳耀緑垂輕陰。連手躞蹀舞春心。舞春心，臨歲腴，中人望，獨踟躕。」

曰長調〔一〕。

【箋注】

〔一〕長調：胡才甫《詩體釋例》：「長調，七言詩也。」又云：「《滄浪詩話》有長調、短調，不知所謂。近閱李賀《申胡子觱篥歌序》曰：『申胡子，朔客之蒼頭也。朔客李氏，本亦世家子，得祀江夏王廟，當年踐履失序，遂奉官北郡。自稱學長調、短調，久未知名。今年四月，吾與對舍于長安崇義里，遂將衣質酒，命予合飲。氣熱杯闌，因謂吾曰：李長吉，爾徒能長調，不能作五字歌詩。真强迴筆端，與陶、謝詩勢相遠幾里。吾對後，請撰《申胡子觱篥歌》，以五字斷句。歌成，左右人合譟相唱，朔客大喜，擎觴起，立命花娘出幕，徘徊拜客。吾問所宜，稱善平弄，於是以幣辭配聲，與予爲壽。』據此，則長調七言詩，短調五言詩耳。」

郭紹虞《校釋》稱：胡説「甚是，但據李賀《申胡子觱篥歌序》，此五言七言必須合歌，與一般吟詠之詩不同。」

健按：洪朋《洪龜父集》卷上有《杜十歸自海堧别業説夜行一段事令予與徐十長短調書之》：「建寧禪界清如水，杜陵獨夜荒村繞。剎幡寂寂走前溪，素沙白水相蕩照。只今欲渡叫漁舠，但聞春叢野狐嘷。野狐嗚呼不足道，行路難行豺虎驕。邂逅舟横却無檝，向來藜杖撑白月。可羡淵魚兩兩游，隨意溪毛短短出。嗚呼此時勝事故，不惡杜陵歸來爲予説。」此七言詩，當爲長調。又洪芻有《藏之和予蝦蟆短調再作之因以策事》(見《古今事文類聚》後集卷五十)，此所謂「蝦蟆短調」者是指其《學韓退之體賦蝦蟆一篇》(同上)，爲五言詩。可見長調、短調之稱宋人亦沿用之。

曰短調〔一〕。

【箋注】

〔一〕短調：指五言歌詩。參見「長調」箋。

李賀《昌谷集》卷二《申胡子觱篥歌》：「顏熱感君酒，含嚼蘆中聲。花娘篸綏妥，休睡芙蓉屏。誰截太平管，列點排空星。直貫開花風，天上驅雲行。今夕歲華落，令人惜平生。心事如波濤，中坐時時驚。朔客騎白馬，劍弝懸蘭纓。俊健如生猱，肯拾蓬中螢。」

有四聲〔一〕。

【箋注】

〔一〕四聲：謂平、上、去、入四聲。齊永明間，周顒作《四聲切韻》，以四聲制韻。見《南齊書·陸厥傳》。

有八病。四聲設於周顒，八病嚴於沈約〔一〕。八病謂平頭、上尾、蜂腰、鶴膝、大韻、小韻、旁紐、正紐之辨。作詩正不必拘此，敝法不足據也〔二〕。

【校勘】

〔平頭〕何望海本作「病頭」。

〔辨〕 胡重器本、吴銓本、何望海本、周亮工本、朱霞本、徐幹本作「辯」。郭紹虞《校釋》：「《詩法萃編》作『類』。」

〔敝法〕「敝」，底本、九峯書屋本、胡重器本、尹嗣忠本、清省堂本、吴銓本、程至遠本、《説郛》本、《三家詩話》本、《螢雪軒叢書》本作「蔽」，何望海本、周亮工本、朱霞本、《歷代詩話》本、徐幹本作「敝」，《適園叢書》本作「弊」。兹從何望海諸本。

《玉屑》無小注「八病謂」以下三句。又以上四條《玉屑》連書，不分列。

【箋注】

〔一〕八病句：宋曾慥《類説》卷五十一引李淑《詩苑類格》：「梁沈約曰：詩病有八：一曰平頭。第一字、第二字不得與第六、第七字同聲。如『今日良宴會，歡樂難具陳』，今、歡皆平聲也。第二曰上尾。謂第五字不可與第十字同聲。如『青青河畔草，鬱鬱園中柳』，皆上聲也。三曰蜂腰。謂第二字不得與第五字同聲。如『聞君愛我甘，竊欲自修飾』，君、甘皆平聲也，欲、飾皆入聲也。四曰鶴膝。謂第五字不得與第十五字同聲。如『客從遠方來，遺我一札書。上言長相思，下言久離别。』來、書皆平聲也(健按：來、書皆平聲是第五字與第十字同聲，此當屬上尾。《錦繡萬花谷》前集卷二十作『來、思皆平聲也』，當是)五曰大韻。如聲鳴爲韻，上九字不得用驚傾平榮字。六曰小韻。除本韻一字外，九字中不得兩字同韻，如遥、條不同句。七曰旁紐，八曰正紐。謂十字内兩字雙聲爲正紐，若不共一紐而有雙聲爲旁紐。如流、六爲正紐，流、柳爲旁紐。八種唯上尾、鶴膝最忌，餘病亦通。」此實代表宋人對八病的理解，嚴羽

《詩體》篇有參取《詩苑類格》者，此即其一，故嚴羽所理解之八病亦應與李淑相同。

【附録】

馮班《鈍吟雜録》卷五《嚴氏糾繆》：「云有八病，注云：作詩正不必拘此，敝法不足據也。按八病出於沈隱侯，古人亦有非之者。然齊梁體正以聲病爲體，律詩則益嚴矣。滄浪既云有近體、有律詩，又云不必拘，不知律詩『律』字如何解？蓋聲病之學，至宋而謁，故阮逸注《文中子》云：『八病未詳也。』如今《金鍼詩格》及周密所言，皆以意妄測，誤也。已經考證，此不具。今人則但以對偶爲律矣。」

李光地《榕村集》卷十七《詩八病説》：「周顒、沈約等言詩有八病之説，解者多不能通。今以意解之曰：平頭者，謂首字同韻也。如唱句首字是東韻，則對句首字不當復用東韻也。上尾者，謂末字同韻也，除韻脚首兩句相叶外，餘聯則末字當避。蜂腰者，謂五字中四平夾一仄，或四仄夾一平也。鶴膝者，謂下三字累三平，或疊三仄也。大韻者，謂犯韻脚字也。如既以其字爲韻脚，則句中不可復用此字。小韻者，謂犯句中字也。如前句用此字，則後句不可復用。旁紐者，謂四聲相犯也。如以東爲韻，則句中不可疊用董、送等韻字。正紐者，謂本聲相犯也。如以東爲韻，句中復用東韻字者是也。周、沈雖無明説，以今律體推之，當如此。然休文有言，惟上尾、鶴膝最忌，古律詩亦唯避此二病最嚴，餘則出入者有矣。」

〔二一〕敝法：壞的法則。

又有以嘆名者〔一〕。古詞有《楚妃嘆》〔二〕、有《明君嘆》〔三〕。

【校勘】

〔有明君嘆〕「明君」，胡鑑《校正滄浪詩話注》作「昭君」，胡才甫《滄浪詩話箋注》同。

【箋注】

〔一〕嘆：郭紹虞《校釋》：「李之儀《謝人寄詩並問詩中格目小紙》：『事有所感，形於嗟嘆之不足，則爲嘆。』《文體明辨·序目》：『感而發言曰歎。』《唐音癸籤》卷一：『嘆以抒其傷。』」按前兩説皆以感嘆釋嘆，後説則涉及情感的性質，即嘆所抒寫的是感傷。

〔二〕楚妃嘆：古曲名。古有吟嘆四曲，《楚妃嘆》乃其一。《文選》卷十八潘岳《笙賦》：「子喬輕舉，明君懷歸。荆王喟其長吟，楚妃歎而增悲。」李善注：「《歌録》曰：吟歎四曲：《王昭君》、《楚妃嘆》、《楚王吟》、《王子喬》，皆古辭。《荆王》、《子喬》，其辭猶存。」據李善注，《楚妃嘆》古詞已不存。晉石崇爲製新詞，所詠乃楚莊王妃樊姬，載《樂府詩集》卷二十九《相和歌辭·吟嘆曲》。

胡鑑及胡才甫注皆以爲古詞《楚妃嘆》指石崇《楚妃嘆》，誤。其實，《楚妃嘆》乃舊曲名，《樂府詩集》卷二十九所載晉石崇《楚妃嘆》，乃是用舊曲填新詞。唐徐堅《初學記》卷十六樂部下「楚妃嘆」條載石崇《楚妃嘆序》曰：「《楚妃嘆》，莫知其由。楚之賢妃能立德，垂名於後，唯楚妃焉，故嘆詠之。」此言不知《楚妃嘆》之由來，如果是始製於石崇的話，當不會如此説。又《樂府詩集》解題引《樂府解題》：「陸機《吳趨行》云『楚妃且勿嘆』，明非近題也。」可證《楚妃嘆》乃舊曲名。又《楚妃嘆》有笙曲，有琴曲。潘岳《笙賦》中所言乃是笙曲，《文選》李延濟注：「《楚妃嘆》，亦曲名，笙中吹之，則增悲也。」《樂府詩集》解題謂謝希逸《琴論》有《楚妃嘆》七拍，乃是琴曲。郭紹虞《校釋》：「古詞《楚妃嘆》疑指謝希逸《琴論》所謂『有楚妃嘆七拍』，似非《樂府詩集》相和歌辭吟歌曲所舉石崇、袁伯文諸人之作。」其實《楚妃嘆》古詞唐時已不存，嚴羽固無從見之，只是列舉其名而已。

【附録】

郭茂倩《樂府詩集》卷二十九《相和歌辭·吟嘆曲》石崇《楚妃嘆》解題：劉向《列女傳》曰：「楚姬，楚莊王夫人也。莊王好狩獵畢弋，樊姬諫不止，乃不食禽獸之肉。王嘗與虞丘子語，以爲賢。樊姬笑之。王曰：『何笑也？』對曰：『虞丘子賢矣，未忠也。妾充後宫十一年，而所進者九人，賢於妾者二人，與妾同列者七人。虞丘子相楚十年，而所薦者，非其子孫，則族昆弟，未聞進賢退不肖也。妾之笑不亦宜乎！』王於是以孫叔敖爲令尹，治楚三年而莊王以霸。」《樂府解題》曰：「陸機《吳趨行》云『楚妃且勿嘆』，明非近題也。」按謝希逸《琴論》有《楚妃嘆》七拍。

〔三〕明君嘆：古曲名。當即吟嘆四曲之《王明君》（一名《王昭君》），按因避司馬昭諱，改昭君爲明君），古詞已不存，晉石崇爲製新詞，載《樂府詩集》卷二十九。

按《樂府詩集》卷二十九《王明君》解題：「一曰《王昭君》。《唐書·樂志》曰：《明君》，漢曲也。元帝時，匈奴單于入朝，詔以王嬙配之，即昭君也。及將去，入辭，光彩射人，悚動左右，天子悔焉。漢人憐其遠嫁，爲作此歌。晉石崇妓緑珠善舞，以此曲教之而自製新歌。」

【附録】

《樂府詩集》卷二十九《相和歌辭·吟嘆曲》解題：《古今樂録》曰：張永《元嘉技録》有吟嘆四曲：一曰《大雅吟》，二曰《王明君》，三曰《楚妃嘆》，四曰《王子喬》。《大雅吟》、《王明君》、《楚妃嘆》，並石崇辭。《王子喬》，古辭。《王明君》一曲，今有歌。《大雅吟》、《楚妃嘆》二曲，今無能歌者。古有八曲，其《小雅吟》、《蜀琴頭》、《楚王吟》、《東武吟》四曲闕。

以愁名者〔一〕。《文選》有《四愁》〔二〕，《樂府》有《獨處愁》〔三〕。

【校勘】

此條底本及《玉屑》、九峯書屋本、《適園叢書》本作「以怨名者，《文選》有《四怨》，《樂府》有《獨處怨》。」胡重器本、吴銓本、何望海本、周亮工本、朱霞本、徐榦本同底本，唯「文選」二字作「選」。按《文選》有張衡《四愁詩》，無《四怨》；《樂府詩集》卷七十六有簡文帝《獨處愁》，無《獨處怨》，故底本及以上諸本均誤。兹據尹嗣忠本、清省堂本、《寶顔堂祕笈》本、程至遠本、《津逮祕書》本、《説郛》本、《詩法萃編》本、《三家詩話》本、《螢雪軒叢書》本改。

【箋注】

〔一〕愁：胡才甫《詩體釋例》：「愁始於張衡《四愁詩》，《樂府》『雜曲歌詞』有《獨處愁》，他不多見。」

〔二〕四愁：《文選》卷二十九張衡《四愁詩四首并序》：張衡不樂久處機密，陽嘉中，出爲河間相。時國王驕奢，不遵法度，又多豪右并兼之家。衡下車，治威嚴，能内察屬縣，奸猾行巧劫，皆密知名，下吏收捕，盡服擒。諸豪俠遊客，悉惶懼逃出境。郡中大治，爭訟息，獄無繫囚。時天下漸弊，鬱鬱不得志，爲《四愁詩》，依屈原以美人爲君子，以珍寶爲仁義，以水深雪雰爲小人。思以道術相報，貽於時君，而懼讒邪不得以通。其辭曰：

一思曰：我所思兮在太山，欲往從之梁父艱。側身東望涕霑翰。美人贈我金錯刀，何以報之英瓊瑶。路遠莫致倚逍遥，何爲懷憂心煩勞。

二思曰：我所思兮在桂林，欲往從之湘水深。側身南望涕霑襟。美人贈我金琅玕，何以報之雙玉盤。路遠莫致倚惆悵，何爲懷憂心煩傷。

三思曰：我所思兮在漢陽，欲往從之隴阪長。側身西望涕霑裳。美人贈我貂襜褕，何以報之明月珠。路遠莫致倚踟躕，何爲懷憂心煩紆。

四思曰：我所思兮在鴈門，欲往從之雪紛紛。側身北望涕霑巾。美人贈我錦繡緞，何以報之青玉案。路遠莫致倚增歎，何爲懷憂心煩惋。

〔三〕獨處愁：《樂府詩集》卷七十六梁簡文帝《獨處愁》：「獨處恒多怨，開幕試臨風。彈棊鏡奩上，傅粉高樓中。自君征馬去，音信不曾通。只恐金屏掩，明年已復空。」解題云：「司馬相如《美人賦》曰：『芳香郁烈，黼帳高張。有女獨處，宛然在牀。乃歌曰：獨處室兮廓無依，思佳人兮情傷悲。』《獨處愁》蓋取諸此。」

以哀名者。《選》有《七哀》〔一〕，少陵有《八哀》〔二〕。

【校勘】

此條《玉屑》無。

【箋注】

〔一〕選有七哀：《文選》卷二十三載曹植《七哀詩》一首、王粲二首、張載二首，唐呂向注曰：「七哀謂痛而哀，義而哀，感而哀，怨而哀，耳目聞見而哀，口嘆而哀，鼻酸而哀也。」

李治《敬齋古今黈》卷七云：「子建之《七哀》，主哀思婦；仲宣之《七哀》，主哀亂離；孟陽之《七哀》，主哀丘墓。呂向爲之説曰：『七哀者，謂痛而哀，義而哀，感而哀，怨而哀，耳目聞見而哀，口嘆而哀，鼻酸而哀。』且哀之來也，何者非感？何者非怨？何者非目見而耳聞？何者不嗟嘆而痛悼？呂向之説，可謂疎矣。大抵人之七情，有喜、怒、哀、樂、愛、惡、欲之殊，今而哀戚太甚，喜怒愛惡等悉皆無有，情之所繫，惟有一哀而已，故謂之七哀也。不然，何不云六、云八，而必曰七哀乎？」

何焯《義門讀書記》卷四十七：「情有七，而偏主於哀。」

曹植《七哀詩》：「明月照高樓，流光正徘徊。上有愁思婦，悲嘆有餘哀。借問嘆者誰？言是宕子妻。君行逾十年，孤妾常獨棲。君若清路塵，妾若濁水泥。浮沉各異勢，會合何時諧。願爲西南風，長逝入君懷。君懷良不開，賤妾當何依？」

王粲《七哀詩》：「西京亂無象，豺虎方遘患。復棄中國去，委身適荆蠻。親戚對我悲，朋友相追攀。出門無所見，白骨蔽平原。路有饑婦人，抱子棄草間。顧聞號泣聲，揮涕獨不還。未知身死處，何能兩相完？驅馬棄之去，不忍聽此言。南登霸陵岸，回首望長安。悟彼下泉人，喟然傷心肝。」

「荆蠻非我鄉，何爲久滯淫。方舟溯大江，日暮愁我心。山崗有餘暎，巖阿增重陰。狐狸馳赴穴，飛鳥翔故林。流波激清響，猴猿臨岸吟。迅風拂裳袂，白露霑衣衿。獨夜不能寐，攝衣起撫琴。絲桐感人情，爲我發悲音。羈旅無終極，憂思壯難任。」

〔二〕八哀：《全唐詩》卷二二二杜甫《八哀詩并序》：「傷時盜賊未息，興起王公、李公，歎舊懷賢，終於張相國，八公前後存殁，遂不詮次焉。」所懷爲王思禮、李光弼、嚴武、李璡、李邕、蘇源明、鄭虔、張九齡八人。兹録其七、其八兩首。

《故著作郎貶台州司户滎陽鄭公虔》：鶢鶋至魯門，不識鐘鼓饗。孔翠望赤霄，愁思雕籠養。滎陽冠衆儒，早聞名公賞。地崇士大夫，況乃氣精爽。天然生知資，學立游夏上。神農極闕漏，黄石愧師長。藥纂西極名，兵流指諸掌。貫穿無遺恨，薈蕞何技癢。圭臬星經奥，蟲篆丹青廣。子雲窺未遍，方朔諧太杠。神翰顧不一，體變鍾兼兩。文傳天下口，大字猶在榜。昔獻書畫圖，新詩亦俱往。滄洲動玉陛，宣鶴誤一響。三絶自御題，四方尤所仰。嗜酒益疏放，彈琴視天壤。形骸實土木，親近唯几杖。未曾寄官曹，突兀倚書幌。晚就芸香閣，胡塵昏坱莽。反覆歸聖朝，點染無滌蕩。老蒙台州掾，泛泛浙江槳。履穿四明雪，饑拾楢溪橡。空聞紫芝歌，不見杏壇丈。天長眺東南，秋色餘魍魎。別離慘至今，斑白徒懷曩。春深秦山秀，葉墜清渭朗。劇談王侯門，野稅林下鞅。操紙終夕酣，時物集遐想。詞場竟疏闊，平昔濫吹獎。百年見存殁，牢落吾安放。蕭條阮咸在，出處同世網。他日訪江樓，含淒述飄蕩。

《故右僕射相國張公九齡》：相國生南紀，金璞無留礦。仙鶴下人間，獨立霜毛整。矯然江海思，復與雲路永。寂寞想土階，未遑等箕潁。上君白玉堂，倚君金華省。碣石歲崢嶸，天地日蛙黽。退食吟大庭，何心記榛梗。骨驚畏曩哲，鬒變負人境。雖蒙換蟬冠，右地恧多幸。敢忘二疏歸，痛迫蘇耽井。紫綬映暮年，荆州謝所領。庾公興不淺，黄霸鎮每靜。賓客引調同，諷詠在務屏。詩罷地有餘，篇終語清省。一陽發陰管，淑氣含公鼎。乃知君子心，用才文章境。散帙起翠螭，倚薄巫廬並。綺麗玄暉擁，箋誄任昉騁。自我一家則，未闕隻字警。千秋滄海南，名繫朱鳥影。歸老守故林，戀闕悄延頸。波濤良史筆，蕪絶大庾嶺。向時禮數隔，制作難上請。再讀徐孺碑，猶思理煙艇。

以怨名者[一]。古詞有《寒夜怨》、《玉階怨》[二]。

【校勘】

本條《玉屑》無。底本作「以愁名者，古詞有《寒夜愁》、《玉階愁》」，九峯書屋本、胡重器本、吳銓本、何望海本、周亮工本、朱霞本、徐榦本、《適園叢書》本同底本。按古詞有《寒夜怨》、《玉階怨》，無《寒夜愁》、《玉階愁》，茲從尹嗣忠本、清省堂本、《寶顏堂祕笈》本、程至遠本、《津逮祕書》本、《説郛》本、《歷代詩話》本、《詩法萃編》本、《三家詩話》本、《螢雪軒叢書》本改。

【箋注】

〔一〕怨：胡才甫《詩體釋例》：「元稹《樂府古題序》謂怨亦詩之一體。《文章辨體》曰：『憤而不怒曰怨。』」

〔二〕寒夜怨：《樂府詩集》卷七十六《雜曲歌辭》陶弘景《寒夜怨》：「夜雲生，夜鴻驚。悽切嘹唳傷夜情。空山霜滿高煙平，鉛華沈照帳孤明。寒日微，寒風緊。愁心絕，愁淚盡。情人不勝怨，思來誰能忍。」又引《樂府解題》曰：「晉陸機《獨寒吟》云：『雪夜遠思君，寒窗獨不寐。』但叙相思之意爾。陶弘景有《寒夜怨》，梁簡文帝有《獨處愁》，亦皆類此。」

〔三〕玉階怨：《樂府詩集》卷四十三《相和歌辭·楚調曲》：謝朓《玉階怨》：「夕殿下珠簾，流螢飛復息。長夜縫羅衣，思君此何極。」

以思名者〔一〕。太白有《靜夜思》〔二〕。

【校勘】

《玉屑》此條在「以別名者」條後。

【箋注】

〔一〕思：胡才甫《詩體釋例》：「徐幹有《室思》，李白有《靜夜思》，令狐楚有《春閨思》，李賀有《房中思》。」

〔二〕靜夜思：《全唐詩》卷一六五李白《静夜思》：「牀前看月光，疑是地上霜。舉頭望山月，低頭思故鄉。」

以樂名者。齊武帝有《估客樂》〔一〕，宋臧質有《石城樂》〔二〕。

【校勘】

〔估客〕「客」，底本、《玉屑》作「家」，九峯書屋本、胡重器本、吴銓本、何望海本、周亮工本、朱霞本、徐幹本、《適園叢書》本同底本。尹嗣忠本、清省堂本、《寶顔堂祕笈》本、程至遠本、《津逮祕書》本、《説郛》本、《歷代詩話》本、《詩法萃編》本、《三家詩話》本、《螢雪軒叢書》本作「客」。作「客」是，茲據改。

〔宋〕底本、《玉屑》、九峯書屋本、胡重器本、吴銓本作「朱」，尹嗣忠本、清省堂《寶顔堂祕笈》本、程至遠本、《津逮祕書》本、《説郛》本、周亮工本、朱霞本、《歷代詩話》本、《詩法萃編》本、徐幹本、《適園叢書》本、《螢雪軒叢書》本作「宋」。作「宋」是，茲據改。

【箋注】

〔一〕估客樂：《樂府詩集》卷四十八齊武帝《估客樂》：「昔經樊鄧役，阻潮梅根渚。感憶追往事，意滿辭不敍。」

《樂府詩集》引《古今樂録》曰：「《估客樂》者，齊武帝之所製也。帝布衣時，嘗游樊、鄧。登祚以後，追憶往事而作歌。使樂府令劉瑶管絃被之教習，卒，遂無成。有人啓釋寶月善解音律，帝使奏之，旬日之中，便就諧合。敕歌者常重爲感憶之聲，猶行於世。」

〔二〕石城樂：《樂府詩集》卷四十七宋臧質《石城樂》五首（《清商曲辭・西洲歌》）：

生長石城下，開窗對城樓。城中諸少年，出入見依投。

陽春百花生，摘插環髻前。挽指蹋忘愁，相與及盛年。

布帆百餘幅，環環在江津。執手雙淚落，何時見歡還。

大艑載三千，漸水丈五餘。水高不得渡，與歡合生居。

聞歡遠行去，相送方山亭。風吹黄蘗藩，惡聞苦離聲。

其解題曰：「《唐書・樂志》曰：『《石城樂》者，宋臧質所作也。石城在竟陵，質嘗爲竟陵郡，於城上眺矚，見羣少年歌謡通暢，因作此曲。』《古今樂録》曰：『《石城樂》，舊舞十六人。』」

以別名者。子美有《無家別》、《垂老別》、《新婚別》〔一〕。

【校勘】

〔子美〕《玉屑》作「杜子美」。

〔新婚别〕《玉屑》後有「也」字。

【箋注】

〔一〕無家别：《全唐詩》卷二一七杜甫《無家别》：「寂寞天寶後，園廬但蒿藜。我里百餘家，世亂各東西。存者無消息，死者爲塵泥。賤子因陣敗，歸來尋舊蹊。人行見空巷，日瘦氣慘凄。但對狐與狸，豎毛怒我啼。四鄰何所有，一二老寡妻。宿鳥戀本枝，安辭且窮棲。方春獨荷鋤，日暮還灌畦。縣吏知我至，召令習鼓鞞。雖從本州役，内顧無所攜。近行止一身，遠去終轉迷。家鄉既蕩盡，遠近理亦齊。永痛長病母，五年委溝谿。生我不得力，終身兩酸嘶。人生無家别，何以爲烝黎。」

垂老别：《全唐詩》卷二一七杜甫《垂老别》：「四郊未寧静，垂老不得安。子孫陣亡盡，焉用身獨完。投杖出門去，同行爲辛酸。幸有牙齒存，所悲骨髓乾。男兒既介胄，長揖别上官。老妻臥路啼，歲暮衣裳單。孰知是死别，且復傷其寒。此去必不歸，還聞勸加餐。土門壁甚堅，杏園度亦難。勢異鄴城下，縱死時猶寬。人生有離合，豈擇衰老端。憶昔少壯日，遲回竟長嘆。萬國盡征戍，烽火被岡巒。積屍草木腥，流血川原丹。何鄉爲樂土，安敢尚盤桓。棄絶蓬室居，塌然摧肺肝。」

新婚别：《全唐詩》卷二一七杜甫《新婚别》：「兔絲附蓬麻，引蔓故不長。嫁女與征夫，不如棄路旁。結髮爲妻子，席不暖君牀。暮婚晨告别，無乃太匆忙。君行雖不遠，守邊赴河陽。妾身未分明，何以拜姑嫜。父母養我時，日夜令我藏。生女有所歸，雞狗亦得將。君今往死地，沈痛迫中腸。誓欲隨君去，形勢反蒼黃。勿爲新婚念，努力事戎行。婦人在軍中，兵氣恐不揚。自嗟貧家女，久致羅襦裳。羅襦不復施，對君洗紅妝。仰視百鳥飛，大小必雙翔。人事多錯迕，與君永相望。」

有全篇雙聲疊韻者〔一〕。東坡經字韻詩是也〔二〕。

【箋注】

〔一〕兩個字聲母相同稱作雙聲，兩個同韻的字稱作疊韻。所謂全篇雙聲疊韻可以有兩種解釋：其一、一篇之中既全部雙聲，又全部疊韻，也就是説一首詩的字既全部同聲母，也全部同韻；其二、有全篇雙聲者，有全篇疊韻者，並非一首詩同時具有以上兩個特徵。就其所舉唯一一篇詩例來看，似是指全篇雙聲的情況，不過如此單舉一例，不免使詩例與體名不全契合。

〔二〕東坡句：蘇軾《西山戲題武昌王居士并引》：「予往在武昌西山九曲亭上，有題一句：玄鴻横號黄槲峴。九曲亭，即吳王峴山，一山皆槲葉，其旁即元結陂湖也。荷花極盛，因爲對云：皓鶴下浴紅荷湖。坐客皆笑，同請賦此詩：江干高居堅關扃，耕犍躬駕角掛經。孤航繫舸菰茭隔，笳鼓過軍雞狗驚。解襟顧影各箕踞，擊劍高歌幾舉觥。荆笄供膾愧攬聒，乾鍋更戛甘瓜羹。」（《東坡詩集注》卷二十一）

健按：此詩所有字的聲母在古代全屬「見」母，都是同聲母字，故可稱全篇雙聲。但全部的字並不同韻，故不能説是全篇疊韻。

郭紹虞《校釋》：「此首係雙聲詩，即昔人所謂吃語詩。庾信、姚合均有此體，亦不始於東坡。宋時《潘子真詩話》亦論及雙聲疊韻問題，但所舉非全篇。《王直方詩話》所舉一聲對，一聲即疊韻也。直方不明疊韻，故特創一聲之名耳。晚唐温庭筠、皮日休、陸龜蒙均有疊韻詩。張表臣《珊瑚鈎詩話》卷三：『雙聲疊韻，狀連駢嬉戲之體。』周春《杜詩雙聲疊韻譜》：『案東坡經字韻詩乃全篇雙聲，何得涉疊韻？若全篇雙聲、全篇疊韻兩體，當分别之，方合。』」

【附録】

胡仔《苕溪漁隱叢話》前集卷二一：

《漫叟詩話》云：「東坡作吃語詩（引者按：詩見前，略）。山谷亦有《戲題》云：『逍遥近道邊，憩息慰憊懣。晴暉時晦明，謔語諧讜論。草萊荒蒙蘢，室屋壅塵坌。僮僕侍偪側，涇渭清濁混。』二老亦作詩戲邪？」苕溪漁隱曰：「東坡後又有吃語詩一篇，謂此爲一字詩，『故居劍閣隔錦官』者是也。」

史繩祖《學齋佔畢》卷四「一字詩不始於東坡」條：

坡公詩集中有《和郭正輔一字詩》云：「故居劍閣隔錦官，柑果薑桂交荆菅。奇孤甘掛汲古綆，僥覬敢揭鈎今竿。已歸耕稼供藁秸，公貴幹國高巾冠。改更句格各謇喫，姑固狡獪加間關。」又有「郊居江干堅關扃」一首，及四言一首，亦名喫語詩。注家及苕溪漁隱俱以爲公出意以文爲戲。余嘗觀唐人姚合少監詩集中有《洞庭蒲萄架》詩云：「萄藤洞庭頭，引葉漾盈摇。

皎潔鈎高掛，玲瓏影落寮。陰煙壓幽屋，濛密夢冥苗。清秋青且翠，冬到凍都凋。」則此體已具矣。坡公不過才高記博，造句傑特有來處，因前人之體而爲戲耳。若直指爲坡，則寡見可笑矣。

蔡正孫《詩林廣記》後集卷三蘇軾《吃語》詩評：

愚謂古之口吃難言者，如周昌、韓非、揚雄、鄧艾之徒，皆載之史傳。東坡此詩亦緣是而善謔耳。漢周昌爲御史，高帝欲易太子，大臣爭莫能止，昌廷爭之强，上問其説。昌爲人吃，又盛怒，曰：「陛下欲易太子，臣期期不奉詔。」上笑而罷。魏鄧艾以口吃不得作幹佐，爲稻田守叢草吏，而語稱艾艾，晉文王戲之曰：「卿言艾艾，定是幾艾？」對曰：「鳳兮鳳兮，故是一鳳。」又《倦遊録》載，王汾口吃，劉攽嘲曰：「恐是昌家，又疑非類。不見雄名，惟聞艾氣。」以周昌、韓非、揚雄、鄧艾皆吃也。

有全篇字皆平聲者。天隨子《夏日詩》，四十字皆是平。又有一句全平，一句全仄者〔一〕。

【校勘】

〔皆是平〕　郭紹虞《校釋》：「《玉屑》『是平』作『平聲』。」

〔全平〕　郭紹虞《校釋》：《玉屑》「『全平』下有『聲』字。」

〔全仄者〕　郭紹虞《校釋》：《玉屑》「『全仄』下有『聲』字。」

【箋注】

〔一〕天隨子四句：陸龜蒙，字魯望，吳郡（今江蘇蘇州）人，號天隨子。《全唐詩》卷六三〇陸龜蒙《夏日閑居作四聲詩寄襲美》：

平聲

荒池菰蒲深，閑堦莓苔平。江邊松篁多，人家簾櫳清。爲書淩遺編，調絃夸新聲。求懽雖殊途，探幽聊怡情。

平上聲

朝煙涵樓臺，晚雨染島嶼。漁童驚狂歌，艇子喜野語。山容堪停杯，柳影好隱暑。年華如飛鴻，斗酒幸且舉。

平去聲

新開窗猶偏，自種蕙未遍。書籤風搖聞，釣榭霧破見。耕耘閑之資，嘯詠性最便。希夷全天真，詎要問貴賤。

平入聲

端居愁無涯，一夕髮欲白。因爲鸞章吟，忽憶鶴骨客。手披丹臺文，脚著赤玉舄。如蒙清音酬，若渴吸月液。

健按：此四首詩，第一首全平。第二首，前一句全平聲，後一句全上聲。第三首，前一句全平聲，後一句全去聲。第四首，前一句全平聲，後一句全入聲。上、去、入聲屬仄聲，故嚴羽説「一句全平，一句全仄」。

有全篇字皆仄聲者。梅聖俞「酌酒與婦飲」之詩是也〔一〕。

【校勘】

〔俞〕底本及九峯書屋本作「愈」，其他各本作「俞」，兹據諸本改。

【箋注】

〔一〕梅聖俞句：梅堯臣《舟中夜與家人飲》：「月出斷岸口，影照别舸背。且獨與婦飲，頗勝俗客對。月漸上我席，暝色亦稍退。豈必在秉燭，此景已可愛。」

《苕溪漁隱叢話》前集卷三十一引《西清詩話》云：「晏元獻守汝陰，梅聖俞往見之，將行，公置酒潁河上，因言古人章句中全用平聲，製字穩帖，如『枯桑知天風』是也，恨未見側字。聖俞既引舟，遂作五側體寄公云：（詩略）。」

有律詩上下句雙用韻者。第一句，第三、五、七句，押一仄韻；第二句，第四、六、八句，押一平韻〔一〕。唐章碣有此體〔二〕，不足爲法。謾列于此，以備其體耳。又有四句平入之體，四句仄入之體〔三〕，無關詩道，今皆不取。

【校勘】

〔押一平韻〕 清省堂本「韻」下有「者」字。

〔謾列〕 「謾」，《適園叢書》本作「漫」。

【箋注】

〔一〕第一句六句：指律詩的單數句（上句）同押一個仄聲韻，雙數句（下句）同押一個平聲韻。

胡才甫《箋注》：「按上下句平仄韻迭用，少陵《鄭駙馬宅宴洞中詩》，已開其端。又按杜詩仇注曰：『毛詩如兔罝、魚麗等篇，皆用隔句韻。韓昌黎作《張徹墓誌》，上下韻脚，仄平迭用，亦效此體。如此詩，三五七句末，疊用薄、谷、麓三字，古韻屋、陌相通，豈亦效隔句韻耶？』」

〔二〕唐章碣句：章碣（八三六—九〇五），章孝標之子。唐乾符三年（八七六）进士。《全唐詩》卷六六九載其詩一卷。

《全唐詩》卷六六九章碣《變體詩》題注：「《蔡寬夫詩話》：碣詩平側各一韻，自號變體。」詩云：「東南路盡吴江畔，正是窮愁暮雨天。鷗鷺不嫌斜兩岸，波濤欺得逆風船。偶逢島寺停帆看，深羡漁翁下釣眠。今古若論英達筭，鴟夷高興固無邊。」按此詩第一、三、五、七句押仄聲韻，第二、四、六、八句押平聲韻。第一句句末「畔」與第七句句末「筭」在《廣韻》屬去聲二十九換，「岸」與「看」爲去聲二十八翰，翰、换可以通押，可以算作一個韻。雙句第二句「天」、第六句「眠」、第八句「邊」在《廣韻》屬下平聲一先，第二句「船」爲下平聲二仙，一先與二仙可以通押，故可以算作一個韻。

徐師曾《詩體明辯》卷十五稱此詩爲「平仄兩韻體」。

〔三〕又有四句平入二句：市野沢寅雄注譯《滄浪詩話》：「四句平入，四個出句的第一字都是平聲，或第二字皆平，尤其指第一、第二字皆平。四句仄入，四個出句的第一字皆仄聲，或者第二字皆仄，或是第一、第二字一並皆仄。」按照市野沢氏的説法，一首詩或者四個出句（即一、三、五、七句）平入，或者四句仄入，不能四平、四仄同在一首。然未言依據。

胡才甫注：「按四句平入四句仄入之體，不詳所自。又按《詩人玉屑》引《古今詩話》有八句仄入格，並附方外唐求詩一首，蓋每句之第一字皆仄聲。又按《詩體明辨》有仄句體，謂每句起字皆仄聲也。」

健按：《詩人玉屑》卷二「八句仄入格」所引唐求《題鄭處士隱居》曰：「不信最清曠，及來愁已空。數點石泉雨，一溪霜葉風。業在有山處，道成無事中。酌盡一盃酒，老夫顔亦紅。」此詩各句首字皆仄聲。

有轆轤韻者〔一〕。雙出雙入。

【箋注】

〔一〕轆轤韻：指律詩前四句押一個韻，後四句押另一個韻。《苕溪漁隱叢話》前集卷三十一引《緗素雜記》云：「鄭谷與僧齊己、黄損等共定今體詩格云：『凡詩用韻有數格：一曰葫蘆，一曰轆轤，一曰進退。

葫蘆韻者，先二後四。轆轤韻者，雙出雙入。進退韻者，一進一退。失此則繆矣。』」

胡才甫《箋注》：「按律詩用兩韻，如先押十四寒二韻，次押十五刪二韻是也。以其用法有類於轆轤，故名轆轤韻。例如黄山谷《謝送宣城筆》詩曰：『宣城變樣蹲鷄距，諸葛名家捋鼠鬚。一束喜從公處得，千金求買市中無。漫投墨客摹科斗，勝與朱門飽蠹魚。愧我初非草玄手，不將閑寫吏文書。』二韻押虞，二韻押魚也。」

【附録】

袁文《甕牖閒評》卷五：

黄太史《謝送宣城筆》詩云：「宣城變樣蹲雞距，諸葛名家捋鼠鬚。一束喜從公處得，千金求買市中無。漫投墨客摹科斗，勝與朱門飽蠹魚。愧我初非草玄手，不將閑寫吏文書。」世多病此詩既押十虞韻，魚虞不通押，殆落韻也。殊不知此乃古人詩格。昔鄭都官與僧齊己、黄損輩共定今體詩格云：「凡詩用韻有數格：一曰葫蘆，一曰轆轤，一曰進退。葫蘆韻者，先二後四。轆轤韻者，雙出雙入。進退韻者，一進一退。失此則謬矣。」今此詩前二韻押十虞字，後二韻押九魚字，乃雙出雙入，得非所謂轆轤韻乎？非太史之誤也。

梁橋《冰川詩式》卷四「轆轤韻法」條：「單轆轤者，單出單入，兩句換韻。雙轆轤者，雙出雙入，四句換韻。」

郭紹虞《校釋》：「凡兩韻相通者，先二韻甲，後四韻乙，爲葫蘆格。滄浪指律體言。律詩衹四韻，故不言葫蘆格。若律詩先二韻甲，次二韻乙，爲轆轤格。兩韻間押，爲進退格。」

有進退韻者。〔一〕一進一退。

【校勘】

〔有進退韻〕底本作「有進有退韻」，胡重器本、尹嗣忠本、清省堂本、吳銓本、《津逮祕書》本、《寶顔堂祕笈》本、《説郛》本、《三家詩話》本同底本，《玉屑》、周亮工本、朱霞本、《歷代詩話》本、徐榦本、《適園叢書》本作「有進退韻」。《螢雪軒叢書》校：「原本『退』上衍一『有』字，今削除。」玆據《玉屑》等本改。

【箋注】

〔一〕進退韻：出鄭谷、齊己、黃損共定新體詩格，見上條注。指律詩首聯押一韻，第二聯換韻，第三聯與首聯同押一韻，第四聯與第二聯同押一韻。如韓駒《某頃知黃州墨卿爲州司録今八年矣邂逅臨川送別二首》之二：「盜賊猶如此，蒼生困未蘇。今年起安石，不用哭包胥。子去朝行在，人應問老夫。髭鬚衰白盡，瘦地日携鉏。」（《陵陽集》卷四）第一聯韻脚「蘇」在十虞字韻，第二聯韻脚「胥」換韻，押九魚字韻，第三聯韻脚「夫」又回到十虞字韻，尾聯韻脚「鉏」又換回到九魚字韻。此所謂一進一退也。

【附録】

胡仔《苕溪漁隱叢話》前集卷三十一引《緗素雜記》：

余按《倦游雜録》載，唐介爲臺官，廷疏宰相之失，仁廟怒，謫英州別駕。朝中士大夫以詩送行者頗衆，獨李師中待制一篇爲人傳誦。詩曰：「孤忠自許衆不與，獨立敢言人所難。去國一身輕似葉，高名千古重於山。並游英俊顔何厚，未死姦諛骨已寒。天爲吾君扶社稷，肯教夫子不生還。」此正所謂進退韻格也。按《韻略》，「難」字第二十五，「山」字第二十七，「寒」字又在二十五，而「還」字又在二十七。一進一退，誠合體格，豈率爾而爲之哉？近閲《冷齋夜話》，載當時唐李對答語言，乃以此詩爲落韻詩。蓋渠伊不見鄭谷所定詩格有進退之説，而妄爲云云也。

魏慶之《詩人玉屑》卷二「進退格」條：

子蒼於五言八句近體詩亦用此格，其詩云：「盜賊猶如此，蒼生困未蘇。今年起安石，不用哭包胥。子去朝行在，人應問老夫。髭鬚衰白盡，瘦地日携鉏。」蓋蘇、夫在十虞字韻，胥、鉏在九魚字韻。

梁橋《冰川詩式》卷四「進退韻法」條：

進退韻者，一進一退。如一詩四韻，第一韻與第三韻同韻，第二韻與第四韻同韻。

有古詩一韻兩用者。《文選》曹子建《美女篇》有兩「難」字〔一〕，謝康樂《述祖德》詩有兩「人」字〔二〕，其後多有之。

【校勘】

〔其後〕清省堂本無「其」字。

【箋注】

〔一〕文選句：《文選》卷二十七曹植《美女篇》：「美女妖且閑，采桑歧路間。柔條紛冉冉，落葉何翩翩。攘袖見素手，皓腕約金環。頭上金爵釵，腰佩翠琅玕。明珠交玉體，珊瑚間木難。羅衣何飄飄，輕裾隨風還。顧盼遺光彩，長嘯氣若蘭。行徒用息駕，休者以忘餐。借問女安居，乃在城南端。青樓臨大路，高門結重關。容華耀朝日，誰不希令顏？媒氏何所營？玉帛不時安。佳人慕高義，求賢良獨難。衆人徒嗷嗷，安知彼所觀？盛年處房室，中夜起長歎。」按詩中「珊瑚間木難」及「求賢良獨難」二句，皆押「難」字。

〔二〕謝康樂句：《文選》卷十九謝靈運《述祖德》其一：「達人貴自我，高情屬天雲。兼抱濟物性，而不纓垢氛。段生蕃魏國，展季救魯人。弦高犒晉師，仲連却秦軍。臨組乍不緤，對珪寧肯分。惠物辭所賞，勵志故絶人。苕苕歷千載，遥遥播清塵。清塵竟誰嗣，明哲時經綸。委講綴道論，改服康世屯。屯難既云康，尊主隆斯民。」按詩中「展季救魯人」及「勵志故絶人」二句，皆押「人」字。

有古詩一韻三用者。《文選》任彦昇《哭范僕射》詩三用「情」字也〔一〕。

【箋注】

〔一〕任彦昇：任昉（四六〇—五〇八），字彦昇，樂安博昌（今山東博興）人。官寧朔將軍，新安太守。《梁書》卷十四有傳。

范僕射：范雲（四五一—五〇三），字彦龍，南鄉舞陰（今河南泌陽）人。官尚書右僕射。《梁書》卷十三有傳。

《文選》卷二十三《出郡傳舍哭范僕射》：「平生禮數絶，式瞻在國楨。一朝萬化盡，猶我故人情。待時屬興運，王佐俟民英。結懽三十載，生死一交情。攜手遁衰孽，接景事休明。運阻衡言革，時泰玉階平。濬沖得茂彦，夫子值狂生。伊人有涇渭，非余揚濁清。將乖不忍別，欲以遺離情。不忍一辰意，千齡萬恨生。已矣平生事，詠歌盈篋笥。兼復相嘲謔，常與虚舟值。何時見范侯，還敘平生意。與子別幾辰，經塗不盈旬。弗睹朱顔改，徒想平生人。寧知安歌日，非君撤瑟晨。已矣余何歎，輟春哀國均。」按詩中「猶我故人情」、「生死一交情」及「欲以遺離情」，皆押「情」字。

有古詩三韻六七用者〔一〕。古《焦仲卿妻》詩是也〔二〕。

【箋注】

〔一〕有古詩句：謂一首古詩中有三個韻重複使用六、七次。

〔二〕古焦仲卿妻句：《古詩爲焦仲卿妻作》詩，漢無名氏所作，載《玉臺新咏》卷一。詩中，「婦」字共六用：

「十七爲君婦」、「幸復得此婦」、「今若遣此婦」、「舉言謂新婦」、「不堪吏人婦」、「府吏謂新婦」；「母」字共七用：「堂上啟阿母」、「伏惟啟阿母」、「逼迫有阿母」、「上堂謝阿母」、「蘭芝慚阿母」、「我有親父母」、「上堂拜阿母」；「之」共八用：「府吏得聞之」、「便可速遣之」、「阿母得聞之」（此句詩中兩出）、「汝可去應之」、「徐徐更謂之」、「阿兄得聞之」、「府君得聞之」。

有古詩重用二十許韻者〔一〕。《焦仲卿妻》詩是也。

【箋注】

〔一〕有古詩句：言一首古詩中有二十餘個韻被重複使用。《古詩爲焦仲卿妻作》中，除上條所舉三個韻重複使用六、七次之外，還有甚多重複用韻者。

胡才甫《箋注》：「按費錫璜《漢詩總説》曰：漢詩韻最奇，《焦仲卿妻》詩，多至二十餘韻。」

郭紹虞《校釋》：「詩中重韻甚多，如『及時相遣歸』、『不久當還歸』、『不圖子自歸』、『不迎而自歸』、『因求假暫歸』；……又『何敢助婦語』、『哽咽不能語』、『愼勿違我語』、『低頭共耳語』；又『十四習裁衣』、『十四能裁衣』；又『終老不復取』、『還必相迎取』；又『久久莫相忘』、『嬉戲莫相忘』、『戒之愼勿忘』；……又『進止敢自專』、『那得自任專』。類此之例，不能備舉。」

有古詩旁取六七許韻者〔一〕。韓退之「此日足可惜」篇是也〔二〕。凡雜用東、冬、江、陽、庚、青六韻〔三〕。歐陽公謂退之遇寬韻則故旁入他韻，非也〔四〕。此乃用古韻耳〔五〕，於《集韻》自見之〔六〕。

【校勘】

〔可惜〕清省堂本誤作「可情」。

〔古韻耳〕「耳」，程至遠本作「爾」。

〔集韻〕《玉屑》作「焦韻」，誤。

【箋注】

〔一〕有古詩句：謂一首古詩中用六、七個韻部的韻。

〔二〕韓退之句：《全唐詩》卷三三七韓愈《此日足可惜贈張籍》，兹依《集韻》標其韻脚：

此日足可惜，此酒不足嘗（陽）。舍酒去相語，共分一日光（唐）。
念昔未知子，孟君自南方（陽）。自矜有所得，言子有文章（陽）。
我名屬相府，欲往不得行（唐）。思之不可見，百端在中腸（陽）。
維時月魄死，冬日朝在房（陽）。驅馳公事退，聞子適及城（清）。
命車載之至，引坐于中堂（唐）。開懷聽其說，往往副所望（陽）。
孔丘殁已遠，仁義路久荒（唐）。紛紛百家起，詭怪相披猖（陽）。
長老守所聞，後生習爲常（陽）。少知誠難得，純粹古已亡（唐）。

譬彼植園木，有根易爲長（陽）。留之不遣去，館置城西旁（唐）。
歲時未云幾，浩浩觀湖江（江）。衆夫指之笑，謂我知不明（庚）。
兒童畏雷電，魚鱉驚夜光（唐）。州家舉進士，選試繆所當（唐）。
馳辭對我策，章句何煒煌（唐）。相公朝服立，工席歌鹿鳴（庚）。
禮終樂亦闋，相拜送於庭（青）。之子去須臾，赫赫流盛名（清）。
竊喜復竊歎，諒知有所成（清）。人事安可恒，奄忽令我傷（陽）。
聞子高第日，正從相公喪（唐）。哀情逢吉語，惝恍難爲雙（江）。
暮宿偃師西，徒輾轉在牀（陽）。夜聞汴州亂，繞壁行彷徨（唐）。
我時留妻子，倉卒不及將（陽）。相見不復期，零落甘所丁（耕）。
驕兒未絶乳，念之不能忘（陽）。忽如在我所，耳若聞啼聲（清）。
中途安得返，一日不可更（庚）。俄有東來説，我家免罹殃（陽）。
乘船下汴水，東去趨彭城（清）。從喪朝至洛，還走不及停（青）。
假道經盟津，出入行澗岡（唐）。日西入軍門，羸馬顛且僵（陽）。
主人願少留，延入陳壺觴（陽）。卑賤不敢辭，忽忽心如狂（陽）。
飲食豈知味，絲竹徒轟轟（耕）。平明脱身去，決若驚鳧翔（陽）。
黄昏次汜水，欲過無舟航（唐）。號呼久乃至，夜濟十里黄（唐）。

中流上灘潬，沙水不可詳（陽）。驚波暗合遝，星宿爭翻芒（陽）。
轅馬蹢躅鳴，左右泣僕童（東）。甲午憩時門，臨泉窺鬥龍（鍾）。
東南出陳許，陂澤平茫茫（唐）。道邊草木花，紅紫相低昂（唐）。
百里不逢人，角角雄雉鳴（庚）。行行二月暮，乃及徐南疆（陽）。
下馬步堤岸，上船拜吾兄（庚）。誰云經艱難，百口無夭殤（陽）。
僕射南陽公，宅我睢水陽（陽）。篋中有餘衣，盎中有餘糧（陽）。
閉門讀書史，窗户忽已涼（陽）。日念子來遊，子豈知我情（清）。
別離未爲久，辛苦多所經（青）。對食每不飽，共言無倦聽（青）。
連延三十日，晨坐達五更（庚）。我友二三子，宦遊在西京（庚）。
東野窺禹穴，李翱觀濤江（江）。蕭條千萬里，會合安可逢（鍾）。
淮之水舒舒，楚山直叢叢（東）。子又舍我去，我懷焉所窮（東）。
男兒不再壯，百歲如風狂（陽）。高爵尚可求，無爲守一鄉（陽）。

〔三〕凡雜用東冬江陽庚清六韻：洪邁《容齋四筆》卷三「此日足可惜」條：「韓退之《此日足可惜一首贈張籍》，凡百四十句，雜用東、冬、江、陽、庚、青六韻。及其亡也，籍作詩祭之，凡百六十六句，用陽、庚二韻。其語鏗鏘震厲，全仿韓體，所謂『乃出二侍女，合彈琵琶箏』者是也。」

健按：如果依《集韻》韻部，此詩用了東、鍾、江、陽、唐、庚、耕、清、青九個韻，但洪邁及嚴羽之所以都説用了東、冬、江、陽、庚、青六韻，是因爲鍾與冬通用，故舉冬以代鍾；陽與唐通用，舉陽以概唐；庚與耕、清通用，舉庚以概耕、清，這樣就成了六個韻。洪邁的這種歸併法與後來的平水韻相同。洪邁所謂雜用韻，是基於其當時的用韻規則説的，按照《廣韻》、《集韻》等韻書，東、冬、江、陽、庚、青六韻是不能通押的，但韓愈却一詩中用了六個不能通押的韻，故洪氏説是雜用。

〔四〕歐陽公二句：歐陽修《六一詩話》：「退之筆力，無施不可，而嘗以詩爲文章末事，故其詩曰『多情懷酒伴，餘事作詩人』也。然其資談笑，助諧謔，叙人情，狀物態，一寓於詩，而曲盡其妙。此在雄文大手，固不足論，而余獨愛其工於用韻也。蓋其得韻寬，則波瀾横溢，泛入傍韻，乍還乍離，出入迴合，殆不可拘以常格，如《此日足可惜》之類是也。得韻窄，則不復傍出，而因難見巧，愈險愈奇，如《病中贈張十八》之類是也。余嘗與聖俞論此，以謂譬如善馭良馬者，通衢廣陌縱横馳逐，惟意所之。至於水曲蟻封，疾徐中節，而不少蹉跌，乃天下之至工也。聖俞戲曰：『前史言退之爲人木强，若寬韻可自足而輒傍出，窄韻難獨用而反不出，豈非其拗强而然與？』坐客皆爲之笑也。」

健按：按照歐陽修的理解，韓愈有意逞其筆力，當遇到寬韻時，可用字多，不能對其構成挑戰，不足以顯示其才，所以就故意用别的韻。具體到《此日足可惜》一詩來説，陽韻與唐韻通用，可押韻的字數比較多，即是所謂寬韻，韓愈故意時而轉入旁韻，時而又回到陽韻，這就是歐陽修所謂「乍還乍離，出入迴合」。

〔五〕此乃用古韻：《五百家注昌黎文集》卷二引蔡夢弼説曰：「按此詩與《元和聖德詩》多從古韻，讀之者當始終以協聲求之，非所謂雜用韻也。」嚴羽之說當出於此。

健按：所謂雜用韻乃是用了不同韻部的韻，以聲律的法則看，它不叶韻，當然是作者有意如此。但說它從古韻，應該「以協聲求之」，則是叶韻的。此即所謂「協韻」，即改變字音以叶韻的方式。字音是有歷史變化的，宋人認爲古人是改變了字音求叶韻，其實在古人原本就是叶韻的，只是因爲字音變化了，用宋人的讀音讀起來不叶韻而已。韓愈此詩有意用了古韻。參見「協韻」箋。

〔六〕於集韻自見之句：《集韻》十卷，宋丁度等編。鄭戩、宋祁等上書言《廣韻》「多用舊文，繁略失當」，仁宗命丁度等刊修《廣韻》，寶元二年（一〇三九）完成，詔名《集韻》。

依《集韻》的韻部看，此詩用韻分屬九個韻部，從《集韻》並不能看出這些韻在古韻中同屬一個韻。嚴羽説「於《集韻》自見之」，其意難明，或許是説韓愈此詩所用之韻在《集韻》中屬於不同的韻部，多不能通押，由韓氏用不能通押之韻，可以見其用的是古韻。

【附録】

嚴虞惇《讀詩質疑》卷首九「章句音韻」：

古韻寬而今韻嚴。今韻起於梁沈約，而律詩用之。梁、陳以來古體詩，亦皆通韻。如東之通冬，魚之通虞，不盡拘沈韻也。唐詩以韓、杜爲宗，五言古體皆用古韻。杜之《彭衙行》，真、文、元、寒、刪、先通用；《自京赴奉先縣咏懷》，質、物、月、曷、黠、屑通用。韓之《此日足可惜》，東、冬、江、陽、庚、青通用；《元和聖德詩》，語、麌、哿、馬、有通用。

吴景旭《歷代詩話》卷四十九「用韻」：

吴旦生曰：《西清詩話》：秦漢已前字書未備，既多假借，而音無反切。平仄皆通用。自齊梁後，概拘以四聲，又限以音韻，故士率以偶儷聲病爲工。文氣安得不卑弱？惟陶淵明、韓退之擺脱拘忌，皆取其傍韻用，蓋筆力自足以勝之。《學林新編》又引此謂字有通作他聲押韻者，於古詩則可，若於律詩則謂之落耳。《餘冬序録》乃云秦漢已前韻有平仄皆通用者。古韻應爾，豈爲字書未備？淵明、退之集多用古韻，淵明《潠下田舍》與退之《元和聖德》、《此日足可惜》之類，於古俱是一韻，何傍之有？六一所謂傍韻，就今韻而言，非謂其兼取於彼此也。

有古詩全不押韻者。古《採蓮曲》是也〔一〕。

【箋注】

〔一〕古採蓮曲句：胡才甫《箋注》：「按《樂府詩集》所收清商曲辭，有梁武帝、昭明太子、簡文帝等《採蓮曲》數十首。又雜曲歌辭有江從簡《採蓮諷》一首，皆有韻，與此不合。又相和曲《江南》古辭一首，共七句，首三句有韻，餘不協。滄浪所指，或即此歟？」按《江南》古辭指《樂府詩集》卷二十六漢樂府古辭《江南》：「江南可採蓮，蓮葉何田田，魚戲蓮葉間。魚戲蓮葉東，魚戲蓮葉西，魚戲蓮葉南，魚戲蓮葉北。」

馮班《鈍吟雜録》卷五《嚴氏糾繆》：「按云：『江南可採蓮，蓮葉何田田，魚戲蓮葉間。』田、蓮是韻，間字古韻通，何言全無韻也？」

近藤元粹《螢雪軒叢書》：「《採蓮曲》是押韻之詩，注引之謬。」

有律詩至百五十韻者〔一〕。少陵有百韻律詩〔二〕，白樂天亦有之〔三〕，而本朝王黃州有百五十韻五言律〔四〕。

【校勘】

〔百韻律詩〕「百」，底本、《玉屑》、九峯書屋本、胡重器本、尹嗣忠本、清省堂本、吳銓本、何望海本、《寶顏堂祕笈》本、程至遠本、《津逮祕書》本、《説郛》本、周亮工本、朱霞本、《歷代詩話》本、徐榦本、《適園叢書》本均作「古」，《詩法萃編》本、《談藝珠叢》本（據《歷代詩話》校記）、《三家詩話》本、《螢雪軒叢書》本作「百」，作「百」是，兹據改。

【箋注】

〔一〕有律詩至百五十韻：此種律詩後人稱之排律，如明高棅《唐詩品彙》有排律一類。古人稱一聯兩句爲一韻，百五十韻，謂全詩有三百句。

〔二〕少陵有百韻律詩：杜甫有《秋日夔府詠懷奉寄鄭監李賓客一百韻》，載《全唐詩》卷二三〇。

〔三〕白樂天亦有之：白居易有《代書詩一百韻寄微之》，載《全唐詩》卷四三六。

〔四〕而本朝王黃州句：王禹偁有《謫居感事（一百六十韻）》，見《小畜集》卷八。

有律詩止三韻者〔一〕。唐人有六句五言律，如李益詩「漢家今上郡，秦塞古長城。有日雲常慘，無風沙自驚。當今天子聖，不戰四方平」是也〔二〕。

【校勘】

〔四方〕郭紹虞《校釋》：「『四方』，《玉屑》作『四夷』。」按《全唐詩》作「四夷」。《詩人玉屑》王仲聞校：「『夷』寬永本《玉屑》誤作『庚』。」宋本《玉屑》亦作「庚」。

【箋注】

〔一〕有律詩句：古人稱一聯爲一韻，謂律詩全首僅有三聯六句。

〔二〕如李益六句：此李益《登長城》（一題《塞下曲》），載《全唐詩》卷二八二。胡才甫《詩體釋例》：「三韻詩通常於第二聯作對偶，此詩起聯亦對。」

有律詩徹首尾對者〔一〕。少陵多此體〔二〕，不可概舉。

【箋注】

〔一〕有律詩句：指律詩全首對仗。胡鑑注：「宗叔敖已有此體。如《奉和幸安樂公主山莊應制》詩云：『玉樓銀榜枕嚴城，翠蓋紅旗列禁營。日映層巖圖畫色，風摇雜樹管絃聲。水邊重閣含飛動，雲裏孤峰類削成。幸覩八龍遊閬苑，無勞萬里訪蓬瀛。』亦首尾皆對律詩也。世謂宗楚客格。」健按：所引乃宗楚客詩，載《全唐詩》卷四十六。宗楚客，字叔敖，蒲州河東人。武則天從父姊之子。

〔二〕少陵多此體：如杜甫《登高》：「風急天高猿嘯哀，渚清沙白鳥飛迴。無邊落木蕭蕭下，不盡長江滾滾來。萬里悲秋長作客，百年多病獨登臺。艱難苦恨繁霜鬢，潦倒新停濁酒杯。」（《全唐詩》卷二二七）此詩八句皆對。

有律詩徹首尾不對者〔一〕。盛唐諸公有此體。如孟浩然詩：「掛席東南望，青山水國遥。舳艫爭利涉，來往接風潮。問我今何適，天台訪石橋。坐看霞色晚，疑是赤城標。」〔二〕又「水國無邊際」之篇〔三〕，又太白「牛渚西江夜」之篇〔四〕，皆文從字順，音韻鏗鏘，八句皆無對偶。

【校勘】

〔赤城〕《玉屑》、九峯書屋本、胡重器本、尹嗣忠本、清省堂本、吳銓本、《津逮祕書》本、程至遠本、《寶顔堂祕笈》本、《説郛》本、《三家詩話》本、《螢雪軒叢書》本作「石城」。

〔又水國〕《適園叢書》本「又」下有「有」字。

〔八句皆無對偶〕何望海本、周亮工本、朱霞本、《歷代詩話》本、徐榦本句末有「者」字。

《詩林廣記》前集卷八孟浩然《訪天台》評：「《詩體》云：此律詩首尾不對者，盛唐諸公有此體，如孟浩然此詩是也。又李太白『牛渚西江夜』之篇，皆文從字順，音韻鏗鏘，八句皆無對偶。」按此所引無「又『水國無邊際』之篇」一句。

【箋注】

〔一〕有律詩句：指律詩全首無對仗。

〔二〕掛席八句：此孟浩然《舟中曉（一作晚）望》（《詩林廣記》前集卷八題《訪天台》），載《全唐詩》卷一六〇。

〔三〕又水國句：孟浩然《洛中送奚三還揚州》：「水國無邊際，舟行共（一作興）使（一作便）風。羨君從此去，朝夕見鄉中。予亦離家久，南歸恨不同。音書若有問，江上會相逢。」載《全唐詩》卷一六〇。

〔四〕又太白句：李白《夜泊牛渚懷古》：「牛渚西江夜，青天無片雲。登舟望秋月，空憶謝將軍。余亦能高詠，斯人不可聞。明朝挂帆席（一作洞庭去），楓葉落紛紛。」載《全唐詩》卷一八一。

有後章字接前章者。曹子建《贈白馬王彪》之詩是也〔一〕。

【校勘】

〔曹子建〕郭紹虞《校釋》：「《玉屑》『曹子建』上有『選』字。」

【箋注】

〔一〕曹子建句：《文選》卷二十四曹植《贈白馬王彪》：

謁帝承明廬，逝將返舊疆。清晨發皇邑，日夕過首陽。伊洛廣且深，欲濟川無梁。泛舟越洪濤，怨彼東路長。顧瞻戀城闕，引領情内傷。太谷何寥廓，山樹鬱蒼蒼。霖雨泥我塗，流潦浩縱横。中逵絶無軌，改轍登高崗。脩阪造雲日，我馬玄以黄。

玄黄猶能進，我思鬱以紆。鬱紆將何念？親愛在離居。本圖相與偕，中更不克俱。鴟梟鳴衡軛，豺狼當路衢。蒼蠅間白黑，讒巧令親疏。欲還絶無蹊，攬轡止踟躕。

踟躕亦何留？相思無終極。秋風發微涼，寒蟬鳴我側。原野何蕭條，白日忽西匿。歸鳥赴喬林，翩翩厲羽翼。孤獸走索羣，銜草不遑食。感物傷我懷，撫心長太息。

太息將何爲？天命與我違。奈何念同生，一往形不歸。孤魂翔故域，靈柩寄京師。存者忽復過，亡没身自衰。人生處一世，去若朝露晞。年在桑榆間，影響不能追。自顧非金石，咄唶令心悲。

心悲動我神，棄置莫復陳。丈夫志四海，萬里猶比鄰。恩愛苟不虧，在遠分日親。何必同衾幬，然後展慇懃？憂思成疾疢，無乃兒女仁。倉卒骨肉情，能不懷苦辛！

苦辛何慮思？天命信可疑。虚無求列仙，松子久吾欺。變故在斯須，百年誰能持？離别永無會，執手將何時？王其愛玉體，倶享黄髮期。收淚即長路，援筆從此辭。

健按：此詩中第二章首句之「玄黄」接第一章末句「我馬玄以黄」，第三章首句「踟躕」接第二章末句「攬轡止踟躕」，其以後諸章亦如此法。

有四句通義者〔一〕。如少陵「神女峯娟妙，昭君宅有無。曲留明怨惜，夢尽失歡娱」是也〔二〕。

【校勘】

〔通義〕　陳定玉輯校《嚴羽集》：「《玉屑》無『義』字。」

【箋注】

〔一〕有四句通義：指四句詩爲一個結構及意義上互相關聯的單位，後面兩句分別承續前二句，意義上相關聯。如下文注中所舉杜甫四句詩，第四句承續第一句，第三句承續第二句。第一句説神女峯，第四句用宋玉《神女賦》楚襄王夢神女事，言襄王「寐而夢之，寤不自識，罔兮不樂，悵然失志」，上承第一句。第二句説王昭君，第三句言有琵琶曲《昭君怨》，杜甫《咏怀古迹五首》之三有「千載琵琶作胡語，分明怨恨曲中論」，故第三句是承續第二句的。葛立方《韻語陽秋》稱這種表現方式「以後二句續前二句」。

胡才甫《詩體釋例》：「此謂一四句合意，二三句通義也。亦有一三、二四通義者。」又《箋注》：「四句通義之意，如原注所引，謂曲留句、昭君句，及夢盡句、神女句，互相連貫成義。少陵集中，頗多此體。如《奉賀陽城郡王太婦人恩命加鄧國夫人》，起句云：『衛幕銜恩重，潘輿送喜頻；濟時瞻上將，錫號戴慈親。』又《存殁口號》云：『席謙不見近彈棊，畢曜仍傳舊小詩；玉局他年無限笑，白楊今日幾人悲。』皆三四兩句，承一二兩句。又《絶句五首》，其一云：『急雨捎溪足，斜暉轉樹腰；隔巢黄鳥並，翻藻白魚跳。』又《月圓》起句云：『孤月當樓滿，寒江動夜扉；委波金不定，照席綺逾依。』皆二三相承，一四通義也。」

〔二〕如少陵句：此杜甫《大曆三年春白帝城放船出瞿塘峽久居夔府將適江陵漂泊有詩凡四十韻》詩句，載

《全唐詩》卷二百三十二。此四句乃全詩之第七、八兩聯。

《九家集注杜詩》卷三十三引趙彦材云：「神女峯，巫山十二峯中之一，言娟妙則以神女之故矣。宅有無，蓋年歲久遠，不知何在也。樂府有《昭君怨》，石季倫所賦《明君辭》是也。夢則楚襄王之夢。《神女賦》曰：『寐而夢之，寤不自識，罔兮不樂，悵爾失志。』則失歡娱之謂也。」

【附録】

葛立方《韻語陽秋》卷一：

老杜詩以後二句續前二句處甚多。如《喜弟觀到》詩云：「待爾嗚烏鵲，抛書示鶺鴒。枝間喜不去，原上急曾經。」《晴》詩云：「啼鳥爭引子，鳴鶴不歸林。下食遭泥去，高飛恨久陰。」《江閣卧病》云：「滑憶雕胡飯，香聞錦帶羹。溜匙兼煖腹，誰欲致盃罌。」《寄張山人》詩云：「曹植休前輩，張芝更後身。數篇吟可老，一字買堪貧。」如此類甚多。此格起於謝靈運《廬陵王墓下》詩云：「延州協心許，楚老惜蘭芳。解劍竟何及，撫墳徒自傷。」李太白詩亦時有此格，如「毛遂不墮井，曾參寧殺人！虚言誤公子，投杼感慈親」是也。

有絶句折腰者〔一〕。

【箋注】

〔一〕絶句折腰：宋人所言絶句折腰有兩種：其一是指音律上的，其二是句法結構上的。

其音律上的折腰是指絶句失粘。五言絶句中第三句與第二句的第二字、第四字平仄應該相同，七言絶句中第三句與第二句的第二、四、六字平仄應該相同，稱作粘。如果第三句與第二句平仄應同而反異，則稱失粘。就絶句通常的平仄規則説，如果第一句平起，第二句應該仄起，第三句仄起，第四句平起，這是平仄仄平式，如果失粘的話，就成爲平仄平仄式；如果第一句仄起，第二句應該平起，第三句應該平起，第四句應該仄起，這是仄平平仄式，如果失粘，就成爲仄平仄平式。中間本來應粘連的兩句却不粘連，就像人折腰一樣，故稱折腰。

折腰之説出自惠洪《天廚禁臠》卷上「折腰步句法」：「《宿山中》：『幽人自愛山中宿，更近葛洪丹井西。庭前有個長松樹，半夜子規來上啼。』《南園》：『花枝草蔓眼前開，小白長紅越女腮。可憐日暮嫣然態，嫁與春風不用媒。』《送蜀僧》：『却從江夏尋僧晏，又向東坡別巳公。當時半破娥嵋月，還在平羌江水中。』前詩韋應物作，次李長吉作，又次東坡作。雖中失粘而意不斷也。」按韋應物詩第二句仄起，第三句應該是仄起，却是平起，這樣第三句之第二、四、六字平仄與第二句相反，故是失粘。後二詩同。又《詩人玉屑》卷二「折腰體」條：「謂中失粘而意不斷。『渭城朝雨裛輕塵，客舍青青柳色新。勸君更盡一杯酒，西出陽關無故人。』（王維《贈別》）」此詩第二句仄起，第三句應仄起，却平起。

句法結構上的折腰又稱折句。《中興間氣集》卷下崔峒《清江曲内一絶》注：「折腰體」。詩云：「八月江水去浪平，片帆一道帶風輕。極目不分天水色，南山南是岳陽城。」馮班《嚴氏糾謬》何焯評謂：「《中興間氣集》中特標崔峒一絶，注云折腰體，似指第四句第三字，非不用粘之謂。」何焯指出崔峒詩之被稱作「折腰體」不是指不用粘，而是指第四句的第三字，但没有具體説明。其實第四句在句子結構上前三字是一個單位，後三字是一個單位，而中間着一「是」字連接，這種結構就像是人折腰。《苕溪漁隱叢話》前集卷三十六：「苕溪漁隱曰：六一居士詩云：『静愛竹時來野寺，獨尋春偶過溪橋。』俗謂之折句。盧贊元雪詩云：『想行客過梅橋滑，免老農憂麥隴乾。』效此格也。余亦嘗云：『鸚鵡杯且酌清濁，麒麟閣懶畫丹青。』」胡仔所舉的詩例在結構上與崔峒詩第四句是相似的。

【附録】

馮班《鈍吟雜録》卷五《嚴氏糾謬》：

按律詩有粘，不知所起。《河岳英靈集序》云「雖不粘綴」是也。又韓致光有聯綴體。沈存中《夢溪筆談》有偏格、正格之論，是其説也。今云折腰，而不言何謂折腰，亦漏略也。折腰者，如絶句平仄平仄，或仄平仄平，不用粘者是也。

《鈍吟雜録》卷六《日記》：

沈存中《筆談》論律詩偏正格甚詳，但不知所本。蓋相傳如此。唐人絶句不粘者爲折腰體，《河岳英靈集序》中有粘綴字，韓偓《香奩》云聯綴體，蓋唐人之法，疑始沈、宋也。

胡才甫《詩體釋例》：

胡才甫《箋注》：

絶句折腰謂絶句第三句失黏，八句折腰，將謂律詩第五句失黏耳。

「《詩人玉屑》曰：『折腰者謂中失粘而意不斷，例如王維《贈別》，渭城朝雨一首。』蓋第三句應仄起，而勸君更盡一盃酒，則爲平起是也。」

郭紹虞《校釋》：

馮氏又言：「今云折腰，而不言何謂折腰，亦漏落也。折腰者如絶句平仄平仄，或仄平仄平，不用粘者是也。」其後何焯《嚴氏糾謬評》謂：「《中興間氣集》中特標崔峒一絶，注云折腰體，似指第四句第三字，非不用粘之謂。」此二説不同。實則折腰之説，有句法章法之分。何氏所言，乃指句法之折腰，馮氏所言則指章法之折腰。其義不同。

有八句折腰者〔一〕。

【箋注】

〔一〕八句折腰：即律詩之折腰體，也有音律與句子結構兩種含義。

音律上的折腰指律詩第三聯失粘。律詩八句，其腰在第四、五句之間，按照粘的規則，第五句的平仄與第四句應該相同，如果應同反異，則是失粘。

句法上的折腰，韋居安《梅磵詩話》：「七言律詩有上三下四格，謂之折腰句。」這種句法結構上的折腰與是否失粘無關。

有擬古〔一〕。

【箋注】

〔一〕擬古：有廣義、狹義之分。狹義的擬古是詩題中直接用「擬」或「擬古」者，廣義的擬古則包括那些題中雖不含「擬」或「擬古」却又明顯仿效古人之作。

陶明濬《文藝叢考初編》卷一《雜詩與雜擬》：

雜詩者，意興所到，則以命筆，不加詮次，自成篇什者也。雜擬者，取古多篇，規摹其格，而著以己意，以見其志者也。《文選》所載陸士衡《擬古》十二首、謝康樂《擬魏太子鄴中集詩》八首、劉體元《擬古詩》二首、江文通《雜體詩》三十首，皆顯然名之曰擬，良以體裁例格，不自己出，不冒居其名也。

唐以後有所謂古風、古意、古興、古詩、覽古、詠古、感古、效古、紹古、依古、諷古、續古、述古，總而論之，皆擬古之體也。

鮑明遠《擬古》八首、陶淵明《擬古》九首，李白有《擬古》，杜甫有《述古》，韋應物有《擬古八首》，錢希白作《擬唐詩百篇》，薛蕙亦有擬古詩，王弇州有擬古七十首，高彦恢有擬唐詩，張楷式有《和唐集》，皆擬古之最著者。無論雜詩與擬古，必須具個人之面貌，有個人之神理，雖依古爲式，而稱心爲權，然後不涉蹈襲，有以自立。論者謂雜詩與擬古不同，雜詩從其異，故六子皆有雜詩，而意各不同；雜擬從其同，故謝、陸諸人，皆取古爲法。余謂二體雖有不同，終須自己創意，若一味形神儀貌，則如嚴家餓隸，冥行坎窞，其氣象尚足觀乎！

胡才甫《箋注》：「按《文選》有陸機、陶潛擬古詩。《詩品》盛稱士衡擬古之佳，以爲一字千金。」

郭紹虞《校釋》：「擬古之作，亦稱『效』，或稱『代』，或稱『學』，或稱『紹』。」

有連句〔一〕。

【箋注】

〔一〕連句：也作聯句。兩人或多人共賦詩，人各一句或數句，連綴成篇。相傳始於漢武時柏梁聯句。柏梁聯句是一人一句。唐韓愈等人聯句，有一人一聯者，如韓愈與張籍二人聯句詩《會合聯句》；有一人四句者，如韓愈與孟郊二人聯句詩《征蜀聯句》；有跨句者，韓愈與孟郊聯句詩《城南聯句一百五十韻》，孟郊賦第一句，韓愈賦第二、第三句，孟郊賦第四、第五句，依此例推。

【附録】

梁橋《冰川詩式》卷二「聯句體」：

聯句者，在坐之人角其才力，率然成句，聯絡成章，對偶親切，類乎誇奇鬥戲，古無此法，自韓退之始。觀之《石斷》《鬥雞》可見。或云：謝宣城、陶靖節、杜工部集中俱有聯句，聯句不自韓退之始。

梁時有連句，即聯句，《儀賢堂兼策秀才連句》見《初學記》。

趙翼《陔餘叢考》卷二十三「聯句」：

《雪浪齋日記》云：「退之聯句，古無此法。自退之斬新開闢。」范景文亦云：「昌黎聯句有跨句者，謂連作第二三句，如《城南》等作是也。有一人一聯者，如《會合》、《遣興》等作是也。有一人四句者，如《有所思》等作是也。」

胡才甫《箋注》：

按連句亦作聯句，托始於漢武《柏梁》。《南史·沈懷文傳》：「隱士雷次宗還廬江，何尚之設祖餞，文士畢集，爲連句詩。懷文所作尤美云。」又按范晞文《對牀夜話》云：「昌黎連句有跨句者，謂連作第二三句，如《城南》等作是也。有一人一聯者，如《會合》、《遣興》等作是也。有一人四句者，如《有所思》等作是也。」

有集句〔一〕。

【箋注】

〔一〕集句：集他人詩句成詩。集句詩之始，明人胡震亨以爲始於晉傅咸。傅咸有《毛詩詩》二章，其一云：「無將大車，維塵冥冥。濟濟多士，文王以寧。顯允君子，大猷是經。」其中「無將大車，維塵冥冥」二句出《詩經·小雅·無將大車》，「濟濟多士，文王以寧」二句出《詩經·大雅·文王》，「顯允君子」出《詩經・大雅・湛露》，其末句雖非集句，但「大猷」二字亦出自《詩經・小雅・巧言》。傅咸此詩固然可以視爲集句之始祖，但宋、元人皆以爲集句始於宋，而未見提及傅咸，此表明，宋人之集句並非受到傅咸的直接影響。在宋代，集句詩已經形成一種傳統。在這個傳統的形成過程中，石延年、王安石是關鍵人物，而王安石更是人所共推的代表。不過，集句雖算是一體，但終究不能算作是真正的創作，因而在詩歌史上不能有真正之地位。

【附録】

阮閲《詩話總龜》卷八引《直方詩話》：「荆公始爲集句，多至數十韻，往往對偶親切，蓋以其誦古人詩多，或坐中率然而成，始可爲貴。其後多有人效之者，但取數部詩集諸家之善耳。故東坡《次韻孔毅夫集句見贈》云：『羡君戲集他人詩，指呼市人如使兒。天邊鴻鵠不易得，便令作對隨家雞。退之驚笑子美泣，問君久假何時歸。世間好事世人共，明月自滿千家墀。』」

蔡絛《西清詩話》卷上：「集句自國初有之，未盛也。至石曼卿，人物開敏，以文爲戲，然後大著。嘗見手書《下第偶成》：『一生不得文章力，欲上青雲未有因。聖主不勞千里召，嫦娥何惜一枝春。鳳凰詔下雖霑命，豺虎叢中也立身。啼得血流無用處，著朱騎馬是何人？』又云：『年去年來來去忙，爲他人作嫁衣裳。仰天大笑出門去，獨對東風舞一場。』元豐間，王文公益工於此。人言起公，非也。」

惠洪《冷齋夜話》卷三「山谷集句貴拙速不貴巧遲」條：「集句詩，山谷謂之百家衣體，其法貴拙速，而不貴巧遲。如前輩曰：『晴湖勝鏡碧，衰柳似金黄。』又曰：『事治閑景象，摩挲白髭鬚。』又曰：

『古瓦磨爲硯，閑砧坐當牀。』人以爲巧，然皆疲費精力，積日月而後成，不足貴也。」

祝穆《古今事文類聚》別集卷十「東坡譏集句」條：「集古詩前古未有，王介甫始盛行之，多者十數韻。蓋以誦古人詩多，或在座中，率然而成，往往對偶親切。其後，人多有效之者，但取十數部詩，聚諸家而集耳。觀東坡《次韻孔毅父集古人詩》云：『羡君戲集他人詩，指揮市人如使兒。天邊鴻鵠不易得，便令作對隨家雞。退之驚啼子美泣，問君久假何時歸？世間好句世人共，明月自滿千家墀。』觀公之詩，雖以美之，亦微以譏之。蓋市人不可使之如兒，鴻鵠不可與家雞爲對，猶古人詩句有美惡工拙，其初各有思致，豈可混爲一律耶！」

牟巘《牟氏陵陽集》卷十二《厲瑞甫唐宋百衲集序》：「《詩》《雅》四言，漢以來遂爲五、七言，唐開元之際，又始儷偶爲律詩。論者謂詩之道至是略盡，殆不可復變。宋百餘年間，乃有集句者出，其不變之變歟！求之回文、離合、雙聲、叠韻、建除、郡邑名諸體，無與集句類者，惟聯句近之。但《柏梁》則君臣同時，昌黎則朋友同席，視集句遠裒古作頗異焉。實始於半山王公。半山平生崛彊執拗，行新法，則詆諸老爲流俗；作《字説》、《新經義》，則目《春秋》爲斷爛朝報，然乃甘摭拾陳言，從事集句，何耶？然其天姿殊絶，學力至到，猝然之頃，不勞思惟，立成數十韻，對偶親切，吻合自然，抑難矣。」

李東陽《懷麓堂詩話》：「集句詩宋始有之，蓋以律意相稱爲善，如石曼卿、王介甫所爲，要自不能多也。後來繼作者，貪博而忘精，乃或首尾橫決，徒取字句對偶之工而已。」

梁橋《冰川詩式》卷二「集句體」：「集句者，集古人之句以成篇。宋王安石始盛，石曼卿大著。是雖未足以益後學，亦足見詩家組織之工。」

胡震亨《唐音癸籤》卷二十九：「集句亦始傅咸，昭宗時有同谷子者，集五子之歌譏時政。」

王士禛《香祖筆記》卷七：「詩集句起於宋，石曼卿、王介甫皆爲之，李龏至作《剪綃集》，然非大雅所尚，近士大夫競以詩牌集字，牽凑無理，或至刻之集中，尤可笑。」

陶明濬《文藝叢考初編》卷二「集句」：

此體適於纖巧，本非詩之正軌，然文人記誦之博，往往借此發紓，動多奇趣，亦所謂賢於無所用心也。至其源流，可得而言。凌揚藻云：晉傅咸《毛詩》一篇，爲集句之始。宋石曼卿、王安石，亦喜爲之。又晁美叔嘗以集句示劉貢父，貢父曰：君高明之士，何至作此等伎倆？集古人句譬如蓬蓽之士，適有佳客，器皿餚蔌，假貸於人，意欲學豪侈，而寒酸之氣，終是不脱。此論極爲雋快。蓋以人之句，寫我之心，終有牽合滅裂之痕，而枯搜冥索，課虚責有，即使工巧悉陳，勝於己出，而剽竊之譏，終不可免。何況捃拍摶捖，過爲喫力乎？

東坡《答孔毅父集句見贈》，亦不以是體爲貴。其言曰：「羡君戲集他人詩，指呼市人如小兒。天邊鴻鵠不易得，便令作對隨家雞。退之驚笑子美泣，問君久假何時歸。」是東坡亦曾譏及此體。

荆公喜爲集句，至百韻之多。文文山集杜二百餘首，黄唐堂集唐詩九百餘首。五言長律，至於倒押前韻，亦能一如己出，可謂工巧絶倫矣。

要之此理，費力太多，成功太少，借他人之喉舌，達一己之心志，豈能婉轉流利，盡如己意乎？此黄山谷所謂正堪一笑也。惟壽序一體，陳腐俗鄙，難得好語，若用集句之體，往往化腐臭爲神奇，亦在所以用之而已。

有分題〔一〕。古人分題，或各賦一物，如云送某人分題得某物也，或曰探題。

【校勘】

〔或曰探題〕陳定玉輯校《嚴羽集》：「『或曰』，《玉屑》作『亦曰』。」

「有絶句折腰者」至「有分題」六條：《玉屑》不分列。

【箋注】

〔一〕分題：古人燕集或送别，數人一起賦詩，約定分題，各賦不同的詩題，題目的分配或者通過抓鬮，又稱探題。

分題賦詩之始，未詳起於何時。胡才甫《箋注》稱陳後主有此體，所舉乃《七夕宴宣猷堂，各賦一韻，詠五物，自足爲十，并牛女一首五韻，物次第用得帳、屏風、案、唾壺、履》。郭紹虞《校釋》引述胡氏之説，可見亦認同此説。今考此詩，並非分題，而是每人都詠五物。至唐代，分題賦詩已甚多見。如劉禹錫《三月三日與樂天及河南李尹奉陪裴令公泛洛禊飲各賦十二韻》中就有「墨客競分題」（《全唐詩》

卷三六二)、王建《送韋處士老舅》中有「探題得幽石」之句(《全唐詩》卷二九七)。至宋則非常流行。

古人分題的同時，也往往分韻。《詩話總龜》卷十一：「寇萊公延僧惠崇於池亭，分題爲詩，公探得池上柳，青字韻；崇探得池鷺，明字韻。」據此，寇準分題得池上柳，分韻得青字韻；惠崇分題得池鷺，分韻得明字韻。又《王直方詩話》載：「方元修字時敏，一日，與楊信祖、饒次守過余，座中分題，人以姓爲韻，而楊有『共釣城南方』之句。」此亦是分題的同時亦分韻。

【附録】

辛文房《唐才子傳》卷七：「論曰：凡唐人燕集祖送，必探題分韻賦詩，于衆中推一人擅場者。」

胡才甫《箋注》：「按陳後主有此體，題作《七夕宴宣猷堂各賦一韻詠五物自足爲十物次第用得帳屏風案唾壺履》。」

有分韻〔一〕。

【箋注】

〔一〕分韻：亦稱賦韻。古代詩人相約賦詩，先確定若干字爲韻，然後分拈，各人依所得之韻賦詩。用韻的確定，有時是只限定韻部，所用韻只要出於該韻部即可；有時則是限定用字，嚴格者更限定韻脚用字的次序。確定用韻的方式有多種。有時用古人詩句，如謝逸《溪堂集》卷二《遊西塔寺，分韻賦詩懷汪信民，以淵明《停雲》詩「豈無他人，念子實多」爲韻，探得念字》，此是用陶淵明詩句爲韻，謝逸分得「念」字爲韻；有時即用參與賦詩之人的姓氏爲韻。

胡才甫《箋注》：「按分韻謂相約作詩，舉數字爲韻，互相分拈，而各人依其所得之韻成句也。《南史》載梁武帝時，曹景宗凱旋，武帝於華光殿宴飲聯句，令沈約賦韻是也。」

郭紹虞《校釋》：「《陔餘叢考》卷二十三：『古人聯句大概先分韻而後成詩，梁武帝華光殿聯句，曹景宗後至，詩韻已盡，沈約以所餘競、病二字與之，曰：所餘二韻。則分韻後之所餘也。』案後人分韻不限於聯句。」

【附録】

李延壽《南史》卷五十五《曹景宗傳》：

景宗振旅凱入，帝於華光殿宴飲連句，令左僕射沈約賦韻。景宗不得韻，意色不平，啓求賦詩。帝曰：「卿伎能甚多，人才英拔，何必止在一詩？」景宗已醉，求作不已。詔令約賦韻。時韻已盡，唯餘競病二字，景宗便操筆，斯須而成。其辭曰：「去時兒女悲，歸來笳鼓競。借問行路人，何如霍去病。」帝嘆不已，約及朝賢驚嗟竟日。

洪邁《容齋續筆》卷五「作詩先賦韻」條：

南朝人作詩，多先賦韻。如梁武帝華光殿宴飲連句，沈約賦韻，曹景宗不得韻，啓求之，乃得競病兩字之類是也。予家有陳後主文集十卷，載王師獻捷，賀樂文思，預席羣僚，各賦一字，仍成韻，上得盛病柄令橫映敻併鏡慶十字；宴宣猷堂，得迮格白赫易夕擲斥坼啞十字；幸舍人省，得日謐一瑟畢訖橘質帙實十字。如此者凡數十篇，今人無此格也。

程大昌《考古編》卷七「古詩分韻」條：

梁天監中，曹景宗立功還，武帝宴華光殿，聯句，令沈約賦韻，獨景宗不預，固啓求賦，時韻已盡，惟餘競病二字，景宗操筆而成，所謂「歸來笳鼓競」者是也。初讀此，了未曉賦韻、韻盡爲何等格法。偶閲陳後主集，見其序宣猷堂宴集五言曰：「披鉤賦詩，逐韻多少，次第而用，座有江總、陸瑜、孔範等三人。」後主韻得迮、格、白、赫、易、夕、擲、斥、拆、唶字，其詩用韻次前後正同，曾不攙亂一字，乃知其説，是先書韻爲鉤，坐客均探，各據所得，循序賦之，正後主次韻格也。唐世次韻，起元微之、白樂天二公，自號元和體，曰古未之有也。抑不知梁、陳間已嘗出此，但其所次之韻，以探鉤所得，而非酬和先倡者，是小異耳。又楊衒之《洛陽伽藍記》載，王肅入魏，舍江南故妻謝氏，而娶元魏帝女，其故妻贈之詩曰：「本爲薄上蠶，今爲機上絲。得繭遂騰去，頗憶纏綿時。」其繼室代答先謝，正次用絲、時兩韻，則亦以唱和爲次矣。

有用韻〔一〕。

【箋注】

〔一〕用韻：謂古人唱和，和詩押韻用原詩的韻脚字，但韻脚字的先後次序不依原詩。劉攽《中山詩話》：

「唐詩賡和，有次韻（先後無易），有依韻（同在一韻），有用韻（用彼韻不必次），今人都不曉。」按照劉攽的説法，次韻乃謂和詩的韻脚字以及次序與原詩完全相同；依韻是和詩所用的韻與原詩同在一個韻部，但用字不必相同；用韻謂和詩韻脚用字與原詩相同，但次序不同。驗之宋人集亦合。如張方平《樂全集》卷二《讀杜工部詩》，蘇軾有《次韻張安道讀杜詩》，韻脚用字及次序與張氏原詩完全相同；蘇轍《欒城集》卷三《和張安道讀杜集（用其韻）》，即是全部用其韻脚字，但次序不同。

胡震亨《唐音癸籤》卷三：「和詩用來詩之韻曰用韻。依來詩之韻盡押之，不必以次，曰依韻。並依其先後而次之，曰次韻。盛唐人和詩不和韻，晚唐人至有次韻者。」按胡氏所謂用韻相當於劉攽所云依韻，胡氏所謂依韻相當於劉氏所云用韻。

胡才甫《箋注》：「按徐師曾《詩體明辯》曰：『用韻謂有其韻，而先後不必次也。』如唐韓愈《昌黎集》有《陸渾山奉和皇甫湜用其韻》是也。」按胡氏所引徐師曾説與劉攽相同。又皇甫湜原詩已佚。

有和韻〔一〕。

【箋注】

〔一〕和韻：徐師曾《詩體明辯》卷十四：「和韻詩有三體：一曰依韻，謂同在一韻中，而不必用其字也。二曰次韻，謂和其原韻，而先後次第皆因之也。三曰用韻，謂有其韻，而後先不必次也。」按照徐氏説，和韻乃是依韻、次韻、用韻之總稱，此乃廣義之和韻。

徐氏所云大抵符合事實。如蘇軾有《和李太白并序》（《東坡詩集注》卷六），序中自謂「次其韻」，比對李白原詩與蘇軾和詩用韻，韻脚字及次序皆相同，此即所謂次韻，然胡仔《苕溪漁隱叢話》後集卷二十九言及此詩，稱「東坡和韻」，是次韻詩亦可泛稱之爲和韻。又如謝枋得《魏參政執拘投北行有期死有日詩別妻子及良友》：「雪中松柏愈青青，扶植綱常在此行。天下久無龔勝潔，人間何獨伯夷清。義高便覺生堪捨，禮重方知死甚輕。南八男兒終不屈，皇天上帝眼分明。」（《疊山集》卷一）魏天應《和疊山先生韻》：「先生心事炳丹青，顧影何曾愧獨行。商嶺芝能如橘隱，首陽粟不似薇清。綱常正要身扶植，出處端爲世重輕。安得寒泉來會宿，參同極論到天明。」（《疊山集》附録）此所謂和韻，確切説就是次韻。嚴羽所謂和韻或即此意。

吴景旭《歷代詩話》卷八十四：「昔人言和之義有三：蓋依韻和之謂之次韻，或用其題，而韻字同出一韻，謂之和韻。如張文潛《離黄州》詩而和杜老《玉華宫》詩是也。用彼之韻，不拘先後，謂之用韻。如退之和皇甫湜陸渾山火是也。」吴氏所謂和韻乃相當於徐師曾所説依韻，乃狹義之和韻。

胡才甫《箋注》：「和韻謂和他人之詩，而仍用其原韻。滄浪所謂『和韻最害事』者是也。又按《珊瑚鈎詩話》，謂前人未始和韻，自元、白爲二浙觀察，往來置郵筒相唱和，多至千言，篇章甚富。」此謂用其原韻，然次韻是用其原韻，用韻也是，胡氏未有分説。

郭紹虞《校釋》：「此所謂和韻，當即指次韻。」此乃指狹義之和韻。

有借韻〔一〕。如押七之韻〔二〕，可借八微或十二齊一韻是也〔三〕。

【校勘】

〔七之〕　王仲聞點校本《詩人玉屑》校：「『七之』宋本、寬永本以外各本俱作『四支』。案《廣韻》、《集韻》以及《禮部韻略》只有『五支』，而無『四支』。依宋人韻目，下云『八微』『十二齊』，則上應云『五支』而不得云『四支』。嘉靖本及古松堂本顯經後人竄改。」按元本《玉屑》亦作「七之」。胡重器本、吳銓本、何望海本、周亮工本、朱霞本、《歷代詩話》本、徐榦本作「七支」。按四支乃平水韻，《廣韻》、《集韻》及《禮部韻略》支列第五，之列第七，作「之」是。

〔八微或十二齊〕　《詩法萃編》作「五微或八齊」。五微、八齊是平水韻之順序，此當是後改。

〔一韻〕　「一」字，《玉屑》、九峯書屋本、清省堂本、《寶顔堂祕笈》本、程至遠本、《津逮祕書》本、《說郛》本、《詩法萃編》本、《三家詩話》本、《螢雪軒叢書》本無，周亮工本、朱霞本、徐榦本作「二」。

〔是也〕　《玉屑》無「是」字。

「有分韻」至「有借韻」，《玉屑》不分列。

【箋注】

〔一〕借韻：胡才甫《箋注》：「按通常所謂借韻，指五七言近體首句借用旁韻而言，故亦稱旁韻。唐、宋以來已有之。謝榛《四溟詩話》有孤雁出羣體，疑即指此。滄浪原注云云，有類於通韻之義，不知孰是。」

又胡才甫《詩體釋例》：「《滄浪詩話》亦有借韻體，原注云：『如押七之韻可借八微或十二齊。』此當是通韻，而非借韻。《詩韻》有古韻通轉之説，例如一東古通冬、江是也。」

郭紹虞《校釋》：「此當指宋時《廣韻》或《集韻》韻目通用之例。朱彝尊《與魏善伯書》：『古人分韻甚嚴，通用甚廣。……蓋嚴則於韻之本位毫釐不爽，通則臨文不至牽率而乖其性情。』」

健按：借韻，通常是指近體詩首句入韻，可以借用旁韻。但照本條小注，又非指通常所謂借韻而言。故胡才甫懷疑當指通韻，即郭紹虞所謂韻目通用。通韻，乃是指整首詩的韻脚而言，謂可以通押，比如「冬」韻可以與「鍾」韻通用。然今考《宋本廣韻》、《宋本集韻》及《禮部韻略》，七之並不與八微、十二齊通用。三書於八微、十二齊皆標獨用。胡、郭二氏通韻之説並不正確。

竊疑所謂借韻者，乃是韻書未規定可以通用而臨時借用。陸游《臘日》：「日暖山郵路，人家送送迎。婚姻須歲暮，酒醴幸年登。簫鼓兒童集，衣裳婦女矜。敢辭雞黍費，農事及春興。」《瀛奎律髓》卷十六載此詩，方回謂「迎」字借韻。按「迎」押庚字韻，而其餘押蒸字韻，在《集韻》中庚、蒸二韻不通用，這裏只是臨時借用。宋人吳泳《度郎中鄉會詩跋》中舉白居易《春去》詩：「一從澤畔爲遷客，兩度江頭見暮春。白髮更添今日鬢，青衫不改去年身。百川未有回流水，一老終無却少人。四十六時三月盡，送春爭得不殷勤。」謂：「『勤』與『春』二韻也。」按「春」在《廣韻》中屬上平十八諄，「勤」屬二十一殷，兩者不通押。吳氏又舉邵雍《首尾吟》：「堯夫非是愛吟詩，爲見帝王俱有時。日月星辰堯則了，江河淮濟禹平之。皇王帝伯經褒貶，雪月風花入品題。豈謂古人無缺典，堯夫非是愛吟詩。」此詩「時」、「之」、

「詩」俱押七之韻，「題」則押十二齊，正是嚴羽所謂七之借十二齊之例。這種現象吴氏稱爲「取旁韻通押」，或稱「通韻」。

〔二〕七之韻：在宋人《廣韻》、《集韻》及《禮部韻略》中，「之」韻屬於上平聲第七，但可以與五支、六脂通用。在平水韻中，「之」韻、「脂」韻都被併入「支」韻，不再是獨立的韻目，屬上平聲四支韻。

〔三〕八微：《廣韻》、《集韻》、《禮部韻略》中「微」韻屬於上平聲第八，在平水韻中則屬於第五。十二齊：《廣韻》、《集韻》、《禮部韻略》中「齊」韻屬於上平聲第十二，在平水韻中則屬於第八。

若一詩押七之韻，可向八微或十二齊借一個韻。依《廣韻》、《集韻》及《禮部韻略》，七之與八微、十二齊不能通押，但按照嚴羽的説法，可以借用。王仲聞點校本《詩人玉屑》小注斷句爲：「如押七之韻，可借八微或十二齊，一韻也。」按照這種斷句法，「一韻也」是押七之韻可借八微或十二齊的理由，但是於意不通，因爲七之、八微、十二齊不是一韻。

【附録】

吴泳《鶴林集》卷三十八《度郎中鄉會詩跋》：

牽儷偶以爲律，剽聲病以爲工，詩之下也。今起部郎合陽度周卿以鄉會冠纓之盛，賦詩紀事，有曰：「選入周官未厭多。」真可謂一篇警策矣。而客有訪余者則曰：「『多』字不與『家』韻叶，且非進退體，豈其誤耶？」余曰：「古人有之。」客曰：「古詩有之，而律則亡也。」余曰：「子豈不嘗讀白樂天《春去》之詩乎？『一從澤畔爲遷客，兩度江頭見暮春。白髮更添今日鬢，青衫不改去年身。百川未有回流水，一老終無却少人。四十六時三月盡，送春争得不殷勤。」「勤」與「春」，二韻也。又豈不觀邵堯夫《首尾吟》耶？「堯夫非是愛吟詩，爲見帝王俱有時。日月星辰堯則了，江河淮濟禹平之。皇王帝伯經褒貶，雪月風花入品題。豈謂古人無缺典，堯夫非是愛吟詩。」「題」與「詩」，異音也。間有「天」字韻押「言」字，「饒」字韻押「豪」字，「陳」字韻押「論」字，如此類例，弗可枚舉。雖文公老先生《密庵分韻》、《鄉社次韻》，亦多取旁韻通押，皆律詩也，而子獨何以謂之亡哉？夫「嫖姚校尉師古訓」，「姚」字本從去聲，而老杜《後出塞曲》則押入四宵；「雌霓連蜷」，沈約用「霓」字元從入韻，而蜀公試學士院，則押入十二齊，若以詩格論之，則子美爲背律，景仁爲失韻，而學者至今不以爲誤，厥有由也。文章合爲時而著，歌詩合爲事而作，善觀詩者，但觀其旨趣之深厚，詞脉之和暢，有補於風俗教化，而關於君臣上下朋友長幼之倫，斯亦可以爲詩矣，正律、背律之分，本韻、旁韻之别，無庸多較也。雖然，是又不可不考也。「魚麗于罶，鱨鯊君子，有酒旨且多」，此《小雅》詩也；「豐屋蔀家好，富貴憂患多」，此樂府詞也；「流聲馥秋蘭，辭藻艷春華。徒美天姿茂，豈謂人爵多」，此又選體也。古人押「多」字，率通九麻。陶淵明《擬古》，阮嗣宗《詠懷》，謝叔源《遊西池》亦然。蓋古自有通韻，而舉于禮部者少能知之，儻更以古音押今韻，則世豈不驚怪而譁笑矣哉！矯今人之所怪，酌古人之所通，時復以《三百五篇》、樂府、騷、《選》之曾經采用者，引入於律體之間，此又非子之所知也。」

錢大昕《十駕齋養新録・借韻》：「五、七言近體第一句借用旁韻，謂之借韻。唐詩『犬吠水聲中，桃花帶雨濃』（李白《訪戴天山道士不遇》詩。『中』，《廣韻》屬『東』韻；『濃』，屬『鍾』韻），『錦幃初卷衛夫人，繡被猶堆越鄂君』（李商隱《牡丹》詩。「人」，《廣韻》屬「真」韻；「君」，屬「文」韻），始啟其端。至皮（皮日休）、陸（陸龜蒙）《松陵集》，則舉之不勝舉矣。宋人借韻尤多。近代名家以此爲戒，此後生之勝於前賢者。」

有協韻〔一〕。《楚詞》及《選》詩多用協韻。

【箋注】

〔一〕協韻：《四庫全書總目》卷四十二楊慎《轉注古音略》提要：「考協韻之説，始於沈重《毛詩音義》（見《經典釋文》），後顔師古注《漢書》，李善注《文選》，並襲用之，後人之稱叶韻。」

王力《漢語音韻學》：「南北朝以後，研究《詩經》的人有『叶韻』的説法。因爲當時的人讀起《詩經》來，覺得許多地方的韻不諧和，於是他們以爲某字該改爲某音，以求諧和，這就是所謂『叶韻』，或稱『協句』。例如沈重《毛詩音》於《邶風・燕燕》三章『遠送於南』之下注云：『協句，宜乃林反。』沈重的意思以爲周朝的人平常唸起『南』字來，也像南北朝的人一樣地唸作『那含切』，但在吟這一首詩的時候，爲著要與『音』『心』字協韻，就臨時改唸『乃林切』。」（二六九、二七〇頁。中華書局，一九五六年第一版，一九八二年第四次印刷）

胡才甫《箋注》：「協通叶。古韻有本通者，如東、江、冬相通之類；有不可通而以切響通之者，《毛詩》、《離騷》謂之叶，《古韻略例》謂之轉注。如《易》『日昃之離，不鼓缶而歌』，離與歌不可通，當叶離爲羅也。又如《楚辭·湘君》之來、思（望夫君兮未來，吹參差兮誰思），《東君》之明、桑（照吾檻兮扶桑，夜皎皎兮未明），謝靈運《東陽江中贈答詩》，足協得，劉琨《重贈盧諶詩》，以叟讀平聲協求，皆是也。」

郭紹虞《校釋》：「協韻之説，沈括《夢溪筆談》已言之。《筆談》卷十四謂：『觀古人諧聲有不可解者，如玖字有字多與李字協用，慶字正字多與章字平字協用。』稍後吳棫作《毛詩補音》，又作《韻補》，就二百六部注古通某，古轉聲通某，古通某或轉入某，朱熹傳詩用之，以叶《三百篇》之韻。蓋由時人不知古音，故創爲協韻之説。《楚詞》及《選》詩猶合古音，故滄浪謂多用協韻。」

健按：語音是有歷史變化的。後人用其當時語音讀先秦詩歌，發現有些韻脚不相諧，於是便改變字音以求韻脚諧和。朱熹《楚辭集注》即用此法。如《九歌·東君》：「暾將出兮東方，照吾檻兮扶桑。撫余馬兮安驅，夜皎皎兮既明。」朱熹注：「明，叶音芒。」按桑在《集韻》中音蘇郎切，屬唐韻；明在《集韻》中音眉兵切，屬庚韻。兩者不通押，朱熹便將「明」的讀音改作「芒」，芒，謨郎切，屬唐韻，改動讀音之後便與桑協韻。其實，桑、明在古音原本是協韻的，宋人不知古音，以爲古人是改變字音以求押韻的。嚴羽因此謂《楚辭》以及《選》詩用韻多用這種方式。

有今韻〔一〕。

【箋注】

〔一〕今韻：朱紱《名家詩法彙編》卷三《嚴滄浪詩體》：「有今韻。唐時方有韻書，分輕清重濁，所以東、冬、鍾皆不同也，故律詩用之甚嚴。」

胡才甫箋注：「宋時當用《禮部韻略》。」郭紹虞《校釋》：「宋景德時，校定《廣韻》，後又頒行《韻略》一書，即《廣韻》之删節本。至景祐年間，丁度等刊修《廣韻》成爲《集韻》，刊修《韻略》成爲《禮部韻略》。所謂『今韻』，即指備禮部科試用之《禮部韻略》。所謂『古韻』，即指可通可轉之協韻。」

健按：此「今韻」與下「古韻」相對，古韻指韓愈《此日足可惜》所用之韻，此種古韻與《文選》中詩相類。其所謂今韻不僅是指《禮部韻略》，而是指唐代以來詩人通常所用之韻，尤其是律詩所用之韻。

有古韻〔一〕。如退之《此日足可惜》詩，用古韻也，蓋《選》詩多如此。

【校勘】

〔退之〕陳定玉輯校《嚴羽集》：「《玉屑》『退之』上有『韓』字。」

〔蓋選詩多如此〕胡重器本、吳銓本、何望海本、周亮工本、朱霞本、《歷代詩話本》、徐榦本作「選詩蓋多如此」。

《玉屑》此條與上條不分列。

【箋注】

〔一〕古韻：胡才甫《箋注》：「滄浪所謂古韻，當指六經、漢、魏文字所叶之韻。古無韻書，其文辭皆自然成韻，宋吳棫始著書發明之。」

健按：此古韻即所謂協韻。《朱子語類》卷一四〇：「晉人詩惟謝靈運用古韻，如『祐』字協『燭』字之類。唐人惟韓退之、柳子厚、白居易用古韻，如《毛穎傳》『牙』字、『資』字、『毛』字，皆協『魚』字韻是也。」朱熹所謂古韻即是指協韻。

韓愈《此日足可惜》（見前「古詩有旁取六七許韻者」條）用了六個韻，此六個韻按照當時的韻書即所謂「今韻」，是不能通押的，但嚴羽認爲此詩是用了古韻，古韻是可以臨時改變字音以求協的。宋人没有認識到當時讀起來不諧和、不同韻的字在古代原本是同韻的。

有古律〔一〕。陳子昂及盛唐諸公多此體。

【校勘】

小注：《詩法萃編》本作：「以古調作律詩，最高雅。陳子昂及盛唐諸公多此體，五言尤夥。後人每認爲古詩，謬矣。」所據不詳。

【箋注】

〔一〕古律：可以從兩個角度來理解。一是從風格上理解，就是帶有古詩特徵的律詩。二是從格律上理解，指句數、對偶都合律，而在聲律上不盡合律詩規則者。

吳喬之説屬於前者。《圍爐詩話》卷二：「馮定遠云：『嚴滄浪言有古律詩，今不能辨。』余見七律有未離古詩氣脈者，如姜皎《龍池樂章》云：『龍池初出此龍山，常經此地謁龍顔。日日芙蓉生夏水，年年楊柳變春灣。堯壇寶匣餘煙霧，舜海漁舟尚往還。願似飄飄五雲影，從來從去九天間。』又崔日用曰：『龍興白水漢興符，聖主時乘運斗樞。岸上蒙茸五花樹，波中的皪千金珠。操環昔聞迎夏啟，發匣先來瑞有虞。風色雲光隨隱見，赤雲神化象江湖。』沈雲卿之『龍池躍龍龍已飛』，其第四章也。獨孤及《早發龍沮館》云：『沙禽相呼曙色分，漁浦鳴榔十里聞。正當秋風渡楚水，況值遠道傷離羣。津頭却望後湖岸，别處已隔東山雲。停艫目送北歸翼，惜無瑶華持寄君。』子美多有此體，疑即古律詩。恨定遠已成古人，不得相斟酌。嚴滄浪論古律詩，固云『陳子昂及盛唐諸公多此體』，則余所舉不誤也。」

胡才甫則從聲律角度理解。《箋注》：「徐師曾《詩體明辯》曰：『律詩者，梁、陳以下聲律對偶之詩也。』滄浪分爲古律今律，不知其所本？或者以平仄略有拗變者爲古律，否則爲今律歟？例如陳子昂《宴胡楚真禁所》及《晦日宴高氏林亭》二詩。杜甫《得舍弟消息》及《崔氏東山草堂詩》，其對偶起結，皆同律詩，惟不調平仄耳。」按胡氏所舉杜甫《得舍弟消息》云：「風吹紫荆樹，色與春庭暮。花落辭故枝，風回返無處。骨肉恩書重，漂泊難相遇。猶有淚成河，經天復東注。」此詩用仄聲韻，平仄也不合式。

郭紹虞《校釋》：「吳喬《圍爐詩話》卷二、王應奎《柳南隨筆》卷二皆因馮氏（按指馮班）之語，推求古律之義。吳氏謂七律有未離古詩氣脉者即古律詩。王氏謂『《瀛奎律髓》中有拗字一類，疑即所謂古律詩也。……亦謂之吴體。蓋律詩而有骨格峻峭，不離古詩氣脈，故謂之古律詩也。』」大抵吴氏重在律體初行之時，王氏重在律體既定之後，要之都指法律合律、聲律不合律之作。」

有今律〔一〕。

【校勘】

《詩法萃編》有小注：「純用律體者。」

【箋注】

〔一〕今律：指風格脱離古詩特徵而自成律詩之特徵、格律完全合法則的律詩。

有頷聯〔一〕。

【校勘】

《詩法萃編》有小注：「第二聯也。」

【箋注】

〔一〕頷聯：指律詩的第二聯，即第三、四句。《續金針詩格》：「第二聯謂之頷聯。」徐師曾《詩體明辯》卷十

「近體律詩」：「三四名頷聯。」

有頸聯〔一〕。

【校勘】

《詩法萃編》有小注：「第三聯也。」

十卷本、嘉靖本、古松堂本《玉屑》無此條。

【箋注】

〔一〕頸聯：指律詩的第三聯，即第五、六句。《續金針詩格》：「第三聯謂之頸聯。」徐師曾《詩體明辯》卷十「近體律詩」：「五六名頸聯。」

有發端〔一〕。

【校勘】

《詩法萃編》有小注：「起句。」

【箋注】

〔一〕發端：指律詩的首聯。《續金針詩格》：「第一聯謂之破題。」徐師曾《詩體明辯》卷十「近體律詩」：「其詩之二二名起聯，又名發句。」

有落句〔一〕。結句也。

【校勘】

「有今律」至「有落句」：《玉屑》不分列。

【箋注】

〔一〕落句：指律詩的第四聯，即第七、八句。《續金針詩格》：「第四聯謂之落句。」徐師曾《詩體明辯》卷十「近體律詩」：「七八名尾聯，又名落句。」

有十字對〔一〕。劉眘虛「滄浪千萬里，日夜一孤舟」〔二〕。

【校勘】

〔滄浪〕《全唐詩》作「滄溟」。

〔千萬〕元本《玉屑》作「千萬」，陳定玉輯校《嚴羽集》：「『千萬』，尹（嗣忠）本、清省堂本作『千五』，誤。」按九峯書屋本、《津逮祕書》本亦作「千五」。

〔日夜一孤舟〕《玉屑》、胡重器本、尹嗣忠本、清省堂本、吳銓本、《津逮祕書》本、《寶顏堂祕笈》本、《說郛》

本、《三家詩話》本、《螢雪軒叢書》本同，何望海本、周亮工本、朱霞本、《歷代詩話》本、徐幹本句末有「是也」二字。

【箋注】

〔一〕十字對：惠洪《天廚禁臠》卷上「十字對句法」條云：「《梅》：『前村深雪裏，昨夜一枝開。』《別所知》：『相看臨遠水，獨自上孤舟。』前對齊己作，後對鄭谷作，皆十字叙一事，而對偶分明。」此體特點有二：一是在意義上，一聯兩句所敘爲一事，二是在形式上，二句對偶。

〔二〕劉眘虛二句：《全唐詩》卷二五六劉眘虛《海上詩送薛文學歸海東》：「何處歸且遠，送君東悠悠。滄溟千萬里，日夜一孤舟。曠望絶國所，微茫天際愁。有時近仙境，不定若夢遊。或見青色古，孤山百里秋。前心方杳眇，後路勞夷猶。離別惜吾道，風波敬皇休。春浮花氣遠，思逐海水流。日暮驪歌後，永懷空滄洲。」

有十字句〔一〕。常建「一徑通幽處，禪房花木深」等是也〔二〕。

【校勘】

〔一徑〕十卷本及古松堂本《玉屑》、《歷代詩話》本作「曲徑」；《全唐詩》作「竹徑」。

【箋注】

〔一〕十字句：指五言詩一聯兩句意義相連貫，就相當於十字一句。其與「十字對」的區别是：「十字對」兩句對仗，而「十字句」不對仗。惠洪《天廚禁臠》卷上「十字句法」條云：「『如何青草裏，亦有白頭翁。』又：『夜來乘好月，信步上西樓。』前對李太白詩，後對司空曙詩，已言十字對矣，此又言十字句，何以異哉？曰：『青草裏』不可對『白頭翁』，『夜來』不可對『信步』，以其詩一意完全渾成，故謂之十字句。其法但可于頷聯用之，如于頸聯用則當曰『可憐蒼耳子，解伴白頭翁』爲工也。」

〔二〕常建二句：《全唐詩》卷一四四常建《題破山寺後禪院》：「清晨入古寺，初日照高林。竹徑通幽處，禪房花木深。山光悦鳥性，潭影空人心。萬籟此都寂，但餘鐘磬音。」

有十四字對〔一〕。劉長卿「江客不堪頻北望，塞鴻何事又南飛」是也〔二〕。

【校勘】

〔塞〕底本作「寒」，《玉屑》及各本均作「塞」，據改。

【箋注】

〔一〕十四字對：謂七言詩一聯兩句敘一事或一意，且上下句對仗。《天廚禁臠》「十四字對句法」云：「『自攜瓶去沽村酒，却著衫來作主人。』又：『却從城裏攜琴去，須到山中寄藥來。』前對王操詩，後對清塞詩，皆翛然有出塵之姿，無險阻之態。以十四字敘一事，如人信手斫木，方圓一一中規矩。其法亦宜領聯用之也。」

〔三〕劉長卿句：《全唐詩》卷一五一劉長卿《登潤州萬歲樓》：「高樓獨上思依依，極浦遥山合翠微。江客不堪頻北望，塞鴻何事又南飛。垂山古渡寒煙積，瓜步空洲遠樹稀。聞道王師猶轉戰，更能談笑解重圍。」

有十四字句〔一〕。崔顥「黄鶴一去不復返，白雲千載空悠悠」〔二〕。又太白「鸚鵡西飛隴上去，芳洲之樹何青青」是也〔三〕。

【校勘】

〔又太白〕陳定玉輯校《嚴羽集》：「《玉屑》無『又』字。」

〔隴上〕陳定玉校：「尹（嗣忠）本、清省堂本作『隴山』。」按《玉屑》、何望海本、《寶顔堂祕笈》本、《津逮祕書》本、《説郛》本、《詩法萃編》本、《三家詩話》本、《螢雪軒叢書》本亦作「隴山」。

【箋注】

〔一〕十四字句：謂七言詩二句敘一事或一意，而上下兩句不對仗。

〔二〕崔顥二句：《全唐詩》卷一三〇崔顥《黄鶴樓》：「昔人已乘白雲去，此地空餘黄鶴樓。黄鶴一去不復返，白雲千載空悠悠。晴川歷歷漢陽樹，春草萋萋鸚鵡洲。日暮鄉關何處是，煙波江上使人愁。」

〔三〕又太白二句：《全唐詩》卷一八〇《鸚鵡洲》：「鸚鵡來過吳江水，江上洲傳鸚鵡名。鸚鵡西飛隴山去，芳洲之樹何青青。煙開蘭葉香風暖，岸夾桃花錦浪生。遷客此時徒極目，長洲孤月向誰明。」許印芳《詩法萃編》：「印芳按：此舉前半散行，用古調作律體者。其純用律體者，賈浪仙『此心曾與木蘭舟，直到天南潮水頭』是也。」

有扇對〔一〕。又謂之隔句對〔二〕。如鄭都官「昔年共照松溪影，松折碑荒僧已無。今日還思錦城事，雪消花謝夢何如」是也〔三〕。蓋以第一句對第三句，第二句對第四句。

【校勘】

〔松溪影〕《歷代詩話》「影」作「隱」。

〔雪消花謝夢何如是也〕宋本、元本、寬永本《玉屑》「何如」下有「殊」字，十卷本、古松堂本《玉屑》「何如」下爲「等」字。

【箋注】

〔一〕扇對：此格出自白居易《金針詩格》：「詩有扇對格：第一句對第三句，第二句對第四句。」又，《苕溪漁隱叢話》前集卷九：「苕溪漁隱曰：律詩有扇對格，第一與第三句對，第二與第四句對。」

〔二〕隔句對：上官儀《筆札華梁》：「隔句對者，第一句與第三句對，第二句與第四句對，如此之類，名爲隔句對。」（此書見引於《文鏡秘府論·東卷·二十九種對》、宋李淑《詩苑類格》，説見張伯偉《全唐五代詩格校考·筆札華梁解題》。）

〔三〕鄭谷（八四九—八九二），字守愚，袁州（今湖北宜春）人。光啟三年（八八七）擢第，官右拾遺，歷都官郎中。《全唐詩》卷六七六鄭谷《將之瀘郡旅次遂州遇裴晤員外謫居於此話舊凄涼因寄二首》之二：「昔年共照松溪影，松折溪荒僧已無。今日重思錦城事，雪銷花謝夢何殊。亂離未定身俱老，騷雅全休道甚孤。我拜師門更南去，荔枝春熟向渝瀘。」

許印芳《詩法萃編》：「印芳按：扇對，五律亦有之，但引七律，未免疎略。下文『就句對』亦然。」

有借對〔一〕。孟浩然「廚人具雞黍，稚子摘楊梅」〔二〕。太白「水春雲母碓，風掃石楠花。」〔三〕少陵「竹葉於人既無分，菊花從此不須開」是也〔四〕。

【校勘】

〔具〕清省堂本誤作「真」。

〔是也〕陳定玉輯校《嚴羽集》：「《玉屑》『是也』上有『言之者有』四字。」

《詩林廣記》前集卷八孟浩然《裴司功員司士見尋》評：「《詩體》云：詩有借對字，如孟浩然『廚人具雞黍，稚子摘楊梅』，是借楊對雞。又如太白『水春雲母碓，風掃石楠花』，是借楠對母。又如少陵『竹葉於人既無分，菊花從此不須開」，竹葉謂酒，借對菊花。此皆借對體也。」

【箋注】

〔一〕借對：謂借用字面或字音構成對偶。許印芳《詩法萃編》：「借對亦名假對。借『楊』爲『羊』，借『楠』爲『男』，此借字音也。借『葉』對『花』，此借字面也。借對法盡於此矣。」

〔二〕孟浩然二句：此孟浩然《裴司士員司户見尋》詩句，全詩云：「府僚能枉駕，家醞復新開。落日池上酌，清風松下來。廚人具雞黍，稚子摘楊梅。誰道山公醉，猶能騎馬回。」載《全唐詩》卷一六〇。

沈括《夢溪筆談》卷十五：「又如『廚人具雞黍，稚子摘楊梅』……以『雞』對『楊』……如此之類，皆爲假對。」按雞乃動物，此乃借「楊」爲「羊」，與「雞」對。這裏只是借用了「楊」的音以代同音字「羊」。

〔三〕太白二句：此李白《送内尋廬山女道士李騰空二首》之一詩句，全詩云：「君尋騰空子，應到碧山家。水春雲母碓，風掃石楠花。若戀幽居好，相邀弄紫霞。」見王琦《李太白集注》卷二十五。石楠，乃借「楠」爲「男」，以與「母」相對。

胡仔《苕溪漁隱叢話》前集卷二十三引《漫叟詩話》：「荆公和人詩，以『庚桑』對『五柳』，『黄耇日』對『白雞年』，此名借對。不特此也，如李白詩『水衡雲女碓，風掃石楠花』，皆此類也。」

健按：《漫叟詩話》所引王安石詩「庚桑」「五柳」云云，爲《次韻酬徐仲元》詩句：「每苦交游尋五柳，最嫌尸祝擾庚桑。」見《臨川文集》卷十七。「庚桑」指庚桑楚，《莊子》中的人物，「五柳」指五柳先生陶淵明。這裏在字面上「桑」與「柳」爲對，「庚」爲天干之第七，與「五」亦是數字對。所引「黄耇日」云云，爲王氏《送許覺之奉使東川》詩句：「後會敢期黄耇日，相看且度白雞年。」黄耇，謂人年老出現色斑，是借「耇」代「狗」，這樣黄狗日對白雞年（酉年）。

〔四〕少陵二句：《全唐詩》卷二三二杜甫《九日五首》之一：「重陽獨酌盃中酒，抱病起登江上臺。竹葉於人既無分，菊花從此不須開。殊方日落玄猿哭，舊國霜前白雁來。弟妹蕭條各何在，干戈衰謝兩相催。」此詩中「竹葉」乃是酒名，此乃借用其字面竹葉以與菊花相對。方回《瀛奎律髓》卷二十六《九日》評：「此竹葉，酒也，以對菊花，是爲真對假，亦變體。」

【附録】

魏慶之《詩人玉屑》卷七「陵陽謂對偶不必拘繩墨」條：

嘗與公論對偶，如「剛腸欺竹葉，衰鬢怯菱花」，以鏡名對酒名，雖爲親切，至如杜子美云「竹葉於人既無分，菊花從此不須開」，直以菊花對竹葉，便蕭散不爲繩墨所窘。公曰：「『枸杞因吾有，雞栖奈汝何』，蓋借枸杞以對雞棲；『冬温蚊蚋在，人遠鳧鴨亂』，人遠如鳧鴨然，又直以字對而不對意。此皆例子，不可不知。子瞻《岐亭》詩云『洗盞酌鵝黄，磨刀切熊白』，是用例者也。」

有就句對〔一〕。又曰當句有對。如少陵「小院回廊春寂寂，浴鳧飛鷺晚悠悠」〔二〕，李嘉祐「孤雲獨鳥川光暮，萬里千山海氣秋」〔三〕是也。前輩於文亦多此體，如王勃「龍光射牛斗之墟，徐孺下陳蕃之榻」〔四〕，乃就句對也。

【校勘】

〔有就句對〕陳定玉輯校《嚴羽集》：「《玉屑》作『有就對者』。」

〔回廊〕《玉屑》作「迴廊」。

〔李嘉祐〕「嘉」，九峯書屋本、吳銓本作「加」；「祐」，九峯書屋本、胡重器本、吳銓本作「佑」。

〔萬里〕陳定玉校：「《玉屑》作『萬井』。」

〔海氣〕陳定玉校：「《玉屑》作『一氣』」。按宋本、元本及寬永本《玉屑》作「海氣」，十卷本、古松堂本《玉屑》作「一氣」。

〔乃就句對也〕底本無「句」字，九峯書屋本、尹嗣忠本、清省堂本、《寶顏堂祕笈》本、程至遠本、《津逮祕書》本、《說郛》本等同底本。茲據《玉屑》、胡重器本、吳銓本、何望海本、周亮工本、朱霞本、《歷代詩話》本、《詩法萃編》本、徐榦本補。

【箋注】

〔一〕就句對：謂一句之中的詞語自成對偶，又稱當句對。僧惠洪《天廚禁臠》卷上「就句對法」條：「就句對法。《贈僧》：『往往語復默，微微雨灑松。』又：『水邊林下何時去，薄宦虛名欺得人。』前詩賈島作，後司空曙所作。『往往』不可對『微微』，『去』字不可對『人』字，乃是詩一句以作對，以『語』對『默』，以『雨』對『松』，以『水邊』對『林下』，以『薄宦』對『虛名』也。」

洪邁《容齋續筆》卷三「詩文當句對」條：「唐人詩文，或於一句中自成對偶，謂之當句對。蓋起於

《楚辭》『蕙烝蘭藉』、『桂酒椒漿』、『桂櫂蘭枻』、『斵冰積雪』。自齊、梁以來，江文通、庾子山諸人亦如此。如王勃《宴滕王閣序》一篇皆然。」

趙令時《侯鯖録》卷三：「古人作律詩有當句對者，兩句更不須作對。如陸龜蒙詩云『但説漱流并枕石，不辭蟬腹與龜腸』是也。」按此詩中「漱流」對「枕石」，「蟬腹」對「龜腸」。

〔二〕如少陵二句：此爲杜甫《涪城縣香積寺官閣》詩句，載《全唐詩》卷二二七。全詩：「寺下春江深不流，山腰官閣迥添愁。含風翠壁孤雲細，背日丹楓萬木稠。小院迴廊春寂寂，浴鳧飛鷺晚悠悠。諸天合在藤蘿外，昏黑應須到上頭。」其中「小院」對「迴廊」，「浴鳧」對「飛鷺」，乃是一句之中自成對偶。

〔三〕李嘉祐二句：此乃李嘉祐《同皇甫冉登重玄閣》詩句，載《全唐詩》卷二〇七。全詩：「高閣朱欄不厭遊，蒹葭白水遶長洲。孤雲獨鳥川光暮，萬井千山海色秋。清梵林中人轉静，夕陽城上角偏愁。誰憐遠作秦吴别，離恨歸心雙淚流。」其中「孤雲」對「獨鳥」，「萬井」對「千山」。

〔四〕如王勃二句：此王勃《藤王閣序》中語。「龍光」對「牛斗」，「徐孺」對「陳蕃」。

【總説】

此節主要是著眼體裁、形式特徵方面。著眼於體裁者，有古詩、絶句等，這實是詩歌這一文類内部的體裁分類；著眼於形式特徵者，亦有不同的方面或層面，有聲律特徵、句式特徵、結構特徵等等。以這些形式特徵立體，時人往往稱作詩格或詩法，李淑《詩苑類格》就有詩體、詩格之分，惠洪《天廚禁臠》中於體與法亦有區分，如「江左體」稱體，「就句對法」就稱法。嚴羽將李淑《詩苑類格》中詩體與詩格的内容、惠洪《天廚禁臠》中屬於詩法的内容都編入一篇，統稱詩體，因而就出現了郭紹虞先生所謂的體、格、法不分的情況。

但是，從另一面説，這種情況也表明：在宋代，體、格、法之間的分界也有模糊之處，否則嚴羽也不大會將這些内容都放到詩體中來。體的義界最寬，體裁可以稱體，風格可以稱體，這些都不稱格、法。若是形式方面的某一特徵，則既可以稱體，也可以稱格或法，體、格、法三者在此種意義上可以相通。比如《天廚禁臠》所列的「就句對法」，也可以稱作格，也可以稱作體。因而體在寬泛的意義上可以包括格、法。《詩人玉屑》卷二《詩體》門分上、下兩部分，《詩體上》即嚴羽《詩體》，《詩體下》所列各條有稱體者，如江左體、蜂腰體、隔句體等，也有稱法者，五句法、六句法、平頭换韻法等，還有稱格者，如八句仄入格、進退格等。這顯示出《詩人玉屑》編者黄昇在對體、格、法的理解上與嚴羽有共同之處。

【附録】

郭紹虞《校釋》：「滄浪此節之病，在體與格不分，格與法不分，混體格法三者而爲一，故讀者不易有清楚之認識。此則後出者精，明清諸家之論詩，雖襲滄浪舊説，而條理井然，不致如滄浪之混淆不清了。大抵滄浪此節，僅根據時人舊説而彙識之，没有細加分析，故有此失，但在開創之始，故難求全責備。」

六

論雜體則有〔一〕：風人〔二〕。上句述一語，下句釋其義〔三〕。如古《子夜歌》、《讀曲歌》之類〔四〕，則多用此體。

【校勘】

〔一語〕　陳定玉輯校《嚴羽集》：「尹（嗣忠）本、徐（榦）本、清省堂本作『其語』。」按《寶顔堂祕笈》本、《津逮祕書》本、《説郛》本、《詩法萃編》本亦作「其語」。

〔讀曲〕　「讀」，底本、九峯書屋本、胡重器本、尹嗣忠本、清省堂本、吴銓本、程至遠本、何望海本、《寶顔堂祕笈》本、《津逮祕書》本、《説郛》本、周亮工本、朱霞本、徐榦本、《螢雪軒叢書》本作「續」，《玉屑》、《歷代詩話》本、《詩法萃編》本、《三家詩話》本作「讀」，作「讀」是，玆據改。

〔則多用此體〕　陳定玉校：「《玉屑》無『則』字。」

【箋注】

〔一〕雜體：何文匯《雜體詩釋例》：「雜體詩之云『雜』，當兼具二義：既爲體製繁雜，且體製不經而非詩體之正。」（第七頁。香港：中文大學出版社，一九八六年第一版，一九九一年第二次印刷）

〔二〕風人：皮日休《松陵集》卷十《雜體詩序》：「《詩》云：『維南有箕，不可以簸揚。維北有斗，不可以挹酒漿。』近乎戲也。古詩或爲之，蓋風俗之言也。古有采詩官，命之曰風人。『圍棊燒敗襖，著子故依然。』繇是風人之作興焉。」

風人體起源，皮日休追溯到《詩經·小雅·大東》。這種詩帶有某些遊戲的性質，因出自民間，故采詩者名之曰風人。作爲風人體正式興起的標誌，皮日休舉「圍棋燒敗襖，著子故依然」二句，未言其作者。曾慥《類説》及朱勝非《紺珠集》以爲此二句出自梁簡文帝《風人詩》，然葛立方《韻語陽秋》則稱之「古辭」，似不以之爲梁簡文所作。又《韻語陽秋》説：「《樂府解題》以此格爲『風人詩』，取陳詩以觀民風，示不顯言之意。」據此，《樂府》中有「風人詩」一類，《解題》中對其意有解説。今考郭茂倩《樂府詩集》實無此類，亦無此説，可知《韻語陽秋》所指或是吳兢《古樂府》及《樂府解題》。

此體前一句用比喻，後一句對前句加以解釋。王觀國《學林》以爲此體乃「藁砧」體之別名，葛立方《韻語陽秋》、胡震亨《唐音癸籤》皆辨之，以爲藁砧如謎語，其意義詩中不説出來，需要加以解釋才能明白，而「風人」體則上句引喻，下句就作解説。

【附録】

王觀國《學林》卷八「大刀」條：「《古樂府》所載如《藁砧詩》者數篇，其取譬皆淺俚，故撰詩者不顯姓名，後人但以古詩稱之，江右又謂之風人詩，有『圍棋燒敗襖，看子故依然』之句。圍棋者，看子也。燒敗襖者，故依然也。鮑明遠諸集中亦有二篇，謂之吳體。蓋自雅頌不作，迄於魏、晉、南北朝以來，浮靡愈甚，始有爲此態者，悉取閭閻鄙媟之語比類而爲之，詩道淪喪至於如此，誠可嘆也。」

葛立方《韻語陽秋》卷三：「古辭云：『藁砧今何在，山上復有山。何當大刀頭，破鏡飛上天。』藁砧，砆也，謂夫也。山上有山，出也。大刀頭，刀上鐶也。破鏡，言半月當還也。此詩格非當時有釋之者，後人豈能曉哉？古辭又云：『圍棋燒敗襖，著子故衣然。』陸龜蒙、皮日休間嘗擬之。陸云：『旦日思雙履，明時願早諧。』皮云：『莫言春繭薄，猶有萬重思。』是皆以下句釋上句，與藁砧異矣。《樂府解題》以此格爲『風人詩』，取陳詩以觀民風，示不顯言之意。至東坡無題詩云：『蓮子劈開須見薏，楸枰著盡更無棋。破衫却有重縫處，一飯何曾忘却匙。』是文與釋並見於一句中，與『風人詩』又小異矣。」

胡震亨《唐音癸籤》卷二十九：「風人詩，此與藁砧體不同。藁砧語如隱謎，理資箋解，此則以前句比興引喻，後句即覆言以證之。或取諸物，如《子夜歌》：『擲門不安横，無復相關意。』或取之同音，如《懊儂歌》：『桐樹不結花，何由得梧子。』微旨所寄，無假猜摧而知。唐人意其近於《詩》之南箕、北斗，可備采風，故命爲風人詩。張祜、皮、陸爲多。」

〔三〕上句述一句二句：曾慥《類説》卷五十一：「風人詩，梁簡文《風人詩》，上句一語，用下句釋之成文：『圍棋燒敗襖，著子知然衣。』」按此下句皮日休《雜體詩序》作「著子故依然」，王觀國《學林》作「看子故依然」。

王運熙《論吴聲西曲與諧音雙關語》：「句中『圍棋』雙關『違期』，『故衣然』雙關『古衣燃』（釋燒敗襖）,又以圍棋的『著子』雙關相思的『著子』;二句中連用三個雙關語,而且文字又相對仗,其遺辭的工巧,實在超出於任何《清商曲辭》之上,我們可以確定它是後出的作品。《解題》曾説簡文帝作風人詩,此二句當是簡文之作。把這種含有諧音雙關語的詩作喚作風人詩,大約始於簡文,所以皮日休有『由是風人之作興焉』的話。」(《樂府詩述論》增補本,一二一、一二二頁,上海古籍出版社,二〇〇六年)

〔四〕《子夜歌》:相傳爲晉代一個叫子夜的女子所作。《樂府詩集》卷四十四《子夜歌四十二首》選二:

始欲識郎時,兩心望如一。理絲入殘機,何悟不成匹。(健按:「理絲」二句,上一句絲入殘機,不能織布,後一句述上句,表面上是説耽誤而不能織成布匹,而實際上是雙關誤而不能成匹配。)

我念歡的的,子行由豫情。霧露隱芙蓉,見蓮不分明。(健按:「霧露」二句,後一句述上句,「蓮」雙關「憐」字。)

《讀曲歌》:八十九首,載《樂府詩集》卷四十六《清商曲辭》之《吳聲歌曲》。據《宋書·樂志》:「《讀曲歌》者,民間爲彭城王義康所作也。其歌云:『死罪劉領軍,誤殺劉第四(按:劉義康排行老四)』是也。」但此説不能解釋「讀曲」之義。又《古今樂録》曰:「《讀曲歌》者,元嘉十七年袁后崩,百官不敢作聲歌,或因酒讌,止竊聲讀曲細吟而已,以此爲名。」以此説,所謂讀曲,就是不放聲唱,而是小聲讀其曲小聲吟。王運熙先生根據《玉臺新詠》卷十著録「柳樹得春風」一首題作「獨曲」,認爲「讀曲」原本當作「獨曲」,而「獨曲」的意義則爲徒歌。(《吳聲西曲雜考》第十節《讀曲歌考》,《樂府詩述論》增補

本，八六頁）

《讀曲歌》八十九首多風人體，玆録一首：

聞乖事難懷，況復臨別離。伏龜語石板，方作千歲碑。（健按：「伏龜」二句，後句述前句，「碑」雙關「悲」。）

【附録】

洪邁《容齋三筆》卷十六「樂府詩引喻」條：

自齊梁以來，詩人作樂府《子夜》、《四時歌》之類，每以前句比興引喻，而後句實言以證之。至唐張祜、李商隱、温庭筠、陸龜蒙，亦多此體。或四句皆然。其四句者，如「高山種芙蓉，復經黄檗塢。未得一蓮時，流離嬰辛苦。」「窗外山魈立，知渠脚不多。三更機底下，摸著是誰梭。」「淮上能無雨，回頭總是情。蒲帆渾未織，争得一歡成。」其兩句者，如「風吹荷葉動，無夜不摇蓮」，「空織無經緯，求匹理自難」，「圍棋燒敗襖，著子故依然」，「理絲入殘機，何悟不成匹」，「攤門不安横，無復相關意」，「黄檗向春生，苦心日月長」，「明燈照空局，悠然未有期」，「玉作彈棋局，中心最不平」，「剪刀横眼底，方覺淚難裁」，「中劈庭前棗，教郎見赤心」，「千尋葶藶枝，争奈長長苦」，「愁見蜘蛛織，尋思直到明」，「雙燈俱暗盡，奈許兩無由」，「三更書石闕，憶子夜啼悲」，「芙蓉腹裏萎，憐汝從心起」，「朝看暮牛迹，知是宿啼痕」，「梳頭入黄泉，分作兩死計」，「石闕生口中，銜悲不能語」，「桑蠶不作繭，晝夜長懸絲」，皆是也。

藁砧〔一〕。《古樂府》：「藁砧今何在，山上復安山。何當大刀頭，破鏡飛上天。」〔二〕僻辭隱語也。

【校勘】

〔僻辭隱語也〕郭紹虞《校釋》：「《玉屑》無『僻辭隱語也』五字。」

【箋注】

〔一〕藁砧：曾慥《類説》卷五十一「大刀頭」條：「『藁砧今何在』，藁砧，夫也，問夫今何在。『山上更安山』，重山爲『出』字，言出不在也。『何當大刀頭』，刀頭有環，問何時還也。『破鏡飛上天』，月破當來也。」按藁砧，乃砆，喻夫。

〔二〕古樂府五句：按此詩不載郭茂倩《樂府詩集》。嚴羽注《古樂府》，當指另一樂府詩集，即吳兢所纂之《古樂府》。按王觀國《學林》卷八「大刀」條：「杜子美《中秋月》詩曰：『滿目飛明鑑，歸心折大刀。』注詩者曰：『古詩：藁砧今何在，山上復有山。何當大刀頭，破鑑飛上天。謂殘月也。』觀國案：古詩，乃《古樂府》所載《藁砧》詩也。」觀國宋高宗時人，已謂其出《古樂府》。今考晁公武《郡齋讀書志》著録《古樂府》十卷并《樂府古題要解》兩卷，解題云：「右唐吳兢纂。雜采漢魏以來古樂府詞凡十卷，又於傳記及諸家文集中，采樂府所起本義，以釋解古題云。」嚴羽所注《古樂府》，當即此書。

五雜組〔一〕。見《樂府》〔二〕。

【校勘】

〔組〕 底本、《玉屑》等本作「俎」，惟胡重器本、吳銓本、何望海本、周亮工本、朱霞本、徐榦本作「組」，兹據改。

【箋注】

〔一〕五雜組：《藝文類聚》卷五十六：《古五雜組詩》曰：「五雜組，岡頭草。往復還，車馬道。不獲已，人將老。」《紺珠集》卷八、《類說》卷五十一俱謂是沈約詩。按《藝文類聚》於此詩後又載齊王融《代五雜組詩》、梁范雲《擬古五雜組詩》，范雲既稱古五雜組詩，《藝文類聚》亦如此稱，似不以前詩爲沈約撰。此體後世頗有擬作。如顏真卿有《三言擬五雜組》、《三言重擬五雜組》（《顏魯公集》卷十五），權德輿有《五雜組》（《全唐詩》卷三二七）。宋人亦有擬作。

〔二〕見樂府：此詩不載於郭茂倩《樂府詩集》，當是出《古樂府》。范成大《石湖詩集》卷十一《五雜組四首并序》：「《古樂府》有《五雜組》及《兩頭纖纖》，殆類酒令，孔平仲最愛作此，以爲詩戲，亦效之。」

兩頭纖纖〔一〕。亦見《樂府》〔二〕。

【箋注】

〔一〕兩頭纖纖：《藝文類聚》卷五十六：《古兩頭纖纖詩》曰：「兩頭纖纖月初生，半白半黑眼中精。腷腷膊膊雞初鳴，磊磊落落向曙星。」精，或作「睛」。

〔二〕亦見樂府：此詩不載郭茂倩《樂府詩集》，當亦出自《古樂府》。考《能改齋漫録》卷八「相望落落如星辰」條：「《古樂府》徐朝云：『兩頭纖纖月初生，半白半黑眼中睛。腷腷膊膊雞初鳴，磊磊落落向曙星。』」《紺珠集》卷八「兩頭纖纖」條、《類説》卷五十一「兩頭纖纖半白半黑」條亦作徐朝詩。

盤中〔一〕。《玉臺集》有此詩〔二〕。蘇伯玉妻作〔三〕，寫之盤中，屈曲成文也〔四〕。

【校勘】

〔有此詩〕《玉屑》無此三字。

【箋注】

〔一〕盤中：曾慥《類説》卷五十一「盤中詩」條：「盤中詩，盤屈書之。詩云：『山樹高，鳥鳴悲。』末云：『當從中央周四角』也。」

〔二〕玉臺集句：《玉臺新詠》卷九《盤中詩》：「山樹高，鳥鳴悲。泉水深，鯉魚肥。空倉雀，常苦飢。吏人婦，會夫稀。出門望，見白衣。謂當是，而更非。還入門，中心悲。北上堂，西入階。急機絞，杼聲催。長嘆息，當語誰。君有行，妾念之。出有日，還無期。結巾帶，長相思。君忘妾，天知之。妾忘君，罪當治。妾有行，宜知之。黄者金，白者玉。高者山，下者谷。姓爲蘇，字伯玉。人才多，智謀足。家居長安身在蜀，何惜馬蹄歸不數。羊肉千斤酒百斛，令君馬肥麥與粟。今時人，智不足。與其書，不能讀，當從中央周四角。」

〔三〕蘇伯玉妻作：按此詩作者，舊説不一。一説爲蘇伯玉妻。最早倡此説者目前所知即嚴羽。明馮惟訥《古詩紀》卷十四、曹學佺《石倉歷代詩選》卷一、陸時雍《古詩鏡》卷三皆載此詩，俱題蘇伯玉妻，列在漢詩中，而紀容舒《玉臺新詠考異》及《四庫全書總目提要》雖亦認爲此詩爲蘇伯玉妻作，但以爲作者爲晉人。

關於此詩作者的另外一説爲傅玄。其依據有三：一爲宋本《玉臺新詠》。宋本《玉臺新詠》列此詩於傅休奕（玄）詩後，未别題撰人，固當被認定爲傅玄詩。二爲宋王楙《野客叢書》卷十一「王建襲杜意」條謂《盤中詩》爲傅休奕（玄）作，卷三十「角里」條謂「傅玄《盤中詞》」。三、《山谷别集》卷四《杜詩箋》注「爲君酤酒滿眼酤，與奴白飯馬青芻」，注：「傅玄《盤中詩》：『羊肉千斤酒百斛，令君馬肥麥與粟。』」《杜詩箋》是否爲黄庭堅所撰有争議，即便非黄氏所編，《山谷别集》編于淳熙九年（一一八二），中亦稱傅玄《盤中詩》，也不能不將它作爲可資考索的綫索之一。

主張此詩爲蘇伯玉妻作的惟一正面依據就是嚴羽之説。至於宋本《玉臺新詠》列此詩於傅玄詩中，《四庫全書總目提要》認爲那是因爲宋代陳玉父刻本漏掉了蘇伯玉妻之名；而王楙也稱其爲傅玄作，《四庫全書總目提要》則謂「楙蓋據陳玉父《玉臺新咏》誤本」，認爲王楙的説法來自誤漏了蘇伯玉妻名的陳玉父本。其實《四庫總目提要》的説法並不可靠。首先，説陳玉父刻本漏刻蘇伯玉妻之名，並没有别的依據，唯一的根據即是嚴羽之説。其立論的前提就是肯定嚴羽之説正確，因爲只有在這個前提之下，才能説陳玉父本有誤。但是，如何能够保證嚴羽之説一定正確無誤？事實上，單《詩體》篇中就不止一處錯誤，即便不是嚴羽本人有錯，也可能是傳抄中致誤。其次，王楙《野客叢書》之成書乃在陳玉父刻本之前。《野客叢書》前有慶元元年（一一九五）自序，又有嘉泰二年（一二〇二）自記，稱「此書自慶元改元以來凡三筆矣」，則是書至嘉泰二年已經成書，而陳玉父刻本《玉臺新詠》前有嘉定乙亥（八年，一二一五）陳氏自序。據此，王楙《野客叢書》之說法並非根據陳玉父刻本。根據《四庫總目提要》的說法，這是嘉定間陳玉父刻本偶失其名。

【附録】

馮舒《詩紀匡繆》：「蘇伯玉妻《盤中詩》，《樂府解題》云：『《盤中詩》，傅玄作。』《玉臺新咏》第九卷有此詩，亦曰傅玄。其爲休奕詩無疑也。惟《北堂書鈔》曰古詩，亦無名氏。其曰蘇伯玉妻者，嚴羽《吟卷》盲説耳。世人敢於信《吟卷》，而不敢信《解題》、《玉臺》等書，冤哉！」

紀容舒《玉臺新詠考異》：「按《滄浪詩話》列『盤中詩』爲一體，注曰：『《玉臺集》有此詩，蘇伯玉妻作，寫之盤中，屈曲成文也。』據此，則此詩出處以《玉臺新詠》爲最古。當時舊本，亦必明署蘇伯玉妻之名，故滄浪云爾。宋刻于題上誤佚其名，因而目録失載。馮氏校本遂改題爲傅玄之詩，殊爲疏舛。又此詩列傅玄、張載之間，其爲晉人無疑。《詩紀》、《詩乘》並列之漢詩，亦未詳何據。」

《四庫全書總目》卷一八九《詩紀匡繆》提要：「蘇伯玉妻《盤中詩》，《詩紀》作漢人，固謬。宋本《玉臺新詠》列于傅休奕詩後，不别出伯玉妻名，乃嘉定間陳玉父刻本，偶佚其名。觀《滄浪詩話》稱：蘇伯玉妻有此體，見《玉臺集》。則嚴羽所見之本，實題伯玉妻。」

《四庫全書總目》卷一一八《野客叢書》提要：「《盤中詩》者，蘇伯玉妻，而楙以爲傅玄。案楙蓋據陳玉父《玉臺新咏》誤本，然嚴羽《滄浪詩話》載《玉臺新詠》原本甚明。」

〔四〕寫之二句：宋桑世昌《回文類聚》卷二有圖，乃書於圓盤中。

《四庫總目提要》卷一八七《回文類聚》提要：「蘇伯玉妻《盤中詩》，據《滄浪詩話》，自《玉臺新詠》以外，别無出典。舊本俱在，不聞有圖。此書繪一圓圖，莫知所本。考原詩末句稱：當從中央周四角。則實方盤而非圓盤，所圖殆亦妄也。」

迴文〔一〕。起於竇滔之妻，織錦以寄其夫也〔二〕。

【箋注】

〔一〕迴文：「迴」又作「回」。吴兢《樂府古題要解》卷下「迴文」條：「迴復讀之，皆歌而成文。」曾慥《類説》卷五十一：「迴文詩，迴復讀之，皆類而成文。」

〔二〕起於竇滔之妻二句：王應麟《困學紀聞》卷十八：「《詩苑類格》謂：回文出於竇滔妻所作。」《晉書》卷九十六《列女》：「竇滔妻蘇氏，始平人也，名蕙，字若蘭，善屬文。滔，苻堅時爲秦州刺史，被徙流沙。蘇氏思之，織錦爲迴文旋圖詩以贈滔，宛轉循環以讀之，詞甚悽惋，凡八百四十字。」李善注《文選》卷十六江淹《別賦》「織錦曲兮泣已盡，迴文詩兮影獨傷」二句注云：「《織錦迴文詩序》曰：竇韜秦州被徙沙漠，其妻蘇氏，秦州臨去別蘇，誓不更娶，至沙漠更娶婦，蘇氏織錦端中作此迴文詩以贈之。苻國時人也。」

蘇蕙《織錦迴文詩》：

仁智懷德聖虞唐真妙顯華重榮章臣賢惟聖配英皇倫匹離飄浮江湘津傷嗟情家明葩榮志庭闈亂作
人讒奸佞凶害我忠貞桑凶慈雍思恭基河慘嘆中無鏡紛爲篤明難受消源禍因所恃恣極驕盈榆頑孝和淑
自爲隔懷懷傷君朗光誰終榮苟不義姬班女婕妤辭輦漢成薄浸休家貞記孝塞慕所路房容珠感誓城傾在
戒后孽嬖趙氏飛燕實生景讒退遠敦貞敬殊增離曠幃飭曜思穹熒猶炎盛興漸至大伐用昭青青昭愚謙危
節所是山憂經遐清華英多蒼形未在慎深慮微察遠禍在防萌西滋蒙疑容持從梁心荒淫忘想感所欽岑幽

巖峻嵯峨深淵重涯經網羅林光流電逝推生民堂妃闈飛衣誰追何思情時形寒歲識凋松悠居歎如陽移陂
施爲祇差生空后中奮衮爲相如感傷在勞貞物知終始舊獨懷何潛西不何誰神無感惟自節能我容聲將自
孜君想顏喪改華容是爲女賤曜日日激與通者曠思興厲不歌冶同情寧孜側夢仁賢別行士念誰賤鄙翳白
無憤將上採悲詠風樊歎發觀羽纏龍旂容衣詩情明顯怨哀情時傾英殊衰殊身節菲路和周楚長雙華宮憂
虎彫飾綉始璇璣圖義年勞歎奇華年有志飭忘葤長音南鄭歌商流徵殷繁華觀曜終始心詩興感遠殊浮沈
時盛意麗哀遺身藏邵衞詠齊曜情多文曜壯顏無平蘇氏理往憂歲異浮惟必心華惟下微摧伯女志興榮傷
患藻榮麗充端比作麗辭日思慕世異逝倏違榮感體憫悲窈河遐碩翠感生嬰漫丁寃詩風興鹿鳴懷悲哀誰
逝倏無一俯憂作已聲寃廣路人粲我艱是漫是何桑翳感孟宣傷感情者頹然盈體仰情者處發淑思逶其蔵
情惟憂何艱生時盛昭業傾思永戚我流若不忠容何成幽曲姿歸迤頎蕤悲苦懷思苦我章徽恨微玄悼歎戚
知沙馳虧離儀貲辭房秦王懷土眷舊鄉身加兼愁悴少精神遐幽曠遠離鳳麟龍昭德懷聖皇人商遊桑鳩揚
仇傷榮身我乎集殃愆辜何因備嘗苦辛當神飛文遺分歸賤絃西翳雙激好摧君深日潤浸愆思罪積怨其根
難尋所明輕殊孤乖雁爲激階陰巢水悲容仁均物品育施生天地德貴平均匀專通身粲妾殊翔女楚步林燕
情思發離濱漢之步飄飄離微隔喬木誰陰一感寄飭散聲應有流東桃飛泉君嘆殊心改者惑暱親聞遠離殊
我同衾志精浮光離哀傷柔清廊休翔流長愁方禽伯在誠故遺舊廢故君子惟新貞微雲輝羣悲春剛琴芳蘭
凋茂熙陽春牆面殊意感故新霜冰齊潔志清純望誰思想懷所親

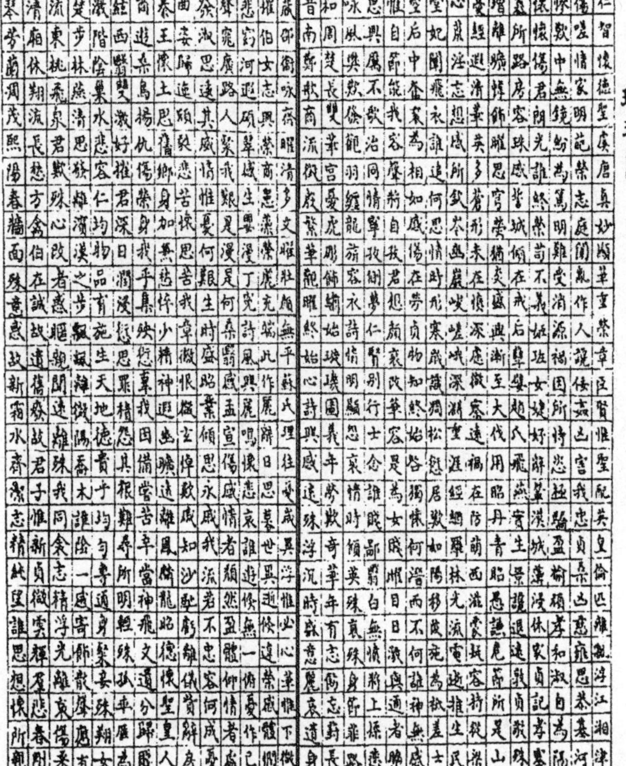

桑世昌《回文類聚》卷一所載詩圖(四庫全書本)

健按：迴文之始，嚴羽以爲起於前秦苻堅時竇濤之妻蘇蕙，其説當本於李淑《詩苑類格》。然根據《四庫全書總目提要》的説法，曹植《鏡銘》當是迴文之祖（謂載《藝文類聚》，今檢該書，未見其文）。劉勰《文心雕龍·明詩》篇説：「迴文所興，則道原爲始。」但道原其人不可考。明人梅慶生注以爲「原」當作「慶」，道慶當是南朝宋賀道慶，而道慶有四言迴文詩一首（見《回文類聚》卷三）。然道慶之前，已有迴文詩，故劉勰所謂道原是否另有其人，不能確定。皮日休《雜體詩序》：「晉温嶠有《迴文虚言詩》云：『寧神静泊，損有崇亡。』繇是迴文興焉。」照此説，則迴文詩始於晉温嶠。

迴文詩無論順讀還是倒讀，均可以成詩。如皮日休所舉温嶠「寧神静泊，損有崇亡」二句，也可以倒讀爲「亡崇有損，泊静神寧」。至於蘇蕙的《織錦迴文詩》，則不僅可以倒讀，而且可以横讀、竪讀、斜讀，還可以讀成三言、四言、五言、六言、七言，共可組成七千餘首詩。明康萬民有《璇璣圖詩讀法》一卷，具體展示了此詩的各種讀法。迴文可以倒讀，蘇蕙詩不止可以倒讀，故梁橋《冰川詩式》以爲此詩已經超越了迴文體。又根据李淑《詩苑類格》關於迴文的定義，迴文詩止兩韻，也就是止四句（見附録桑世昌《回文類聚序》引）。如果依照這個標準，蘇蕙此詩顯然超過了兩韻，不符合迴文的標準，故徐師曾《詩體明辯》以爲它不是迴文體。而按照李淑給反覆體下的定義，從任一字讀皆可成詩，徐氏認爲蘇蕙詩當屬反覆體。徐師曾所依據的是李淑的定義，而李淑本人明確説蘇蕙詩爲迴文體，故徐説雖新，已背離李氏原意。

【附録】

桑世昌《回文類聚序》：

《詩苑》云：「回文始於竇滔妻，反覆皆可成章。舊爲二體，今合爲一。止兩韻者，謂之回文，而舉一字皆成讀者，謂之反覆。」又上官儀曰：「凡詩對有八，其七曰回文對。『情親因得意，得意逐情親』是也。」自爾或四言，或六言，或唐律，或短語，既極其工，且流而爲樂章。蓋情詞交通，妙均造化，此文之所以爲無窮也。

梁橋《冰川詩式》卷二「回文體」：

回文詩自晉温嶠始，或云起自竇滔妻蘇氏於錦上織成文，順讀與倒讀，皆成詩句。今按《織錦詩》體裁不一，其圖如璇璣，四言、五言、六言，横讀、斜讀皆成章，不但回文。

徐師曾《詩體明辯》卷十五：

按回文詩始於符秦竇滔妻蘇氏，反覆成章，而陸龜蒙則曰：「『悠悠遠道獨煢煢』，由是反覆興焉。」及考《詩苑》云：「迴文、反覆，舊本二體，止兩韻者謂之迴文，舉一字皆成讀者，謂之反覆。」則蘇氏詩，正反覆體也。後人所作，直可謂之迴文耳。

《四庫全書總目》卷一八九《回文類聚》提要：

《回文類聚》四卷，《補遺》一卷。宋桑世昌編。……考劉勰《文心雕龍》曰：「回文所興，則道原爲始。」梅庚注謂：「原」當作「慶」，宋賀道慶也。蓋其時《璇璣圖詩》未出，故勰云然。世昌以蘇蕙時代在前，故用爲托始，且繪蕙像於卷首，以明創造之功。其説未確考。《藝文類聚》載曹植《鏡銘》八字，回環讀之，無不成文，實在蕙前，乃不標以爲始，是亦少疎。《四庫全書總目》卷一四八《曹子建集》提要：「鏡銘八字，反復顛倒，皆叶韻成文，實爲回文之祖。」

反覆[一]。舉一字而誦皆成句，無不押韻，反覆成文也[二]。李公《詩格》有此二十字詩[三]。

【校勘】

〔二十字詩〕何望海本、《歷代詩話》本作「三十二字詩」，陳定玉輯校《嚴羽集》：「尹（嗣忠）本、清省堂本『二十』下有『一』字，當衍。」按九峯書屋本、《寶顏堂祕笈》本、程至遠本、《津逮祕書》本、《説郛》本、《詩法萃編》本、《三家詩話》本、《螢雪軒叢書》本皆有「一」字。

【箋注】

〔一〕反覆：皮日休《雜體詩序》：「晉傅咸有廻文反覆詩二首，云：『反覆其文者，以示憂心展轉也。』『悠悠遠邁獨煢煢』是也。繇是反覆興焉。」是反覆體起於晉傅咸，然傅咸全詩已佚，此所舉一句究竟是指詩句中文字的反覆還是別有所指，已不能明。

〔二〕舉一字三句：李淑《詩苑類格》：「止兩韻者，謂之回文；而一字皆成讀者，謂之反覆。」（桑世昌《回文類聚序》引）此是嚴羽之所本。

根據《詩苑類格》的説法，迴文詩止兩韻四句，而反覆詩則是從詩句中任何一字讀之，皆可通。梁橋《冰川詩式》卷二「反覆體」引嚴羽之説，並舉宋錢惟治《春日登大悲閣二首》。其一：「碧天臨迴閣，晴雪點山屏。夕煙侵冷箔，明月斂閑亭。」其二：「裛霞披迴殿，香霧擁輕簾。曉花歌静院，芳樹捧晴簷。」詩題下有無名氏批語云：「此詩二十字，連環讀，反覆成詩四十首。」以第一首爲例，可以從第一句第二字開始讀，此詩就可讀成爲「天臨迴閣晴，雪點山屏夕。煙侵冷箔明，月斂閑亭碧。」如從第一句第三字讀起，此詩就可讀成「臨迴閣晴雪，點山屏夕煙。侵冷箔明月，斂閑亭碧天。」依此例推，一首詩二十字，可以讀成二十首，兩首則可以讀成四十首。

〔三〕李公《詩格》：即李淑《詩苑類格》，已佚。其所舉二十字詩，亦不可考。

離合。字相拆合成文，孔融「漁父屈節」之詩是也〔一〕。雖不關詩之輕重，其體製亦古。

【校勘】

〔拆〕底本、胡重器本、吳銓本、程至遠本、《津逮祕書》本、周亮工本、朱霞本作「折」，何望海本、徐榦本作「析」，《適園叢書》本作「坼」，《玉屑》、九峯書屋本、尹嗣忠本、清省堂本、《寶顔堂祕笈》本、《説郛》本、《詩法萃編》本、《三家詩話》本、《螢雪軒叢書》本作「拆」，兹从《玉屑》諸本作「拆」。按作「析」亦通。

〔雖不關二句〕「詩」下《玉屑》有「道」字，「輕重」，《玉屑》、清省堂本、程至遠本、作「重輕」。又《玉屑》此二句大字另行，不作小注，下直接「至於建除」。

【箋注】

〔一〕字相拆合二句：皮日休《雜體詩序》：「孔融詩云：『漁父屈節，水潛匿方。』作郡姓名字離合也。繇是離合興焉。」

按《孔北海集・離合作郡姓名字詩》：「漁父屈節，水潛匿方。（離魚字）與時進止，出行施張。（離日字，魚日合成魯）呂公磯釣，闔口渭傍。（離口字）九域有聖，無土不王。（離或字，口或合成國）好是正直，女迴于匡。（離子字）海外有截，隼逝鷹揚。（當離乙字，恐古文與今文不同，合成孔也）六翮將奮，羽儀未彰。（離鬲字）蛇龍之蟄，俾也可忘。（離虫字，合成融）玟琁隱曜，美玉韜光。（去玉成文，不須合）無名無譽，放言深藏。（離與字）按轡安行，誰謂路長。（離手字，合成舉）」通過字的拆（離）與合，組成「魯國孔融文舉」六字。

孔融後，潘岳、謝靈運、謝惠連乃至梁元帝蕭繹均有離合詩，形成一種詩體傳統。見《藝文類聚》卷五十六。

建除〔一〕。鮑明遠有《建除詩》，每句首冠以建、除、平、滿等字，其詩雖佳，蓋鮑本工詩，非因建除之體而佳也〔二〕。

【校勘】

《玉屑》「建除」二字前有「至於」二字，直接上句「其體製亦古」。

〔每句〕 陳定玉輯校《嚴羽集》：「《玉屑》『每句』上有『詩』字。」

〔平滿〕「滿」，九峯書屋本、尹嗣忠本、清省堂本、《寶顏堂祕笈》本、程至遠本、《津逮祕書》本、《説郛》本、《三家詩話》本、《螢雪軒叢書》本作「定」。

【箋注】

〔一〕建除：一種術數，古有建除家，觀天象以占吉凶。以寅、卯、辰、巳、午、未、申、酉、戌、亥、子、丑十二辰，與人事的建、除、滿、平、定、執、破、危、成、收、開、閉十二種狀況對應。建除詩乃每聯詩首句的句首分别冠以建、除、滿、平等字，全詩共二十四句。

〔二〕鮑明遠五句：鮑照《建除詩》：「建旗出燉煌，西討屬國羌。除去徒與騎，戰車羅萬箱。滿山又填谷，投鞍合營牆。平原亘千里，旗鼓轉相望。定舍後未休，候騎敕前裝。執戈無暫頓，彎弧不解張。破滅西零國，生虜郅支王。危亂悉平蕩，萬里置關梁。成軍入玉門，士女獻壺漿。收功在一時，歷世荷餘光。開壤襲朱紱，左右佩金章。閉帷草太玄，兹事殆愚狂。」載《藝文類聚》卷五十六。同卷亦載梁宣帝、梁范雲、陳沈炯《建除詩》。

建除詩只是詩句用建、除等字，其詩意與建除的術數方面的涵義無關。正因爲如此，嚴羽認爲鮑照《建除詩》之佳與建除體無關。

【附録】

曾慥《類説》卷五十一「建除」條：

若鮑昭「建旗出敦煌」、「除去徒與驛」，但有「建」、「除」字而已，不存其意。

字謎〔一〕。

【箋注】

〔一〕字謎：《苕溪漁隱叢話》後集卷二十五：「苕溪漁隱曰：字謎自鮑照始，以字體解釋爲之。『井』字謎云：『二形一體，四支八頭。四八一八，飛泉仰流。』『乾之一九，從立無偶。坤之二六，宛然雙宿。』故介甫『用』字謎云：『一月又一月，兩月共半邊。上有可耕之田，下有長流之川。一家有六口，兩口不團圓。』」

人名〔一〕。

【箋注】

〔一〕人名：以人姓名藏詩句中。按梁元帝蕭繹有《姓名詩》及《將軍名詩》，前人以爲此乃人名詩之始。

【附録】

葉夢得《石林詩話》卷上：

王荆公詩有「老景春可惜，無花可留得。莫嫌柳渾青，終恨李太白」之句，以古人姓名藏句中，蓋以文爲戲。或者謂前無此體，自公始見之。余讀權德輿集，其一篇云：「藩宣秉戎寄，衡石崇位勢。年紀信不留，弛張良自媿。樵蘇則爲愜，瓜李斯可畏。不顧榮宦尊，每陳農畝利。家林類巖巘，負郭躬斂積。志滿寵生嫌，養蒙恬勝智。疏鍾皓月曉，晚景丹霞異。澗谷永不諼，山梁冀無累。頗符生肇學，得展禽尚志。從此直不疑，支離疏世事。」則德輿已嘗爲此體，乃知古人文章之變，殆無遺藴。德輿在唐不以詩名，然詞亦雅暢，此篇雖主意在立別體，然亦自不失爲佳製也。

吴曾《能改齋漫録》卷二「柳渾青李太白」條：

葉少藴《石林詩話》云：「或者以荆公詩以古人姓名藏句中，如『莫言柳渾青，終恨李太白』，自公始發之。然唐權德輿已有此體。」予按梁元帝已有人姓名詩及將軍名詩，不始於權德輿也。

王楙《野客叢書》卷十七「古人名詩」條：

《石林詩話》曰：「荆公詩『莫嫌柳渾青，終恨李太白』，以古人姓名藏句中。或謂前無此體，自公始見。余讀權德輿集，見其一篇，知德輿有此體。」僕謂此體其源流亦出於六朝，至唐而著，不但德輿也。如皮日休、陸龜蒙等，皆有此作。

卦名〔一〕。

【箋注】

〔一〕卦名：以《易經》卦名入詩。梁簡文帝有《卦名詩》曰：「櫛比園花滿，徑復水流新。離禽時入袖，旅俗乍依蘋。豐壺要上客，鵠鼎命嘉賓。車由泰夏闥，馬散咸陽塵。蓮舟雖未濟，分密已同人。」（《藝文類聚》卷五十六）詩中比、復、離、旅、豐、鼎、泰、咸、未濟、同人，皆卦名。

數名〔一〕。

【箋注】

〔一〕數名：詩中嵌一二三四至十之名。鮑照《數名詩》曰：「一身仕關西，家族滿山東。二年從車駕，齋祭甘泉宮。三朝國慶畢，休沐還舊邦。四牡曜長路，輕蓋若飛鴻。五侯相餞送，高會集新豐。六樂陳廣坐，組帳揚春風。七盤起長袖，庭下列歌鐘。八珍盈彫俎，綺肴紛錯重。九族咸瞻遲，賓友仰徽容。十載學無就，善宦一朝通。」載《藝文類聚》卷五十六。齊虞羲、梁范雲亦有《數名詩》，亦載《藝文類聚》卷五十六。

藥名〔一〕。

【箋注】

〔一〕藥名：以藥名入詩，根據《西清詩話》的説法，世人以爲起於宋代的陳亞（《宋史·藝文志》著録陳氏《藥名詩》一卷)，而《西清詩話》則謂起於唐，且舉張籍詩爲例。其實，唐以前已有此體。《藝文類聚》卷五十六載梁簡文帝《藥名詩》曰：「朝風動春草，落日照横塘。重臺蕩子妾，黄昏獨自傷。燭映合歡被，帷飄蘇合香。石墨聊書賦，鉛華試作妝。徒令惜萱草，蔓延滿空房。」其中重臺、黄昏、合歡、蘇合香、石墨、鉛華皆葯名。此詩雖用藥名，但不用其藥學意義，故雖不知其爲藥名，亦無礙理解詩意。《藝文類聚》卷五十六亦載梁元帝、庾肩吾、沈約《藥名詩》。到宋代前期的陳亞，有《藥名詩》一卷，以此體著名。

【附録】

蔡條《西清詩話》卷上：

藥名詩，世云起自陳亞，非也。東漢已有離合體，至唐始著藥名之號。如張籍《答鄱陽客》「江臯歲暮相逢客，黄葉霜前半夏枝。子夜吟詩向松桂，心中萬事豈君知」是也。

魏慶之《詩人玉屑》卷二「藥名」：

嘗見近世作藥名詩，或未工，要當字則正用，意須假借，如「日側柏陰斜」是也。若「側身直上天門東」、「風月前湖夜」「湖」、「東」二字，即非正用。孔毅夫有詩云：「鄙性嘗山野，尤甘草舍中。鈎簾陰卷柏，障壁坐防風。客土依雲實，流泉架木通。行當歸老矣，已逼白頭翁。」又「此地龍舒國，池隍獸血餘。木香多野橘，石乳最宜魚。古瓦松杉冷，旱天麻麥疏。題詩非杜若，箋膩粉難書。」

晁公武《郡齋讀書志》卷四下《陳亞之集》解題：

陳亞，字亞之，惟滑稽喜賦藥名詩，仕至司封郎中。藥詩者，始於唐人。張籍有「江皐歲暮相逢地，黄葉霜前半夏枝」之詩，人謂起於亞之，實不然也。

陳振孫《直齋書録解題》卷二十《藥名詩》解題：

司封郎中陳亞亞之撰。咸平五年進士，有集三卷。藥名詩特其一體爾。如「馬嘶曾到寺，犬吠乍行村」、「吏辭如賀日，民送似迎時」，皆佳句，不在此集也。

趙翼《陔餘叢考》卷二十四「藥名爲詩」條：

藥名入詩，《三百篇》中多有之。如「采采芣苢」、「言采其蝱」、「中谷有蓷」、「牆有茨」、「堇荼如飴」之類。此後惟文字中用之。

州名〔一〕。如此詩只成戲謔，不足爲法也。

【校勘】

「字謎」至「州名」《玉屑》不分列。

〔如此詩〕《玉屑》作「之詩」。又注文全作大字，「之詩」直接「州名」，句式爲「至於建除……（前文）州名之詩……」

〔戲謔〕《玉屑》作「戲論」。

〔爲法〕清省堂本無「爲」字。

【箋注】

〔一〕州名：詩中嵌以州名。梁范雲《州名詩》：「司春命初鐸，青耦肆中樊。逸豫誠何事，稻粱復宜敦。徐步遵廣隰，冀以寫憂源。楊柳垂場圃，荆棘生庭門。交情久所見，益友能孰存。」載《藝文類聚》卷五十六。其中隱含青州、樊州、豫州、粱州、徐州、冀州、楊州（揚州）、荆州、交州、益州十州名。

又有六甲、十屬之類〔一〕，及藏頭〔二〕、歇後等體〔三〕。今皆削之。近世有李公《詩格》〔四〕，泛而不備；惠洪《天廚禁臠》〔五〕，最爲誤人。今此卷有旁參二書者，蓋其是處不可易也。

【校勘】

《玉屑》此條皆作小字注。

【箋注】

〔一〕六甲：陳沈炯《六甲詩》：「甲拆開衆果，萬物具敷榮。乙飛上危幕，雀乳出空城。丙魏舊勳業，申韓事刑名。丁翼陳詩罷，公綏作賦成。戊巢花已秀，滿塘草自生。己乃忘懷客，榮樂尚關情。庚庚聞鳥囀，肅肅望鳧征。辛酸多憫惻，寂寞少逢迎。壬蒸懷太古，覆妙佇無名。癸巳空施位，詎以召幽貞。」詩句中依次用甲乙丙丁至壬癸十字。

十屬：指十二屬相詩。沈炯《十二屬詩》：「鼠迹生塵案，牛羊暮下來。虎嘯坐空谷，兔月向窗開。龍隰遠青翠，蛇柳近徘徊。馬蘭方遠摘，羊負始春栽。猴栗羞芳果，雞跖引清杯。狗其懷物外，猪蠡窅悠哉。」載《藝文類聚》卷五十六。胡才甫《箋注》：「滄浪名十屬，沈詩題十二屬，當是舉成數言也。」

〔二〕藏頭：郭紹虞《校釋》：「藏頭有二義：《冰川詩式》卷七：『藏頭格：首聯與中二聯六句皆具言所寓之景與情而不言題意，至結聯方説題之意，是謂藏頭。此與歸題不同。歸題者結聯明用題之字也。藏頭者結聯暗用題之事也。』一此説。《詩體明辯》：『藏頭詩每句頭字皆藏於每句尾字也。』此又一説。」

〔三〕歇後：原本是一種修辭手法，隱去後面之詞，暗示其意義。如《尚書·君陳》：「唯孝友于兄弟。」後人用「友于」指兄弟。詩歌中之歇後有兩種情況：一是指詩句的某些字詞用歇後法。如杜甫《岳麓山道林二寺行》「山鳥山花吾友于」，即是用「友于」指兄弟。另一種情況是整個詩句用歇後法。如黄庭堅《西江月》詞（老夫既戒酒不飲遇宴集獨醒其傍坐客欲得小詞援筆爲賦）：「斷送一生惟有，破除萬事無過。」二句出自韓愈《贈鄭兵曹》詩「破除萬事無過酒」及《遣興》詩「斷送一生惟有酒」，黄詞即用歇後法。

《苕溪漁隱叢話》前集卷十二：《洪駒父詩話》云：「世謂兄弟爲友于，謂子孫爲詒厥者，歇後語也。子美詩曰『山鳥山花皆友于』，退之詩『誰謂詒厥無基址』，韓杜亦未能免俗，何也？」苕溪漁隱曰：「老杜詩云：『六月曠摶扶。』按《莊子》：『摶扶摇而上者九萬里。』疏云：『摶鬬扶摇，旋風也。』今云摶扶，亦是歇後語耳。」

〔四〕李公詩格：指李淑《詩苑類格》。下云旁參其書，此篇中所列諸體，有出《詩苑類格》者，可證《詩格》即其書。

〔五〕惠洪句：《天廚禁臠》三卷，宋僧惠洪撰。

【總説】

雜體在詩體當中雖然算不得是正體，但在詩歌史中却也形成了傳統。漢魏六朝的雜體詩在唐人歐陽詢所編《藝文類聚》卷五十六「雜文部」二「詩類」列有柏梁體、離合詩、迴文詩、建除詩等體。在唐代，這些詩體曾被擬作。如權德輿就作有離合詩、迴文詩、五雜組、數名詩、星名詩、卦名詩、藥名詩、古今人名詩、州名詩、八音詩、建除詩等體（見《全唐詩》卷三二七），皮日休、陸龜蒙有雜體詩的唱和，皮氏並有《雜體詩序》，討論了雜體之各種體式的淵源。在宋代，作雜體詩者亦不斷絕。吕祖謙所編《宋文鑑》卷二十九就是雜體詩類，編集了宋人的雜體詩作。因而嚴羽所列雜體並非已經死亡，而是在當時還具有生命的詩體。